Ginette

NUITS NANTAISES

ANNÉES 70

GREG BRANDT

CARL PINEAU

NUITS NANTAISES

ANNÉES 70

GREG BRANDT

ÉDITIONS DU PALÉMON
ZI de Kernevez - 11 B rue Röntgen - 29 000 Quimper

Photos de couverture :
iStock : ArtMood Visualz ; Kitka
AdobeStock : evannovostro ; New Africa ; Olivier-Tuffé ;
Charles de Lisle ; L.Bouvier
Cosmo / D.R.

CE LIVRE EST UN ROMAN.

Toute ressemblance avec des personnes, des noms propres, des lieux privés, des noms de firmes, des situations existant ou ayant existé, ne saurait être que le fait du hasard.

L'Adieu

J'ai cueilli ce brin de bruyère
L'automne est morte souviens-t'en
Nous ne nous verrons plus sur terre
Odeur du temps brin de bruyère
Et souviens-toi que je t'attends

Guillaume Apollinaire, Alcools, 1913

À Anne-Marie Pineau.
(08/12/1936 - 16/01/2021)

Tordre les faits, maquiller les personnages,
greffer l'imaginaire sur le tronc de la réalité,
pour approcher la mémoire d'une époque.

Carl Pineau

Avant-Propos

En 2021, lorsque le manuscrit du *Nantais* m'a échappé pour partir en impression, j'ai éprouvé un vide. Je fais partie des auteurs qui s'attachent intimement aux destins de leurs personnages et c'est sans doute pour cette raison qu'il m'était si difficile de les abandonner. Au cours de l'écriture de *Pour quelques millions*, j'ai été rattrapé par une sensation d'inachevé, augmentée par les retours des lecteurs, déçus de ne pas y croiser Greg Brandt.

Lentement, il m'est apparu que le retrouver serait possible, en le ramenant à son arrivée à Nantes, dans les années 70.

Une façon de mettre en lumière son évolution psychologique, mais aussi de réveiller les spécificités sociétales d'une autre décennie, comme je l'avais fait dans *L'Arménien*, *Le Sicilien* et *Le Nantais*, avec les années 80, 90 et 2000.

Mais cette société et sa criminalité étaient-elles suffisamment différentes ?

Ne risquais-je pas une forme de répétition pour satisfaire mon envie ?

De façon à purger cette incertitude, j'ai décidé de rencontrer un policier que j'avais connu lorsque je travaillais dans une discothèque à Nantes. Nous nous connaissions assez peu et j'ai d'abord voulu savoir dans quel service il travaillait, présumant qu'il s'agissait de la brigade des Stups. Mon interrogation l'a fait sourire, il m'a aussitôt détrompé : dans les années 70, il n'y avait pas de service dédié aux trafics de drogue à Nantes, tout simplement parce qu'ils étaient quasi inexistants !

Arrivée du jeune Greg Brandt, grand banditisme, la fin des trente glorieuses, j'ai compris que je tenais les ingrédients d'un « préquel » à l'aventure des *Nuits nantaises*. J'ai commencé par me documenter sur les événements, la musique, les mœurs, les idées de Monsieur tout le monde, afin de façonner l'intrigue et les personnages. J'ai lu des journaux, visionné des heures et des heures d'émissions de télé, d'interviews, lu des pages et des pages d'ouvrages sur cette époque…

Je me suis attaché à ce qu'aucun protagoniste ne puisse être identifiable. Mélangeant les parcours, les profils, les caractères, les manières de penser et de s'exprimer, chacun symbolisant une facette de cette société d'après 68, génération fragmentée en raison de la première crise pétrolière et encore marquée par la guerre d'Algérie.

J'ai souhaité immerger le lecteur dans l'ambiance, l'atmosphère, le climat, l'humeur, et, oserais-je dire, l'âme de cette époque.

Les puristes ne manqueront pas de repérer des erreurs et anachronismes. Certains sont volontaires, parce qu'ils s'inscrivaient dans la logique emblématique de l'histoire, plus importante à mes yeux que la réalité parfois subjective des faits. Ainsi, en 1976, la place de Bellevue ne s'appelait pas encore Mendès France, le club Ricard n'a quitté la place Graslin que plus tard, le Négrier était un restaurant, notre ami Ulysse, clodo le plus célèbre de Nantes, n'arpentait pas encore les trottoirs… De la même façon, si les braquages décrits dans ce roman ont bien eu lieu à Nantes, l'enquête s'échappe rapidement vers la fiction.

Mon parti pris est d'écrire une intrigue addictive pleine de surprises pour emmener le lecteur dans une époque, riche de ses bons côtés et de ses travers, qu'il ne m'appartient pas de juger.

Comprendre une période de notre histoire, à l'aune de ce que chacun est, n'est-elle pas la meilleure façon de préparer un avenir que nous espérons meilleur, et qu'il nous incombe de forger ?

Carl Pineau

Janvier 1976

Nantes – 3 janvier – 8 h 30

Des flocons cinglaient les faisceaux des phares du fourgon blindé. Le vieux chauffeur breton de la Société de Protection Centre Ouest s'était arrêté à quelques mètres du Crédit Lyonnais. Côté passager, le jeune convoyeur italien s'était étonné.

— Pourquoi tu te gares pas devant la porte ?

Le Breton avait montré une Golf flambant neuve, une Alfasud rouge, une Simca 1307 cabossée.

— Le Carrefour est fermé, y a que les bagnoles des employés de la galerie.

Le jeune avait pointé du doigt une BMW 321 noire :

— T'as vu celle-là, il a pas peur de se la faire chouraver…

— Une caisse tirée cette nuit ?

— Qui sait…

Le vieux convoyeur avait mis fin à la conversation.

— Vas-y, Ago, je laisse le moteur tourner pour le chauffage…

L'Italien s'était agacé du surnom dont l'avait affublé son collègue en raison de sa ressemblance avec Giacomo Agostini[1].

— J't'ai déjà dit que je m'appelle Édouard !

Le Breton en avait remis une couche.

— D'accord, Edouardo... Grouille-toi, maintenant.

Édouard avait haussé les épaules, rajusté son gilet pare-balles et vérifié son arme. Puis il avait ouvert la porte. Attentif aux mouvements dans le périmètre, il avait cogné trois coups pour informer son autre collègue que la voie était libre.

Plutôt balèze, l'homme était sorti en rouspétant.

— Pouvait pas se garer plus près, le vieux. Magnons-nous, j'ai hâte de me recoller au pageot.

Les deux convoyeurs s'étaient rendus devant la banque. Ils avaient plaqué le papelard de délégation sur la devanture, avant que le directeur n'ouvre la porte. Les espèces et les chèques avaient été regroupés dans des sacoches. Le temps de signer la décharge, et, cinq minutes plus tard, les deux convoyeurs étaient ressortis. Ils avaient marché vers le camion, sous les yeux du chauffeur, puis avaient balancé les sacs dans la cabine. L'Italien avait ouvert la porte pour s'installer à côté du conducteur. Le gros balèze avait commencé à fermer les lourdes portes arrière.

Soudain, une Peugeot 504, bleu nuit, arrivée en trombe, avait stoppé derrière le fourgon. Le chauffeur avait crié :

— Qu'est-ce qu'il fout, ce trouduc !

Trois hommes étaient sortis de la 504. Leurs visages dissimulés sous des masques à l'effigie de

1. *Champion de moto italien, le plus titré de l'histoire, avec quinze titres mondiaux.*

Valéry Giscard d'Estaing[2] et de ses rivaux malheureux à la présidentielle, François Mitterrand et Jacques Chaban-Delmas.

Pistolet au poing, Chaban avait couru vers le jeune Italien, lui collant le canon sous le nez.

— Si tu touches à ton flingue, connard, je t'explose la tronche!

Il avait ordonné au conducteur, tétanisé:

— Toi, le vioc, éteins le moteur et colle tes paluches derrière ta nuque.

Le Breton avait obéi.

— Parfait, avait salué le braqueur, ne faites pas les idiots et tout se passera bien.

À l'arrière, Mitterrand venait de tirer une rafale de fusil-mitrailleur. Les projectiles avaient transpercé le blindage et atteint le convoyeur à l'épaule. VGE avait consulté sa montre et ordonné à son complice:

— Prends le pognon et on décampe.

Il avait fait le tour du fourgon, crevé deux pneus à coups de pistolet et avait expédié plusieurs balles dans la devanture de la banque pour dissuader qui que ce soit d'en sortir, puis il était revenu près de Mitterrand qui finissait de charger le butin sur la banquette de la 504.

— C'est bon, on décroche! avait crié VGE à destination de Chaban-Delmas.

L'homme s'était apprêté à saisir l'arme dans le fourreau de l'Italien.

— C'est fini, petit, t'as été mignon comme un enfant de chœur…

Par réflexe ou par orgueil, le jeune convoyeur avait attrapé l'avant-bras du malfaiteur, qui, par réflexe ou

---

2. Président de la République, élu en 1974. Ses principaux rivaux étaient Jacques Chaban-Delmas et François Mitterrand.

par orgueil, lui avait tiré une balle sous la mâchoire. Le projectile avait traversé le palais et achevé sa course dans le cerveau. L'Italien s'était écroulé, raide mort, sous les yeux du vieux chauffeur horrifié.

VGE s'était précipité :

— Merde, merde… On se replie.

Au même moment, le convoyeur blessé, laissé sans surveillance dans le fourgon, avait dégainé son arme. Grimaçant de douleur, il s'était redressé et avait levé le bras, prêt à tirer sur Mitterrand, à peine réinstallé au volant.

La neige commençait à couvrir l'asphalte, Chaban et VGE observaient le corps du jeune convoyeur. VGE avait ordonné au vieux chauffeur :

— Tu bouges pas et tu fermes ta gueule, ou on te réglera ton compte, c'est clair ?

Le type avait hoché la tête deux fois, avec le regard perdu d'un animal terrorisé.

— On dégage, avait hurlé VGE.

Les deux malfaiteurs avaient longé le fourgon. Une main sur le levier de vitesse, moteur tournant, Mitterrand les regardait venir vers lui.

C'est à cet instant qu'il avait remarqué le convoyeur prêt à tirer.

Il s'était jeté sur le côté, la balle avait traversé le pare-brise pour se loger dans le capitonnage de l'appuie-tête. Furieux, il avait saisi son fusil-mitrailleur, était sorti de la voiture et avait arrosé le tireur d'une rafale qui avait littéralement scié le malheureux en deux.

VGE et Chaban s'étaient figés, stupéfaits par l'hystérie de leur complice.

Le président s'était approché et avait baissé le fusil-mitrailleur.

— Bon sang, t'as dû ameuter la ville ! Tirons-nous avant l'arrivée des condés.

Ils avaient sauté dans la 504 et démarré, faisant jaillir des gerbes de neige boueuse. Au volant, étourdi par sa propre violence, Mitterrand avait lâché un rire obscène.

— Je l'ai bien niqué, l'enculé !

8 h 30

Je m'étais dégoté un appartement au troisième étage d'un immeuble d'après-guerre du centre-ville, dans le bas de la rue de-Lattre-de-Tassigny. Une cuisine en Formica face à un séjour que j'avais meublé d'un canapé Togo de Michel Ducaroy, de chez Ligne Roset, deux fauteuils Joe Colombo, coques en plastique et cuir orange, une salle de bains avec baignoire émaillée, une chambre donnant sur cour avec un bureau et deux tabourets Tam-Tam… et un canapé-lit pour le cas où ma mère se déciderait à venir de Paris. L'autre chambre sur rue était bruyante, mais j'appréciais sa luminosité, et j'étais content du lit Marc Held, en fibre de verre, dégoté chez Prisunic. Pour achever la déco, je m'étais fabriqué une bibliothèque à partir de conduits d'aération en amiante-ciment, découpés et peints en couleurs vives.

Une fois rempli de mes bouquins, de ma pipe Chacom Billiard, achetée au Caïd, boulevard Saint-Michel, d'une boîte de Montecristo cubains – les préférés de mon père dont l'arôme avait bercé mon enfance – de mes maquettes d'avions et de ma collection de soldats de plomb, l'ensemble avait une sacrée gueule !

Mais depuis que j'étais à Nantes, personne n'avait eu l'occasion de me féliciter de cet intérieur pour lequel j'avais siphonné mon compte en banque.

Mes congés d'installation tiraient à leur fin, j'étais impatient de me glisser dans mon costume d'inspecteur de la sûreté urbaine.

J'ai choisi un tweed avec poches à rabat, un pull en V et une cravate sombre, histoire de faire une bonne première impression. J'ai enfilé le pardessus style Maigret, hérité de mon père.

Avant de sortir, j'ai jeté un œil à la photo de Marylène, dans son cadre en métal, songé au contraste entre l'étudiant qu'elle avait connu et le policier que j'étais devenu, espérant que si elle me voyait, elle reviendrait sur sa décision de rompre.

Sans illusion, j'ai peigné ma crinière devant un miroir.

Dans le hall de l'immeuble, un Asiatique filiforme, en jean et tee-shirt blanc, s'affairait au milieu de cageots et de plusieurs sacs de riz. Il m'a adressé un regard inquiet.

— Je débarrasse ça, vite vite vite.

— Pas d'urgence, je ne fais que passer.

Il a attrapé un cageot de salades qui bloquait les marches. Je lui ai ouvert la porte d'accès aux caves. Il est descendu, puis il est réapparu dix secondes plus tard. J'ai attrapé un sac de riz.

— Je vous prête main-forte. Ça me fera un peu d'exercice.

Son visage a manifesté sa surprise.

— Vous habitez immeuble depuis longtemps ?

— Non, pourquoi ?

Son rire spontané me l'a rendu sympathique.

— Beaucoup occupants pas heureux mon restaurant, l'Étoile d'Orient.

J'ai exprimé mon incompréhension.

— Ils vous ont dit pourquoi ?

— À cause odeur cuisine… Je crois eux pas aimer Vietnamiens.

Il a souri, haussant les épaules pour signifier qu'il le regrettait.

Nous avons descendu le reste de son stock en cinq allers-retours, j'étais plus essoufflé que lui. Il donnait l'impression d'une vigueur insoupçonnée au regard de sa maigreur.

— Tu veux boire un café ?

J'ai consulté ma montre.

— Je dois filer au boulot.

— Alors, boire une bière une autre fois ?

— Avec plaisir, je viendrai dîner.

Je lui ai tendu la main.

— Je m'appelle Greg Brandt, mais appelez-moi Greg.

— Je m'appelle Kim N'Guyen, mais appelle-moi Kim.

— Très bien, Kim, passe une belle journée.

L'espace d'une seconde, il y a eu dans ses yeux l'étincelle d'une tristesse que j'ai attribuée à une histoire personnelle.

— Toi aussi, Greg, toi aussi. Une belle journée.

Déconcerté par cette rencontre, j'ai marché jusqu'à la lourde porte. Dehors, il faisait un froid de canard, des flocons de neige saupoudraient la route dans la lumière matinale.

Le col remonté, j'ai longé l'Erdre jusqu'au pont de la Motte-Rouge, franchi l'édifice à la structure métallique sous un vent à décorner un bœuf, traversé la place Waldeck-Rousseau, puis gravi les marches du commissariat. Le visage de mon père en tête, je suis monté au premier étage et j'ai frappé à la porte de Pierre Chenal, le directeur de la sûreté urbaine.

J'ai entendu un « Entrez » énergique et me suis avancé.

— Greg Brandt, je viens prendre mon poste.

Chenal approchait les quarante ans, il avait un visage rond, un léger embonpoint et portait un costume croisé et une cravate bleu nuit. Une photo sur son bureau le montrait avec sa femme et une enfant joufflue, devant une maison au jardin rutilant. Il a jaugé mon mètre quatre-vingt-cinq et ma carrure. Je me suis senti mal à l'aise, navré d'avoir choisi de porter cet imper stéréotypé qui a semblé l'amuser.

— C'est vrai, j'avais oublié que c'était ta rentrée des classes.

Il a ouvert une chemise et s'est mis à lire comme s'il découvrait mon dossier.

— Tu as fait des études de droit.

— Je préparais un doctorat, en prenant mon temps… avant d'entrer à Cannes-Écluse[3]…

Il a hoché la tête.

— Je suis moi aussi rentré à l'école de Police sur le tard, j'ai consacré mon mémoire au *Commissaire de police, fonctionnaire d'autorité d'État*…

Il a entrelacé ses doigts et m'a regardé avec un air peiné.

— Ton père était de la maison… Une sale affaire.

Je me suis contenté d'un « oui » évasif.

---

3. École nationale supérieure de police nationale, implantée à Cannes-Écluse en Seine-et-Marne.

Il a tourné plusieurs feuilles.

— T'es sorti bien classé… Un petit tour au secrétariat de la Préfecture de Police de Paris et tu choisis le terrain à Nantes… Nous sommes heureux de t'avoir avec nous.

Je l'ai remercié d'un signe de tête, un peu intimidé. Il a fait glisser un tiroir.

— Voilà ta carte et ta médaille[4], évite de les perdre…

Il les a glissées vers moi. Je les ai placées dans ma poche intérieure, pendant qu'il m'observait toujours.

— Tu as trouvé à te loger ?

— Un appartement près de la place Graslin.

Il s'est levé.

— Parfait. Je vais te faire visiter la boutique. Tout le monde est sur le feu, l'attaque d'un fourgon blindé. J'ai envoyé deux inspecteurs sur place…

Nous sommes arrivés dans un bar, au même étage. Au comptoir, trois flics semblaient avoir passé la nuit à picoler.

Chenal les a salués de loin.

— C'est ici qu'on se retrouve pour décompresser. C'est ouvert vingt-quatre heures sur vingt-quatre, tu pourras aussi y casser la graine. On y embauche des gardiens de la paix, des veuves de policiers, des flics à la retraite qui ont du mal à joindre les deux bouts. Les bénéfices sont versés à l'association de la Police… Certains abusent au point d'en faire le premier des bars nantais, en chiffre d'affaires, malgré les prix modérés pratiqués… J'espère que ce ne sera pas ton cas…

---

4. *Chaque policier possédait une médaille, ronde, sur laquelle figuraient son matricule et les mots* Police, République française, ministère de l'Intérieur.

— Je bois peu.

Il s'est arrêté net, avec sur le visage la suspicion d'avoir affaire à un emmerdeur.

J'ai ajouté pour clarifier.

— Je sais aussi décompresser quand il faut.

Ça a semblé lui suffire.

Dans la coursive, il a ouvert une porte sur une pièce éclairée par une haute fenêtre à barreaux. Un bureau poussiéreux était couvert de papiers, d'un cendrier plein et d'une tasse de café sale. Un autre bureau était plus net.

— Ta loge d'artiste, je t'ai mis avec Pierrick. Vous êtes à peu près du même âge, il te rancardera sur le boulot. Évite seulement de prendre ses mauvaises habitudes… Il est à l'hôpital pour interroger un jeune qui prétend avoir subi un viol, il ne devrait pas tarder.

— Tu fumes ? m'a-t-il demandé presque comme une évidence.

— La pipe de temps en temps…

Ça a de nouveau eu l'air de l'amuser, mais il n'a fait aucun commentaire.

Nous sommes descendus à l'armurerie. Un gardien m'a remis un pistolet et m'a fait signer une décharge.

— Je suppose que tu as déjà tiré avec un 7,65 Unique ?

— À l'école.

— Alors, tu connais son défaut. La dernière fois, il nous a fallu vingt bastos pour descendre un petit braqueur, la moitié des balles était bloquée dans la maille de son pull… Enfin, à toi de voir… La maison n'en fournit pas d'autres.

Je n'ai pas véritablement compris ce « À toi de voir », mais je n'ai rien demandé.

Il a regardé sa montre.

— Bon, je te laisse, la juge en charge du braquage m'attend.

Il a conclu d'une voix tranchée.

— Familiarise-toi avec les locaux, et reviens à quinze heures pour le briefing.

15h00

Chenal m'a présenté les autres inspecteurs, par ordre d'ancienneté. Le premier, Georges Courtier, cinquante ans bien tassés, m'a adressé un regard neutre, montrant qu'il se fichait comme d'une guigne de ma présence.

Sans s'attarder, le patron est passé à un type en costume gris, bacchantes à la Brassens, lunettes en acier, la quarantaine.

— Valentin Diret, notre expert en armes, balistique, munitions et pyrotechnie… On va avoir besoin de ses compétences…

Le directeur s'est approché d'un autre quadragénaire en pantalon de velours côtelé à pattes d'éléphant et veste en mouton retourné, les cheveux mi-longs et la barbe noire.

— Le Marseillais… Ça ne t'embête pas que je t'appelle comme ça ?

L'homme a haussé les épaules.

— Jacques Camât est né en Tunisie. Il a grandi à Marseille, d'où son surnom. Il y a fait ses premiers pas à la PJ, avant d'être nommé à Rennes. Après ses exploits contre les dynamiteurs du FLB[5], on a jugé prudent de nous l'envoyer, histoire de l'éloigner du chaudron breton. Il va rentrer dans ses pénates. Enfin, pas loin, à Lyon, avec promotion à la clé.

---

5. *Front de Libération de la Bretagne.*

Il l'a gratifié d'une tape sur le dos.

— Félicitations, Jacques.

L'homme a hoché la tête, les yeux pétillants d'orgueil, sans relever l'ironie qui pointait sous l'éloge. Pendant ce temps, le dernier inspecteur, sans aucun doute mon binôme, l'avait fixé d'un regard réprobateur. Cheveux longs peignés en arrière, des cernes sous les yeux, il était le seul en jean.

— Pierrick Guéguen, a annoncé le patron. L'homme des sous-sols… Notre bouledogue, défenseur de la cause bretonne…

L'inspecteur a écouté ce bref portrait avec un mélange d'amusement et d'arrogance. Chenal a regagné son bureau et s'est laissé tomber dans son fauteuil.

— Bon, assez perdu de temps, les radios ne parlent que du braquage… Georges et Valentin étaient sur place, ils vont nous faire un topo.

La voix éraillée de Georges était celle d'un homme qui a fumé toute sa vie.

— On a affaire à des types chevronnés. Ça ressemble à l'attaque de 1973… Même banque, même centre commercial, des braqueurs armés de pistolets-mitrailleurs et de pistolets. Cette fois, il n'était que trois, mais la rapidité d'exécution démontre que ces gars n'en étaient pas à leur premier coup de main.

Chenal l'a coupé à l'intention de Pierrick et moi.

— Georges, explique l'attaque de 73 aux nouveaux.

Il s'est raclé la gorge et a soupiré avec un brin d'agacement.

— Décembre 73, 9 h 45, boulevard des Batignolles. Quatre types bloquent le fourgon devant un bar. Sous les yeux des poivrots, ils braquent les convoyeurs et font main basse sur plus d'un million de francs. Grâce à des tuyaux d'indics, on a serré le gang des Ferrailleurs, Le Toubib, son dauphin Lopez et les deux autres… Mais les mecs portaient des passe-montagnes. Sans témoin pour les identifier, le juge a ordonné un non-lieu.

Le patron a complété.

— L'attaque reste officiellement sans auteur…

Courtier a repris, en haussant le ton.

— Ces connards nous narguent partout en France. Certains ouvrent des comptes en banque sur lesquels ils déposent leurs butins, Le Toubib a même choisi une succursale qu'on le soupçonne d'avoir braquée. Il m'a dit un jour qu'il trouvait que c'était plus sûr…

— Si on n'est pas suivi par les juges, on se casse le cul pour rien ! a grommelé Pierrick.

Chenal a tempéré.

— On a quand même progressé en matière de sécurité, les sociétés de transport de fonds sont désormais obligatoires pour les montants supérieurs au million. Camionnette blindée, escorte de trois hommes. Pour les montants inférieurs, un seul homme suffit, mais il existe des caisses munies d'une alarme et de produits colorants indélébiles rendant les billets inutilisables…

Georges a repris la main.

— Sur l'attaque d'hier, les gars de Protection Ouest n'ont pas eu le temps de réagir. Ils se sont fait asperger par du lourd. Ensuite, les braqueurs n'ont pas hésité à tuer deux hommes, le chauffeur a eu la pétoche de sa vie, il tremblait encore comme une feuille quand je l'ai interrogé. Pas grand-chose à tirer de lui.

— Qu'est-ce qu'on sait de ce gars ? a demandé Chenal.

— Dans la boîte depuis dix ans. Marié, sans histoire...

— OK, d'autres dépositions ?

— Le directeur et les employés de la banque n'ont presque rien vu parce que le fourgon était garé en retrait. Une 504 bleu nuit, des types avec des masques de politiciens. Un des voyous a tiré des balles dans la porte vitrée. Le directeur et les employés ne sont sortis qu'après nous avoir appelés. Les truands s'étaient déjà fait la malle.

— Aucun autre témoin ?

— Pour l'instant, non. On a lancé un appel dans la presse. Avec le boucan qu'ils ont fait en défouraillant, j'espère qu'on aura des résultats.

Le patron s'est tourné vers Valentin.

— Tu as pu étudier les douilles ?

— Du 7,65, forcément une arme de guerre, sans doute un fusil-mitrailleur américain... Celui qui équipe les troupes de l'OTAN. La balle atteint 1080 mètres à la seconde, de quoi perforer le blindage. On est pourtant loin d'une camionnette passoire d'il y a quelques années. J'ai comptabilisé une vingtaine d'impacts sur le cadavre d'un des convoyeurs... Le tireur lui a dessiné une croix sur le corps et lui a littéralement explosé la tête comme une pastèque.

— Comment ont-ils fait pour choper ce type d'armes ?

— C'est assez facile de s'en procurer chez les Amerlocs...

— Autre chose ?

— Des douilles acier de Smith & Wesson...

Chenal a allumé une cigarette, visiblement agacé, exhalant la fumée par les narines.

— Ils ont raflé trois millions quatre cent mille francs, dont plus d'un million en numéraires.

— La recette des achats de fin d'année… Ils ont bien choisi leur jour, a souri le Marseillais.

— Ils étaient rancardés, a affirmé Georges, sans préciser d'où il tenait l'info. Le directeur de la banque m'a expliqué que les recettes de Carrefour leur sont confiées entre vingt-deux et vingt-trois heures. Elles transitent du service comptable de Carrefour au Lyonnais par un sas. La société de protection récupère les sacoches le lendemain. À partir de ce moment, ce sont eux qui sont responsables du fric. C'est d'ailleurs eux qui ont déposé plainte. Aucun préjudice ne sera porté par la banque, le directeur l'a répété plusieurs fois…

Il s'est rapproché du bureau pour parler au patron presque en aparté.

— J'ai eu l'impression que c'est la seule chose qui lui importait.

Le patron a tiré sur sa clope.

— C'est pourtant lui qui a donné l'alerte. Par chance, il a appelé la sûreté et pas la PJ. Je les ai malgré tout alertés avec la gendarmerie, pour la mise en place des barrages et du plan anti-hold-up… Même s'il y a deux morts, la juge nous laisse l'affaire, vu qu'on était les premiers sur le coup…

— T'as réussi à convaincre Bainville ? a demandé Georges, comme s'il s'agissait d'une prouesse.

— Absolument, je dois même dire que nous nous entendons très bien…

Il a marqué un temps et nous a dévisagés l'un après l'autre pour nous mettre la pression.

— C'est le plus gros braquage jamais commis dans la région ! Alors, je veux qu'on les coince...

Pierrick n'a pas semblé impressionné :

— Ça fera au moins des heureux...

Les regards se sont concentrés sur lui. Il a mimé un feu de paille avec ses doigts.

— Les clients qui ont casqué avec des chèques qu'on ne retrouvera jamais.

— Sans doute, a acquiescé Chenal, agacé par cette désinvolture.

Puis, il a réinterrogé Georges, sur un ton qui flirtait avec la cajolerie.

— Tu crois que les Ferrailleurs pourraient avoir remis ça ?

— L'un des convoyeurs a été tué d'une balle, sans doute a-t-il voulu jouer au brave. L'autre a été transformé en bouillabaisse. Le Toubib est un ancien militaire, il ne tue que si c'est indispensable, mais Gratien Lopez est d'une autre génération, il s'est peut-être laissé emporter...

— À part les Ferrailleurs, tu as d'autres idées ?

— Des équipes de l'extérieur, Paris, Lyon, Marseille... J'en saurai plus dans quelques jours...

— Et pourquoi pas Robert ?

La réponse est tombée comme un défi.

— Tu devrais aller lui demander.

Le silence qui a suivi était porteur de non-dits que je ne comprenais pas. Des questions sur la relation entre le patron et ses inspecteurs m'ont tourné dans la tête. J'étais le seul à ne pas être intervenu, je sentais que ma première prise de parole ne serait pas anodine, qu'elle déterminerait l'idée que mes collègues se feraient de moi.

Après avoir hésité, j'ai choisi la question qui découlait de ce que j'avais appris à l'école de Police.

— Vous avez relevé les empreintes ?

J'ai aussitôt regretté ma formulation.

— Ça, c'est une bonne remarque, m'a raillé Georges, déclenchant des sourires en coin.

Il s'est adressé à Valentin.

— T'as pensé à demander un relevé ?

Valentin s'est frappé le front.

— Merde ! Heureusement que le nouveau y pense…

J'ai senti mon visage rougir. Visiblement ravi de la diversion, Chenal s'est adressé à moi avec l'indulgence qu'on accorde à un nouveau un peu niais.

— Tout sera passé au crible, Greg, les douilles, le fourgon… Mais on sait déjà qu'on ne trouvera rien. Ces gars portaient des postiches et des gants.

Il s'est carré dans son siège, j'ai aperçu une chaînette en or sous son col de chemise, de la taille de celle qu'on offre lors d'un baptême, avec une médaille.

— Ce braquage est prioritaire, a-t-il conclu, tout le monde se met dessus, sans laisser tomber les enquêtes en cours. N'oubliez pas qu'on va se retrouver sous le feu de l'actualité, alors pas d'impair… Allez, au boulot.

J'ai rentré la tête dans les épaules et je suis sorti. Pierrick m'a envoyé un coup de poing dans l'épaule.

— Toi, on n'aura pas besoin de te bizuter, tu t'en seras chargé seul…

J'ai accepté la raillerie, certain que c'était la meilleure manière de passer à autre chose.

— J'aurais mieux fait de me taire.

Il a rigolé.

— Paye-moi un coup qu'on fasse connaissance, si on doit partager le même burlingue.

Il m'a emmené au bar et m'a présenté au serveur :

— Greg, il vient de nous rejoindre… Sers-nous deux pastagas.

L'homme a lancé un « Bienvenue à Nantes », avant de boiter jusqu'aux doseurs.

Pierrick m'a parlé à voix basse.

— Paul était gardien de la paix, il a renversé un type bourré qui s'est jeté devant sa caisse. Le gars est mort. Paul a terminé dans un arbre, la bagnole pliée… Le problème, c'est qu'il était beurré comme un P'tit Lu… Trois grammes dans chaque poche, on a réussi à le couvrir, mais son genou est resté en vrac. Il bosse ici, c'était ça ou pointer au chômedu.

J'ai songé aux plus de quinze mille morts par accident de voiture par an et aux ennuis que ce policier avait évités.

L'intéressé a fait semblant de ne pas avoir entendu.

— Voilà les gars, je vous ai mis deux doses et un glaçon.

J'ai glissé une pièce de cinq francs sur le comptoir, pendant que Pierrick rajoutait de l'eau dans les verres. Il a levé le sien.

— À la tienne !

N'ayant pas bu d'alcool depuis des semaines, je me suis forcé à avaler une gorgée.

— Alors, m'a demandé Pierrick, qu'est-ce que tu penses de notre petite messe ?

J'étais déstabilisé par sa façon de parler et pas très enclin à donner un avis.

— Ma foi, enrichissante…

Des plis de contrariété se sont formés sur son front.

— C'est ça, enrichissant. Une messe enrichissante…

Son expression montrait que ma réserve était en train de créer une méfiance. Autour de nous, plusieurs policiers et leurs visiteurs se détendaient dans une ambiance enfumée.

J'ai fini mon verre et jeté un œil à ma montre.

— T'en prends un autre ?

Je n'avais rien avalé depuis le petit-déjeuner, l'alcool me tombait dans l'estomac, mais un refus l'aurait vexé.

— Avec plaisir.

Il a aussitôt levé la main.

— Paul ! Remets-nous les frères jumeaux…

Sur le seuil, Georges observait le bar. Son regard s'est arrêté sur nous, il s'est approché :

— Tout à l'heure, c'était con de me foutre de ta gueule…

— C'est ma question qui était conne.

Il a souri du coin de la bouche, continuant à me jauger.

— J'ai connu ton père, à la Libération. Désolé de ce qui lui est arrivé.

Une bouffée d'émotion m'a submergé.

— Merci.

— Tu veux boire un coup ? a demandé Pierrick.

Il l'a à peine regardé.

— Les gendarmes ont logé la 504 sur le pont de la Beaujoire. Une caisse volée, il y a deux jours… Une autre bagnole devait les attendre, ils ont pu se tirer vers Vannes, Bordeaux ou Paris… J'y vais avec Valentin, a-t-il conclu, pivotant sur ses talons, sans saluer quiconque.

— Putain, s'est plaint Pierrick, je comprendrai jamais comment ce mec fonctionne…

Succinctement, il m'a expliqué que Georges s'était enrôlé dans la Résistance dès 40. Ceux qui n'étaient pas de la génération ayant au moins participé à la guerre d'Indochine ou aux événements d'Algérie l'indifféraient. Flics ou voyous, il considérait la distinction comme subalterne pour juger un homme, comparé au camp choisi pendant ces conflits.

J'ai hésité à demander des explications, repoussant l'idée à plus tard. Nous avons devisé de mes premières impressions sur Nantes. Il y avait dans son œil l'étincelle d'un boxeur face à un autre pugiliste. À la quatrième tournée, il a fini par aller droit au but.

— T'es plutôt costaud, tu fais du sport?

— Plus tellement, un peu de course trois fois par semaine.

— Eh ben, qu'est-ce que ça devait être avant…

Mon ton chargé de Pastis m'a paru gonflé d'orgueil.

— À Paris, je pratiquais la savate dans un club de boxe française…

Ça n'a pas eu l'air de l'impressionner.

— Tu m'en diras tant… Moi, j'ai appris à me bastonner dans la cour d'école de Pontivy. Si tu veux, on pourra s'entraîner au tir, un de ces quatre?

L'effet de l'alcool était en train de nous faire basculer dans une compétition machiste, un éclair de lucidité m'a enjoint à stopper la surenchère.

— Pourquoi pas… Mais je ne suis pas très bon. Autant te prévenir.

Il a éclaté d'un rire impérieux.

— Il faut soutenir la crosse en douceur, sans trop serrer, comme si tu te tenais les burnes. Ensuite, tout est dans l'art de respirer en visant la cible. Je te montrerai…

Chenal a fait irruption.

— Pierrick, vous n'aviez rien d'autre à faire ?

— C'est que... J'explique le fonctionnement de la boutique à Greg.

— Autour d'un Pastis ! Belle façon de lui enseigner les ficelles du métier. Enfin, passons... Je veux que tu ailles voir Robert. Cuisine-le sur le braquage...

Les pupilles de Pierrick ont dégagé une insolence mal réprimée.

— Georges ne veut pas y aller ?

Le patron s'est rembruni.

— Je lui ai confié une tâche plus urgente. Vas-y avec Greg, ce sera instructif pour lui...

Il s'est adressé à moi.

— C'est bon pour toi ?

J'ai opiné de la tête.

— Bien sûr.

— Parfait, allez-y ensemble demain matin...

Il s'est tourné vers Pierrick.

— Au fait, qu'est-ce que ça a donné avec le jeune de l'hosto ?

— Le môme a morflé... Maintenant, est-ce que c'est un viol... Il est infoutu de donner une description de son agresseur. On a peut-être affaire à une dispute entre fiottes.

Le patron a rectifié, sans conviction.

— On dit homosexuels, Pierrick, et je te rappelle que c'est autorisé s'ils ont plus de dix-huit ans, depuis l'abaissement de la majorité de 74.

Pierrick a croisé les bras.

— Bien sûr... Mais ce garçon, si vous voulez mon avis, il se faisait enfiler bien avant la puberté... Dans le coin où il crèche, ils ont l'habitude de...

Le patron ne l'a pas laissé finir.

— Greg, retourne à l'hôpital demain, après avoir vu Robert. Réinterroge ce jeune, je suis curieux d'avoir ton sentiment…

19h30

Ma mère était contrariée.

— Je n'ai pas besoin de te voir pour savoir que tu as bu.

— C'était difficile de refuser…

— Il faut que tu apprennes à ne pas te laisser entraîner. Ton père pensait que les policiers qui boivent déshonorent le métier.

— J'ai pourtant le souvenir de l'avoir entendu rentrer assez éméché…

Silence ému dans le combiné. Elle a eu besoin d'un moment pour encaisser.

— Ton père se donnait tellement dans son travail, il fallait bien qu'il se détende de temps en temps, a-t-elle concédé, mais il s'est toujours soucié de notre confort. Tu n'as pas le droit de te souvenir de lui de cette façon.

J'étais un peu honteux d'avoir égratigné l'homme qu'elle avait sacralisé toute sa vie.

— Je suis désolé, maman. Plusieurs collègues l'ont connu ou ont entendu parler de lui, ils n'ont pas tari d'éloges.

Je pouvais presque voir les larmes de joie dans ses yeux.

— Ton père était un héros…

Et je devais me montrer digne de lui, elle n'avait pas besoin de formuler une suite que je connaissais. L'écho de sa voix m'est parvenu.

— Je suis certaine qu'il serait fier de toi. Comment as-tu trouvé ton chef?

— Difficile à dire, sûrement un bon père de famille. Bon croyant… Il te plairait. La question est plutôt de savoir ce que lui a pensé de moi…

Elle n'a pas relevé l'ironie.

— Je suis certaine qu'il réalisera vite la chance qu'il a de t'avoir dans son équipe.

J'ai jeté un œil au frigo, dans lequel une poignée de civelles[6] m'attendait.

— Il m'envoie interroger un jeune, victime d'une agression.

— Fais-lui un rapport qui l'étonnera. N'oublie pas qu'il n'y a rien de mal à courtiser ton supérieur pour qu'il reconnaisse tes qualités.

— C'est ça, maman, c'est ça, j'y penserai. En attendant, je dois me faire à dîner.

Elle a ri avec une espièglerie peu coutumière.

— D'accord, mon fils… Prépare-toi un bon repas, tu en as besoin. Mais maintenant que tu es installé, il te faut une petite femme pour s'occuper de toi.

4 janvier – 9 h 00

La 4L marron banalisée s'est arrêtée le long du trottoir. Je me suis assis à côté de Pierrick et j'ai attrapé la ceinture de sécurité.

— T'emmerde pas, m'a dit Pierrick, c'est pour les citoyens lambda. On va pas se faire chier avec les lubies des politicards, ils n'ont que ça à foutre d'emmerder les gens.

Il a écrasé sa Gauloise dans le cendrier.

---

6. Alevins d'anguilles, très bon marché à l'époque.

— Bien dormi ?

J'ai joué la carte de la franchise.

— Pas terrible, j'ai la gueule de bois.

Il s'est esclaffé.

— Ça passera… Tu te feras vite au régime maison.

Il a glissé un œil vers moi.

— C'est comme le costard, personne ne t'emmerdera si tu le colles au placard.

— Je me sens plus à l'aise que dans un pantalon serré.

— Je suis plutôt blouson, à la *Serpico*. T'as vu le film ?

J'ai opiné.

— Al Pacino est aussi impeccable que dans *Le Parrain*.

Il a paru satisfait que nous ayons trouvé un terrain d'entente.

— On peut aller voir le prochain Lumet, *Un après-midi de chien*…

— J'ai entendu dire que les flics n'ont pas le bon rôle…

Il a rigolé, citant le dernier film de Granier-Deferre.

— *Adieu poulet*…

J'ai joué l'humour comparatif entre nous deux.

— Excellent duo, Ventura et Dewaere. Cravate pour l'un et jean pour l'autre…

Il a éclaté de rire et accéléré.

Après deux minutes, j'ai risqué une question.

— Hier, le patron était réticent à aller interroger Robert lui-même ?

Malgré l'ambiance que j'avais réussi à créer, il est resté sur la réserve.

— Ouais, je pense qu'il n'avait pas envie de se confronter à Robert. Tu vas voir, c'est quand même un sacré mec…

— Et Georges ?

— Georges, c'est autre chose, c'est un gaulliste de la première heure… Robert a soutenu l'Algérie française… Alors quand ils se rencontrent, ça fait des étincelles. Étant donné les deux macchabées du braquage, Georges risquerait de dérailler pendant l'interrogatoire.

— J'ai eu l'impression que Chenal prenait des pincettes avec lui.

— T'as remarqué, on vouvoie tous Chenal, sauf Georges… Georges se moque de la hiérarchie, il tutoie tout le monde, même les juges. Ce gars a été décoré de l'ordre de la Libération, il aurait pu devenir député ou préfet. Mais il déteste les ronds de cuir. Il pourrait faire valoir ses droits à la retraite, mais il a eu trois gosses d'un premier mariage, ça lui permet de grappiller du rab. J'imagine qu'il sait que dès que ce sera fini, il se fera chier comme dans un cercueil. Ou alors, il a une autre raison de vouloir rester opérationnel…

— Pourquoi n'est-il pas à la tête de la sûreté ?

— Figure-toi qu'il a refusé… Quand Chenal a été nommé, il paraît que Georges le bouffait tous les matins au petit déj… Tu penses… Chenal n'a jamais tenu un fusil de sa vie… Ils ont fini par trouver un *statu quo*. Les hostilités ont repris à la mort de Pompidou, avant l'élection de l'autre pingouin…

— Valéry Giscard d'Estaing ?

— VGE, ouais… Chenal était à fond derrière le catho de Chamalières. Georges soutenait Chaban-

Delmas, par fidélité à de Gaulle. Il n'a pas aimé le résultat.

— Et toi ?

— Je suis breton, alors les histoires de politique française, je m'en tamponne.

Nous avons dépassé le panneau de sortie de Nantes, j'ai cherché à le pousser dans ses contradictions.

— T'as quand même intégré la Police française…

Il s'est tourné vers moi, son rire provocant a fusé.

— Tu connais un job dans lequel on peut autant se marrer ? Avec ma médaille de flic, je peux faire tout ce qu'on m'interdisait dans le civil… Pour moi, c'était flic, la prison ou l'asile.

J'ai eu du mal à départager s'il le pensait ou si c'était de l'esbroufe. Nous sommes restés un moment silencieux, avant qu'il me relance.

— Et toi, la politique, t'es de quel bord ?

— Mon père était gaulliste. Même si je ne partageais pas toutes ses opinions, je crois qu'on n'est pas près de retrouver un homme de sa trempe pour diriger ce foutu pays.

Il a engagé une vitesse et cité de Gaulle :

— *Les Français sont des veaux !* Bon, on arrive, apprête-toi à rencontrer le fauve.

— Il est si dangereux que ça ?

— Avant de s'installer à Nantes, on sait qu'il a commis des braquages pour financer l'OAS. Difficile d'exclure qu'il ait continué pour son compte, Georges en saura plus quand il aura fait jouer ses relais.

Il a souri de mon étonnement.

— Georges a des connexions chez des militaires passés au banditisme. Presque autant que dans les ministères et les services plus ou moins clandestins. Il connaît des secrets que beaucoup d'hommes politiques n'ont pas envie de voir révéler sur la place publique. De toi à moi, je ne serais pas surpris que ce soit aussi le cas de Robert…

— Tu penses qu'il a commis ce braquage ?

Il s'est contenté de hausser les épaules.

— Le meilleur moyen de le savoir, c'est de lui poser la question.

9h30

Pierrick a bifurqué sur une allée de graviers, passé un portail métallique, parcouru cinq cents mètres entre une allée d'arbres et garé la 4L à côté d'une Mercedes-Benz 280 SE, devant un corps de ferme couvert de vigne vierge. Derrière, on apercevait une dépendance dans laquelle une Jaguar XJ, une Maserati et une Facel Vega HK 500 étaient stationnées.

Je n'ai pas retenu un sifflement admiratif.

— Belle collection…

— Que veux-tu, ça paye, les bars à filles…

Un berger allemand a foncé sur la 4L, en aboyant. Il a collé ses pattes sur la vitre de mon côté, les poils hérissés et la gueule ouverte, couvrant le verre de bave. Une quinquagénaire aux bras potelés, maquillée comme une voiture volée, est sortie de la maison. Elle a hurlé un ordre au clébard qui s'est radouci avant de retourner à sa niche, continuant à grogner.

Nous sommes descendus de voiture.

— Si ça t'emmerde pas, mieux vaut que tu me laisses lui causer, a suggéré Pierrick.

— Pas de problème, je suis là pour apprendre.

La femme nous a fait entrer. Son regard acide marquait le dégoût que nous lui inspirions. J'ai jeté un œil au salon rustique, les meubles en bois et le canapé en cuir. La chaleur dégagée par la cheminée était agréable, une tête de sanglier trônait au-dessus.

— Il est dans la cuisine, a dit la femme, il m'avait prévenu que vous alliez vous pointer. Hier soir, il m'a demandé de me préparer à ce qu'il soit absent plusieurs jours. Vous allez vraiment l'embarquer ?

Pierrick est resté évasif.

— Ça dépendra...

Il flottait un relent de pot-au-feu. Une fille d'une vingtaine d'années, minijupe et chemisier rouge, remplissait un bol de café à Robert, assis de dos à une table en bois. La jeune femme s'est reculée, recoiffant d'un geste sa chevelure brun foncé. Son visage était anguleux, ses yeux noir profond. Sans aller jusqu'à dire qu'elle était belle, je trouvais qu'elle avait du « chien », une sensualité dure, mordante.

Robert nous a parlé par-dessus son épaule en se coupant une tranche de pain.

— Entrez, les gars. Ne vous gênez pas.

Nous avons fait le tour de la table. Chemise à carreaux boutonnée jusqu'au col, des cheveux châtain taillés à la militaire, des mains fortes et cagneuses, deux rides dures aux plis des lèvres, il a ignoré Pierrick et m'a dévisagé.

— Si vous êtes venus m'arrêter, attendez que j'aie fini mon petit déj. Sans quoi, vous aurez un type de mauvais poil à interroger. Sinon, asseyez-vous, on peut toujours causer. Ça ne mange pas de pain.

Pierrick a tiré une chaise et s'est adressé à lui comme à une vieille connaissance.

— On enquête sur le braquage de Carrefour, t'en as entendu parler ?

Robert a désigné le *Ouest-France*, plié sur la table.

— Je lis les journaux, comme tout le monde.

— Inutile de te demander où tu étais ?

Il a secoué la tête.

— Au contraire. J'étais avec une de ces dames… Je te laisse deviner laquelle.

Les deux femmes ont gloussé. Pierrick a tapé du poing.

— Un mort d'une balle dans la bouche, un autre fourré de bastos comme une dinde de Noël, je ne trouve pas sujet à rigolade.

Robert a hoché la tête.

— Question de point de vue. Selon moi, ce sont les risques du métier. Tu le saurais si tu avais été militaire.

— Ne me fais pas chier avec ça, la guerre d'Algérie est finie.

— C'étaient des opérations de maintien de l'ordre, c'est devenu une guerre quand de Gaulle nous a lâchés. Mais pour toi, elle n'a jamais commencé, voilà pourquoi tu ne fais pas la différence.

J'ai senti que Pierrick se retenait.

— Je suis breton, alors le statut colonial, je connais.

J'étais resté debout, Robert lui a parlé en me regardant.

— Tu serais prêt à tuer pour la Bretagne ?

— Le sujet n'est pas d'actualité.

— S'il le devient, tu seras face à ta minute de vérité.

— Ça suffit, s'est agacé Pierrick, dis-nous où tu étais hier entre huit heures et midi ?

— Avec moi, a affirmé la femme mûre. Nous avons passé la journée et la nuit ensemble.

— T'as ta réponse, a confirmé Robert, narquois.

Il a claqué des doigts à destination de la femme.

— Sers-leur des cafés, ils ont des têtes à en avoir besoin.

Elle a rempli deux bols, le regard plein d'animosité. La jeune femme se tenait dans l'angle de la cuisine, elle a tourné une mèche autour de son index et a souri à Pierrick.

— Tu sais ce que tu risques pour un faux témoignage ?

La matrone a pincé les lèvres.

Pierrick s'est adressé à l'autre fille.

— Et toi, t'étais où ?

— Moi, s'est-elle étranglée, j'ai passé les deux dernières nuits ici.

Mon équipier a statué pour Robert.

— Donc, il semble que t'as rien à voir avec ce braquage.

— Malheureusement, a-t-il réagi, ironique.

— Qu'est-ce que tu veux dire ?

— Si j'étais derrière ce coup, on l'aurait fêté au champagne. Moi, parce que si les chiffres annoncés sont exacts, j'aurais ramassé le pactole. Et vous, les petits condés, parce que si vous pouviez me coller ça sur le dos, ça redorerait votre blason…

Pierrick est resté interdit, provoquant un rictus insolent sur les lèvres de son vis-à-vis.

J'ai renversé mon café dans l'évier, posé les mains à plat sur la table et me suis penché sur Robert, lui parlant d'une voix volontairement triste.

— Vous oubliez les familles qui pleurent leurs morts…

Une veine a palpité sur son front. Son humeur a changé, il s'est raccroché à une sentence hors de propos, qui a sonné comme une menace.

— Les hommes, il y a ceux qui s'achètent et ceux qui finissent flingués.

Je n'ai pas pu me retenir.

— Même les policiers ?

— Vous, vous n'êtes pas des hommes. Sinon vous ne vous planqueriez pas derrière une carte et une médaille.

10h30

Amer, Pierrick s'est assis au volant.

— Cet enfant de salaud nous attendait…

— Tu veux dire qu'il avait anticipé l'alibi des deux femmes.

— Difficile à dire. De toute façon, pour l'instant, on est marron, on n'a rien pour prouver qu'elles mentent. Et inutile d'emballer Robert pour le faire causer, autant se cogner les poings contre une planche en bois.

Il a démarré.

— Laquelle est sa femme ? ai-je demandé un peu naïvement.

— À mon avis, il pine les deux… La vieille, c'est une teneuse de bar qu'il a gardée dans une affaire, quai de la Fosse. L'autre, je l'avais jamais vue…

— Elle m'a paru moins solide, peut-être reviendrait-elle sur sa déposition si on la sort de ses pattes. Peut-être même qu'on pourrait lui faire avouer qu'il les a poussées à mentir, t'en penses quoi ?

— Peut-être… Mais si c'est lui qui a commis le braquage, je te fiche mon billet qu'elle n'aura rien à raconter. Il n'est pas assez con pour s'en être vanté sur l'oreiller.

L'espace d'une seconde, une lueur qui s'apparentait à de la gourmandise est passée dans ses yeux. J'ai eu la vague idée que Robert avait fait venir cette fille comme un appât sur un hameçon. Pierrick s'est esclaffé.

— T'as vu la manière dont elle m'a allumé ? Cette jument est chaude comme de la braise. Je vais la convoquer aux mœurs pour sa photo de bienvenue, je te jure qu'elle filera doux après.

Sa réflexion m'est passée au-dessus de la tête.

— Et maintenant, qu'est-ce qu'on fait ?

— Je te ramène à Waldeck, tu dois aller à l'hôpital. Bon courage avec la fiotte…

15h00

Le môme d'une vingtaine d'années, un peu rachitique, portait des marques de contusions sur son visage pâle et des traces de strangulation noires et bleues autour du cou.

Sa panique s'est manifestée dans son regard. Il s'est redressé dans son lit.

— Qui êtes-vous ! Qu'est-ce que vous faites là ?

J'ai décliné mon identité. Il s'est rembruni, sur la défensive.

— J'ai déjà tout raconté à votre collègue. Ça n'avait pas l'air de l'intéresser.

J'ai attrapé une chaise en compatissant.

— Je suis désolé, mon collègue est un peu à cran. C'est moi qui suis chargé de votre affaire. Mais pour coffrer l'homme qui vous a attaqué, j'ai besoin que vous m'aidiez, vous comprenez ?

Il a soupiré d'un air épuisé.

— Que voulez-vous savoir ?

— Tout ce que vous pourrez vous rappeler de votre agresseur.

— C'est trop difficile, tout est embrouillé dans mon cerveau.

— Écoutez, je voudrais que vous fermiez les yeux et que vous repreniez ce qui s'est passé depuis le début…

— Pourquoi voulez-vous que je ferme les yeux, j'ai pas envie, ça me fout la trouille.

J'ai décidé de l'appeler par son prénom.

— Vous n'avez rien à craindre, Damien, vous êtes dans un hôpital, avec un policier. Si je vous demande de fermer les yeux, c'est pour vous aider à vous souvenir. Allez, s'il vous plaît, racontez-moi depuis le début.

Le gamin me fixait comme s'il voulait scanner ma pensée.

Il s'est essuyé le coin de l'œil avec le majeur, d'un geste un peu efféminé. Je me suis demandé si cet air délicat avait pu attirer un prédateur. Il a baissé les paupières et pris son temps. Il lui a fallu plus d'une minute pour ouvrir la bouche.

— Je rentrais de chez une amie qui habite rue du Calvaire. Nous avions un peu trop bu… Je suis passé par le cours des Cinquante Otages, ensuite j'ai marché vers la galerie Decré. J'habite rue de la Juiverie, j'ai longé l'église Sainte-Croix, je me suis arrêté devant mon immeuble, le temps de prendre ma clé dans ma poche.

Ces éléments étaient dans le rapport de Pierrick, je l'ai laissé poursuivre.

— Les restaurants sont fermés le lundi, il n'y avait personne dans la rue. Au moment où j'ai ouvert, un type m'a demandé du feu.

— Comment était-il ?

Les plis sur son front ont montré qu'il tentait de se souvenir.

— Il faisait noir, je ne l'ai pas bien vu. Il avait les cheveux foncés, courts ou plaqués en arrière par de la gomina, il m'a semblé qu'il n'était pas très vieux. Trente ans, quarante maximum… Une voix grave, mais douce… Enfin, il parlait gentiment.

— De quelle taille ?

— Grand, il était grand.

— Un mètre quatre-vingts ou plus ?

— Difficile à dire… Il était poli et avait l'air charmant. J'ai quand même eu la frousse, alors je me suis contenté de répondre que j'étais désolé, mais que je ne fumais pas.

— Comment a-t-il réagi ?

— Il a dit que c'était pas grave, qu'il me trouvait mignon, que c'est surtout pour ça qu'il m'avait abordé. Et puis, il a posé la main sur mon épaule. J'ai senti qu'il était fort. Alors je lui ai parlé doucement, je l'ai remercié pour le compliment, j'ai dit que j'étais fatigué, que j'allais rentrer me coucher… Il a dit qu'il comprenait, qu'il allait prendre mon numéro de téléphone pour une autre fois.

— Qu'avez-vous répondu ?

— J'ai hésité, je me suis dit que ce serait la meilleure façon de me débarrasser de lui. Mais finalement, j'ai quand même refusé, j'ai dit que je n'aimais pas les garçons…

Il a mis les deux mains sur son visage.

— Oh, mon Dieu ! Pourquoi je ne me suis pas contenté de lui donner…

Les larmes ont afflué. Il a ouvert les yeux. J'ai hoché la tête pour lui montrer que je compatissais et je lui ai fait signe de continuer. Son regard m'a montré qu'il acceptait d'y replonger, parce que j'avais fait preuve d'une empathie que n'avait pas eue Pierrick. Il a refermé les paupières.

— Aussitôt que j'ai refusé, son regard a changé d'un coup, comme si je le dégoûtais. J'avais le pied dans l'embrasure de la porte, il m'a poussé avec une violence inouïe. Je me suis écroulé. J'ai entendu la porte claquer. Ensuite, j'ai reçu une série de coups de pied et j'ai perdu connaissance.

Il s'est tu un bref moment, puis a repris :

— Quand je me suis réveillé, j'étais allongé sur le ventre dans le local à poubelles. Il était à califourchon sur moi. J'avais du mal à respirer. J'ai senti qu'il baissait mon jean… Je l'ai supplié d'arrêter, mais il a écrasé ma bouche sur le ciment. J'ai hurlé de douleur. Il m'a insulté, il répétait que je l'avais cherché…

Ses traits se sont crispés, il s'est cramponné au drap. J'ai posé une main sur la sienne.

— Répétez ce qu'il vous a dit…

— Il prétendait que j'aimais ça… Il me traitait de salope, d'allumeuse. « Tu la sens maintenant, sale garce »… Enfin ce genre de chose… Je crois que ça l'excitait de me traiter de tous les noms… J'ai senti son corps se raidir. Il m'a retourné comme si je ne pesais rien. Son visage était déformé par une grimace ignoble. Je l'ai supplié de m'épargner, je lui ai juré que je dirais rien, mais il m'a étranglé avec ses mains. Je ne pouvais plus respirer, je me tordais dans tous les sens, mais il était beaucoup trop fort. J'ai eu l'impression que mes yeux sortaient de mes orbites…

Une nouvelle salve de pleurs l'a secoué, comme s'il réalisait de nouveau qu'il avait failli mourir. Son front ruisselait de sueur. Il a continué sur un ton déterminé pour me montrer qu'il irait jusqu'au bout.

— Je me suis réveillé dans le noir. Il m'a fallu un moment pour me rendre compte qu'il m'avait balancé dans une poubelle. Il devait croire que j'étais mort. J'ai réussi à sortir, malgré la douleur. J'ai fait quelques pas. Je suis tombé à cause de mon jean sur mes mollets. Mon slip était en boule dedans. Je suis monté chez moi, je me suis précipité sous la douche. J'y suis resté jusqu'à ce qu'il n'y ait plus d'eau chaude. Ensuite, j'ai téléphoné à mon amie. C'est elle qui a contacté les urgences. Ils sont venus aussitôt et m'ont immédiatement emmené. Tout le monde a été très gentil…

Il a semblé en avoir terminé, soulagé d'avoir tout raconté.

Côtes cassées, écrasement de la trachée, traumatismes crâniens, déchirement de l'anus… la narration du calvaire qu'il avait subi correspondait au rapport du médecin.

— Vos parents ont été prévenus ?

Il a paru surpris que je m'en soucie.

— J'ai pas de père. Ma mère habite Brest, j'ai refusé qu'on l'appelle. Elle a déjà assez de problèmes.

Son ton montrait qu'il était inutile d'insister. J'ai demandé à mi-voix :

— Selon vous, y a-t-il une chance que vous ayez déjà rencontré cet homme ?

— Peut-être… Mais je ne pense pas.

— Pourquoi ?

— La façon qu'il a eue de m'aborder, j'ai plutôt eu l'impression qu'il errait dans le quartier, comme un type qui connaît mal la ville.

— Ou qui cherche une proie, ai-je complété.

Il n'a rien objecté. J'ai observé ce survivant qui venait de replonger dans l'enfer pour m'aider dans l'enquête. Malgré le peu d'éléments nouveaux, j'ai tenu à le remercier et demandé :

— Hormis sa taille, le portrait que vous avez fait correspond à monsieur Tout-le-Monde. Vous souvenez-vous d'autre chose… la marque de ses cigarettes, ses vêtements, ses chaussures… N'importe quoi… Même une vague sensation, même si vous n'êtes pas certain.

Il a hésité.

— Comment vous dire… Moi, je suis pas raciste, je m'en fous des immigrés et tout ça… Mais je crois que ce pourri est un métèque…

J'ai pensé à la chanson de Georges Moustaki[7].

— Qu'est-ce qui vous permet de dire ça ?

— Ben, je ne suis pas sûr, mais quand il était sur moi, il m'a semblé que ses fringues sentaient l'huile d'olive.

19 h 00

Après des heures passées à rédiger mon rapport sur l'audition du jeune homme, je suis rentré, vidé par la dureté de son témoignage, me contentant d'un dîner léger. Délaissant le Goncourt, *Les Bêtises*[8], j'ai maté *La grande vadrouille*, à la télé, puis j'ai dû m'assoupir sur le journal. La musique du générique annonçant la fin des émissions[9] m'a

7. *Auteur-compositeur-interprète de la chanson* Le Métèque *(1969) :* Avec ma gueule de métèque, de juif errant, de pâtre grec…

8. *Roman de Jacques Laurent.*

9. *Générique annonçant la fin des émissions d'Antenne 2, signé Folon sur une musique de Michel Colombier.*

sorti du sommeil, j'ai regardé les hommes volants, un nœud dans la gorge, en pensant à mon père, parti trop tôt.

À l'hôpital, Damien avait prétendu ne pas en avoir, façon d'exprimer qu'il n'avait pas connu son géniteur. Je me suis demandé ce qui était pire. Trouvant l'interrogation idiote, je me suis levé pour éteindre le poste de télé, puis je me suis dirigé vers mon lit, à l'allure d'une limace.

J'ai réglé mon réveil à six heures.

Au milieu de la nuit, je me suis réveillé avec l'intuition que les agressions ne faisaient que commencer.

5 janvier – 7 h 00

Le décollage a été compliqué, j'ai avalé un café noir et je suis sorti. Dehors, la ville drapée de givre était encore endormie. Un pâle soleil tentait de percer les nuages.

Pierrick descendait les marches de Waldeck, pas rasé, la tronche d'un type qui a éclusé toute la nuit. Il a rigolé, visiblement un peu éméché.

— Alors, la confession de la tantouse ?

— Ne parle pas comme ça, ce môme a été laissé pour mort par un maniaque sexuel.

— Il est de la jaquette, ton gosse… Si ça se trouve, il tapinait près de chez lui. Si tu étais d'ici, tu saurais que les pissotières de l'église Sainte-Croix sont un repère de lopettes prêtes à casquer pour se faire dégorger le poireau. Tu lui as demandé comment il gagne sa croûte ?

— Non, mais j'ai vérifié auprès de son amie. Elle corrobore l'histoire de ce gamin. L'heure de son départ de chez elle correspond.

— Ça n'empêche pas qu'il a très bien pu s'arrêter pour se faire un petit extra en espérant une rétribution. Qui sait, la prestation a manqué d'entrain, le type n'était pas content… ou il en voulait plus…

Je lui ai balancé ma façon de penser, le regard planté dans le sien.

— Parce que selon toi, le fait d'en être réduit à se prostituer pour payer son loyer excuserait la tentative de meurtre qu'il a subie ?

Mon binôme a tangué, les aisselles de sa veste étaient légèrement mouillées de sueur. Il s'est accroché à la rambarde, conscient que ses propos étaient allés trop loin.

— C'est pas ce que j'ai dit…

Son élocution était laborieuse. J'ai laissé passer un silence éloquent.

— Je vais te dire ce que je pense. Si son agresseur n'est pas un rôdeur, on entendra de nouveau parler de lui. Parce qu'une fois passés à l'acte, ce genre de tarés ne s'arrêtent pas…

10h30

Chenal a ouvert la porte.

— Pierrick n'est pas là ?

— Non, je l'ai croisé tout à l'heure.

— Tant pis, on se passera de lui. Il y a du nouveau sur le braquage, j'ai convoqué l'équipe. Laisse tomber ce que tu es en train de faire, les autres doivent déjà m'attendre…

Pendant que nous marchions vers son bureau, il m'a félicité pour mon rapport.

— Très bien rédigé, Greg, ça me change des torche-culs de Pierrick. Si je te comprends, on a affaire à un viol suivi d'une tentative de meurtre par un agresseur inconnu de la victime.

— C'est mon sentiment.

— Mais tu n'as pas d'éléments permettant son arrestation.

— Effectivement, il ne m'a pas donné de quoi établir un portrait, mais le détraqué qui l'a violé et laissé pour mort était grand…

Il m'a coupé avec une moue circonspecte.

— C'est vague, les victimes voient presque toujours leurs agresseurs plus grands qu'ils ne sont… réflexe psychologique lié à la peur.

J'ai hoché la tête pour montrer que j'approuvais.

— La façon dont il l'a insulté me laisse penser que ce n'est peut-être pas un homo… Plutôt un fou qui a cédé à une pulsion incontrôlable. Si c'est le cas, à l'avenir il pourrait s'en prendre à des femmes.

Le patron m'a regardé, interloqué.

— Eh ben, on est loin de l'habitué des pissotières de l'église Sainte-Croix envisagé par Pierrick… Pour autant, le môme a très bien pu te raconter des salades pour éviter d'avouer qu'il tapinait autour des chiottes…

— Peut-être… mais je ne le crois pas. Dans son état de stress, il m'apparaît quasi impossible qu'il ait pu me mentir sans que je m'en aperçoive. Pierrick m'a effectivement dit que la place de l'église Sainte-Croix est fréquentée par des homos qui se prostituent. On pourrait mettre les alentours sous surveillance, au cas où l'agresseur reviendrait.

Il a réfléchi quelques secondes.

— Lors de la prochaine réunion chez le préfet avec les patrons des renseignements généraux et de la police judiciaire, je demanderai aux RG d'insister sur le quartier du Bouffay, pendant les prochaines semaines. On s'entend bien, je crois qu'il acceptera.

Les guerres entre services donnaient souvent lieu à des rétentions d'informations, j'ai poursuivi sans relever.

— Le violeur a peut-être déjà sévi dans ce quartier, escomptant que ses victimes n'oseraient pas porter plainte… Je peux tenter d'aller discuter avec certains promeneurs nocturnes, histoire de prendre la température ?

Il a souri à mes circonvolutions verbales.

— Va te balader dans le coin, si ça te chante, mais ça m'étonnerait que tu trouves quelqu'un de loquace… Autre chose, cette histoire d'odeur d'huile est intéressante, ça pourrait nous dresser un profil d'immigré. Ne néglige pas cette piste.

Georges et Jacques patientaient devant la porte, des dossiers sous les bras.

— Valentin était occupé ? a demandé Chenal, contrarié.

— Il est allé récupérer les résultats des autopsies, a indiqué Georges.

— Très bien, allons-y.

11 h 00

Chenal est entré direct dans le vif du sujet :

— J'ai sollicité nos collègues de l'OCRB[10]… On cherche des braqueurs rodés à ce genre d'opérations, avec des connexions pour les armes lourdes. La plupart des pistes auxquelles je pensais ne collent pas avec la date de notre braquage. Commençons

10. Office Central pour la Répression du Banditisme.

par ceux qu'on peut éliminer pour que vous ne perdiez pas de temps. Bernard Anguille, dit l'Anguille, un ancien d'Indochine, l'un des plus vieux du métier. Après vérification, il est à la Santé. Il y aura passé la moitié de sa vie…

— Et n'a pas de sang sur les mains, a précisé Georges, comme pour dédouaner un militaire qu'il devait connaître.

— Passons au suivant, a coupé court Chenal. On peut aussi éliminer Malo, dit le Gros, racket, association de malfaiteurs, braquages. Il vient de sortir de Fresnes et doit avoir besoin d'argent, je l'avais donc mis en haut du panier, mais il était en garde à vue pour une histoire de proxénétisme. Son ex-femme s'est mise à la colle avec un autre souteneur pendant son incarcération… Bref, ça ne peut pas être lui. J'ai aussi sorti Andreoni. Je précise pour toi, Greg, c'est un corse, spécialisé dans les braquages et le trafic d'héroïne. Il est retourné dans son île après l'arrestation de Patrizzi et Giaume…

Jacques a rappelé une information connue.

— 76 kilos d'héroïne expédiés de Bordeaux vers les States dans des meubles… la fin de la *French Connection*…

— Pourquoi avez-vous exclu Andreoni ? ai-je demandé.

— Un collège de Bastia m'a appris qu'il a échappé à une tentative de meurtre. Deux tueurs à moto l'ont canardé en pleine rue. Il s'en est sorti, mais il a perdu le bras droit…

Il a laissé passer un silence.

— Je vous ai dressé la liste d'une dizaine d'autres braqueurs qu'on peut écarter. Maintenant, passons à ceux qui restent…

Il a sorti la photo d'un homme aux cheveux crépus, des sourcils épais, de longs plis de chaque côté du nez.

— Casimir Mariotti, né à Alger pendant la guerre, il a participé à la lutte contre l'indépendance de l'Algérie dans l'OAS, aux côtés de son paternel. Gâchette à louer, on lui attribue plusieurs assassinats et deux braquages de banques.

— Mariotti est une balance, a affirmé Georges, une planche pourrie qui bouffe à tous les râteliers. Tu as raison, il est capable d'avoir monté ce coup avec d'autres anciens de l'OAS.

— Il connaît Robert ? a demandé le patron.

— Je me renseignerai…

Chenal m'a regardé en s'adressant à Georges.

— Pierrick et Greg sont allés chez lui, deux de ses filles lui servent d'alibi. Quant à son garde du corps, il s'est fait sectionner le tendon en Algérie, impossible de l'emmener sur ce coup. Donc pour l'instant, on ne peut pas grand-chose…

Il a glissé une photo de Robert avec celle de Mariotti, sur le bureau.

— Greg, accroche leurs tronches au tableau, l'une à côté de l'autre.

Il a poursuivi pendant que je punaisais les photos.

— Jean-Marc Alesky, né en 1947 à Grenoble, soupçonné de vols à main armée et recel de vols aggravés. On sait qu'il travaille avec Patrick Cypril et Idris Brahimi, des amis de jeunesse. Le « trio grenoblois » sévit sur Paris depuis trois ans. Difficile de dénombrer le nombre d'attaques de banques que la justice pourrait leur reprocher. Broussard les a en ligne de mire… Pas d'objection à ce qu'on les mette dans notre panel.

À Paris, j'avais entendu la rumeur selon laquelle des policiers avaient participé à plusieurs de leurs attaques de banques. Je me suis gardé de l'évoquer et j'ai ajouté les photos au tableau.

— L'équipe de la banlieue sud, a poursuivi Chenal, tous de Villejuif et d'Ivry-sur-Seine… Petits vols à la tire, casses de magasins et ensuite braquages, l'évolution habituelle… J'ai trois noms avec l'envergure pour monter ce coup. Je vous les présente sous leur blaze du milieu… Dédé la Chance, il a échappé à deux tentatives de meurtre, d'où son surnom, Cravache, parce qu'il a organisé des courses truquées. Et enfin, une star du banditisme… Le Gitan. Ça vous rappelle quelque chose ? a-t-il conclu en exhibant sa photo.

Moustache noire, cheveux longs balayés sur le côté, l'homme ressemblait à Alain Delon, dans le film éponyme.

Chenal a repris avec acidité.

— Au ciné, ce sont eux les vedettes. Audiard les transforme en parrains flamboyants, tandis que nous, on est toujours des caves ou des salauds… Maintenant, pour ne pas faire de jaloux, voilà l'équipe de la banlieue nord, assidue des bars à filles et des tables de jeu de Pigalle. Jaccottet, dit Le Poète, allez savoir pourquoi… Villard, déjà condamné à six ans pour vol à main armée par la cour d'assises de Créteil. Sorti il y a trois mois pour bonne conduite… Et enfin, Le Fêlé, grand costaud au crâne chauve. Celui-là est cinglé… Un soir, il a poursuivi la voiture de Claude François en canardant les occupants. Heureusement, il n'a fait aucune victime. Je lui attribue une mention spéciale, parce qu'arroser un convoyeur d'une rafale, ce serait tout à fait son style.

Il a fixé Georges.

— Je suis obligé d'en ajouter un autre. Lucien Sens, dit Bouboule, nombreux services rendus à la mère patrie pendant la guerre d'Algérie. Supposé membre du SAC… Jamais inquiété. Pourtant, on trouve à son palmarès des dynamitages de discothèques et rackets de cabarets… Pris en flagrant délit du casse d'une société de production en 1966, il a été remis en liberté après seulement huit mois. Étonnamment, le juge et le greffier sont tombés malades, oubliant de renouveler les mandats d'arrêt… Je crois que tu connais son parcours ?

La question était pleine de sous-entendus, Georges s'en est agacé.

— Parlons franchement, Sens a été actif dans des opérations en Afrique du Nord. Mais ce serait faux de prétendre qu'il est soutenu. En 67, il a pris trois bastos dans un club fréquenté par des barbouzes… Il est solide et s'en est sorti. Par prudence, il s'est exilé au Mexique, il y a purgé dix-huit mois sur les dix ans prévus pour trafic de drogues. Interdit au Mexique, il a tenté le coup en Argentine, puis au Guatemala, dont il s'est fait expulser. On pense qu'il est rentré en France avec de faux papiers. S'il se fait choper, il sera rattrapé par le flagrant délit de 66…

— Tout ça ne nous dit pas si tu penses qu'on peut en faire un suspect…

Georges a hésité avant de s'exprimer à regret.

— Lucien connaît les armes de guerre et possède les relais qu'il faut.

— OK, a statué Chenal, Greg, colle-moi son portrait avec les autres. La photo date un peu, mais avec une tronche pareille, difficile de passer inaperçu…

Les oreilles décollées, le front large et des petits yeux noirs, l'homme avait effectivement une gueule de tueur.

— Voilà pour la première vague. Passons aux gros bonnets… Georges, côté clan Zemmour, qu'est-ce que tu penses ?

— Grâce aux revenus de la prostitution et des cercles de jeu, les frangins possèdent des boîtes de nuit en France, en Belgique, au Canada et aux États-Unis… Ils y envoient leurs meilleures gagneuses, ils leur louent des appartements qui appartiennent à leurs sociétés immobilières. Tout ça pour dire qu'ils sont à la tête d'un empire. Gilbert Zemmour vient d'accorder un entretien à *Paris Match*, je ne crois pas qu'ils se risqueraient sur ce braquage. D'autant qu'Edgar est derrière les barreaux pour possession illégale d'arme.

— Il a pris combien ?

— Une peccadille, trois mois ferme et du sursis. Mais ça rend impossible qu'il soit monté sur ce coup.

Georges a laissé passer un silence.

— Pierre, je vais te donner un nom. Denis Brasilovitch, condamné en 65 à vingt ans de réclusion par la cour d'assises des mineurs pour tentative de meurtre sur agent de la force publique. Il est sorti en 73… Six mois plus tard, il roulait en Rolls sur les Champs-Élysées et menait une vie de noctambule aux côtés d'une star, dont je préfère taire le nom…

La photo qu'il m'a tendue montrait un homme en costume à rayures à la Borsalino.

— Lui, tu peux le mettre au milieu du tableau.

J'ai obtempéré. Georges a lissé son crâne, fixant la photo que nous sommes restés à observer.

— Jacques, a demandé Chenal, dis-nous un mot de ta Canebière, le royaume du crime organisé, je suis certain que Greg rêve de connaître cette ville qu'il n'a sans doute jamais eu la chance de visiter.

J'ai approuvé d'un hochement de tête.

— Passe direct à la guerre entre Gaëtan Zampa et Francis le Belge, a précisé le patron.

Jacques a inspiré une bouffée d'air.

— Tany Zampa, né en 33, surnommé Le Grand, en raison de son mètre quatre-vingt-onze. Il est derrière le casse de janvier 1961, à la Caisse d'Allocations familiales des Bouches-du-Rhône. Un million six de nouveaux francs. Aucune preuve contre lui. Depuis la mort d'Antoine Guérini, dessoudé au volant de sa Merca en 68, Zampa est inscrit au fichier du grand banditisme en tant que chef de la pègre marseillaise. C'est un raccourci, bien sûr, car il existe beaucoup d'autres clans, notamment chez les Corses.

— Parfait, parle-nous maintenant du parcours de Francis.

Jacques s'est mis à réciter le pedigree du truand.

— Francis Vanverberghe, né à Marseille en 46, dans le quartier de la Belle de Mai, fils d'un légionnaire et d'une pied-noir d'Algérie, il doit son surnom à son nom de famille. Le gamin était doué au foot, mais il s'est blessé à seize ans. Première arrestation pour vol à la roulotte en 62. Ensuite, il ramasse quinze mois pour avoir prostitué une gamine… À sa sortie, il prend la tête de la bande de la Belle de Mai. Il a été présenté à Tany Zampa et Jacky Imbert, qui officiaient sur Paris dans la bande des Trois Canards, ils se sont longtemps côtoyés, sans embrouille.

— Fais court, lui a demandé Chenal.

— Francis est ambitieux, il s'est lancé dans le trafic d'héroïne. Selon ce qu'il raconte, Zampa l'aurait escroqué de six cent mille balles. Depuis, ils se livrent une guerre sans merci… Zampa a frappé le premier.

Il s'est mis à compter sur ses doigts.

— 5 septembre 72, Di Russo, Bonello et Lamberti sont abattus. Dès le 14 octobre, l'un des tueurs est refroidi en Corse, puis l'autre le 28 octobre… Dans la foulée, Francis perd trois hommes. Il réplique le 31 mars 73, trois hommes de Zampa tués au bar du Tanagra. Lomini, dit le Toréador, Bistoni, dit l'Aga Khan, poids lourd de la *French Connection*, et un petit truand, Napoletano. La patronne du bar tombe aussi… Ça ne s'est arrêté que lorsque Francis le Belge a plongé pour proxénétisme. D'autres affaires sont en train de le rattraper, on n'est pas près de le revoir dehors…

Chenal a repris la parole.

— Tout ça pour arriver au fait que Francis le Belge est en tôle et Zampa, réfugié en Italie. Donc ils n'ont pas pu être de notre braquage.

— Selon la rumeur qui court sur le Vieux-Port, Zampa s'apprêterait à rentrer. Nos collègues marseillais l'attendent de pied ferme.

— Merci, Jacques, c'est intéressant pour Greg d'être au parfum parce que la toile des Marseillais s'étend jusqu'à Nantes, Robert connaît très bien les Corses du milieu. Maintenant, viens-en à l'homme qui nous intéresse…

— Tu ne veux pas que je dise un mot sur Jacky Le Mat, qui doit son nom à la figure du fou dans le tarot marseillais ?

— Pas la peine, son amitié avec Delon l'a déjà rendu célèbre, ils se sont montrés ensemble sur le tournage de *Borsalino*. Ils sont même associés dans un haras près d'Aix-en-Provence.

Dans un numéro spécial, *Paris Match* avait salué le titre de champion de France de sulky obtenu par Le Mat, j'ai évité d'en parler.

— Jacky Le Mat n'irait pas sur un coup comme celui-là, a ironisé Chenal, son truc, c'est plutôt le racket, la protection des amis... Parle-nous d'Ettore Santelli, c'est lui qui m'intéresse...

— Né à Alger dans une famille d'origine corse, quarante-deux ans, ancien homme de main de Patrizzi, il n'a pas été inquiété à la fin de la *French*. Il a côtoyé Robert aux Baumettes à son retour d'Algérie, ils auraient commis un braquage pour l'OAS. Personne ne sait s'ils se sont revus depuis... Mais c'est une piste qu'on ne peut négliger.

Il m'a donné une photo d'un homme aux cheveux ras.

— Accroche-la avec celles de Robert et de Mariotti...

Le trio formait une sacrée brochette de gueules du cinéma noir.

— Pour finir notre tour de France, a dit Chenal, passons au gang des Lyonnais.

Bientôt en poste sur la ville, Jacques s'est fait un devoir de prendre la parole.

— Comme tu le sais, Joanny Chavel a disparu depuis 73. Pierre Pourrat et les autres sont pour la plupart sous les verrous, mais on n'a pas réussi à leur coller le hold-up de l'hôtel des Postes de Strasbourg de 71. Le reste du gang est englué dans une guerre avec d'autres gangs. Ajouté à ça, le juge Renaud leur colle au cul...

Georges n'a pas caché son respect pour ce juge.

— J'ai rencontré François dans le maquis en 43. Il est né au Vietnam, juge suppléant en Afrique, avant de venir à Lyon. Salue-le de ma part, Jacques, t'as de la chance de bosser avec un homme de cette trempe…

Jacques a hoché la tête, sans commenter. Chenal s'est allumé une cigarette.

— J'ai entendu dire qu'il a une manière personnelle de mener ses instructions, il paraît qu'on l'a surnommé Le Shérif…

— C'est ce que propagent ses détracteurs, s'est agacé Georges. Pour ce qui est des Lyonnais, je ne crois pas que ce qu'il reste du gang ait fait le casse de Carrefour. Jusque-là, ils ont utilisé des Estafettes modifiées, maquillant leurs voix sous des accents bidon. Ce n'est pas ce que nous a raconté le chauffeur sur nos braqueurs…

Chenal a opiné, comme à regret.

— Disons que ce n'est pas eux. Qu'est-ce que tu en penses, Jacques, tu as d'autres gars en tête ?

Il a relevé les manches de sa veste en mouton.

— À part le noyau des huit membres, les Lyonnais ont parfois intégré des mecs de l'extérieur, il est possible que certains nous soient connus…

La phrase laissée en suspens appelait un complément.

— Tu en as en tête ?

— Deux amateurs du pays du muscadet.

— Raconte, je suis curieux…

— Jean-Patrick et Daniel Maimboeuf, né en 1943 et 45, à Lyon. Surnommés La Massue et Tonton, premières condamnations à quatorze ans et seize ans pour coups et blessures, ils ont fait du chemin depuis… En façade, ils gèrent un bar qu'ils ont appelé « La Famille », mais on les soupçonne de plusieurs casses de banques, avec prises d'otages d'employés qu'ils ont contraints à ouvrir les coffiots. À leurs débuts, ils étaient surnommés Les Petits Frères, ils ont bien grandi depuis.

— Pourquoi penses-tu à eux ?

Il s'est tourné vers Georges.

— Un de mes indics affirme qu'ils ont été vus à Nantes avec l'équipe des Ferrailleurs. Le Toubib et Gratien Lopez… Au restau « Jours et Nuits », ça te dit quelque chose ?

— Je l'ignorais.

— Je demanderai à Pierrick d'aller vérifier, a statué Chenal, il connaît le patron, on ajoutera leurs tronches, si ça colle. Pas d'autres pistes ?

Jacques a secoué la tête pour confirmer qu'il n'avait rien.

Nous avons observé les visages épinglés, dans un silence tendu. Chenal a écrasé sa clope et s'est raclé la gorge.

— Notre mur de suspects. Les photos resteront tant qu'on n'aura pas bouclé l'enquête.

21 h 00

J'ai profité du passage de Kim pour le féliciter sur les nems.

— Délicieux…

— Attends goûter le porc au caramel…

Un plateau en main, il a servi une table de clients unanimes sur la qualité des entrées. Au retour, il a débarrassé mon assiette.

— Comment fais-tu pour cuisiner et servir en même temps ?

Il a rigolé.

— J'ai la meilleure aide possible...

Il a entrouvert une des portes battantes de la cuisine. Devant un fourneau, une femme assez âgée m'a adressé un sourire, puis lui a parlé en vietnamien.

— Maman pas d'accord pour apprendre le français, elle dit c'est trop compliqué pour ce qu'il lui reste de vie. Elle vient de dire, tu as des yeux de chien. Signe astrologique chinois, le plus gentil.

Calcul fait avec ma date de naissance, il s'est avéré qu'elle avait vu juste. Lorsqu'il m'a apporté son porc au caramel, Kim m'a proposé de boire un verre après la fermeture. J'ai accepté à la condition qu'il me laisse payer ce que nous boirions. Il a ri, disant que je ne savais pas à quoi je m'engageais.

Il était vingt-deux heures trente lorsqu'il a raccompagné les derniers clients. Il a tourné le verrou, éteint l'enseigne et nourri les poissons rouges. Il est passé derrière le bar.

— Les clients contents, je crois ?

— Il faudrait être difficile pour ne pas l'être...

Il m'a rejoint, apportant deux petits verres et un flacon d'alcool vietnamien décoré d'un dragon multicolore.

— Alors, Monsieur Greg, raconte ce que tu fais dans la vie ?

J'ai hésité.

— Je travaille à la sûreté urbaine.

— Tu es policier ?

— Ça t'ennuie ?

J'ai lu une étincelle de crainte dans ses yeux.

— Ne t'inquiète pas, je n'ai aucun lien avec l'inspection du travail.

Visiblement soulagé, il nous a servis.
— Maman, pas de visa travail…
— J'ai déjà oublié de quoi tu parles.
Il m'a remercié du regard et a levé son verre.
— À l'amitié.
Nous avons trinqué. Il a esquissé une moue de satisfaction.
— Tu aimes ?
— C'est sec, mais bon…
— Je ressers…
Au troisième verre, il s'est autorisé à demander :
— Combien tu attrapes de voleurs ?
J'ai rigolé.
— Laisse-moi un peu de temps, je viens d'arriver à Nantes…
— Les voleurs du camion plein de billets, vous les attrapez bientôt ?
Son vocabulaire donnait à ses questions une naïveté touchante.
— Tout cet argent, on peut nourrir beaucoup familles vietnamiennes…
Nous avons continué à discuter. À plusieurs reprises, j'ai eu envie de l'interroger sur le parcours qui l'avait mené jusqu'ici. Nous commencions à être passablement grisés quand je me suis lancé. Il a hoché la tête.
— Je te raconte mon histoire, comme ça, on est vraiment amis. Après, on n'en parle plus jamais…
Il a inspiré, comme avant d'affronter une épreuve.
— Ma femme et moi avons beau restaurant à Saïgon, un restaurant très connu. Ce jour-là, je pars chercher notre fille au lycée Marie-Curie, dix minutes du restaurant. J'entends la bombe exploser. Je cours… Thanh Lan tuée…

Il a sorti une photo en noir et blanc de son portefeuille. C'était une magnifique Asiatique aux cheveux longs en chemisier blanc.

— Elle est très belle…

Il a pris sur lui pour poursuivre, le visage impassible, les yeux brouillés de larmes retenues.

— Quand j'arrive, tout est détruit, beaucoup GI et clients morts… Je vends ce qu'il me reste, nous partons en bateau avec maman, mes deux petites filles et ma sœur. J'ai une tante mariée à un Français à Nantes, c'est là que je veux aller. Pendant le voyage, on mange la soupe de riz… À notre arrivée à Paris, la Croix-Rouge s'occupe de nous. Nous restons dans un camp que deux mois. Nous parlons le français, sauf maman… comme tu le sais. À Nantes, on nous donne un logement quartier Pin Sec, on a des meubles chez Emmaüs. Ma tante m'aide pour ouvrir un compte en banque. Nous avons des aides de la ville. Tout le monde nous aide… Je travaille chez un Vietnamien pour vendre des épices sur le marché de la Petite-Hollande…

J'ai regardé la décoration autour de moi, m'interrogeant sur la façon dont il avait trouvé l'argent pour ouvrir ce lieu. Bien qu'informé des accords de paix de Paris de 1973, préfigurant le retrait des troupes américaines du Vietnam, je voulais savoir s'il gardait espoir.

— Tu aimerais rentrer un jour ?

— Les GI partent de Saïgon, les Viêt-congs sont là… Notre avenir est ici, nous sommes reconnaissants aux Français. Mes deux filles travaillent bien à l'école, je veux elles deviennent médecins. Un jour, je les présenterai à toi…

Il nous a resservis et a trinqué.

— Désolé, histoire pas drôle. T'es premier client, je la raconte. T'es mon premier ami français.

Il a eu un sourire énigmatique.

— Mon premier ami français est policier.

De façon malhabile, j'ai tenté de détendre l'atmosphère.

— Et toi, tu es mon premier ami nantais.

Il a souri. La bouteille était vide.

— J'apporte une autre.

— Je ne sais pas si c'est très raisonnable…

Comme s'il n'avait pas entendu, il est retourné derrière le bar, puis s'est réinstallé, un peu chancelant, en ouvrant le nouveau flacon.

— Maintenant, raconte à ton premier ami nantais première enquête nantaise.

Il était satisfait de son humour. Grisé, je lui ai parlé de l'agression de Damien, arguant que mon patron m'avait confié la responsabilité de l'enquête.

— Vraiment, ça arrivé à Nantes ?

— Dans le quartier du Bouffay. Aux alentours de l'église Sainte-Croix.

— Quand ça est passé ?

Je lui ai donné la date. Le visage grave, il est resté un moment à me contempler, perdu dans ses pensées. Il s'est finalement décidé.

— Des amis ont une épicerie près cette église. Je demande si ils connaître homme bizarre. Je veux aider mon ami, Greg, policier à Nantes.

6 janvier – 8 h 30

Mon crâne bourdonnait comme si un essaim de guêpes en cherchait la sortie. Remontant jusqu'à la place Graslin, je suis passé devant le Drugstore, une salle de jeu devant laquelle deux jeunes blousons noirs se faisaient virer *manu militari* par l'énergique petite patronne. Malgré le froid, les femmes étaient en minijupes. Des passagers descendaient de cars couverts de publicités, stationnés en quinconce. Je suis entré dans le bar Le Molière, à côté du large escalier de pierre du théâtre Graslin. J'ai commandé un café et un croissant au barman, au gilet impeccable.

Dans mon dos, un couple de retraités se chamaillait à propos des *Shadoks*. *Et Les Shadoks pompaient, pompaient*, récitait la femme sensible à l'humour de Claude Piéplu.

— C'était pas la peine de supprimer l'ORTF pour garder les mêmes idioties, s'est plaint le mari.

L'épouse s'est agacée, citant encore une fois les *Shadoks* :

— Celle-là est pour toi, vieux grincheux : *Pourquoi faire simple quand on peut faire compliqué !*

Le serveur a déposé le ticket à côté de ma tasse.

— C'est la même rengaine tous les matins, ils ne sont d'accord sur rien…

J'ai souri et payé.

— Vous avez le journal ?

— Je vous l'apporte…

La une de *Presse Océan* titrait sur le braquage : *Aucune piste dans l'attaque du fourgon blindé*. L'article évoquait le milieu nantais, dont le responsable de la sûreté avait récemment nié l'existence. Dans ces circonstances, le journaliste mettait en doute la capacité de la police à arrêter les malfaiteurs.

Chenal devait être en rogne.

Je suis sorti et j'ai descendu la rue Crébillon jusqu'à la place Royale, puis j'ai contourné la fontaine pour rejoindre l'église Sainte-Croix. Une voix intérieure m'alertait sur l'erreur d'avoir parlé du viol à Kim, mais je l'ai laissée s'éteindre et je me suis installé sous une porte cochère.

Deux paroissiens sont sortis de l'église, des femmes ont traversé la petite place, leurs achats dans des sacs. Une mère poussant un landau m'a jeté un regard oblique. Un ouvrier en bleu est entré dans les pissotières en plaques de béton. Deux minutes plus tard, il est ressorti en reboutonnant sa braguette. Son visage manifestait une sorte d'indignation.

Intrigué, j'ai rejoint les toilettes. L'odeur était pestilentielle, les parois étaient couvertes de graffitis : *Homme discret, cherche relation, ici à minuit.* Une autre montrait des dollars accolés à un sexe en érection. D'autres disaient : *Sucer, c'est gagner gros!* ou *God is gay!*

Pierrick avait raison, ces toilettes étaient un lieu de rendez-vous. Pourtant, vu de l'extérieur, qui aurait pu imaginer le manège qui s'y déroulait la nuit.

13 h 15

La voix rauque, Pierrick m'a interpellé à mon arrivée à Waldeck :

— Greg, tu tombes bien, on a un homicide au Marchix.

J'ai fait le tour de la 4L pendant qu'il s'installait au volant. Dix minutes plus tard, nous stationnions sur la place Viarmes, près d'une fourgonnette Citroën bleu foncé. Nous sommes passés sous un porche qui débouchait sur un dédale de petits immeubles mal entretenus, certaines fenêtres étaient obstruées de planches. Deux poivrots nous ont regardés de travers, comme si nous portions la responsabilité de leur déclassement social.

— Depuis le choc pétrolier, a dit Pierrick, des tas d'ouvriers se retrouvent sur le carreau. Ils picolent et font des conneries, on n'était pas aussi emmerdé avant…

Des détritus s'amoncelaient autour de poubelles pleines, des rats se disputaient une carcasse de poulet. Pierrick a désigné une porte au-dessus de laquelle l'inscription *Cordonnerie* s'effaçait, gardée par un policier en tenue.

— C'est là, au rez-de-chaussée, vas-y, je te rejoins.

Il s'est approché d'une vieille femme sur le pas de la porte de l'immeuble voisin. J'ai pénétré dans la pénombre. Le mobilier était fait de meubles rafistolés, plusieurs bouteilles étoilées et deux verres vides traînaient sur une table. Des relents de vinasse et de bouffe pourrie flottaient dans l'air.

Mes yeux se sont habitués à l'obscurité.

À côté d'une chaise basculée, un vieillard était allongé sur le flanc, la bouche déformée par une grimace, les mains crispées sur le manche d'un couteau planté dans le ventre, des boyaux sortaient de la plaie, une mare de sang imprégnait un tapis miteux.

C'était ma première scène de crime.

Une odeur douceâtre de viscères s'est insinuée en moi, j'ai eu l'impression de basculer dans les ténèbres, certain que ma vie venait de changer à jamais.

J'ai perçu un mouvement dans un coin de la pièce. Près d'un gardien de la paix, un homme qui devait avoir dans les quarante ans, mais dont le visage hagard semblait devoir rester éternellement immature se tenait debout. La braguette ouverte de son jean laissait voir un slip kangourou douteux. Menotté, il fixait le corps et marmonnait des propos incompréhensibles. Il a vacillé, le policier lui a agrippé l'épaule pour l'empêcher de tomber.

J'ai eu du mal à m'exprimer :

— Qu'est-ce qui s'est passé ?

— C'est son paternel, a dit le flic, une dispute qui tourne mal. C'est pas la première fois que ça arrive dans le quartier.

L'homme a levé un regard chassieux, il a paru vouloir s'expliquer, sans qu'aucun son ne sorte de sa bouche. L'instant d'après, il a échappé à son gardien et foncé tête baissée vers moi. J'ai tendu le pied par réflexe, avant qu'il dépasse la porte. Il s'est écroulé de tout son long, son visage a heurté le trottoir. Je l'ai attrapé par le col et remis sur ses jambes. Son nez saignait et sa lèvre avait explosé.

Il m'a imploré, le souffle court.

— Ne me faites pas mal…

— Je ne vais pas te faire de mal, mais ne m'oblige pas à te courir après.

Pierrick nous a rejoints.

— Eh bien, Greg, on tabasse le suspect…

J'ai bafouillé des excuses.

— Pas du tout, il a tenté de prendre la fuite…

Il a tonné de rire. L'homme lui a coupé le sifflet :

— C'est ma faute, j'aurais pas dû m'enfuir…

Le sang coulait de ses narines, sa lèvre devenait énorme, il nous a dévisagés avec un sérieux qui faisait pitié. Pierrick a paru ébranlé.

— Je veux bien être pendu si ce gars a deux grammes de jugeote dans le ciboulot…

J'ai ravalé le peu de salive qui me restait dans la bouche.

— Que dit la voisine ?

— Les deux hommes vivent ensemble depuis la mort de la femme. Le fils est niais et le père violent. Ils sont alcooliques, ça devait mal finir…

Il a interpellé un des policiers en tenue.

— Emmène-le à Waldeck, on prendra ses aveux là-bas.

Puis il s'est adressé à moi.

— Ce soir, je t'emmène en bordée. On essaiera de valider la venue de Jean-Patrick et Daniel Maimboeuf, pour rencontrer les Ferrailleurs.

20h30

Le plancher de la Renault 16 était jonché de paquets de clopes vides.

— Je prends jamais les 4L de la boutique, a expliqué Pierrick. S'il m'arrivait d'en planter une, je te laisse imaginer… Celle-ci, c'est ma caisse, la sauce sera plus facile à arranger.

Une petite pluie fine l'a contraint à enclencher les essuie-glaces. Il s'est garé au milieu de la place de la Cathédrale.

— On va commencer ton initiation par le Club Pernod, le commercial qui s'occupe des bars est un copain.

6, rue du Roi Albert, nous avons franchi des grilles et marché dans une cour pavée vers un immeuble d'un étage en tuffeau aux linteaux triangulaires.

— Avant, le Club était près de la place Graslin, m'a expliqué Pierrick. C'était plus intime et on pouvait tout faire à pinces. Mais ça rapporte, le jaune, ils ont racheté l'hôtel de Brou. Il a été construit en 1836 par la famille Livernière, des nobles bretons.

Son visage affichait sa satisfaction à rattacher Nantes à la Bretagne. Dans l'escalier, nous avons croisé deux mecs bourrés qui nous ont salués.

— C'est qui ? ai-je demandé, une fois qu'ils s'étaient éloignés.

— Des gars de la mairie, je crois qu'ils bossent à la verbalisation…

Devant ma mine dubitative, il a précisé.

— Depuis que le maire a eu l'idée d'installer des parcmètres, la ville a embauché des contractuels pour coller des prunes aux contrevenants… Et nous, on fait la chasse à ceux qui dévalisent ces tirelires sur poteaux à coups de marteau ou au pied-de-biche. Ensuite, la ville les remplace… Si tu fais le compte, je suis pas certain que la ville gagne un radis…

Tout en longueur, le bar était éclairé d'une lumière tamisée propice à estomper les taches rosacées des clients. Pierrick a hélé un jeune barman.

— Jérôme, mets-nous deux Glenlivet.

Le jeune homme a apporté les verres en souriant.

— Salut, Pierrick, tout va bien à Waldeck ?

— Fais pas le mariole, tu sais parfaitement qu'on est sur le braquage de Carrefour…

Le jeune a hoché la tête, retrouvant son sérieux.

— J'ai entendu dire que vous patiniez dans la semoule.

— N'écoute pas les journalistes, l'enquête avance… Au fait, Nicolas va passer, ce soir ?

— Je l'attends, il doit m'apporter du champagne, je suis en rupture.

— Parfait, envoie-le-moi quand il arrivera.

Nous avons trinqué et j'ai avalé plusieurs gorgées de whisky.

Nous finissions le deuxième verre lorsqu'un trentenaire de forte corpulence est entré, deux cartons de Mumm dans les bras, qu'il a posés devant le bar. Il a pris le temps de saluer des consommateurs avant de nous rejoindre. Après m'avoir présenté, Pierrick est entré dans le vif du sujet.

— T'as des infos sur le braquage ?

Tout en surveillant les alentours, le commercial a parlé à voix basse.

— Le monde de la nuit ne parle que de ça. Mais personne n'a l'air de connaître les auteurs… Il y a bien des noms qui circulent, je suppose que tu as les mêmes.

— Donne toujours.

— Les Ferrailleurs…

Pierrick n'a pas commenté, se contentant de relancer :

— Pas d'autres faits marquants ?

Le représentant a hésité.

— Si, un truc drôle, l'autre soir j'étais en boîte au « Château ». Pendant que les clients dansaient sur la piste, un trou est soudain apparu…

— Comment ça, un trou ?

— Deux dalles de la cave sont tombées, sous le poids des danseurs. Heureusement que la voûte s'est pas effondrée… Le patron ignorait qu'il y avait une cave sous cette partie. On a laissé tomber des allumettes et découvert une pièce de plus de soixante mètres carrés. Elle était murée, peut-être depuis la Révolution. Tu savais qu'un souterrain reliait le château à la cathédrale ?

C'était intéressant du point de vue historique, mais l'info nous éloignait de l'enquête.

J'ai demandé, par curiosité.

— La cave était vide ?

Il s'est intéressé à moi.

— Oui. Mais ensuite, le patron a découvert une deuxième cave plus grande, il a décidé d'y faire des travaux pour ouvrir un autre bar et une deuxième salle de danse.

Il m'est venu une idée.

— Gros travaux... Cette discothèque marche bien ?

Monsieur Mumm a regardé Pierrick, puis il m'a dévisagé.

— La dernière fois que je l'ai vu, le proprio s'est vanté de ne pas avoir besoin des banquiers.

— Tu le connais ? ai-je demandé à Pierrick.

— Pas vraiment, un vietnamien... On va aller lui rendre visite en sortant...

Le commercial nous a informés que la discothèque était fermée le temps des travaux. Il m'a semblé qu'il taisait une information, c'est Pierrick qui l'a poussé.

— Autre chose ?

Il a terminé son verre comme si ça lui donnait du courage.

— Tu sais que je ne livre pas les bars de nuit du Toubib. Vu les quantités, il s'approvisionne direct chez Moët. Mais le représentant est un pote. L'autre fois, il m'a confié que Le Toubib a réduit les commandes, il serait sur le point de passer la main...

Pierrick n'a pas semblé relever de lien avec le braquage.

— Depuis des années, il a amassé assez de tunes pour être pénard. Il paraît qu'il s'est fait construire une baraque en Espagne… Le plus logique serait que Gratien Lopez lui rachète les bars, Le Toubib lui a déjà cédé celui de la gare, il y a deux ans.

Notre interlocuteur a cligné des paupières pour approuver.

— C'est ce que tout le monde pensait. Seulement, ce qui se dit, c'est qu'ils ne s'entendent pas sur le prix. Il y aurait de l'eau dans le gaz…

Pierrick a soudain été beaucoup plus intéressé.

— Et…

Une étincelle a brillé dans les yeux de notre vis-à-vis :

— Selon certains, Le Toubib s'est rapproché de Robert…

22 h 00

Sur la place de la Cathédrale, la voiture a fait un bond et calé.

— Faut qu'on mette du solide dans le liquide, a sagement préconisé Pierrick.

J'étais content de constater que je n'étais pas le seul attaqué.

Pierrick a redémarré.

— On va s'éponger chez Youssef, il faut que tu le connaisses. Il a été le premier à ouvrir un couscous à Nantes, c'est une excellente cantine…

Il s'est garé à cheval sur un trottoir près de la place du Bouffay. La pluie venait de s'arrêter, nous avons marché jusqu'au restaurant, à la décoration orientale. Georges était assis au fond de la salle. Un homme dînait avec lui. Je m'attendais à ce que

Pierrick les rejoigne, mais Georges lui a adressé un non discret de la tête. Nous nous sommes installés à une autre table. Youssef est venu nous accueillir.

— Eh bien, c'est la soirée poulaga…

Pierrick a rigolé et m'a présenté. Youssef m'a tendu une main ferme.

— *Metshertfin !* Les collègues de Georges sont les bienvenus.

— Tu sais qui est avec lui ? a demandé Pierrick.

Youssef l'a fixé dans les yeux.

— Tout ce que je peux te dire, c'est que le gars arrive de Paris et que ça brasse entre eux…

Pierrick n'a pas insisté.

— Sers-nous une bouteille de Guerrouane…

— Deux couscous royaux et un Guerrouane ! a entériné le restaurateur.

— Avec une carafe d'eau, ai-je ajouté pendant qu'il s'éloignait.

J'étais étonné qu'il ne nous ait pas proposé la carte.

— Il ne sert que des couscous ?

Pierrick s'est allumé une Gauloise et m'en a proposé une.

— On a un menu spécial.

Il est allé chercher un cendrier Orangina sur une autre table.

— Qu'est-ce que tu penses de cette histoire au Château ?

Il a semblé peser le pour et le contre.

— Ça mérite d'être creusé, le Viet a racheté une épicerie pour créer cette discothèque. Il tient la route, sinon il aurait eu des ennuis. J'essaierai de savoir s'il a un associé capable de financer l'agrandissement…

J'ai songé à interroger Kim, sans le mentionner.

— Et l'éventualité que Robert rachète les bars de nuit du Toubib…

— Il s'est toujours dit que Le Toubib considérait Gratien Lopez comme son successeur désigné. À chaque fois que je les ai croisés, il n'y avait pas l'ombre d'un litige entre eux, le genre de gars qui se comprennent d'un regard, si tu vois ce que je veux dire.

J'ai rappelé une évidence freudienne.

— Depuis Œdipe jusqu'à Brutus, les fils ont un jour envie de tuer leur père…

Youssef nous a apporté le vin et l'a fait goûter à Pierrick, qui a approuvé. Il a rempli nos verres. J'ai renouvelé ma demande d'eau.

— Un buveur de flotte chez les condés, ça nous change, a raillé le restaurateur, à moins que vous ayez recruté un musulman ?

Pierrick a apprécié la blague.

— Bonne question, t'es musulman, Greg ?

Je suis entré dans leur jeu.

— Ça dépendra de la qualité du couscous…

Youssef m'a tapé sur l'épaule.

— Il est bon, lui, il me plaît… Je vous envoie Amina.

Quelques minutes plus tard, la jeune fille, robe brodée et collier berbère en argent, a apporté les plats.

Pierrick a écrasé sa cigarette.

— Toujours aussi belle, Amina. Un jour, je demanderai ta main à ton père…

Elle a ri de la plaisanterie, visiblement récurrente.

— Des promesses, toujours des promesses… Je veux un mari fidèle. Toi, tu n'es pas sérieux… mais ton ami, il a l'air d'un homme qui respecte les femmes.

Elle est repartie en riant.

— Tu lui as tapé dans l'œil, a commenté Pierrick, sarcastique.

— Elle est superbe…

— Méfie-toi, Youssef est un excellent boxeur, très possessif.

Sous le ton désinvolte, il y avait une mise en garde.

Nous nous sommes servis, le couscous était le meilleur que j'avais mangé. Après avoir discuté avec un couple à une table, Youssef s'est approché.

— Ça te plaît ?

J'ai bu une gorgée de vin et posé mon verre.

— Converti, c'est tout simplement succulent.

— Tant mieux…

Pierrick lui a demandé.

— L'agression d'un môme, près de l'église Sainte-Croix, ça te dit quelque chose ?

Il a haussé les épaules.

— Rien. Il faut que tu demandes aux fidèles du secteur…

Puis il a hésité.

— T'es au courant pour Marcel ?

— Oui, il a raccroché les gants.

— Je parle du bar qu'il va ouvrir, je croyais que tu savais.

Je me suis mêlé de la conversation.

— Vous parlez de Marcel, le boxeur de Saint-Nazaire.

— Tu le connais ?

— Je le suis depuis le début de sa carrière. Cette décision d'arrêter a surpris tous les journalistes, il aurait pu devenir un très grand, s'il était venu s'entraîner à Paris. À ce que j'ai lu, il a été écœuré par l'annulation de son dernier combat ?

— Pas seulement, a précisé Youssef, c'est à cause de sa femme. Elle répète qu'il ne gagne pas sa vie avec la boxe. Comme si c'était pour ça qu'on montait sur un ring! Enfin, faut croire qu'il a quand même mis assez de fric de côté pour racheter cette affaire…

— Tu sais où il s'installe? a demandé Pierrick.

— Île Feydeau, côté place du Commerce.

— L'ouverture est prévue quand?

— Un mois…

Il s'est penché et nous a regardés tour à tour.

— Il paraît qu'il a prévu une arrière-salle…

Pierrick a paru comprendre, je n'ai pas eu le temps de demander d'explication, nous avons entendu Georges taper du poing sur la table.

— C'est inacceptable!

Les conversations se sont arrêtées. Notre collègue a réalisé que tous les clients l'observaient, il a repris sa discussion, le visage rouge. Pierrick a basculé sa chaise et croisé les bras.

— C'est la première fois que je le vois perdre son sang-froid. Je payerais cher pour savoir de quoi ils causent.

Youssef n'a pas commenté.

— Je vais voir s'il a besoin de quelque chose…

Pierrick a vidé la bouteille dans son verre.

— On en commande une autre?

— Pas pour moi.

— T'as raison, la nuit n'est pas finie.

J'ai essayé d'en savoir plus.

— C'est quoi, cette rumeur de salle derrière le bar.

Il a eu une hésitation presque imperceptible.

— Marcel est joueur de poker…

J'ai compris à son regard que je devrais me contenter de cette explication incomplète.

— J'irai le voir quand il aura ouvert, a-t-il simplement ajouté.

— J'aimerais bien le rencontrer…

Il n'a pas approuvé, nous avons achevé le repas en silence.

— Je ne peux plus rien avaler, ai-je dit en posant ma fourchette.

Amina est venue nous desservir, tout sourire.

— Eh bien, vous avez un sacré coup de fourchette, tous les deux. Inutile de vous demander si ça vous a plu. Je vous apporte un dessert ?

J'ai secoué la tête.

— Pour moi, ce sera juste un café.

Elle a plissé les lèvres.

— Dommage. C'est moi qui ai préparé les makrouts aux figues…

— Promis, la prochaine fois…

Elle a souri.

— Alors, je suis contente, ça veut dire que vous reviendrez.

Puis elle s'est adressée à Pierrick.

— Tu veux de mon dessert ?

— Avec plaisir, ma belle. Sers-nous les deux cafés en même temps.

— Je vous apporte ça tout de suite.

Malgré moi, mon regard s'est attardé sur sa silhouette en train de s'éloigner. Pierrick a éclaté de rire.

— On en mangerait, hein !

Je me suis senti gêné. Lorsque la jeune femme est revenue, j'ai fait en sorte de rester imperturbable. Le repas m'avait rasséréné, nous avons échangé sur les éléments récoltés, comme autant de pistes à explorer.

J'ai levé la main pour demander la note.

— Tu fais quoi, là ? m'a demandé Pierrick.

— C'est moi qui t'invite…

Il m'a baissé le bras et sorti un billet qu'il a glissé sous la bouteille.

— Laisse tomber, on ne paye que ce qu'on boit…

— Comment ça ?

— C'est une entente entre Georges et Youssef.

Il s'est levé. Lorsqu'il a tourné le dos, j'ai glissé un deuxième billet sous la bouteille. J'ai redressé la tête, le sourire que m'a adressé Amina m'a laissé entendre que le geste lui plaisait. Au contraire, il y a eu une expression de méfiance sur le visage de Youssef.

Une fois dehors, j'ai demandé un éclaircissement.

— Tu n'auras qu'à interroger Georges, a coupé court Pierrick. Maintenant, allons voir ce que le père de Gratien Lopez nous raconte de beau.

7 janvier – 1 h 00

L'homme qui gardait la porte de l'établissement avait plus de cinquante ans, cheveux noirs, mâchoire large. Une masse de presque deux mètres sous un trois-quarts en cuir râpé. Son air indiquait clairement qu'il n'était pas ravi de nous voir.

— On te dérange, lui a lancé Pierrick.

L'homme m'a désigné du menton.

— Qui c'est, lui ?

— Un nouveau collègue, on est venu parler de ton fils.

— Lequel ?

— Allons, Lucca, a dit Pierrick, fais pas semblant de ne pas comprendre.

— Gratien et moi, ça fait deux, je n'ai rien à voir dans ses affaires.

— Je sais, mais on veut quand même te causer.

À regret, le père s'est incliné.

— Collez-vous au zinc, j'arrive…

Nous nous sommes installés près de l'entrée, les regards des clients m'ont mis mal à l'aise. On se serait cru dans un repaire de petites frappes ayant voué leur vie à des activités illégales. Un jeune barman grassouillet s'est approché, chemise ouverte sur une abondante toison dans laquelle se noyait une chaîne en or.

— Qu'est-ce que je vous sers ?

Pierrick lui a claqué des doigts sous le nez.

— Mets-nous deux Chivas !

Vexé, il a apporté le ticket avant de remplir les verres. Mon collègue lui a attrapé le poignet.

— Cherche pas à faire le malin… La plupart des mecs dans mon dos que tu veux impressionner me mangent dans la main, dès qu'on se retrouve face à face à Waldeck. Si t'espères faire ta place dans les nuits nantaises, contente-toi de servir les clients, sans distinction.

Le jeune homme s'est dégagé et nous a servis, les muscles de la mâchoire saillants.

— Un problème ? a demandé Lucca, s'installant entre nous.

— Ton petit nouveau joue au dur.

L'homme a esquissé un sourire.

— Il faut leur laisser le temps de grandir.

Pierrick a rebondi.

— C'est justement ce dont on veut causer. Ton fils, Gratien, il ne serait pas en train de vouloir s'émanciper trop tôt ?

— Mon fils a vingt-huit ans, il n'a pas beaucoup d'amis, mais ce sont des vrais.

Il y avait quelque chose de tendu dans sa façon de parler. Pierrick a exprimé la crainte que ce père ne pouvait cacher.

— Ton fils a toujours été un loup solitaire. S'il se met en embrouilles contre Le Toubib, tu ne pourras pas le protéger… tu le sais.

— Je ne vois pas pourquoi ça arriverait.

Mon binôme a enfoncé le clou :

— Des bars à filles sur le marché… Deux acheteurs pour faire monter les enchères.

— Gratien sait ce qu'il fait.

Les contractions nerveuses sous son œil droit semblaient indiquer qu'il en doutait. Sans dire un mot, je maintenais mon regard sur cet homme en proie à un doute qu'il tentait de dissimuler. Pierrick a joué sur cette corde.

— Carrefour, c'est un carnage. Quand on pincera ces salopards, ils prendront le maximum. Mais tu vois, une petite voix me dit qu'en plus de l'oseille, les hommes qui ont fait ça avaient un message à faire passer.

— Je ne crois pas…

— Alors, qu'est-ce que tu en penses ?

Lucca a tourné la tête et attrapé le ticket qu'il a mis dans sa poche de blouson.

— Je pense que toi et ton collègue devriez partir. On s'est dit tout ce qu'on avait à se dire. Gratien est un adulte. Même si j'en avais envie, je ne peux pas l'empêcher de vivre sa vie.

— Ce n'est pas sans danger pour lui, a conclu Pierrick, avant de vider son verre.

Je l'ai imité et nous sommes sortis.

Dehors, j'ai été parcouru d'un frisson qui n'était pas lié à la température. Un homme en costume se soulageait sur la roue de la R16. Pierrick lui a tapoté l'épaule. L'individu s'est retourné en grognant :

— Qu'est-ce que t'as, toi, tu veux ma main sur la gueule…

Il s'est retrouvé nez à nez avec le Smith & Wesson.

— Remballe ta saucisse de Strasbourg avant que je me fâche.

Le type était en train d'uriner sur ses pompes. Il a refermé sa braguette, une grosse tache s'est formée sur son futal.

— Ça fait désordre, ai-je constaté, le mieux est que tu rentres te coucher.

Il s'est éloigné la tête basse.

Je me sentais vanné, et pourtant en proie à une euphorie nouvelle, une impression de puissance que j'ai chassée avant qu'elle me submerge.

2h45

Sortant des discothèques, des quatre coins de la ville, des jeunes filles et des hommes alcoolisés remontaient la rue Jean-Jacques Rousseau, sans crainte de se faire agresser.

Le restaurant Jour et Nuit était plein, il régnait une ambiance débridée, avec une tension sous-jacente.

Nous nous sommes assis à la seule table libre. La plupart des clients semblaient reconnaître Pierrick, sans le saluer. En raison de l'alcool, mon ventre était en proie à une véritable mutinerie. Je suis allé vomir aux toilettes, puis je me suis rincé la bouche et aspergé le visage.

La chevelure humide, j'ai regagné notre place, l'estomac libéré d'un poids.

— Ça va ? m'a interrogé Pierrick, pas dupe.

— J'ai pas l'habitude de picoler autant.

Il s'est marré.

— Ça viendra… Je nous ai commandé deux entrecôtes et une bouteille de bordeaux. D'habitude, je me tape du muscadet et des huîtres, la serveuse m'a dit qu'ils sont trop débordés pour les ouvrir.

J'ai observé la jeune femme en minijupe, puis les deux hommes derrière le bar.

— Qui est le patron ?

— Le black, a dit Pierrick, il tient l'affaire la nuit et sa femme le jour… Je me suis toujours demandé quand il trouvait le temps de baiser…

L'homme était vêtu d'un costume turquoise. Ses yeux balayaient la salle pour capter la moindre interférence dans l'atmosphère. Il a intercepté mon regard, j'ai lu dans ses pupilles une grande acuité.

— Noël reçoit des voyous qui se détestent sans qu'il y ait quasiment jamais de grabuge, a dit Pierrick. Il est parvenu à faire de ce lieu un genre de terrain neutre.

La serveuse est venue apporter les viandes et la bouteille. Elle a posé son limonadier sur la table en demandant à Pierrick s'il pouvait ouvrir le bordeaux. Il m'a laissé faire et a désigné discrètement trois Maghrébins en train de dîner avec quatre filles. Il m'a parlé entre ses dents :

— Les frères Chakir. Les filles bossent pour eux dans les bars du Toubib… Parfois, elles embrouillent les chéquiers de clients. Les Chakir écoulent les chèques dans des bars plus ou moins complices, certains patrons leur refilent des espèces. Ils se sont fait avoir, mais ils causent, alors on laisse courir ces magouilleurs. Il faut quand même se méfier du plus vieux…

Comme s'il avait compris qu'il était au cœur de la discussion, l'homme a fait un signe de tête cérémonieux à Pierrick, qui le lui a rendu, le regard moqueur. L'homme a lâché une injure que nous n'avons pas comprise dans le brouhaha général, continuant à mastiquer de ses dents jaunies par la nicotine. J'ai senti que mon équipier allait se lever.

— Tout va bien, chef? a demandé Noël, venu opportunément se placer entre eux.

— Oui, Monsieur. Tout va très bien. Pour l'instant…

Noël s'est adressé à moi.

— Le bordeaux est bon ?

J'ai choisi d'en plaisanter.

— À dire vrai, j'ai trop bu pour être catégorique, mais l'entrecôte fond dans la bouche.

— Merci, a apprécié le restaurateur, je m'approvisionne au MIN[11].

— C'est ça, c'est ça, l'a coupé Pierrick, ta viande est tendre et tu tiens la meilleure gargote nocturne de Nantes, vu qu'à part le Lève-Tôt au MIN et les Deux Gares, t'es le seul à être ouvert à cette heure. Tant qu'on t'y autorise… Maintenant, réponds à une question : Le Toubib, ici, à bouffer avec deux frères, Jean-Patrick et Daniel Maimboeuf, des Lyonnais, ça te rappelle quelque chose ?

Le patron a murmuré calmement.

— Je ne me souviens pas, comme ça…

Pierrick a hoché la tête.

— Parles-en à ta femme et réfléchissez vite… Autre chose, les chèques volés des trois tordus derrière toi, c'est fini. On a reçu des plaintes, les assurances ne rembourseront plus. S'ils essaient de

11. Marché d'intérêt national, réservé aux professionnels.

t'en fourguer, tu leur diras qu'ils n'ont qu'à venir voir ça avec moi…

Gêné, Noël n'a fait aucun commentaire.

Pierrick lui a tendu la corbeille.

— Il nous faut du pain.

4h00

Dans la luminosité d'un lampadaire, j'ai regardé l'heure, pressé d'aller me coucher.

— Tu rigoles, m'a déchanté Pierrick, la nuit n'est pas finie. On va aller vérifier chez les filles du Play Girl, elles doivent être à point pour causer.

Nous sommes descendus vers la place Royale. Devant la fontaine, un clodo poussait un landau auquel était attaché son clébard. Mégot au coin des lèvres, il a traversé la rue et a commencé à écrire sur le trottoir avec une craie. Un des serveurs du Café Continental s'est mis à tailler la bavette avec lui.

— C'est Ulysse, m'a rancardé Pierrick, tout le monde le connaît à Nantes, paraît qu'il était chef d'entreprise… Viens, on va couper par la place du Commerce.

Le Gaumont affichait *Borsalino*.

— T'as lu le bouquin de Saccomano ?

— *Bandits à Marseille*, ouais, quand j'étais étudiant…

Il m'a envoyé un drôle de sourire.

— Le bouquin préféré des taulards…

Nous avons longé le palais de la Bourse, puis continué sur le bord de la Loire. Une péniche chargée de sable remontait le courant. Deux cents mètres plus loin, Pierrick a poussé la porte d'un établissement. L'enseigne néon d'une pin-up style

Playboy annonçait sans équivoque l'attraction intérieure.

Derrière le bar, la femme rencontrée chez Robert faisait une sale tête.

— Merde, les condés, qu'est-ce que vous foutez là, à cette heure ?

L'odeur de champagne éventé et de tabac froid m'a saisi. Sur le canapé en velours d'un box, la femme qui avait aguiché Pierrick à la ferme sirotait un café, devant une table basse. De loin, il m'a semblé que son œil droit était poché.

— Je te laisse discuter avec Miss Monde, s'est marré Pierrick.

En s'asseyant auprès de la jeune hôtesse, il a commandé deux cafés à la matrone. Pour la calmer, j'ai posé un billet de dix francs à l'effigie de Voltaire sur le comptoir.

— Servez-nous en deux également…

Elle m'a jeté un œil d'experte.

— La nuit a été longue ?

Il est inutile de nier.

— J'ai pas l'habitude de boire autant.

Un sourire a éclairci un visage qui avait dû être radieux avant que les années d'alcool et de clopes le fanent.

— T'es chou, toi, t'es le premier flic qui m'offre un kawa.

Sa façon de m'englober du regard montrait qu'elle aurait bien fait de moi son casse-croûte. Elle a lancé le percolateur.

— Paraît que t'arrives de Paname ?

— Les nouvelles vont vite.

— Robert a des amis, à Paris. Dans le sud de la France aussi.

— Et en Corse ?

Son sourire s'est effacé. Elle a gratté le dessus de sa main couverte de taches, comme blanchies à l'eau de Javel, puis plongé un sucre dans son café. J'ai avalé le mien pendant qu'elle allait servir Pierrick.

— Vous vous appelez comment ? lui ai-je demandé au retour.

— Monique…

J'ai été pris d'une envie de rire : *Monique, deux qui la tiennent, trois qui la…* son regard m'a signifié l'inutilité de lui faire la blague éculée.

— Et toi, beau flic, tu t'appelles comment ?

— Greg Brandt.

— C'est un blaze de Schleu…

— La famille vient de l'est de la France.

— Mon père est mort dans les Ardennes en 45.

— Le mien a suivi Dehlinger et Gatelet à l'*Espoir français*[12].

Elle a hoché la tête en connaisseuse, sans chercher à en savoir plus sur l'origine de mon prénom. Je me suis éclairci la gorge.

— Elle a ramassé un gnon, la môme ?

— Un client l'a accusée de coller le champ' dans le seau à glaçons. À deux cent cinquante balles la boutanche, il n'a pas apprécié…

— Qu'est-ce que vous faites dans ces cas-là ?

Elle a vidé un cendrier d'un geste explicite.

— Je calme gentiment le jeu…

— Et quand le micheton trouve l'ardoise trop salée ?

— On gère, en fonction…

L'absence d'émotion montrait qu'il était inutile de chercher à connaître la façon dont ce « On »

12. Un des premiers réseaux de Résistants, fondé en septembre 1940.

maîtrisait un client récalcitrant. J'ai observé cette femme au fond de teint craquelé, aux cheveux filasse et aux nombreuses dents en argent, qui ne tenait debout que grâce aux clopes et aux cafés. J'ai imaginé la dureté de la vie d'après-guerre qui l'avait blindée à ce point.

— Quelle roteuse vous servez ?

J'ai eu le droit à son sourire métallique pour l'utilisation du terme adéquat dans le monde de la nuit.

— Du Moët, exclusivement.

— Que les hôtesses remplacent par du Perrier dans leur coupe ?

— Mes filles sont réglos, elles ne pratiquent pas ça.

J'ai préféré sourire pour lui montrer que je n'étais pas naïf.

— Si on parlait un peu de Robert…

Son visage s'est aussitôt fermé.

Pendant la demi-heure suivante, toutes mes tentatives pour obtenir la moindre information sur son témoignage en faveur de Robert, et l'hypothèse qu'il rachète les bars du Toubib, ont fait chou blanc. Le plus souvent, ses réponses se résumaient à : « C'est des histoires d'hommes ». Mais si elle restait campée sur sa position, ses réticences à me regarder en face me révélaient les moments où elle mentait et ceux où elle était sûre d'elle.

J'ai continué à avancer avec prudence.

— Combien de filles travaillent ici ?

— Cinq, six… selon les mois.

— Elles gagnent bien leur vie ?

Il y avait une forte dose d'attachement dans sa voix.

— Elles touchent un pourcentage sur les consommations.

— C'est suffisant ?

— Ça dépend… Certaines parviennent à s'attacher des fidèles, c'est en général les plus généreux. Je ne cherche pas à savoir ce que mes filles font en dehors d'ici…

Comme à Pigalle, la plupart des hôtesses de bar étaient contraintes d'accepter des passes. J'ai exprimé ce que je ressentais.

— Vous les aimez, vos filles, n'est-ce pas ?

J'ai senti son hostilité fondre. Elle m'a offert une cigarette, en guise de réponse. Elle a jeté un œil vers Pierrick, la jeune femme a glissé la main sur son genou, avec un niveau d'intimité qui m'a surpris. Monique a commenté.

— Il perd son temps, Livia ne sait rien. Sinon, je ne l'aurais pas laissé lui parler.

J'ai suggéré :

— Robert vous fait entièrement confiance…

Elle a posé son regard dur sur moi.

— Robert ne fait confiance à personne. J'étais gérante du Play Girl avant qu'il l'achète. Il m'a gardée, c'est le propriétaire le plus protecteur avec les filles que j'aie connu.

4h45

Sur le quai, une file de voitures crachaient leurs vapeurs d'échappement au feu rouge. Pierrick a pris son paquet de Gauloises dans sa poche de chemise et en a sorti la dernière. Il a broyé le paquet et l'a balancé dans le caniveau. Il s'est allumé sa clope avec une allumette qu'il a jetée sur la route.

— Elle me file la trique, cette Livia.

Je me sentais si éreinté que mes jambes avaient du mal à me porter.

— J'ai l'impression qu'elle le sait…

Il s'est marré.

— T'es con ! T'as réussi à tirer quelque chose de la tenancière ?

— Elle est plus coriace qu'une bernique sur un rocher. Sa loyauté envers Robert vient du fait qu'il est réglo avec les filles qui bossent pour lui.

J'ai entrevu l'ombre d'un sourire sur ses lèvres.

— Tout dépend ce que tu entends par là… Ce qui est sûr, c'est que le mec qui s'aviserait de les arranger se ferait dérouiller.

— C'est déjà ça, non ?

— Ouais, pas certain que la prochaine génération se montre aussi respectueuse…

J'ai tenté de l'asticoter un peu.

— Et toi, qu'est-ce qu'elle t'a raconté, Livia, dans l'intimité…

— Elle refuse de donner le nom du type qui l'a cognée. Sur le braquage, elle dit qu'elle ne sait rien. Elle dit aussi qu'elle n'est pas l'amante de Robert.

— Tu la crois ?

Il a répondu à côté.

— Elle a vingt-deux ans et pas de mec dans sa vie.

Il est resté pensif, puis il a consulté sa montre, comme s'il revenait à la réalité.

— Qu'est-ce qu'on fait ?

Je me suis retenu de lui rentrer dedans.

— Quoi, « Qu'est-ce qu'on fait ? » Tu déconnes, je ne sais pas pour toi, mais moi, je rentre dans mes pénates. J'ai besoin de dormir !

Il m'a regardé d'un air surpris.

— Va te pieuter… Je monte au clandé butte Sainte-Anne, chez une ancienne du Crazy Horse, des fois que le maire ait besoin de se faire raccompagner chez lui… Ensuite, j'irai me chercher le canard fraîchement sorti des rotatives, puis je lirai ce que racontent les journaleux à propos du braquage, devant une bonne omelette à Waldeck.

12h30

Des coups de klaxon m'ont résonné dans le crâne. Je me suis levé, la bouche pâteuse, la langue collée au palais. J'ai écarté les rideaux, le soleil m'a aveuglé. Je suis allé me préparer un café, assorti d'une aspirine. Je me suis entaillé le menton en me rasant, j'ai appliqué un pansement, puis je me suis habillé d'un costume gris. Je suis sorti en emportant un morceau de pain que j'ai grignoté sur la route.

— Tu veux un café ? m'a proposé Georges, lorsque je suis arrivé à Waldeck.

J'ai eu l'intuition qu'il m'attendait.

— C'est pas de refus.

Nous nous sommes dirigés vers le bar, Pierrick discutait avec des collègues. Il nous a aperçus du coin de l'œil. Le gardien de la paix de service nous a glissé les tasses.

— Voilà pour toi, Georges, je les mets sur ton compte.

Il a approuvé et m'a proposé :

— Allons le boire dans mon bureau.

Perplexe, je lui ai emboîté le pas, il a refermé la porte et s'est installé, désignant mon pansement au menton.

— La nuit a été longue ?

Il y avait une dose de sarcasme dans son ton, j'ai posé la tasse sur son bureau.

— Fatigante, mais instructive. Avec un certain nombre d'incompréhensions...

Son sourire cordial s'est effacé.

— Si je peux t'aider à y voir clair...

Je l'ai regardé fixement.

— Étant donné ta réputation, j'ai du mal à comprendre la faveur que tu acceptes de Youssef... Faveur dont bénéficie également Pierrick.

Il a presque semblé soulagé.

— C'est donc ça... Alors, je vais t'éclairer... Lorsqu'il a ouvert ce restau, certains voyous y ont vu une provocation. Enfin... Disons plutôt qu'ils ont saisi cette excuse pour le racketter... J'y ai mis fin en lui accordant mon soutien.

J'ai tiqué.

— J'avoue que j'ai du mal à comprendre, Youssef pouvait porter plainte, nous aurions eu la possibilité d'agir légalement.

Il a secoué la tête pour montrer que je me trompais.

— S'il avait fait ça, il en aurait subi les conséquences. Lui, sa femme ou sa fille... Nous n'aurions pas pu les protéger vingt-quatre heures sur vingt-quatre. La sanction aurait été inévitable, parce que si le milieu avait laissé passer, ça aurait donné des idées aux autres commerçants qui crachent au bassinet.

— Et en quoi le fait que tu manges à l'œil y change quoi que ce soit ?

— De cette façon, je suis garant de sa protection. Il n'a pas fait appel à la police pour arrêter les racketteurs, donc il n'est pas une balance. Il paye un tribut à quelqu'un que le milieu respecte. Tout le monde sauve la face.

— Si ça se venait à se savoir, tu risquerais ta carrière.

Il a ri.

— Je ne crois pas… Quant à ma carrière, je te laisse ce genre d'ambition, c'est de ton âge. La mienne est derrière moi, dans la grande muette.

J'ai encaissé l'attaque sur mon carriérisme. La logique de son argumentaire se tenait, il n'en restait pas moins que je ne comprenais pas son intérêt.

— Pourquoi t'attaches-tu autant à Youssef, c'est un harki ?

Il a secoué la tête.

— Youssef est Marocain, il était en France avant les événements d'Algérie. Je l'aide parce qu'il est courageux, il bossait à l'usine et se tapait la plonge dans des restaurants le soir, sa femme travaillait dans une société d'entretien d'immeubles… Ils se sont installés avec l'argent qu'ils avaient économisé. Ils bossent dur, sa femme en cuisine, Amina au service. Ils ont droit à leur place dans notre pays. Au prétexte de leur rancœur contre les Arabes, certains voulaient lui faire payer une défaite qui ne le concerne pas…

Il a laissé passer un temps.

— Est-ce que mon explication te convient…

Ma réponse semblait l'indifférer. J'ai réfléchi à toute vitesse.

— Je n'ai pas à juger les pratiques d'avant. Mais je ne m'y joindrai pas.

— Dans ce cas, je préfère que tu ne retournes pas chez Youssef… Ce serait mieux, de toute façon…

L'allusion à Amina était claire, je me suis demandé à quel point la jeune fille pesait dans la balance de sa décision d'aider cette famille. Sa manière de me parler était plus proche de l'ordre que de la requête, j'ai pesé le pour et le contre, et blagué.

— C'est dommage, j'adore leur couscous… Mais il y a assez de restaurants à Nantes.

Nous avons bu nos cafés, nous observant par-dessus les tasses. Il n'y avait aucune rancune dans son regard. J'ai tenté ma chance.

— Avec qui étais-tu hier soir ?

Il a hésité.

— Le conseiller d'un ministre…

Il n'était pas disposé à donner de nom, j'ai essayé autre chose.

— Il était porteur de mauvaises nouvelles ?

Une veine bleue a sailli sur son front, il m'a adressé un étrange sourire.

— Chenal a organisé un briefing à quinze heures pour ses deux boy-scouts, il n'a pas jugé utile de m'y convier. Il a bien fait, je lui laisse la primeur de l'humiliation…

14h30

Je n'avais pas revu Pierrick, il est arrivé dans le bureau avec la tête d'un type qui vient de dormir dans sa voiture.

— T'es au courant pour le briefing ?

— Georges m'en a parlé…

Je l'ai senti un peu mal à l'aise, j'ai préféré être direct.

— À l'avenir, j'aimerais que tu ne te charges pas de mes commissions auprès de Georges. Si j'ai besoin de lui parler, je le ferai directement.

— Tu te goures, Greg, c'est lui qui est venu me voir et je l'ai renvoyé vers toi. J'ai un paquet de défauts, mais pas celui de cafteur. Selon moi, quand t'as casqué chez Youssef, tu lui as fait peur. La survie de son commerce dépend de l'arrangement avec Georges…

J'ai exprimé mon désaccord.

— Pour éliminer le racket, on pourrait commencer par s'intéresser à l'identité des racketteurs, non ?

Il s'est marré.

— Tiens, on a un nouveau shérif en ville ! Qu'est-ce que tu crois, on les connaît. Mais explique-moi comment tu fais pour les arrêter si aucun commerçant ne porte plainte ?

J'ai encaissé d'une grimace.

— Je ne sais pas. Mais quand des flics se goinfrent gratos aux yeux de tous chez Youssef, tu crois que ça donne confiance aux autres restaurateurs pour porter plainte ?

Nous avons échangé un silence tendu. Il a quitté le bureau et je l'ai suivi, sans dire un mot. Dans son fauteuil, Chenal nous a laissé le temps de nous installer.

Il a senti l'électricité dans l'air.

— Ça colle entre vous, les gars ? Tout se passe bien ?

Pierrick a répondu à la volée.

— Au poil, ça finira par un mariage !

Le patron m'a fixé. J'ai confirmé d'un hochement de tête.

— Très bien, a-t-il dit, heureux que Pierrick ait enfin trouvé chaussure à son pied… Bon, Greg, du nouveau sur l'agression du môme de l'hosto ?

— Rien, pour l'instant…

— Continue à bosser dessus, j'aimerais qu'on arrête l'agresseur rapidement.

Il s'est adressé à Pierrick.

— Votre virée nocturne a donné quoi ?

— On a passé la nuit à se rancarder. Le bruit court que Robert chercherait à étendre son emprise sur d'autres bars. Le Toubib serait en passe de céder les siens, donc on a une friction possible avec Gratien Lopez.

— Vous êtes allés voir son père ?

Pierrick a raconté notre rencontre avec Lucca Lopez, la réaction de Noël concernant une rencontre entre Le Toubib et les frères Maimboeuf.

— Au Play Girl, t'as eu des infos ? l'a interrogé le patron.

— J'allais y venir. Greg est resté papoter avec la patronne sans rien obtenir, ce qui n'est pas étonnant. J'ai cuisiné une recrue corse qui arrive de Marseille. C'est une carte à jouer pour nous.

— Pour nous ou pour toi, a suggéré Chenal. Je veux que t'y ailles mollo avec Monique, cette femme en a assez bavé dans la vie. Autre chose, ne te fais pas prendre la main au panier avec cette Corse. S'il lui vient l'idée de se plaindre, je t'aurai prévenu…

Pierrick a éludé le conseil.

— Cette nuit, j'irai cuisiner la tenancière du Calamity, pour savoir si elle confirme que Le Toubib veut passer la main.

— Pas la peine, Le Toubib va se retirer des affaires.

— Comment le savez-vous ?

— Ça, mon bonhomme… Pendant que tu ratisses la nuit, je tape à d'autres portes. Alors voilà le topo. Est-ce parce qu'il est derrière le braquage de Carrefour et qu'il veut prendre la poudre d'escampette ? En tout cas, Le Toubib prévoit de migrer vers l'Espagne, dès qu'il aura vendu Le Glass, Le Flamant et Le Calamity, et même Le Négrier, quai de la Fosse.

Hormis qu'il faisait référence au passé esclavagiste de Nantes, principal port du commerce humain du XVIIe au XIXe siècles, je ne comprenais pas ce que le dernier bar avait de particulier. Chenal a jugé bon de m'éclairer.

— Avant que Marthe Richard, notre Jeanne d'Arc anti-prostitution, n'obtienne la fermeture des maisons closes en 46, ce bordel fréquenté par les marins et les bateliers de la Loire était le plus réputé des lupanars du quai. On l'appelait La Maison de Dentelle. Reconverti en bar à bouchons, j'ai connu la période où les dockers y recevaient leur salaire en espèces. Pour Robert, mettre la main dessus serait le symbole d'une prise de pouvoir sur la hiérarchie des voyous nantais.

Sa façon de terminer sa phrase clôturait le sujet.

Il a jeté un œil vers les têtes des suspects affichées, puis il a glissé une photo sur la table.

— René Podoni, dit Bicyclette. Sa taille hors norme correspond à la description du chauffeur du fourgon. Il doit son surnom à son évasion d'un camp de prisonniers allemand durant la guerre. La légende raconte qu'il a rejoint les troupes alliées en parcourant huit cents kilomètres sur une bicyclette. En 68, il a été condamné à quatre ans pour un hold-up à Nice. Les policiers venus le serrer ont trouvé des fusils d'assaut dans sa grange. Un véritable arsenal de guerre. Il aurait participé à des opérations au Congo et au Yémen aux côtés de Bob Denard, et à plusieurs coups d'État soutenus par la France.

Pierrick a soufflé entre ses dents.

— Un barbouze, ces chiens de guerre ne supportent pas l'inaction. Comment avez-vous eu son nom pour notre braquage ?

Chenal a esquissé un sourire.

— Georges n'est pas le seul à connaître du monde dans les ministères...

J'ai posé la question qui me venait à l'esprit.

— Où est ce gars, en ce moment ?

— On ne sait pas... Dernière chose, il appartiendrait au SAC[13]. On a des photos de lui avec Charles Pasqua. Certains disent qu'il a joué un rôle dans l'enlèvement et les meurtres de plusieurs membres de l'OAS. Lors de sa dernière arrestation, il était en possession d'un faux passeport, il disposait même d'une carte de police plus vraie que nature... Inutile de dire qu'on marche sur des œufs. On ne va pas ajouter sa photo aux autres, mais je veux que vous ayez ce gars en tête.

— Compris, a dit Pierrick.

Je savais maintenant la raison pour laquelle Chenal n'avait pas souhaité la présence de Georges, soutien du général, et par conséquent proche de Pasqua. J'ai scruté la photo du sexagénaire aux yeux vils enfoncés dans les orbites et au visage buriné de crevasses. Il n'était pas difficile à mémoriser.

— Dernière chose, a repris le boss, je sais que ça ne va pas vous plaire... Pas plus qu'à moi d'ailleurs. J'ai été averti de la venue du ministre de la Santé publique et de la Sécurité sociale pour une série de colloques à Nantes. Un comité d'anciens militaires a été constitué pour assurer sa protection.

---

13. Service d'action civique. Association de fidèles soutiens au général de Gaulle, fondée par Jacques Foccart.

Il a marqué un temps, comme si le reste avait du mal à sortir.

— Robert a été nommé responsable de la sécurité. Nous avons ordre de lui prêter main-forte au besoin.

Je suis resté bouche bée. Pierrick n'a pas retenu sa colère.

— Robert est suspecté d'un braquage qui a fait deux morts, et on va se mettre sous ses ordres durant la présence du ministre ! Mais putain, c'est quoi ce pays de merde dirigé par des abrutis !

— Pierrick ! Je t'interdis d'insulter la France ! Tu feras ce qu'on te dit et tu fermeras ta gueule, pour une fois. À force de jouer au con, tu te retrouveras en uniforme à un giratoire.

— J'emmerde les pisse-vinaigre de politicards.

Chenal a soupiré, excédé.

— Concentrez-vous sur l'enquête du Carrefour. Cette teigneuse de juge et les journaleux me collent aux basques, je veux ces braqueurs sous les verrous avant qu'une autre affaire nous éclate à la gueule ! Fin du briefing, débarrassez-moi le plancher !

Il a décroché son téléphone.

— Et que je ne vous retrouve pas au bar dans dix minutes.

Groggy par l'aberration de la situation, Pierrick a exprimé sa frustration.

— Comment tu veux qu'on reste motivé à choper ces salopards, si les politiciens les soutiennent.

J'ai émis une hypothèse sur la désignation de Robert au service d'ordre d'un ministre.

— Tu crois que Georges perd la main à Paris ?

— Pas sûr… Le Palais élyséen est un panier de crabes. Difficile de savoir de quel côté va le vent.

Et sincèrement, il ne souffle pas souvent jusqu'à nous.

Il m'a tendu la main.

— Sans rancune ?

Je gardai une dent contre lui, mais j'étais prêt à mettre de l'eau dans mon vin pour la réussite de l'enquête. Si nous devions bosser ensemble, il fallait que ce soit sans arrière-pensée.

— Bien sûr, ai-je accepté en lui serrant la main.

Il a semblé satisfait.

— Qu'est-ce que tu fais ce soir ?

J'ai arraché le pansement de mon menton.

— Je me couche.

Il m'a regardé, une dose d'étonnement et de déception dans les yeux.

— Dans ce cas, j'irai bouffer seul chez Noël.

19h00

Le téléphone a retenti, j'ai présumé qu'il s'agissait de ma mère, mais ne me sentais pas en mesure d'affronter une discussion. J'ai ouvert le frigo dans lequel il ne restait qu'une pomme fripée. Il était trop tard pour faire des courses, je suis allé à l'Étoile d'Orient.

Kim m'a accueilli avec le sourire.

— Je vais faire carte fidélité à mon ami Greg. Pas le courage de cuisiner ?

J'ai soupiré.

— Ne te moque pas de moi, je suis crevé.

— C'est vrai, tu as la même tête du lendemain quand j'ai trop bu alcool de riz…

— Je prends un plat et je remonte.

Il a eu l'air compatissant.

— Si tu préfères, j'apporte le repas chez toi, dans dix minutes.

— Bonne idée, si tu pouvais demander à ta mère de me préparer son poulet au caramel, ce serait génial.

— Pas problème, tu veux du vin ?

Il y avait un peu d'espièglerie sur son visage.

— Non, merci, je vais jouer l'abstinence.

— Dommage, on ne boira pas un verre ensemble. Monte chez toi, j'apporte le plat tout à l'heure. J'ai une information pour mon ami policier.

À la façon dont il le disait, j'ai compris que ça concernait l'agression du jeune Damien. Kim m'a congédié :

— Allez, Greg, mon ami, je dois travailler.

Le téléphone sonnait lorsque je suis entré. L'insistance de ma mère m'a agacé, une irritation qui s'est transformée en un mauvais pressentiment. J'ai décroché trop tard, remettant au lendemain de la rappeler. J'ai chassé ma crainte en essayant de deviner ce que Kim allait me divulguer. Il a frappé quinze minutes après, une assiette fumante et un bol de riz dans les mains, deux bouteilles de bière calées sous le bras.

— Aide-moi, mon ami, Greg.

Je l'ai débarrassé des Tsingtao.

— J'avais dit pas d'alcool…

— Bière, pas alcool. Je mérite petite récompense.

Son sourire était désarmant.

— Je vais nous chercher des verres.

— Maman dit bonjour, elle sert les clients en attendant que je reviens.

J'ai incliné les verres pour éviter de faire trop de mousse et trinqué avec lui.

— À tes affaires !

Son mutisme a soulevé un doute.

— Ça ne marche pas comme tu veux ?

— Si, si… Merci t'inquiéter pour moi.

J'étais trop impatient de savoir ce qu'il voulait me révéler pour creuser le sujet.

— Alors Kim, quelle est cette information cruciale ?

Il a hésité.

— Dans le quartier cette église, il se passe beaucoup choses la nuit…

Il m'a scruté pour savoir si j'étais au courant.

— Je sais, Kim, jusque-là, tu ne m'apprends rien.

Il a pris du temps pour préparer sa phrase.

— Tu jures pas chercher à savoir qui me donner informations…

Sans y attacher d'importance, je me suis un peu avancé.

— T'as ma parole d'ami.

Son expression a changé, il est devenu très sérieux.

— Il y a un vendeur arabe de drogue la nuit.

Surpris, je lui ai adressé un regard d'incompréhension.

— Quel est le rapport avec l'agression dont je t'ai parlé.

Il a réfléchi.

— Le vendeur de drogue, peut-être il est là ce soir-là…

— Tu as un nom ou une description qui m'aiderait à le trouver ?

Il m'a regardé, inquiet, puis il a sorti un papier de la poche de son jean. C'était une adresse à Bellevue, un quartier HLM où je n'étais encore jamais allé.

— Comment as-tu eu ça ?

Son visage était tendu.

— Tu as promis, Greg.

Bien qu'intéressé par l'identité de sa source, je n'ai pas insisté.

— D'accord, Kim, je te remercie.

— Je suis content de pouvoir t'aider. Un ami est là pour aider un ami.

Il a terminé sa bière, les yeux brillants.

— Je retourne au restaurant, maman ne sait pas faire les additions. Mange, ça va refroidir. Tu ramènes assiette et paye demain.

Alors qu'il franchissait le pas de la porte, il m'est venu une autre idée.

— Par hasard, tu connais le Vietnamien qui tient la discothèque du Château ?

Il s'est retourné et a confirmé d'un hochement de tête.

— Un peu, pourquoi ?

— J'aimerais discuter avec lui, tu peux m'aider à le rencontrer ?

Sa grimace montrait que ma demande était compliquée.

— Je vais voir, Greg, je vais essayer…

8 janvier – 9 h 00

Les pieds sur le bureau, Pierrick lisait le journal. J'ai refermé la porte.

— Je peux te parler d'une info ?

Il a retiré ses pieds, refermé *Presse Océan* et m'a écouté, un étrange sourire s'élargissant sur ses lèvres.

— Si je te comprends bien, tu veux qu'on aille chercher un bicot à Bellevue… T'as déjà essayé de trouver une aiguille dans une botte de foin ?

L'emploi du mot Bicot m'a heurté, j'ai choisi de passer outre, cette fois.

— J'ai une adresse, mais ne me demande pas comment je l'ai eue.

Il a lu le numéro et le nom de la rue, écrit avec un stylo bleu à l'encre un peu baveuse.

— C'est une écriture de fille ?

J'avais effectivement remarqué les arrondis qui m'avaient plutôt semblé correspondre au tracé malhabile d'une ado ou d'une personne maîtrisant approximativement le français.

— Je ne peux pas t'en dire plus…

L'étonnement que je puisse m'être déniché un informateur si tôt après mon arrivée à Nantes se lisait sur son visage. Je suis resté impassible et il s'est finalement levé.

— OK, allons faire un tour à Bellevue, ça fait une paye que je n'y suis pas allé.

Pierrick s'est dirigé vers une autre partie de l'étage.

— Un collègue de la brigade des mœurs s'occupe du trafic de drogue. On va lui demander s'il veut nous accompagner.

— Il se consacre exclusivement à la drogue ?

— Tu rigoles, son boulot c'est plutôt les casses de pharmacies par des toxicos en manque. Le trafic de drogue à Nantes, ça reste anecdotique, il circule bien un peu d'héroïne, mais c'est réservé à des gens friqués.

— Elle vient d'où ?

— Difficile de savoir, sans doute de Marseille. Un moment, il courait le bruit qu'elle arrivait d'Italie. Ambiance *Le Clan des Siciliens*, une belle connerie, si tu veux mon avis.

Le collègue des mœurs n'était pas dans son bureau, Pierrick lui a laissé un message écrit, et nous sommes descendus dans la cour, où les 4L immatriculées dans le 35, avec des numéros qui se suivaient, étaient stationnées.

Pierrick s'est installé au volant.

Nous avons roulé le long de la Loire, sous un ciel plombé d'une masse nuageuse.

— T'as ton 7,65 ? m'a-t-il demandé.

— Non... Et toi, t'es armé ?

Il a haussé les épaules.

— Non plus... Bof, on n'en aura pas besoin.

Nous avons emprunté le boulevard Winston Churchill et débouché sur la place Mendès France, la principale du quartier Bellevue, encadrée de longues barres d'immeubles dépassant rarement les quatre étages. Des femmes attendaient devant une boulangerie, des écoliers circulaient, cartable sur le dos, d'autres jouaient aux billes devant un bar.

— C'est mercredi, les mômes traînent dans les rues, a remarqué Pierrick.

Je trouvais l'ambiance multiculturelle décontractée. Un jeune blondinet a mis un coup de pied à un autre gamin, il s'est fait attraper l'oreille par sa mère. Pierrick a tourné dans la rue de Marseille, puis aussitôt à gauche sur la rue de la Camargue. Il s'est arrêté le long d'un trottoir.

J'ai désigné un immeuble.

— C'est ici. Sans le nom de famille, pas facile de savoir quel logement il habite.

Pierrick a éteint le moteur.

— On va attendre un peu...

Il a allumé une Gauloise. La fumée m'irritait la gorge, j'ai décidé de soigner le mal par le mal et accepté la cigarette qu'il m'offrait. Le cendrier débordait, il a entrouvert la porte pour le vider dans le caniveau. À peine deux minutes plus tard, des rideaux d'une fenêtre du deuxième étage se sont écartés.

— Impossible de passer inaperçu avec cette bagnole, a souligné Pierrick.

— Je peux aller cogner aux portes…

Il a joint ses mains en coupole et soufflé pour les réchauffer.

— Attendons un peu, j'ai pas envie d'aller me geler les miches dehors.

J'en ai profité pour l'interroger.

— T'as réussi à faire parler Noël, hier soir ?

— Il y avait trop de monde pour discuter sans attirer l'attention. Mais j'ai eu l'impression qu'il me fuyait. Ça confirmerait plutôt qu'il y a bien eu cette rencontre entre Le Toubib et les frangins Maimboeuf… Un trio qui correspondrait à nos politiciens masqués.

— Avec la complicité de Gratien Lopez ?

— C'est ce qui reste à déterminer.

— Et surtout à prouver…

Il a tourné la tête vers moi, un sourire éloquent sur les lèvres.

— Exact…

Un gamin typé, aux cheveux noirs, d'une dizaine d'années est sorti d'une cage d'immeuble. Pierrick a ouvert la vitre.

— Hé, Mouloud, viens me voir !

Le jeune s'est arrêté, effrayé, il a posé la main sur son torse.

— Moi, Monsieur ?

— Ouais, Mouloud, c'est à toi que je parle. On est de la police. Viens là, une seconde.

Le jeune s'est approché, méfiant.

— Bonjour, monsieur l'agent… Je m'excuse, mais je ne m'appelle pas Mouloud…

— Écoute, Mouloud, ne m'oblige pas à sortir te calotter. Je cherche un gars, plus vieux que toi, qui habite cet immeuble. Il va souvent se balader à Nantes. Tu me dis qui c'est et on te laisse partir.

— J'ai rien fait de mal, moi, monsieur l'agent, a tenté le gamin d'une voix chevrotante.

Pierrick a fait semblant de perdre patience.

— Mouloud… T'es en train de m'énerver… Tu veux rentrer chez toi entre deux policiers ?

Le jeune l'a regardé de longues secondes.

— Au deuxième, il y a Rachid, il aime bien Nantes, Rachid.

Le sourire de Pierrick était carnassier.

— Tu le connais ?

— On est copains.

— Va le chercher !

— Mais, qu'est-ce que je lui dis ?

— Dis-lui que s'il ne descend pas, c'est nous qui allons monter. Et on fera tellement de ramdam que tout le monde saura que la police était après lui.

Pendant que le gamin rentrait dans l'immeuble, Pierrick a fanfaronné.

— Il a tellement la trouille qu'il va nous le servir sur un plateau.

Cinq minutes plus tard, un Maghrébin d'une vingtaine d'années est sorti de l'immeuble, méfiant comme une souris s'aventurant hors de son trou. Assez grand et maigre, il s'est avancé dans notre direction. Il a jeté un regard circulaire et posé les mains sur le rebord de la fenêtre.

— Qu'est-ce que vous voulez ?

Pierrick l'a fixé droit dans les yeux.

— Monte, on va causer dans la bagnole.

Le visage du jeune a semblé hésiter, sans doute prêt à s'enfuir. Mon équipier a secoué la tête.

— N'y pense même pas, je placarderais ta tronche dans le hall d'escalier.

Ses yeux ont émis un signe de renoncement, il s'est installé sur la banquette arrière, sans dire un mot. Pierrick a démarré.

— Finalement, on va faire un tour à Waldeck, on sera bien mieux pour parler.

Le jeune n'a pas objecté, il s'est baissé comme s'il craignait qu'on le remarque de l'extérieur. Je l'ai observé dans le rétroviseur, il s'est rongé l'ongle du pouce jusqu'au sang.

14h00

— T'as déjà cuisiné un suspect ? m'a demandé Pierrick.

L'orgueil un peu touché, j'ai reconnu que je n'avais jamais mené d'interrogatoire. Il a posé la main sur la poignée.

— D'accord, alors laisse-moi faire…

Sur une chaise, le jeune Maghrébin tentait de conserver une expression d'assurance, mais de toute évidence, il n'en menait pas large. Il a tiré sur les pinces métalliques qui le reliaient au pied de la table.

— J'ai rien à faire ici… T'avais pas le droit de me menotter…

— Rachid, mon petit Rachid, je vais te demander de ne pas me tutoyer… On n'a pas gardé les cochons ensemble, si tant est que t'en aies jamais vu un de ta vie.

Je suis resté en retrait. Le jeune s'est tassé sur sa chaise.

— Écoutez, Chef, j'ai rien à me reprocher, je veux rentrer chez moi, c'est l'anniversaire de ma mère. Vous pouvez pas me faire ça aujourd'hui.

— Bien, a applaudi Pierrick, enfin un peu de respect. Tu vois, ça me met en meilleure disposition à ton égard. Sincèrement, je serais ennuyé de devoir priver ta mère de la présence de son gentil garçon… Maintenant, tout va dépendre de toi, parce que tu vois mon collègue, là, il n'est pas aussi magnanime que moi… C'est même un vrai chieur, quand il s'y met.

Rachid m'a jeté un rapide regard inquiet. J'ai croisé les bras et fermé mon visage pour adopter la posture du flic buté. Le jeune homme s'est adressé à moi d'une voix presque suppliante.

— Pardon, grand Chef, j'ignore ce que vous voulez, personne m'explique de quoi il retourne depuis que je suis ici.

Pierrick lui a attrapé le menton.

— C'est à moi que tu parles, Rachid. Lui, il interviendra quand il le voudra. Tu piges !

— Oui, Chef, bien sûr, Chef. C'est toi qui décides… Enfin, c'est vous qui décidez, Chef.

Pierrick a consulté une feuille qu'il avait à la main.

— Lundi dernier, mes copains des RG t'ont chopé dans le quartier du Bouffay, à une heure quarante du matin. Tu leur as servi ta soupe, t'arrivais de chez un ami, tu te souvenais plus de son nom, ni de l'adresse, ce qui ne les a pas surpris, vu que t'as aucun ami dans Nantes. Mais peu importait à ce moment-là, t'avais pas trop picolé, alors ils t'ont poliment encouragé à regagner ta banlieue, c'est bien ça ?

Rachid a tiqué sur le « poliment », mais il a fait comme si, parce qu'il commençait à péter de trouille.

— Ben oui... C'est ce que j'ai fait, Chef, je suis rentré à Bellevue à pince.

— Ça t'a pris combien de temps ?

Il a réfléchi.

— J'sais pas, une heure, une heure et demie, à peu près.

— Est-ce que tu peux me dire par où tu es passé ?

Il a écarquillé les yeux, de plus en plus sur ses gardes.

— Ben, j'ai coupé au plus court, comme d'hab'. Commerce, le quai de la Fosse, ensuite je suis remonté par Chantenay. J'ai essayé de faire du stop, mais personne s'est arrêté.

— Tu m'étonnes, a rigolé Pierrick. Donc t'es arrivé chez toi à quelle heure ?

Il a regardé l'emplacement de la montre qui lui avait été retirée, comme si cela allait l'aider à faire le calcul pour rester crédible. Il a été contraint de gamberger.

— Ben... vers trois heures et demie...

J'étais certain qu'il mentait.

— Quelqu'un chez toi pourra le confirmer ?

— Ben... Non, tout le monde roupillait, Chef, vu l'heure...

Pierrick s'est marré.

— Ben... Oui, mon petit Rachid, c'est normal de dormir à cette heure, un lundi. Toi aussi, t'aurais mieux fait d'être au lit. Parce que tu vois, cette absence de témoin, ça va ennuyer mon collègue, là. Je commence à penser que tes salades ne vont pas lui suffire. Le résultat, c'est que ta maman n'aura pas son rejeton ce soir, à la maison, pour fêter son anniversaire.

Rachid m'a jeté un regard suppliant.

— M'enfin qu'est-ce que vous attendez de moi ?

Je n'ai pas eu le temps d'ouvrir la bouche, Pierrick lui a envoyé une baffe d'une telle force que le môme s'est retrouvé par terre.

— J't'ai dit de me parler à moi !

Étourdi, le gamin a paru commencer à prendre conscience de la détermination du policier. Bien que révolté par cette violence, je me suis retenu d'intervenir, au risque de faire foirer la stratégie de Pierrick pour le faire craquer. Il est resté recroquevillé par terre. Il a geint lamentablement.

— Chef, j'ai pigé… Je jure de tout vous dire, c'est promis.

Pierrick s'est penché et il lui a retiré les menottes.

— Très bien, Rachid, alors tu vas répondre à mes questions, et si je ne suis pas satisfait, je crains que ta maman soit contrainte de s'habituer à se passer de toi pour ses anniversaires des dix prochaines années.

Il a redressé sa chaise et l'a aidé à se réinstaller.

— Mes copains policiers m'ont raconté que tu vas régulièrement voir ta famille au Maroc. Ils pensent que t'en reviens avec de la marijuana, histoire d'amortir le voyage. L'autre nuit, t'étais en ville pour en refourguer. Quand les RG t'ont chopé, ils ne t'ont pas fouillé jusqu'au slip, mais je suis certain qu'ils auraient trouvé quelques grammes de cette merde.

Le gamin est resté mutique, attendant la suite. Pierrick l'a observé avant de reprendre sur un ton conciliant.

— Moi, tu vois, je m'en branle de ton petit commerce, pour l'instant. Je suis sur un truc plus important. Mais si je n'obtiens pas ce que j'attends de toi, on va retourner chez ta mère fouiller l'appart, le garage et la bagnole. C'est une Renault 5, c'est bien ça ? Imagine l'effet dans le quartier, je suis certain que ta mère se souviendra du cadeau d'anniversaire que tu vas lui offrir, qu'est-ce que t'en penses ?

Paralysé de terreur, le jeune n'a pas ouvert la bouche.

Pierrick a compris qu'il le tenait.

— Si par hasard on trouve, je ne sais pas moi… vingt ou trente grammes de marijuana, ce sera le jackpot, on fera venir nos copains journalistes. Imagine, t'auras droit à la première page des journaux. Elle sera fière, maman !

Il a gémi comme un malheureux.

— M'enfin, Chef, moi, je demande pas mieux que de vous aider…

Pierrick s'est assis sur le coin de la table et a posé la main sur l'annuaire téléphonique, que le jeune avait repéré depuis longtemps.

— T'as une copine ?

Le Maghrébin a baissé la tête.

— Non…

— Remarque, j'dis ça, c'est peut-être pas ton truc, les nanas. Soyons ouverts d'esprit, peut-être que t'as un copain ?

Rachid a semblé s'offusquer.

— Ça va pas la tête, j'suis pas de ce genre-là, c'est interdit par le Coran.

Pierrick n'a pas caché sa surprise.

— Ha bon, comment tu le sais ? Tu l'as lu ?

— Non, mais je le sais, c'est tout.

— Très bien, a semblé approuver Pierrick, alors dans ce cas…

Il lui a attrapé les couilles et les lui a littéralement écrasées.

— Comment tu fais pour satisfaire cette petite larve ? Ne me dis pas que tu te contentes de t'astiquer les burnes sous la douche, parce que je n'y croirais pas.

Rachid a hurlé, il s'est plié en deux, tentant de se défaire de la prise. Mais Pierrick serrait fermement, il a continué à le broyer, pendant que le pauvre bougre tressautait de douleur.

Je me suis approché pour qu'il cesse.

— Qu'est-ce que tu fous ? T'es barge, arrête ça !

Il l'a relâché. Le Maghrébin s'est effondré en pleurant.

— Maintenant, a dit Pierrick, tu sais ce qui va arriver si tu mens. Ta mère va passer la pire soirée de sa vie et je vais t'exploser les valseuses ! T'as bien pigé l'enjeu ?

Le môme a hoché la tête, la bouche pleine de bave blanchâtre.

— Parfait, a approuvé mon coéquipier, je vais te raconter ce qui est arrivé l'autre nuit. Après que les RG t'ont laissé partir, t'es pas rentré directement chez toi, t'as été faire un petit tour du côté de l'église Sainte-Croix. Tu t'es dit que tu avais bien gagné le droit à une petite gâterie, étant donné l'oseille récoltée avec ton trafic. Qui sait, t'espérais qu'avec un peu de chance, tu trouverais une tarlouze prête à échanger une pipe contre de l'herbe. Seulement, c'était lundi, il était tard, alors il n'y avait personne. Coup de bol, tu es tombé sur un môme un peu éméché qui rentrait chez lui. Il avait vaguement l'air d'une petite pute. Peut-être même que tu l'avais déjà aperçu dans le coin, à la recherche d'un client… Ça, tu nous le diras plus tard, ça servira ta défense. Mais en attendant, on va se mettre d'accord sur le fait que tu as croisé ce mioche, tu lui as parlé, gentiment au début, mais il t'a pris de haut… Alors, tu lui as fait passer un sale quart d'heure à ce sale raciste, hein, Rachid, tu l'as puni, cette pédale ! Tu lui as mis bien profond !

Le visage tordu de peur, le gamin me fixait.

— Mais j'ai rien à y voir, j'vous le jure sur ma vie…

Pierrick a rugi, il a attrapé l'annuaire et lui en a collé un grand coup sur le crâne, suivi d'un autre à la mâchoire qui lui a fendu la lèvre.

— Me raconte pas de salades, petit enculé ! Tu schlingues la bouffe à l'huile à plein nez, le jeune t'a reconnu, tu veux qu'on le fasse venir pour qu'il identifie ta face de rat ? Parce que si je fais ça, tu m'auras menti, donc tu n'auras plus aucune chance de donner ta version. Plus aucun juge ne te croira et je vais envoyer mes collègues chez ta mère. Alors que si tu confirmes maintenant, tu pourras toujours arranger ta version avec ton avocat : il t'a fait des avances, il était demandeur… Ou même, il t'a demandé de l'étrangler parce que ça le faisait bander plus fort, cette pédale qui ne respecte même pas le Coran ! Alors, on est d'accord, c'est bien ce qui s'est passé, tu vas me signer ta déposition !

La lèvre fendue, Rachid me considérait d'un air totalement abattu. Il a dégluti et pris une profonde inspiration.

— Si je m'allonge, vous me jurez que vous laisserez ma mère en dehors de ça ?

Pierrick lui a caressé les cheveux.

— Promis, tu as ma parole. On va préparer tes aveux.

15 h 00

Chenal nous attendait dans le couloir, il m'a examiné d'un coup d'œil et a mesuré l'état de tension de Pierrick. Notre désaccord était flagrant. Plusieurs collègues nous observaient, Chenal a décidé de régler notre différend en huis clos.

— Dans mon bureau, tous les deux !

Il nous a invités à nous asseoir.

— Greg, s'il y a des choses qui t'ennuient, on en parlera tout à l'heure. En attendant, vas-y, Pierrick, fais-moi un topo.

Pierrick lui a rapidement brossé la façon dont il venait d'obtenir les aveux de Rachid, omettant l'utilisation du bottin et le chantage. Il était évident que le patron connaissait les méthodes utilisées, mais je n'ai pas réussi à déterminer s'il avalisait ou s'il fermerait les yeux, dans la mesure où le résultat était là.

— Il va te signer des aveux ?

Pierrick s'est gratté la joue.

— Si j'appuie sur le bouton, il signera.

— Mais… a pressenti Chenal.

— Sa façon de réagir semble montrer qu'il découvrait les faits. Peut-être est-il allé faire un tour dans le coin pêcher des acheteurs de sa marijuana. Mais franchement, j'ai des doutes sur sa culpabilité. Cette baltringue n'est qu'un petit dealer. Si vous voulez mon avis, je crains qu'il y en ait de plus en plus comme lui.

La moue du patron montrait qu'il était sceptique et n'y prêtait pas beaucoup d'intérêt. Il s'est même un peu moqué.

— On est à Nantes, Pierrick, ne te prends pas pour Gene Hackman dans *French Connection*. Vas-y, continue…

— Que ce gamin se soit arrêté pour jacter avec des tarlouzes, c'est tout à fait possible, pour tapiner ou fourguer sa marijuana, mais il est un peu maigrichon pour le tabassage de l'autre fiotte de l'hosto.

Chenal s'est renfrogné.

— Pierrick, je te l'ai déjà dit, il faut que tu apprennes à mieux parler des homos. Les temps ont changé, ces gens-là ont le droit au respect, comme toi et moi.

— Mais pourquoi vous me dites ça ? J'ai jamais rien eu contre les pédérastes. Chacun est libre de faire ce qu'il veut de son cul. Tant qu'il n'y a pas de contrainte, j'irai certainement pas me mêler de leurs coucheries vicelardes.

Le chef a secoué la tête, dépité par autant de crétinisme, avant de revenir au jeune Rachid.

— Si tu attends demain pour prendre ses aveux, je peux faire en sorte que le dossier atterrisse chez un proc qui le montera à charge… Mais on prend le risque que notre procédure se dégonfle quand on passera à la reconstitution avec la victime. À toi de me dire si tu veux jouer cette partition, parce que tes couilles seront sur le billot.

Pierrick a compris le danger d'une option qui pouvait lui péter à la gueule.

— Je crois que ce serait une connerie. Rachid est peut-être coupable, mais pour l'instant, on est trop court pour le mouiller.

— Dans ce cas, tu lui as passé une volée pour rien. Qu'est-ce qu'on a pour qu'il ferme sa gueule ?

— Il a les pétoches qu'on aille fouiller chez sa mère.

— C'est mince. Les RG n'ont aucune preuve qu'il joue les doublures de *l'Immoraliste* près de cette église ?

La référence au roman d'André Gide a échappé à Pierrick, qui a néanmoins répondu.

— Ils n'ont rien contre lui. Mais si on organise une perquisition de l'appart' à Bellevue, on trouvera peut-être deux ou trois tarpés…

Pierrick ne semblait pas croire lui-même à l'éventualité que la démarche aboutisse. La façon dont Rachid parlait de sa mère montrait qu'il y avait peu de chance qu'il ait laissé quelque chose de compromettant chez lui.

— Qu'est-ce qu'on connaît de la famille ? a voulu savoir le patron.

— Le père était soudeur sur les sous-marins des chantiers Dubigeon, il a fait partie de la dernière charrette.

Le patron a commenté avec regret.

— Quand on pense que cette société construisait des bateaux au XVIIIe siècle. Elle a compté jusqu'à sept mille ouvriers. Aujourd'hui, c'est à peine s'il en reste la moitié… Et la mère, rien à signaler sur elle ?

— Elle ne travaille pas, ils élèvent leurs six rejetons avec le chômedu paternel. Rachid bosse comme cariste chez un importateur de bois…

— Et il refile son salaire à la famille… Classique.

Chenal n'avait pas pris la peine de me consulter, j'ai eu l'idée que si Pierrick avait été catégorique sur la culpabilité de Rachid, il ne m'aurait pas donné l'occasion de donner mon avis.

— Qu'est-ce que tu proposes, Greg ?

Sa voix était à la conciliation. Mon opinion sur la méthode de Pierrick est passée dans mon regard, Chenal a hoché la tête pour montrer qu'il avait compris. Après un silence explicite, j'ai proposé.

— Laissez-moi aller voir Damien, le môme agressé, avec la photo de Rachid. S'il le reconnaît, on l'emballe pour tentative de meurtre.

— Sinon ? a demandé Pierrick.

Je l'ai fixé et j'ai pris mon temps.

— On relâche Rachid. C'est moi qui lui annoncerai. En le libérant pour l'anniversaire de sa mère, je vais devenir son héros. En échange, je me montrerai persuasif pour qu'il nous rancarde sur un suspect susceptible d'avoir le profil de notre agresseur. Ce gamin ratisse Nantes la nuit, il peut devenir utile.

Une lueur de malice a brillé dans les yeux du Boss. Par principe, il a interrogé Pierrick.

— Qu'est-ce que t'en penses ?

— Greg a raison. Je me suis grillé avec ce blaireau, mais caressé dans le sens du poil, il peut devenir une mine de renseignements.

— Très bien, a entériné Chenal. Pour le moment, on garde l'histoire de pétards sous le coude, au cas où il lui viendrait l'idée de nous chier dans les bottes. Greg, tu as les coudées franches. Je suis ravi de vous voir d'accord tous les deux.

Pierrick et moi nous sommes guettés du coin de l'œil.

J'ai repris l'initiative.

— Je file vérifier si le jeune cadre Rachid…

— Parfait. Toi Pierrick, recolle-le dans une cellule. Et va passer la serpillière pour nettoyer tes conneries.

18 h 00

Damien m'avait ressorti sa rengaine : « Non, non, je ne crois pas que c'est lui, je vous le répète, je n'ai pas eu le temps de voir son visage… »

Même l'allusion à l'huile d'olive était désormais sujette à un doute. En conclusion, il voulait tourner la page et reprendre une vie normale. On aurait cru qu'il craignait que je découvre ce qu'il s'était réellement passé cette nuit-là.

Dubitatif, je me suis presque rangé à la théorie de Pierrick selon laquelle il lui arrivait de tapiner pour subvenir à ses besoins. Mais, contrairement à mon collègue, loin de me le rendre antipathique, cela renforçait ma volonté de coller en tôle le psychopathe qui avait abusé de la faiblesse de ce gosse en perdition.

De retour à Waldeck, je suis allé retrouver Rachid, dans sa geôle de garde à vue.

En chaussette, le jeune dealer était blotti dans un coin, les genoux collés au torse. Des larmes dans les yeux, il avait pris conscience des conséquences s'il était condamné pour viol.

— Vous savez ce qui arrive aux pointeurs ! Je connais un mec qui a pris cinq ans, les autres détenus s'y sont mis à trois et l'ont emmené sous la douche. Pendant que deux le tenaient, le troisième lui a enfoncé une bouteille dans le fion. Et les gardiens laissaient faire… J'veux pas qu'on ennuie ma mère, mais c'est pas juste de me faire porter le chapeau. J'ai jamais agressé ce keum, vous le savez très bien, c'est dégueulasse ! Tout ça parce que vous avez chopé personne…

Il geignait, les mains agrippées à ses cheveux. Un peu étonné qu'il connaisse l'auteur d'une infraction sexuelle, j'ai jugé qu'il était mûr pour ma proposition.

— Écoute-moi, Rachid, on va faire un pacte tous les deux.

Il a arrêté de se balancer et m'a regardé ahuri. J'ai répété pour qu'il se concentre. Il a hoché la tête, les yeux soudain remplis d'espoir.

— T'as raison sur un point, ai-je démarré, nous n'avons pas de preuves pour t'arrêter. Il n'en reste pas moins que tu étais dans les environs. Mon collègue s'offrirait bien ta tête pour clôturer l'enquête, mais je n'aime pas l'idée qu'on se goure de coupable. Alors, voilà ce que je te propose, tu vas me raconter ce que tu sais. Et ne me sers pas ta soupe du gars qui est rentré direct, parce que je te plante là et je laisse mon collègue reprendre où il en était avec toi.

Il n'a pas été long à peser le pour et le contre avant que le barrage de ses réticences s'effondre. Il s'est mis à parler à mi-voix comme s'il déroulait un film.

— Quand les RG m'ont lâché la grappe, je suis allé près de cette église. Certains pédés m'achètent parfois des joints, ça les aide à tailler des pipes aux vieux cochons.

— Il y a longtemps que tu fais ça ?

Il a secoué la tête.

— Non, c'est juste quelques joints pour faire un peu d'argent…

Sa candeur avait quelque chose de déroutant.

— Tu en as chez toi ?

— J'ai tout vendu…

Je n'étais pas certain qu'il dise la vérité, mais j'ai poursuivi :

— Raconte la suite.

— C'était lundi, il n'y avait personne, mais j'ai aperçu deux keums qui se parlaient devant un immeuble, le plus grand a mis la main dans le froc de l'autre et l'a tripoté, il n'avait pas l'air de s'en plaindre. Mais soudain, ils se sont pris la tête, le gars a retiré sa main, il a crié : « Sale pute, tu me prends pour un cave », puis il lui a tordu le bras et ils sont entrés dans l'immeuble.

Cette version ne correspondait pas à celle de Damien. Plus vraisemblablement, la querelle avait commencé par un désaccord sur le tarif de la prestation, avant de dégénérer.

— Qu'est-ce que tu as fait ?

— Je ne me suis pas mêlé de leur histoire. C'était pas mes oignons.

— Le gamin, tu le connaissais ?

Il est resté évasif.

— Je crois qu'il m'a déjà acheté des joints une ou deux fois.

— Et l'autre ?

Il a secoué la tête.

— Je l'avais jamais vu.

— Comment peux-tu en être certain ?

— Le gars était plus grand que moi, je m'en serais souvenu.

— Tu serais capable de le décrire ?

— Pas vraiment, grand, comme je vous dis…

Lui demander d'établir un portrait m'a traversé l'esprit, mais sans doute n'arriverait-on à aucun résultat probant. Je suis resté silencieux, le regard planté dans ses yeux, avant de porter mon estocade.

— C'est un Maghrébin que tu connais, c'est pour ça que tu n'as pas bougé !

Il a blêmi, le visage marqué par la peur.

— Pourquoi vous dites ça ? C'est du racisme, du putain de racisme !

Je n'ai pas réussi à percevoir s'il le croyait ou si c'était sa façon d'échapper à mes questions, sous peine de devoir raser les murs de Bellevue pour avoir balancé un gars de la cité. J'ai secoué la tête pour montrer à quel point il se trompait.

— Tu te goures, Rachid, si c'était le cas, je ne me ferais pas chier à te sauver la mise. Je t'aurais laissé partir au trou. Mais tu vois, j'ai encore envie de t'aider. Pour ça, il faut que tu y mettes du tien. Je te promets que tout ce que tu me révéleras restera entre nous. Même au sein de la police, je ferai en sorte que personne ne fasse le lien entre ces infos et toi... Ton petit trafic, je passerai dessus si ça se maintient au niveau de quelques joints. Si, par contre, tu te fais choper avec de plus grosses quantités, ce sera tant pis pour ta gueule... Je t'offre une chance de rentrer pour fêter l'anniversaire de ta mère.

Il a écarquillé les yeux, comme s'il était complètement improbable qu'un flic se donne la peine de lui faire cette promesse, comme si ça le rendait finalement encore plus suspicieux.

J'ai continué posément.

— Tu seras libre comme l'air, je t'en donne ma parole. Mais pour ça, tu vas faire ce que je te dis...

Il est resté silencieux, puis il a doucement hoché la tête.

9 janvier – 6 h 00

J'ai ouvert ma penderie, enfilé un survêtement trois bandes et mes baskets Le Coq Sportif, flambant neuves. Je suis parti courir au bord de la Loire, couverte d'une brume diaphane. J'ai fait un tour par le pont Haudaudine, longé le quai Wilson, vers les hangars de la Pointe, desquels se dégageait une forte odeur de bananes, en train de mûrir. Je suis revenu en arrière et j'ai traversé le nouveau pont Anne-de-Bretagne. Des dockers déchargeaient des navires marchands amarrés sur le quai de la Fosse, encombré de grosses bobines de bois. En sueur, je me suis arrêté au niveau du Play Girl. Depuis l'autre côté de la route, j'ai observé les vitrines du tabac-presse, de la poissonnerie, de la boucherie, de la boulangerie et de la succession de bars à hôtesses, en effectuant des séries de pompes et d'abdominaux.

Pendant que je m'étirais les adducteurs, une silhouette avec une capuche est sortie du bar et s'est mise à marcher à grandes enjambées le long des immeubles. Je me suis dit qu'il s'agissait d'un client qui voulait rester discret, imaginant qu'il habitait le quartier. Un peu amusé, je l'ai regardé s'engouffrer dans une Renault 16, de la même couleur que celle de Pierrick. Le conducteur a démarré sans que je puisse lire la plaque. Il a tourné vers le quai André-Morice et suivi le chemin que nous avions emprunté en 4L, pour aller vers Bellevue.

Je suis rentré en marchant, j'ai attrapé un carton de lait dans le frigo, avalé plusieurs gorgées, puis je me suis préparé un sandwich au fromage que j'ai mangé devant la fenêtre. Dans mon dos, le radiateur émettait des borborygmes anormaux. Je suis allé chercher un tournevis pour le purger.

Je venais de terminer lorsque le téléphone a sonné. Cette fois, je ne pouvais plus me dérober.

— Ha enfin ! Je commençais à croire que tu avais déménagé.

Ma mère paraissait en forme.

— J'ai eu beaucoup de boulot, ces deux derniers jours…

— Depuis quand ça justifie qu'un fils ne donne pas de nouvelles à sa mère. J'étais morte d'inquiétude, tu devrais avoir honte.

Confirmation, elle était en grande forme.

— Maman, on s'est parlé il y a seulement trois jours.

— Pour moi, c'est une éternité. Je suis seule ici à me morfondre.

— Tu as tes amies du club de bridge…

J'ai laissé passer la bourrasque de plaintes sur sa solitude depuis mon départ. Sa voix est devenue un mince filet.

— Je ne comprends toujours pas pourquoi tu as choisi de t'enterrer en province. Tu avais une carrière toute tracée à Paris…

Comme gratte-papier protégé par égard à la mémoire de mon père, aurais-je voulu finir sa phrase, mais je savais que cela lui aurait fait du mal.

— Je te l'ai expliqué, il est bon que je fasse du terrain dans une autre ville. De plus, je te rappelle que Nantes est la sixième ville de France.

— Je croyais que c'était en Bretagne… Tu as choisi de t'exiler loin de ta mère.

En forme olympique, jusqu'à la mauvaise foi.

— Maman… Arrête, ou je vais raccrocher…

Elle a compris qu'elle ne devait pas dépasser cette borne.

— Puisque j'ai la chance de te parler, dis-moi comment se passent tes enquêtes ?

Sans entrer dans les détails, je lui ai raconté mes désaccords avec Georges et Pierrick.

— C'est toi qui as raison, m'a-t-elle approuvé, un policier doit se montrer exemplaire... Traiter chaque être humain de la même façon et ne jamais se mettre au niveau des délinquants. C'est ce qu'a toujours fait ton père... Il faut que tu captures le coupable de l'agression de ce jeune. Ensuite, tes collègues ne te regarderont plus de la même façon.

Je me suis gentiment moqué.

— Bonne idée... Tu as un plan ?

Elle est restée sérieuse.

— Ton père disait que les gens croient à tort que les auteurs de ce genre de crime sont des monstres et que cela se voit sur leur visage. Mais dans la réalité, ce sont le plus souvent des messieurs Tout-le-Monde... Il ne faut exclure personne...

J'ai repensé au portrait trop vague brossé par Damien et Rachid, espérant qu'il tiendrait son engagement de m'alerter s'il revoyait l'agresseur dans le quartier.

— Il y a autre chose que tu ne dois pas négliger, a poursuivi ma mère, tout à son obsession de favoriser ma carrière. Les journalistes, c'est très important. Si tu dois rester à Nantes le temps d'obtenir une promotion, il faut nouer des relations avec eux.

Comme souvent, elle et moi n'étions pas sur la même longueur d'onde, je voulais simplement faire mon travail, elle me rêvait en héros familial de substitution à mon père.

J'ai coupé court pour éviter une nouvelle confrontation.

— Allez, maman… à toi… Qu'as-tu à me raconter de beau ?

Abandonnant le ton des recommandations, elle s'est lancée dans un plaidoyer pour la loi sur l'avortement, défendue par Simone Veil. Étant donné sa foi chrétienne, sa position sur ce débat qui divisait la société m'a surpris.

— Les prêtres ne devraient pas s'en mêler, a-t-elle été jusqu'à affirmer, c'est une décision entre Dieu et les femmes concernées. Après ce qu'elle a vécu dans les camps, Simone Veil a un courage extraordinaire.

Nous avions trouvé un sujet d'accord et nous avons devisé sur l'espoir que cette liberté serait bientôt accordée aux femmes.

De façon assez rare, c'est elle qui a mis fin à notre conversation.

— Tu dois aller travailler, mon fils… Prends soin de toi. Et pense à rappeler ta vieille maman qui t'aime.

J'étais dérouté par une façon de parler qui ne lui ressemblait pas. Elle n'avait même pas pris le temps de m'engager à trouver une femme.

Perplexe, j'ai retiré mes chaussures et me suis allongé sur le canapé. J'ai posé la main sur mes yeux pour obscurcir totalement la lumière. J'aurais aimé passer du temps à laisser mon esprit vagabonder, mais l'image sanglante du père poignardé par son fils s'est imposée. J'ai eu la sensation que ce métier me déposséderait de ma paix intérieure, au fur et à mesure que la laideur du monde infecterait mon sang.

Je me suis relevé, vaguement nauséeux.

J'ai jeté un œil à la photo de Marylène, et je suis sorti.

9h00

Dans la rue, la température s'était réchauffée, j'avais parcouru cinquante mètres quand j'ai entendu Kim m'appeler.

— Greg ! Mon ami, Greg !

Il a laissé la porte du restaurant ouverte, couru vers moi, avec des signes de la main.

— Kim travaille encore pour toi !

Soulagé qu'il ne cherche pas à connaître le résultat de son aide précédente, j'ai joué le jeu avec lui.

— Formidable, t'es mon meilleur adjoint. Qu'est-ce que tu as trouvé cette fois ?

Il a repris son souffle.

— Le propriétaire de la discothèque, le Château, il accepte parler avec toi.

J'étais un peu décontenancé.

— Quand veut-il qu'on se rencontre ?

Ses yeux brillaient de fierté.

— Il propose ce soir… Il te rejoint au café.

J'ai hésité à accepter de le voir ailleurs qu'à Waldeck. Le regard de Kim m'a convaincu qu'il m'était impossible de refuser.

— D'accord, je viendrai dîner vers huit heures. De toute façon je n'ai plus rien dans le frigo.

Je m'apprêtais à repartir, mais j'ai vu dans ses yeux qu'il n'avait pas fini.

— Il demande ton collègue policier venir aussi.

— De quel collègue parle-t-il ?

Il a plissé le front.

— Il dit : celui qui cherche partout après lui…

20h15

Pierrick et moi nous étions donné rendez-vous à l'Étoile d'Orient. Il est arrivé avec un quart d'heure de retard et est venu me rejoindre à la table, essoufflé.

— T'es là depuis longtemps ?

— L'heure qu'on avait convenue…

Kim lui a évité de se justifier, il l'a salué et tendu la carte.

— Aujourd'hui, spécial porc grillé avec échalotes frites et nouilles de riz.

J'ai opté pour ce plat. Pierrick a lu le menu avant de se ranger à mon choix.

— Qu'est-ce qu'on boit avec ça ?

J'ai choisi le meilleur des vins rouges. Kim a noté la commande. Pierrick s'est collé une Gitane au coin des lèvres et m'a tendu le paquet. J'ai accepté, à regret :

— Tu vas finir par m'habituer, moi qui ne fumais que la pipe.

Il a allumé son briquet, j'ai rejeté la fumée par le nez.

— La prochaine fois, je t'offre un paquet.

Nous avons discuté de Noël, qui s'était de nouveau débiné. Présumant qu'il avait la trouille, Pierrick envisageait de faire monter la pression pour qu'il balance Le Toubib et les frères Maimboeuf. J'ai hésité à lui parler d'une idée concernant le braquage, choisissant finalement de répéter ce que je lui avais déjà dit sur mon accord avec Rachid.

Kim nous a apporté les assiettes et la bouteille, sans nous la faire goûter.

Pierrick a fait la grimace.

— C'est quoi ce pinard, il n'y connaît rien, le niakoué.

Il allait hurler dans le restaurant, j'ai agrippé son bras d'une main ferme.

— Écoute-moi bien, Pierrick, parce que ce sera la première et la dernière fois que je te le dis. Ne répète jamais ce genre de propos sur des Asiatiques devant moi, sinon je te ferai bouffer tes dents.

Surpris, son regard a sondé ma détermination. Son visage a perdu toute bonhomie.

— Là, Greg, tu me déçois, on croirait que tu me prends pour un raciste ?

J'ai relâché son bras.

— Je suis certain que ce n'est pas le cas, mais je ne voudrais pas que d'autres le croient. Alors pour éviter tout malentendu, à l'avenir, tu feras attention aux expressions que tu utilises en parlant des Asiatiques, des Africains et des Maghrébins…

Il a fait une grimace provocatrice.

— Tu veux dire, même des Bicots ?

J'ai préféré la jouer sur le mode conciliant.

— Ouaip ! Même les Maghrébins !

Il a éclaté d'un rire franc.

— Putain, tu m'en demandes beaucoup…

Je lui ai envoyé une tape sur l'épaule.

— Laisse ces insultes à des types comme Robert. Toi et moi, nous avons eu la chance de ne pas faire cette guerre. De Gaulle nous a permis de laisser ça derrière nous. Si nous ne sommes pas capables de tourner la page, comment veux-tu que nous maintenions la paix…

— Eh ben, t'es un humaniste, toi. On dirait le discours d'Albert Camus, quand les suédiches lui ont filé le Prix Nobel de la paix ?

— C'est le Nobel de littérature, mais peu importe, tu as lu ça, toi ?

— Au risque de te surprendre, j'ai lu son discours de 57. Je trouve que c'est plein de belles intentions... Je suis d'accord quand il s'oppose à ceux qui soutiennent le totalitarisme soviétique. Sartre au premier plan, l'intello de mes deux, inculpé pour injure sur les flics. Des hommes comme Camus, il en faudrait plus, c'est triste qu'il se soit bousillé en bagnole. Mais, tu vois, Greg, Camus ne se battait pas contre le genre de fumiers qui ont explosé les convoyeurs. Nous si ! Et on ne le fera pas en leur jetant des fleurs...

J'ai désigné Kim.

— L'homme que tu vois là a fui la terreur Viêt-cong. Tu es très loin d'imaginer les souffrances que lui et sa famille ont traversées avant d'arriver ici. Je crois qu'il mérite notre respect.

Il a soulevé son verre de rouge.

— Il l'a, Greg, je te jure qu'il l'a. Mais il n'empêche que son pinard est dégueu !

J'ai souri.

— Je tâcherai d'arranger ça... En attendant, la viande est délicieuse.

Pierrick en a convenu et je lui ai finalement parlé du soupçon qui m'était venu en relisant le rapport d'enquête du braquage. Il hochait la tête, sans commenter. J'ai eu l'impression qu'il ne m'écoutait pas, l'esprit préoccupé par autre chose, à des centaines de kilomètres. Il s'est allumé une nouvelle cigarette avec des signes de nervosité. J'ai essayé de percevoir ce qui n'allait pas.

À ce moment-là, un Asiatique en costume élégant est entré. Il nous a cherchés du regard, s'est approché et a tiré une chaise d'un geste énergique.

— Bonsoir, a-t-il dit en s'asseyant de mon côté, face à Pierrick.

J'ai eu la certitude que ce choix signifiait que Kim lui avait parlé de moi, et que c'était surtout à Pierrick qu'il voulait parler. Il a posé les coudes sur la table, ses biceps formaient des boules au niveau des manches. Pierrick y a jeté un œil et reculé sa chaise.

— Vous êtes en avance, on vous attendait pour le café.

L'homme devait avoir dans les trente-cinq ans, il est resté parfaitement courtois.

— Je peux revenir dans une demi-heure, si vous préférez.

Pierrick a mis ses couverts en travers de son assiette.

— Non, non, c'est très bien maintenant.

L'homme s'est présenté, il s'appelait Lîem Dung et était né en France d'un père déplacé de force d'Indochine en 1939, pour participer à l'effort de guerre contre les Allemands. Affecté dans une usine de poudre à Bordeaux, il y avait rencontré une jeune femme. Contraints de fuir en zone libre après la défaite, ils s'étaient mariés à la Libération. Il n'y avait dans la façon dont Lîem Dung parlait ni esprit de revanche ni ressentiment, j'avais même la sensation qu'il considérait ce parcours comme une chance.

— Voilà mon pedigree, a-t-il achevé avec une dose d'humour. J'ai appris que vous essayiez de me trouver depuis plusieurs jours. Lorsque Kim m'a parlé de son ami qui souhaitait me poser des questions, j'ai pensé que ce serait bien qu'on se rencontre ici…

Pierrick a croisé les bras.

— C'est prudent… Plus agréable que de se retrouver à Waldeck.

Il y avait dans son ton une menace à peine voilée. Visiblement indifférent, Lîem Dung n'a pas pu s'empêcher de sourire.

— C'est effectivement ce que j'ai entendu dire…

J'ai jugé préférable de détendre l'atmosphère, chargée d'hostilité, en train de s'installer.

— Si on buvait un café ?

Lîem Dung s'est tourné vers moi.

— Avec plaisir…

— Pour moi aussi, a accepté Pierrick, sur un ton d'armistice provisoire.

Lîem Dung a passé la commande à Kim, en vietnamien. Il y a ajouté une phrase qui l'a amusé. Je lui ai demandé de traduire.

— Qu'est-ce qui le fait rire ?

— Je lui ai dit de préparer l'alcool de riz avec les petits verres aux femmes dénudées.

Il n'était visiblement pas impressionné d'être à la table de deux flics. Cette décontraction me le rendait sympathique, alors que je sentais qu'elle énervait Pierrick, habitué à une certaine déférence. Il s'est gratté le menton, avec une grimace.

— Ne tournons pas autour du pot, vous faites de lourds travaux dans votre discothèque, on veut connaître la provenance de l'argent.

— Voilà les cafés, a annoncé Kim.

Il s'est aussitôt éloigné. Lîem Dung a soulevé sa tasse, fixant Pierrick.

— Vous avez raison, inutile de tourner autour du pot. Vous souhaitez savoir si l'argent est celui du braquage du Carrefour. Eh bien, la réponse est non.

Il a bu son café, son regard continuait à fixer Pierrick, mettant en évidence l'insolence de l'absence d'éclaircissement.

J'ai pris la main avant que cela dégénère.

— Si ça ne vous embête pas, pourriez-vous nous expliquer de quelle façon vous avez obtenu les finances, c'est de cette information dont nous avons besoin. Les braqueurs ont fait deux morts, nous sommes contraints de fouiller toutes les pistes. Alors ne vous sentez pas offensé par notre demande, elle ne vous vise pas en particulier.

Son regard s'est dirigé vers moi, prenant une consistance amicale.

— Appelons ça, du financement communautaire…

— C'est beau, ai-je souri, j'aime beaucoup… mais ça ne m'éclaire pas suffisamment.

Pierrick a compris que Lîem Dung n'était pas de ceux qu'on contraint à plier, il s'est décidé à me laisser la main.

Kim nous guettait, j'en ai profité pour l'associer dans ma relance à Lîem Dung.

— Je crois que Kim adorerait servir l'alcool de riz. Essayons de ne pas trop le faire attendre, qu'en pensez-vous ?

Lîem Dung a réfléchi quelques secondes et s'est lancé :

— Un peu comme vos Auvergnats lorsqu'ils achètent des brasseries parisiennes depuis la fin de la guerre, la communauté vietnamienne met des économies dans un pot commun qui est utilisé pour financer des affaires. Les arrivants du Vietnam peuvent bénéficier de ce système, c'est de cette façon que Kim a ouvert ce restaurant. Plus vite il remboursera avec les intérêts, plus vite un autre Vietnamien pourra être financé.

J'étais intrigué.

— Vous ne craignez pas les défaillances ?

Il a souri de mon incompréhension.

— Ce système est basé sur la confiance. En Asie, travail, discipline et respect, sont des valeurs immuables. Kim fera le maximum pour payer sa dette le plus rapidement possible, il y va de son honneur et de celui de son garant. Depuis des années, la majorité des commerces détenus par des Vietnamiens fonctionne sur ce système.

— Très bien… Expliquez-moi en quoi cela concerne votre agrandissement.

J'ai lu sur son visage la fierté qu'il venait d'évoquer.

— J'ai remboursé le prêt qui m'a permis d'ouvrir la discothèque, c'est pourquoi je vais pouvoir puiser dans la cagnotte pour mes travaux.

Lîem Dung restait parfaitement serein, comme si ses réponses étaient préparées. Je me suis demandé si cette maîtrise de façade ne cachait pas quelque chose.

— Et d'où viennent les fonds qui alimentent cette cagnotte ?

Pour la première fois, il m'a semblé percevoir une hésitation.

— Chacun met ses économies, nous recevons de l'argent de l'étranger. La diaspora est dévouée à ce système qui fait vivre une partie de la communauté. Nous aurons besoin de plus d'argent pour aider les réfugiés.

Tout à sa cause, il a paru regretter d'en avoir trop dit.

J'ai joué les naïfs.

— C'est une initiative louable. Peut-on savoir de combien vous disposez ?

Son silence était comme un défi. Pierrick a remué sur sa chaise.

— Lîem pas savoir, a dit Kim en posant les petits verres et le flacon. Moi non plus, Greg, je sais pas. La cagnotte gérée par les anciens…

Il a rempli les quatre verres.

— Assez parlé argent, boire entre amis.

Nous avons trinqué en silence.

Pierrick a vidé son verre, les pupilles figées sur Lîem Dung.

10 janvier – 10 h 00

Dans le bureau de Chenal, la fumée formait un brouillard qui reflétait l'impasse de son équipe, tronquée de Jacques Camât, parti rejoindre son affectation à Lyon. Pierrick a résumé notre rencontre à l'Étoile d'Orient, en laissant peser un soupçon sur Lîem Dung.

Après l'avoir écouté, le patron s'est énervé.

— Grâce aux infos du commissaire Broussard, on vient d'écarter les Grenoblois, et toi, tu viens me raconter une histoire à dormir debout d'une bande de Vietnamiens qui veulent se constituer une cagnotte pour s'entraider… Commence par me trouver des preuves de la rencontre entre Le Toubib et les frères Maimboeuf…

— J'ai convoqué le patron du Jour et Nuit, a déclaré Pierrick, pour se dédouaner d'une idée que je trouvais moi aussi tirée par les cheveux.

— Parfait. Georges, as-tu réussi à valider que Robert et Casimir Mariotti se connaissent ?

— Ils se sont croisés à Marseille, mais ils n'ont pas pu faire le coup ensemble.

— Peut-on savoir comment tu en es aussi certain ?

— Ça m'emmerde de devoir le dire, Mariotti s'est rapproché du SAC. Il va où le vent tourne, je ne comprends pas que Pasqua accepte ce genre d'hommes…

— Ce sont des Corses, a émis Valentin, l'expert en armes.

— Bien sûr, a admis Georges avec un demi-sourire, mais en la circonstance, il est forcément détesté de Robert pour avoir renié l'OAS. C'est donc impensable qu'ils se soient entendus pour ce braquage.

Chenal m'a fait signe de retirer les photos des exclus.

— OK, ça nous fait un peu de ménage. Du coup, si Robert a fait le casse avec Ettore Santelli, il faut trouver le troisième homme…

Gardant en tête Podoni, alias Bicyclette, j'ai observé les photos restantes sur le tableau. Robert et Ettore Santelli, puis l'équipe du sud de Paris : Dédé la Chance, Cravache et Le Gitan ; celle du nord : Jaccottet, Le Poète, Villard et Le Fêlé, venait ensuite Lucien Sens, dit Bouboule, le membre du SAC, puis le suspect de Georges, Denis Brasilovitch en costume Borsalino, et enfin à sa droite, les Ferrailleurs : Le Toubib et Gratien Lopez, Jean-Patrick et Daniel Maimboeuf.

Six possibilités d'équipes de braqueurs.

Sept, avec Podoni.

Chenal avait raison de s'agacer, une semaine après le hold-up, nous n'avions pas grand-chose à proposer à la juge.

— Si quelqu'un a la moindre idée, c'est le moment…

J'ai balayé la fumée, toussé dans mon poing avant de prendre la parole.

— Est-ce qu'on sait ce que devient le chauffeur ?

Le patron m'a observé, puis il a tourné la tête vers Georges.

— Il est en arrêt, a indiqué Georges. Je l'avais mis sous protection, mais il laissait sa femme sortir faire les courses et restait cloîtré dans la baraque, alors je ne voyais aucun motif pour prolonger la surveillance.

Mes collègues ne me quittaient pas des yeux. Pierrick avait visiblement oublié les soupçons que je lui avais exposés la veille, ce qui me confortait dans l'idée qu'il avait la tête ailleurs. Le sourire dans ses moustaches, Valentin masquait avec peine l'amusement que lui procurait la tentative du petit nouveau de se faire remarquer.

— Pourquoi poses-tu cette question ?

Je me suis avancé vers le tableau.

— J'ai relu les dépositions. Il y avait quelque chose qui m'intriguait…

J'ai pris une craie et dessiné la façade de la banque, l'entrée de la galerie commerciale, puis l'endroit où aurait dû stationner le conducteur. Et enfin celui où il s'était garé, ce matin-là…

— À cinq mètres de la porte du Crédit lyonnais, ai-je rappelé.

J'ai pris un mètre de recul pour regarder mon croquis dont j'étais plutôt satisfait. Je suis resté silencieux, sentant qu'ils attendaient que je poursuive. Je suis retourné au tableau, j'ai tracé le trait qui explicitait que le choix du chauffeur breton avait empêché le personnel bancaire d'avoir une vision précise de ce qui se déroulait.

— J'ai appelé le directeur de la banque, ai-je enchaîné. En six ans, c'est la première fois qu'un fourgon stationne si loin. La consigne est claire, le conducteur aurait dû se placer devant la porte, ici, ai-je montré du doigt l'emplacement. Pourquoi s'est-il garé avant ? Cette erreur a favorisé le braquage, puisque les convoyeurs étaient plus loin de la banque.

— L'un d'eux a tiré trois balles de Smith & Wesson sur la devanture de la banque, a tenu à rappeler Valentin, ils auraient quand même réussi leur coup… Mais c'est vrai que la position du fourgon leur a facilité la tâche. Ajoutez à ça qu'il est le seul témoin, puisque les deux autres ont été abattus…

— Tu veux dire que s'il avait voulu leur filer un coup de main, il ne s'y serait pas pris différemment. Et comme par hasard, les braqueurs n'ont épargné que lui !

Cette fois, les regards se sont dirigés vers Georges, qui s'est senti obligé de se justifier.

— Ça ne me semblait pas important… On a affaire à un employé avec des années d'ancienneté. Aucune faute dans son parcours… Pas de dépenses exagérées dans son train de vie…

— Une maîtresse, a suggéré Pierrick, comme s'il s'était rangé à ma thèse et commençait à chercher des mobiles…

Georges a serré les poings, visiblement agacé d'être mis en défaut.

— Qu'est-ce que j'en sais si ce type trompe sa femme ! Il était sous le choc, on venait d'abattre deux de ses collègues sous ses yeux. Je crois qu'on ne doit pas aller trop vite en besogne avant de coller ce pauvre bougre au mur des suspects. N'oubliez pas qu'on a affaire à un homme marié, père de famille, bientôt de nouveau grand-père…

J'étais d'accord avec lui, il ne m'était pas venu à l'idée d'émettre des accusations catégoriques, seulement de suivre une piste qui pouvait nous mener aux auteurs du braquage, s'ils avaient été en relation avec le chauffeur.

Chenal s'est chargé de temporiser.

— Personne n'a parlé de mettre sa tête en première page des journaux. Mais Greg a levé un truc qui mérite qu'on s'y colle. À partir de demain, je veux ce gars sous surveillance. Si un des types sur ce tableau prend contact avec lui, j'exige d'en être immédiatement informé.

Il a frappé dans ses mains.

— Allez, fin de la récré. Tout le monde se remet au boulot.

En sortant du bureau, j'ai répété pour moi-même : « Bientôt à nouveau grand-père… »

Un événement en mesure de créer des besoins d'argent.

23 h 30

Il pleuvait à torrents quand l'homme s'était garé devant la modeste maison. Les lumières étaient éteintes au rez-de-chaussée, d'une fenêtre de l'étage émanait une faible lueur.

Il avait traversé le jardinet, monté les deux marches, appuyé sur la sonnette et avait attendu une minute avant de sonner de nouveau. Et il s'était reculé.

Pieds nus, en pyjama à carreaux écossais, décoiffé, le vieux chauffeur avait ouvert la porte, les traits tirés d'un type à peine réveillé.

Les deux hommes s'étaient regardés.

— Qu'est-ce que vous faites là ? avait rouspété le convoyeur.

Puis il avait remarqué le fusil le long de la cuisse de l'homme.

— Vous êtes fou ! J'ai rien dit, je vous jure que j'ai rien balancé !

Impassible, l'homme s'était exprimé, comme à regret :

— Je sais, mais tu t'es fait repérer…

Il avait épaulé son arme.

Le vieux avait tendu la main, dans un dérisoire geste défensif.

— Non, je vous en prie !

Les coups de feu avaient percé le silence.

Les balles avaient percuté le malheureux, dévastant son visage dans une explosion de fragments d'os, de cervelle et de sang. La violence des impacts avait projeté son corps un mètre plus loin. Le Breton était mort avant même d'atteindre le sol.

11 janvier – 9 h 00

Je suis arrivé à Waldeck au moment où Valentin faisait son rapport balistique à Chenal. Ils étaient tellement concentrés qu'ils ne se sont pas aperçus tout de suite de ma présence.

— Deux balles de seize millimètres à ailettes, a précisé Valentin, le pauvre bougre n'avait aucune chance.

— Quel type d'arme ?

— Un fusil de chasse, de quoi abattre un sanglier en pleine course.

— On a des témoins ? a demandé Chenal.

— Plusieurs voisins ont été réveillés par les détonations, mais l'averse était trop forte pour qu'aucun n'ait envie de se risquer dehors.

— Ils n'ont rien vu ?

— Un célibataire qui habite en face a aperçu un homme monter dans une voiture noire ou bleu nuit, type BMW. La caisse a démarré en trombe… C'est tout ce qu'on a…

— Tu as parlé à sa femme ?

Valentin a grimacé.

— Elle raconte que quelqu'un a sonné. Ils dormaient. Son mari lui a dit de rester au chaud sous la couverture. Elle l'a entendu parler, juste avant les déflagrations… Georges est resté avec elle… Je crains qu'elle ne puisse pas nous en apprendre plus…

— Merde, on va se faire étriller par la presse, s'est lamenté Chenal.

Je me suis autorisé une remarque.

— Si le chauffeur a discuté avec le tueur, ça confirmerait qu'ils se connaissaient…

Leurs yeux se sont tournés vers moi.

— On ne peut pas considérer ça comme acquis, a modéré Valentin.

Leurs regards sont restés braqués sur moi, m'intimant l'interdiction de formuler ce qui paraissait évident. La chronologie entre mes accusations et cette exécution faisait peser un sérieux doute sur le fait qu'il y ait eu une fuite. Non seulement Chenal et Valentin me refusaient le droit de l'évoquer, mais j'ai senti le vague reproche que si c'était le cas, je porterais pour partie la responsabilité de l'exécution.

— Je vais parler à la presse, a déclaré le patron, il faut éteindre l'incendie. Notre version, c'est que le chauffeur du fourgon de la Société de Protection Centre Ouest s'est fait descendre par l'un des braqueurs qui craignait d'avoir été reconnu.

Il s'est adressé à moi sur un ton qui ne souffrait aucun contredit.

— Greg, je t'ai confié l'enquête sur l'agression du jeune près de l'église. Je veux que tu te focalises dessus.

Mars 1976

10 mars – 19 h 00

J'étais assis dans le canapé, la tête encombrée de pensées taciturnes. Deux mois après l'assassinat du chauffeur, rien n'indiquait qu'il avait accepté l'argent des braqueurs pour stationner plus loin de la banque. Et si mes accusations étaient remontées jusqu'aux oreilles des truands, avais-je précipité sa mort ?

C'est ce que certains collègues semblaient croire.

J'étais venu à Nantes avec l'intention de faire mes preuves sans le poids de l'héritage de mon père. Mon unique bilan était l'incapacité à arrêter l'agresseur du jeune Damien et à apporter ma contribution dans l'enquête sur le braquage. Je me sentais seul, sans personne pour parler de mon découragement. J'ai vidé mon verre de whisky, me forçant à chasser l'engrenage de mes soupçons : une coïncidence, l'exécution du chauffeur était forcément une coïncidence malheureuse.

Depuis son cadre, Marylène m'accablait d'arguments pour me dissuader de choisir ce métier : *Tu n'es pas fait pour être policier, Greg. Tu n'es pas comme ton père.* Je suis allé chercher mon carnet-répertoire. La gorge sèche, j'ai décroché le combiné et fait tourner le cadran. La sonnerie a retenti.

— Allô, j'écoute...

La voix était celle d'une femme sûre d'elle.

J'ai conservé l'écouteur sur l'oreille, la main couvrant la partie microphone.

— Allô, allô ! Si c'est une blague, elle n'est pas drôle !

J'ai raccroché, le cœur lourd.

Ce qui me faisait le plus mal, c'est qu'elle n'avait même pas songé que ça puisse être moi, comme si après m'avoir quitté, j'étais tombé dans les oubliettes de sa mémoire.

J'ai refermé le carnet, résolu à ne pas plonger dans la mélancolie.

21 h 00

L'enseigne rue Jean-Jacques Rousseau indiquait : *Irish Pub*. L'établissement ne faisait pas partie de ceux que j'avais découverts lors des virées avec Pierrick, et je me suis dit que je n'y serais pas reconnu. La musique de Frank Zappa et le décor bois et cuir m'ont immédiatement rendu le lieu agréable. La salle était pleine de couples ou de groupes d'amis. Un peu gêné d'être seul, je me suis assis à l'écart. Le barman est venu me demander ce que je désirais boire. C'était un quadra avec une calvitie naissante, je lui ai désigné le marcheur en queue-de-pie rouge et chapeau haut de forme, avec sa canne, qui trônait derrière le comptoir.

— Servez-moi un Johnnie Walker, Black Label.

— Sec ?

— Oui, sans glaçon.

J'ai cogné ma pipe contre le rebord du cendrier et je m'en suis préparé une autre. Le barman est revenu et a posé mon verre sur un sous-bock en bois.

— C'est quel tabac ?

— Balkan Sobranie…

Il a hoché la tête sans que je sache s'il approuvait ou en saluait le prix exorbitant, puis il est retourné derrière son comptoir. Pensif, j'ai savouré une lampée de whisky, assorti à l'arôme épicé du Latakia. Un homme accompagné de deux femmes à ses bras est entré. Il avait à peine la trentaine, avec des épaules larges, les traits virils et orgueilleux. L'une de ses compagnes, brune, était du même âge, l'autre était une créature blonde digne d'un magazine de mode. Son visage m'a fait penser à celui de France Gall, mais elle était plus grande et vêtue à la dernière mode : pull moulant à rayures, ceinture en cuir avec une boucle laiton en forme de fleur, jupe courte, des chaussettes montantes au-dessous des genoux.

Le trio s'est juché sur des tabourets rembourrés.

Fier comme un coq, l'homme a échangé quelques mots avec le serveur, avant de rire trop fort. Malgré moi, mon regard s'attardait sur la blonde, au point qu'elle m'a remarqué. J'ai détourné les yeux et songé à Marylène, puis je l'ai de nouveau observée. Son expression s'est teintée de moquerie.

Le barman leur a apporté une bouteille de champagne, dans un seau à glace. L'homme a trinqué avec ses amies, puis les a embrassées. Il m'a semblé que la blonde écourtait le baiser. Le type a fait pivoter son tabouret pour s'offrir un panorama, avant de se diriger vers les toilettes. Les filles ont discuté vivement. La brune a haussé le ton, sans que je parvienne à entendre ce qu'elle disait. L'autre a vidé sa coupe dans le seau d'un geste de défi et s'est laissée glisser de son siège. Elle m'a balancé un coup d'œil dans le miroir fumé.

Pour me donner une contenance, j'ai tenté de tirer une bouffée de ma pipe que j'avais laissée s'éteindre, en faisant mine d'ignorer qu'elle se dirigeait vers moi.

— Vous m'offrez un verre ?

Voir Marilyn Monroe m'adresser la parole ne m'aurait pas fait plus d'effet. J'étais éberlué par son audace. C'était la première fois qu'une femme m'abordait. Je suis resté coi devant son sourire charmeur, la forçant à répéter.

— Un verre… Vous m'offrez un verre ?

— Vous n'êtes pas avec des amis ?

— Je crois que ma copine préfère que je m'éclipse.

— Et votre ami, lui, il sera d'accord ?

Elle m'a fixé avec un air provocateur.

— Vous avez les jetons ?

J'ai légèrement froncé les sourcils.

— Je n'ai pas envie de vous servir à régler un différend qui ne me concerne pas…

L'homme sortait des toilettes, il a aussitôt repéré la blonde et est venu à la table. Il l'a attrapée par le bras.

— Ne fais pas l'idiote. Retournons au bar.

Elle l'a rembarré en se dégageant.

— Laisse-moi, les plans à trois, c'est pas pour moi !

Ce début d'esclandre a attiré l'attention des clients.

L'homme a insisté.

— Ne m'oblige pas à me fâcher…

Son regard montrait qu'elle craignait qu'il la frappe, et c'est ce qui m'a décidé à intervenir.

— Pardonnez-moi, mais si cette dame…

Il m'a coupé d'une voix agressive.

— Te mêle pas de ça !

J'ai tenté de temporiser.

— Écoutez, loin de moi l'idée de me mêler de vos affaires. Simplement, vous pourriez peut-être entendre ce qu'elle vous dit…

Il a découvert de belles dents blanches, ses yeux vert serpent ont lancé une lueur meurtrière.

— T'es nouveau à Nantes, toi, ça se voit, il faut qu'on t'apprenne les usages ?

Il portait un couteau dans un fourreau accroché à sa ceinture. J'ai senti mes genoux trembler, j'aurais pu sortir ma médaille de police, mais je voulais rester anonyme.

— Monsieur, je n'ai aucune raison de me quereller avec vous. Si cette femme est votre amie et qu'elle désire rester en votre compagnie, vous êtes un homme heureux… Si par contre elle souhaite que vous la laissiez tranquille, il me paraîtrait courtois d'entendre sa demande.

L'homme était prêt à en découdre, le stress de la confrontation m'occasionnait un bourdonnement dans les oreilles. Au bar, j'ai remarqué les frères Chakir, receleurs de chéquiers volés, aperçus au Jour et Nuit. Celui contre lequel Pierrick m'avait mis en garde a affiché un sourire, curieux de voir si le conflit allait dégénérer en baston.

L'homme a tapoté l'étui du couteau, les narines dilatées.

— Lève-toi si t'es un homme !

Un silence a envahi le bar. Un des frères Chakir a adressé un signe au barman. La sueur coulait sur mes flancs, j'ai laissé passer un moment, croisé les bras dans une posture affligée.

— Là, Monsieur, vous êtes en train de vous donner en spectacle…

Il m'a dédaigné pour s'adresser à la blonde.

— Viens ou je vais foutre une branlée à ce connard…

À l'expression du barman, j'ai compris qu'il venait d'être informé que j'étais flic. Il a traversé la salle et parlé à l'oreille de l'homme, dont le visage s'est transformé.

Il m'a désigné du doigt.

— Toi, t'as une sacrée veine !

Il a retourné sa rancœur contre la blonde.

— Sale garce, tu me le payeras…

Sa dernière menace m'était adressée.

— On n'en a pas fini, toi et moi…

J'ai préféré ne pas relever, soulagé que cela se finisse de cette façon. Il a fait volte-face et est retourné finir sa coupe avec l'autre femme.

La blonde a ri d'une manière un peu effrontée et gênée.

— Maintenant, si vous ne m'offrez pas un verre, je vais devoir quitter le bar. Toute la salle verra que je me suis pris le râteau du siècle…

Les premiers accords de *Layla* d'Eric Clapton ont retenti, je lui ai rendu son sourire, sans être en mesure de formuler la repartie subtile qui mûrissait trop lentement dans mon cerveau subjugué par sa beauté.

— C'est ma dernière chance, a-t-elle dit, vous me laissez m'asseoir, et c'est moi qui vous paye un verre.

J'ai senti mon pouls ralentir.

— Ma foi, ce serait avec plaisir… mais j'ai une meilleure idée, qu'est-ce que vous diriez si je vous invitais à dîner ?

22 h 00

Une demi-lune et des étoiles brillaient dans le ciel de cette nuit particulière.

— On va où ? a demandé la blonde en s'accrochant à mon bras.

— Chez un ami…

La clochette de la porte a retenti, Kim est sorti de la cuisine et s'est approché, un peu fébrile.

— Monsieur Greg, il est tard… Mais pour toi, je refuse rien… Installez-vous en bas, vous êtes tranquilles.

Nous avons descendu l'escalier qui débouchait sur une salle sans fenêtre.

— Je suis avec une star, a ri la blonde en s'asseyant, le restaurant est à nous !

Il y a eu un court silence, seulement troublé par la musique asiatique en fond sonore.

— Si on se présentait, ai-je proposé.

Elle a tendu la main à la manière d'une princesse.

— Barbara…

Je lui ai accordé un baisemain cérémonieux.

— Eh bien, j'ai de la chance… Je viens d'arriver à Nantes, et je rencontre Barbara…

Elle a ri encore une fois et dégagé ses cheveux en arrière. Il faisait un peu froid, ses tétons transparaissaient à travers son pull. Elle s'est frotté les bras pour se réchauffer.

— Et toi, tu t'appelles comment ?

— Greg…

— C'est la première fois que j'en rencontre un.

— C'est d'origine écossaise.

Elle n'a pas cherché à en savoir plus et a plongé le nez dans la carte.

— On va prendre une fondue pour deux, a-t-elle décrété d'un ton impérieux.

Je me suis soumis à son choix et je suis monté passer la commande à Kim.

— Tu es avec elle depuis longtemps ?

Il semblait inquiet, je me suis demandé s'il la connaissait.

— Nous nous sommes rencontrés ce soir, pourquoi ?

— Rien, rien, elle est très belle. Je t'apporte les plats et le vin, Greg.

Barbara s'était allumé une Dunhill. La fumée s'élevait doucement sur son visage.

— J'espère que ça ne t'ennuie pas si je fume ?

— Je suis plutôt adepte de la pipe.

Elle s'est moquée de moi.

— Décidément, tu as toutes les qualités…

Elle a rigolé sans que je sache comment rattraper ma bourde. Ses yeux pétillaient de malice et de fantaisie, une séduction qui éveillait en moi une attirance inédite.

J'éprouvais de la difficulté à me concentrer sur les lamelles de bœuf en train de mijoter dans le bouillon, et encore plus à masquer ce que je ressentais. Barbara et moi étions à peu près du même âge, mais elle semblait avoir vécu tellement intensément. Elle parlait sans retenue, presque désinvolte, et, en même temps, il y avait dans son regard un mélange de curiosité et une inquiétude qu'elle a fini par exprimer.

— T'as pas eu peur, tout à l'heure ?

— Pourquoi ? J'aurais dû ?

— Tu le connais pas, il aurait été capable de te démolir.

J'ai bu une gorgée de vin.

— Je ne crois pas, non…

— Comment peux-tu en être certain ?

J'ai préféré lui avouer la vérité.

— Parce que je suis inspecteur de police. Si ça avait dégénéré, j'aurais été contraint de l'arrêter.

Elle a hoché la tête.

— Ah, c'est pour ça…

— Pour ça quoi ?

— C'est pour ça qu'il a laissé tomber quand le barman lui a parlé…

Elle m'a regardé comme si elle doutait encore que je sois dans la police, comme si ça ne la rassurait pas. J'ai attendu que nous ayons achevé le dessert pour la relancer.

— Tu le connais bien ?

Elle s'est allumé une cigarette et a tiré une bouffée de cinéma. Son regard m'a montré qu'elle savait que j'y viendrais, par jalousie masculine et en raison de mon métier.

— Suffisamment pour savoir qu'il est dangereux.

— Jusqu'à quel point…

— Il ne te pardonnera pas l'affront de tout à l'heure. T'es policier, mais je ne suis pas certaine que ça l'arrête. Et quand bien même, il se vengera sur moi…

Je n'étais pas convaincu que l'homme soit si dangereux, mais par acquit de conscience, j'ai décidé que je me renseignerais auprès de Pierrick.

— Comment s'appelle-t-il ?

— Pourquoi tu veux le savoir ?

— Simple curiosité.

Elle a hésité.

— Gratien…

Il m'est venu un doute.

— C'est un ami du Toubib ?

Son sourire s'est effacé. Elle m'a lancé un regard perçant.

— Oublions-les, je m'amuse bien avec toi.

J'avais ma réponse.

Une voix intérieure m'a averti qu'elle fréquentait ce type d'hommes, et que cette information aurait dû m'éloigner. Elle m'examinait, sentant mon trouble. J'ai mis fin à son attente.

— Rien ne me fait plus plaisir que d'être ton jouet de la soirée…

J'avais songé au mot « nuit », sans l'exprimer. Elle a pouffé de rire du sous-entendu.

— Je prendrais bien de l'alcool de riz, pas toi ?

Je suis monté passer la commande. Kim est descendu, quelques minutes plus tard, avec le flacon. Il a refusé de boire avec nous, pourtant, son regard montrait qu'il était sensible au charme de Barbara.

Elle nous a servis et a vidé son verre d'une traite.

À la troisième tournée, je l'ai relancée :

— C'est quoi exactement, le commerce où tu travailles ?

— Un bar. Mais c'est pas ce que je voulais faire dans la vie…

— Qu'est-ce que tu voulais faire ?

— Hôtesse de l'air…

J'ai souri en songeant à la chanson de Dutronc. Elle a souri aussi, montrant qu'elle suivait ma pensée. Mais son visage avait quelque chose de résigné.

J'ai suggéré :
— Tu es jeune, il n'est pas trop tard.
Elle a haussé les épaules.
— Je ne parle pas anglais.
— Tu pourrais apprendre…
Sans conviction, elle a de nouveau souri.
— Peut-être un jour…
Après un silence, elle a demandé :
— Et toi, t'as toujours voulu être un flic ?
Elle a regretté le mot qui lui avait échappé. J'ai montré que j'étais insensible à l'injure.
— Oh que non, j'avais d'autres ambitions !
— Qu'est-ce que tu voulais faire quand t'étais jeune ?
— Pilote de ligne…
Elle a pris ça pour une blague qui a eu l'air de l'amuser.
— Un pilote et une hôtesse, on était fait pour se rencontrer…
Elle m'a dévisagé, avant de tendre la main et de caresser ma joue avec ses ongles. Je suis resté silencieux. Elle a plissé les yeux et exprimé ce que j'avais espéré toute la soirée.
— On va chez toi ?

11 mars – 00 h 30

Elle a promené son regard sur mes livres, mes soldats de plomb et la photo de Marylène, sans faire de commentaire. Puis elle a admiré le canapé et le meuble bas avec la télé.
— J'adore ton intérieur, ça fait longtemps que t'habites ici ?
— Moins de quatre mois…

J'allais lui proposer de s'asseoir, mais elle m'a devancé.

— On va dans ta chambre…

Ce n'était pas vraiment une question, mais la résignation dans sa voix m'a gêné, comme si elle le proposait pour me rembourser du dîner.

— Tu ne veux pas écouter un morceau de musique ?

— D'accord, si c'est moi qui choisis le disque.

Elle a ouvert mon coffre à 33 tours, je m'attendais à ce qu'elle soit bluffée par ma collection de jazz, mais elle a survolé les Miles Davis, Duke Ellington, Louis Armstrong, John Coltrane et Ella Fitzgerald en faisant la moue. Ses doigts ont continué à faire défiler les albums, elle est passée sur les Beatles, les Doors, les Who, les Rolling Stones et les Pink Floyd sans s'arrêter… Cat Stevens, Deep Purple, Fleetwood Mac, Janis Joplin, Joan Baez et même Simon and Garfunkel, rien ne semblait correspondre à son goût.

Elle a sorti un album de David Bowie.

— Lui, je comprends pas le genre qu'il se donne avec son bandeau sur l'œil…

Je me suis mollement indigné.

— Il est d'une créativité incroyable…

Elle s'est autorisé une moue dédaigneuse.

— T'as pas de chanteurs français ?

— Si, Aznavour, Dassin et Gainsbourg…

— T'aurais pas des chanteurs plus modernes, je sais pas moi… Abba, Sheila, Sylvie Vartan… Des jeunes quoi… Gérard Lenorman, Julien Clerc, Dave… Nicolas Peyrac, j'adore… Michel Fugain et son Big Bazar ?

J'étais dépité, mais résolu à lui donner satisfaction.

— Regarde au fond, ma mère m'a offert un disque de Claude François.

Un éclair est passé dans son regard.

— Je l'ai rencontré à Paris, tu sais… J'avais dix-sept ans, il n'était pas très connu à l'époque… Nous avons passé une nuit ensemble…

Il y avait dans sa façon de s'exprimer un mélange de fierté et d'amertume. Je trouvais malsaine la façon dont cette pseudo-idole des jeunes entretenait l'hystérie de ses fans.

— C'est un bon amant ?

Elle m'a regardé du coin de l'œil.

— Il m'a laissé les plus beaux cadeaux de ma vie.

Je suis resté sur ma faim de confidences, elle a arrêté son choix sur Donna Summer.

— J'en reviens pas que tu aies ce disque…

Elle a placé *Love to Love You Baby* sur la platine, s'est relevée et m'a pris la main.

— Montre-moi ta chambre…

Elle a retiré la petite croix en or qu'elle portait autour de son cou et l'a posée à côté d'un globe lumineux. Je me sentais un peu tendu.

— Tu es croyante ?

— Bien sûr, pas toi ?

— Ma mère m'a éduqué dans la religion catholique. Mais…

Elle a appuyé son doigt sur mes lèvres.

— Chut…

Elle a glissé sa main dans mon pantalon, saisi mon sexe en me fixant droit dans les yeux. Elle a débouclé ma ceinture, mon pantalon est tombé. Elle a retiré ma chemise, évalué mes muscles, puis elle m'a poussé sur le matelas.

Je suis remonté sur le dos, au milieu du lit.

Elle a entamé une danse érotique, suivant le rythme languissant de la chanson de Donna Summer. Elle a ôté son pull, dévoilant une superbe poitrine dans un soutien-gorge en dentelle. Elle s'est cambrée pour la mettre en évidence, puis elle a repris son mouvement du bassin, les lèvres entrouvertes. Elle a retiré ses chaussettes l'une après l'autre à la manière d'une strip-teaseuse et les a fait voler en riant. J'étais captivé par sa danse, incapable d'autre chose que de la regarder. Elle s'est ébouriffé la chevelure, puis elle a relevé sa crinière blonde pour dégager son visage. L'oscillation de ses hanches était un délice, jamais je n'avais vu une fille aussi belle.

Elle a débouclé sa ceinture en laiton avec le pouce, donnant des petits coups de reins suggestifs, puis l'a fait tournoyer au-dessus de sa tête avant de la projeter vers moi. Sa langue a humidifié ses lèvres, elle a léché son majeur qu'elle a promené du milieu de ses seins jusqu'à son nombril.

Magnétisé par l'ondoiement de son corps sous les gémissements lascifs de Donna Summer, j'ai senti une décharge d'adrénaline et frissonné de la tête aux pieds. Ses doigts ont ouvert les boutons de sa jupe, un par un, elle l'a écartée en souplesse.

Elle a continué à danser, puis a dégagé les bretelles de son soutien-gorge et me l'a jeté au visage. Ses seins se tenaient droits. Elle s'est agenouillée sur le lit, avançant à quatre pattes, en retirant son slip. Elle a écarté mon caleçon et enrobé mon sexe de ses lèvres. Elle s'est mise à me sucer. J'ai plaqué mes paumes sur son dos et l'ai amenée vers moi. Elle s'est installée à califourchon sur mon ventre.

Mes mains ont longé sa colonne vertébrale, plongeant vers ses fesses. J'ai glissé deux doigts en elle, la caressant jusqu'à la sentir vibrer sous mes phalanges.

Son corps est devenu brûlant.

Elle m'a introduit en elle avec un soupir de satisfaction, et s'est penchée pour m'embrasser à pleine bouche. Nos mouvements se sont harmonisés. Les seins gonflés par sa respiration de plus en plus ample, elle a enfoncé ses ongles dans mes pectoraux et crié des encouragements qui provenaient du fond de sa gorge. Elle s'est légèrement soulevée, a opéré une rotation sans se détacher de moi. De dos, elle a continué à bouger son bassin, lâchant des soupirs de plus en plus intenses. J'ai relevé mon buste et saisi sa poitrine à pleine main. Je l'ai fait sauter sur moi. Elle a lâché des cris de jouissance. J'ai explosé en elle, à bout de souffle.

Nous nous sommes laissés tomber, l'un contre l'autre, trempés de sueur.

J'ai effleuré son ventre de ma main et plongé mon visage dans ses cheveux. Nous sommes restés plusieurs minutes sans rien dire.

Elle s'est retournée et m'a embrassé sur le front.

— C'était très bon… Ça t'a plu ?

— Parfait.

— Tu veux que je reste dormir ?

Elle avait l'air d'en douter.

— Bien sûr…

Elle a paru rassurée.

— Je vais prendre une douche, Greg.

C'était la première fois qu'elle prononçait mon prénom.

Elle s'est levée et éloignée, nue.

Pendant un instant, je suis resté à méditer, revivant cette soirée comme un épisode de ma vie dont je n'aurais jamais osé rêver. Barbara était la plus belle créature avec laquelle j'avais fait l'amour. Les idées embrouillées, je pressentais pourtant que c'était le genre de fille auprès de laquelle un type comme moi risquait de se brûler.

Elle est revenue, une serviette nouée autour du ventre. Elle l'a laissé tomber au sol avant de me rejoindre. Elle s'est approchée, la peau humide et fraîche d'une douche glacée.

Elle a collé sa douce toison à mon ventre, ses seins contre mon torse.

Doucement, elle a descendu la main sur mon sexe.

— T'es fatigué ?

— Un peu…

Elle a ri, en me malaxant.

— Tu es sûr…

J'ai senti ma verge gonfler. Elle m'a pris le visage à deux mains et m'a embrassé, roulant sur le dos et m'attirant à elle, entre ses cuisses ouvertes.

10 h 00

J'ai ouvert les yeux, elle était assise sur un tabouret. Habillée, une cigarette fumante entre les doigts, un cendrier dans la main, elle m'observait en silence, un regard intense dans son si beau visage. Je me suis redressé sur les coudes, encore un peu endormi.

— T'es réveillée depuis longtemps ?

Elle n'a pas semblé entendre.

— Il faut que je te parle…

Elle s'est raidie, les traits graves. On aurait dit que toute l'insouciance d'hier l'avait quittée, qu'elle avait pris conscience de quelque chose. J'ai tenté de la rassurer.

— Tu n'as rien à craindre de moi…

Elle m'a souri avec indulgence, comme si ma naïveté la convainquait de se confier.

— Laisse-moi parler sans m'interrompre. Je travaille au Play Girl, quai de la Fosse… Il appartient à Robert, je suis certaine que t'as entendu parler de lui… La fille que tu as vue hier bosse avec moi. Gratien Lopez, l'homme qui nous accompagnait, est propriétaire d'un bar près de la gare, il veut que nous bossions pour lui… Cette soirée était faite pour nous convaincre…

Elle a aspiré sur sa cigarette.

— Je n'ai pas envie de changer… à la gare, ce sont surtout des types de passage… Sur le quai, j'ai mes habitués, la plupart sont plutôt gentils…

Elle a fait tomber la cendre dans le cendrier.

— Seulement, Gratien n'est pas le genre d'homme à qui on peut dire non… Avec ce qui s'est passé avec toi, j'ai peur de sa réaction…

Elle ne paraissait pas attendre de conseil, je lui ai néanmoins suggéré ce qui m'est apparu le plus prudent :

— Tu devrais en parler à Robert, il doit pouvoir convaincre Lopez de te laisser tranquille… Entre eux, ils respectent sûrement certaines règles…

Elle a secoué la tête.

— Tu ne comprends pas… Si je me plains à Robert, il déclenchera une guerre contre Gratien. Alors que si je lui dis que je veux changer d'air, que je lui raconte n'importe quoi, il acceptera sans doute. Il laisse la plupart des filles libres de choisir où elles veulent bosser…

J'étais encore brumeux de l'alcool bu hier et peu désireux de m'engager.

— Écoute, je crois que tu ne dois pas avoir peur de Lopez. S'il essaie de te contraindre, il sait que Robert ne laissera pas passer… S'il te menace ouvertement comme hier, tu pourrais aussi porter plainte.

Le flash du baiser qu'elle avait échangé avec lui m'a traversé, me conseillant la prudence. Elle semblait effrayée et un peu en colère.

— On voit que tu viens d'arriver. Je vais t'expliquer qui est Gratien… Il y a deux ans, le bruit a couru qu'une de ses filles l'avait balancé aux flics pour une attaque de banque… C'était une gentille fille, je la connaissais un peu… Elle a disparu deux jours… Quand elle a réapparu, elle m'a raconté qu'elle avait été enlevée par deux hommes cagoulés, ils l'ont emmenée de force en bordure du lac de Grand-Lieu. Ils l'ont battue et l'ont prévenue que la prochaine fois qu'elle causait à des flics, son cadavre finirait bouffé par les anguilles…

— Elle aussi, elle aurait dû porter plainte.

Elle m'a observé comme un demeuré. Je me suis assis dans le lit.

— Qu'est-elle devenue ?

— Elle a quitté Nantes, il paraît qu'elle travaille à Brest…

L'idée de lui poser des questions sur le braquage du Carrefour m'a traversé, mais ce n'était pas le moment. Pâle et les traits tirés, sa beauté était intacte, je suis resté silencieux à l'étudier, tentant de deviner ce qu'elle voulait entendre.

— Écoute, ai-je dit avec calme, je ne comprends pas ce que tu attends de moi ?

Elle a serré les lèvres, écrasé sa cigarette dans le cendrier qu'elle a posé à ses pieds, puis elle s'est levée.

— Désolé de t'avoir parlé de ça.

Je suis sorti du lit, j'ai enfilé mon caleçon.

— Je te prépare un café ?

Elle a décliné de la tête.

— Non, merci, il faut que je rentre…

Je l'ai raccompagnée jusqu'à la porte.

Elle a fait deux pas dehors.

— On se revoit ?

J'ai répondu ce qui me venait à l'esprit.

— Je passerai au bar dans la semaine.

Elle a posé les mains derrière mon cou et m'a claqué quatre bises. Un sourire sur les lèvres, elle m'a caressé la joue d'un geste furtif. En abordant la première marche, elle a jeté un œil par-dessus son épaule. Nous avons échangé un regard.

Puis elle a disparu dans l'escalier.

12 mars – 9 h 00

Pierrick tapait le carton et bavardait bruyamment avec trois autres policiers, une bouteille de Ricard à portée de main. Quatre verres, des glaçons en train de fondre dans un bac Ricard, un cendrier rempli de mégots, à l'effigie Ricard, lui aussi. On aurait pu croire que le groupe Pernod sponsorisait Waldeck.

J'allais rejoindre notre bureau, quand il m'a alpagué.

— Greg, attends-moi, faut qu'on parle…

Son haleine empestait l'alcool et le tabac.

— Tu n'as pas dormi ?

Ma question a eu l'air de l'étonner, il a énoncé l'évidence d'une bouche pâteuse.

— J'ai fait la tournée des grands-ducs…

J'ai enfoncé les mains dans mes poches.

— Je sais pas comment tu fais pour tenir ce rythme… Bon, qu'est-ce que t'as à me dire ?

Une pointe d'orgueil a fusé de ses yeux.

— J'ai un témoin…

— Un témoin de quoi ?

— La Corse, elle était au Jour et Nuit lorsque Le Toubib, Lopez et les frères Maimboeuf ont dîné ensemble.

Je n'ai pas masqué mon étonnement.

— Je croyais que Noël avait nié.

— Il a refusé de parler parce qu'il a peur du Toubib. Il a plus peur de lui que de nous… Après le massacre du chauffeur, ça peut se comprendre… Mais la petite, elle m'a avoué qu'elle était là… Elle les a reconnus sur des photos.

Bien que Chenal m'ait plus ou moins débarqué de l'enquête, ce rebondissement piquait ma curiosité.

— Elle serait prête à témoigner ?

Il a hésité.

— Elle me l'a juré.

J'essayais de deviner la raison pour laquelle il utilisait ce ton de confidence.

— T'en as parlé au patron ?

— Pas encore, j'aimerais qu'on aille le voir ensemble.

Il attendait ma réaction. J'ai laissé passer une minute.

— J'avoue que j'ai du mal à comprendre…

Il a eu l'air embarrassé.

— Je veux ton avis. Ensuite, on pourrait y aller tous les deux, histoire de s'appuyer…

J'ai explicité ma réserve.

— Outre le fait qu'elle travaille comme hôtesse dans un bar, avec le risque que sa parole ne vaille pas un clou devant la juge… à tort ou à raison d'ailleurs… il se trouve que c'est celui de Robert. Or sauf erreur de ma part, Robert et Gratien Lopez sont en concurrence pour le rachat des bars du Toubib. Si Robert se sert d'elle pour forcer la main au Toubib en mettant Lopez hors jeu, elle te lâchera dès que Robert aura obtenu ce qu'il voulait. Et tu te retrouveras le bec dans l'eau…

— J'ai confiance en Livia…

Le souvenir de mon altercation avec Gratien Lopez et l'aveu de Barbara qu'elle travaillait au Play Girl m'ont traversé l'esprit. Je me suis senti mal placé pour lui adresser ce qui m'apparaissait pourtant être une mise en garde nécessaire.

— C'est ce qui m'embête le plus. Je n'ai pas à savoir ce qu'il y a entre cette fille et toi, mais si ce que je crois est vrai, ce témoignage t'explosera à la gueule, à un moment ou à un autre.

J'aurais attrapé le seau à glaçons Ricard pour lui vider sur la tête que je ne lui aurais pas fait autant d'effet. Il m'a regardé, une moue querelleuse.

— Tu crois que j'ai monté ce coup fourré avec elle ?

Je l'ai aussitôt détrompé.

— Pas une seconde, Pierrick, je suis certain que tu cherches à faire avancer l'enquête. Mais si tu te souviens bien, lorsque nous sommes allés interroger Robert, le lendemain du braquage, il me semblait avoir compris qu'elle venait d'arriver à Nantes. Alors t'es-tu demandé comment elle avait pu être au restaurant de Noël, une ou deux semaines avant ?

Il a semblé retomber sur terre.

— Putain, merde… Cette salope se fout de ma gueule…

— Écoute, ai-je dit pour le calmer, peut-être est-elle contrainte d'obéir aux hommes qu'elle redoute. Sois indulgent.

— Je me suis planté. J'ai bien fait de t'en parler avant de faire une connerie. Je vais virer cette garce avant qu'elle me pourrisse… Merci, Greg.

Il m'a tendu une main que j'ai serrée.

J'ai avancé l'idée que j'avais eue.

— Une fois encore, Pierrick, je ne veux pas me mêler de ta vie privée. Mais il y a une chose que tu pourrais obtenir d'elle, une chose qui me titille depuis un moment. Cette Corse arrive de Marseille, comment a-t-elle atterri chez Robert ? Il faudrait réussir à savoir si c'est par l'intermédiaire d'Ettore Santelli. De cette façon, on confirmerait le contact récent entre eux. À partir de là, la voie pour démontrer qu'ils ont commis ce casse ensemble serait ouverte… Il ne resterait plus qu'à trouver le troisième.

La voix de Chenal ne lui a pas laissé le temps de répondre.

— Pierrick, Greg, venez dans mon bureau.

Le patron était vêtu d'un blazer bleu et d'un pantalon de flanelle. J'ignorais s'il avait entendu la fin de notre discussion, mais il n'a rien laissé paraître. Pierrick a fait un effort pour se redresser et avoir l'air frais. Chenal a tapoté des doigts sur le bureau.

— J'ai reçu les félicitations du cabinet du ministre. Il était satisfait de l'encadrement de son séjour à Nantes. Je crois que la sûreté a marqué des points.

Pendant sa présence, nous nous étions contentés de laisser faire l'équipe de militaires munis de brassards, sous les ordres de Robert. Une ou deux fois, il était venu nous informer des modalités de transport du ministre pour regagner son hôtel. Sans avoir été jusqu'à nous narguer, il était clair que ce rôle qui faisait de nous ses subordonnés l'avait amusé. Une seule fois, il s'était étonné de ne pas voir Georges et Valentin. Pierrick lui avait conseillé de ne pas pousser le bouchon trop loin…

Chenal a poursuivi son analyse, dont je devinais les sous-entendus.

— Certains notables de l'Algérie française ont réintégré les sphères de notre administration… Des préfets, des conseillers, des élus… Il est évident que malgré ses antécédents, Robert possède des relations. Des amis chasseurs dont on peut être certain qu'ils lui apporteront leur soutien si on foire notre enquête.

Mon binôme s'est raclé la gorge.

— Vous voulez qu'on lève le pied ?

— Non, bien sûr que non. Mais je ne veux aucune initiative sans mon autorisation préalable. On doit éviter la moindre bavure, c'est clair ?

— Limpide, a dégluti Pierrick, tandis que je me contentais de hocher la tête.

Chenal a soufflé pour évacuer son stress et s'est massé le visage, rendant l'ambiance curieuse. Je me suis demandé si les félicitations dont il se targuait n'étaient pas en fait un remontage de bretelles pour l'absence de mobilisation de Georges et Valentin. Pierrick regardait fixement la photo du patron entouré de sa femme et de sa fille.

— Pierrick, je ne veux plus te voir traîner tes groles sur le quai de la Fosse. Les rapports des RG sont explicites… Le « bon client », voilà comment ils te surnomment…

J'ai revu l'image furtive de l'homme sortant du Play Girl et grimpant dans une Renault 16, désormais persuadé qu'il s'agissait bien de lui. Devant son absence de réaction, le boss a haussé le ton.

— Mais merde, qu'est-ce que tu fous avec cette Corse ?

Il a paru revenir à lui.

— J'enquête...

Le laconisme a coupé la chique de Chenal, il a abattu son poing sur le bureau, faisant sursauter le cadre familial. Son visage a perdu toute couleur.

— Tu vas me faire le plaisir de mettre fin à cette relation, sinon je vais expédier ta tête dure de Breton dans un bled au fin fond de la forêt de Brocéliande...

Les mots avaient été sifflés entre les dents d'une mâchoire serrée. J'ai cru que Pierrick allait lui fondre dessus. J'étais prêt à m'interposer, mais il a fait volte-face.

— Allez vous faire foutre !

Il a claqué la porte, faisant vibrer la cloison.

Les yeux du patron se sont attardés sur l'entrée.

— Quel con ! À part se mettre minable dans les bars, je me demande à quoi cette arsouille nous sert... Sans parler de l'image qu'il donne de la sûreté. J'en ai plein le dos... Je vais m'occuper de son cas.

Il a tourné la tête vers le tableau où s'étalaient les photos des suspects, puis il s'est renversé dans son fauteuil. Ses lèvres ont murmuré une phrase inaudible, puis il s'est adressé à moi, espérant une nouvelle encourageante pour rompre cette chaîne de déconvenues.

— Où en es-tu dans l'enquête sur l'agression du jeune ?

J'ai tenté de positiver l'échec.

— Le petit dealer de Bellevue ne m'a pas donné de nouvelles. Par contre, il n'y a pas eu d'agression du même genre, ça accrédite la thèse d'un détraqué de passage qu'on ne retrouvera jamais.

— Espérons que tu as raison. On n'a pas besoin de ça.

Il a observé ses ongles. J'ai senti qu'il allait me congédier, alors je me suis lancé.

— Ce n'est pas pour prendre sa défense... Néanmoins, je crois que Pierrick a eu une bonne intuition avec cette Corse.

Il a relevé la tête, une note de sarcasme dans la voix.

— Tu peux développer ?

— Elle est arrivée à Nantes au moment du braquage, à point nommé pour servir d'alibi à Robert... Selon ce que l'on sait, elle vient de Marseille... Si vous voulez mon avis, Pierrick a raison de creuser le profil de cette fille, elle pourrait bien se révéler être le chaînon manquant entre Robert et Santelli.

— Ne me dis pas qu'il a pensé à ça tout seul ?

J'ai joué les naïfs.

— Ben si, pourquoi ? Lorsque vous êtes venu tout à l'heure, il était justement en train de me faire part de ce soupçon.

Malgré mon ton des plus sérieux, la dernière phrase masquait mal le mensonge. Les yeux vifs du patron m'ont exprimé qu'il n'était pas dupe.

— Si tu veux sauver la tête de cet emmerdeur, trouvez-moi la preuve que cette Corse relie Robert et Santelli...

Il a tendu la main pour décrocher le téléphone, composé le numéro avec l'index, laissant le temps au cadran circulaire de revenir. Il m'a adressé des mouvements de la main pour que je sorte du bureau.

— Madame la juge, j'ai peut-être du nouveau dans l'affaire du Carrefour…

*

15 mars – 20 h 00

Barbara faisait les cent pas sur le palier.

— J'en pouvais plus d'attendre que tu me fasses signe, tu m'en veux ?

J'ai posé mes sacs de courses.

— Non, bien sûr que non… J'ai eu une grosse semaine.

Elle portait une robe courte bohème et des collants violets, un visage radieux encadré de sa magnifique chevelure blonde.

Il m'était impossible de masquer l'effet qu'elle me faisait.

Elle s'est avancée et m'a regardé dans les yeux.

— J'avais envie de toi…

Elle a exhibé le 33 tours de Sheila qu'elle cachait dans son dos. J'ai lu le titre sur la pochette *L'Amour qui brûle en moi*.

Le message m'a embarrassé.

— On l'écoute ? a-t-elle proposé.

J'ai engagé la clé dans la serrure.

— Si tu veux… Ne fais pas attention, je n'ai pas fait le ménage depuis l'autre jour.

Elle a ri, les pupilles brillantes d'espièglerie.

— Ça prouve que t'as reçu personne d'autre que moi…

Elle a sorti le disque de sa pochette et l'a posé sur la platine. La voix de la chanteuse a résonné dans tout l'appartement.

— Ne mets pas trop fort, les voisins pourraient se plaindre.

— On s'en fout, t'es flic, non ? Il faut bien que ça serve à quelque chose.

Je me suis affairé à ranger les provisions dans le réfrigérateur. Elle est venue se coller et m'a glissé à l'oreille.

— J'ai une idée… On fait l'amour et après tu m'emmènes dîner. Pas comme l'autre fois, je veux un grand restaurant où il y aura plein de monde. Ensuite, on pourrait aller en discothèque, je suis tellement heureuse que j'ai envie que toute la ville nous voie ensemble.

— Tu ne travailles pas ?

— J'ai pris ma soirée pour toi…

Après le réquisitoire de Chenal contre Pierrick, je savais que fréquenter Barbara en public m'apporterait des ennuis. C'était d'une évidence criante, j'avais moi-même mis en garde Pierrick. Si j'avais été honnête, j'aurais aussi reconnu que hormis mon attirance physique, je ne me sentais pas véritablement amoureux d'elle. En tous les cas, pas au point d'envisager une relation durable. J'allais lui en parler, mais elle s'est mise à se frotter contre moi et j'ai senti mes réticences fondre. Elle m'a embrassé sur la nuque.

— Arrête de te triturer les méninges…

Dans la chambre, elle m'a attiré contre elle, a pressé ses lèvres contre les miennes, puis m'a brutalement repoussé. J'ai perdu l'équilibre et nous sommes tombés sur le lit. Elle s'est collée à moi avec une faim vorace. J'ai senti sa main dans mon caleçon. Je lui ai embrassé le cou, ses cheveux blonds sentaient le jasmin.

Nous nous sommes retrouvés nus en moins d'une minute. Elle a grimpé sur mon ventre et m'a caressé le visage avec le bout de ses seins. Son corps m'a de nouveau envoûté, jamais je n'avais autant désiré une femme.

Je l'ai pénétrée trop vite, elle a grimacé et gémi.

— Prends ton temps, on a toute la nuit…

Je me suis retenu, pour lui faire l'amour doucement…

En sueur, nous nous regardions, sans rien dire.

Après la proximité des peaux et la jouissance, il y avait comme une distance. Nos esprits dans la bulle des non-dits.

C'est elle qui a rompu le silence.

— J'ai apporté de quoi nous remonter.

Elle est sortie du lit et s'est enfuie au salon. Elle a tourné le disque pour mettre la face B, puis elle est revenue avec un petit joint au filtre en carton, un cendrier et un briquet jetable. Elle s'est réinstallée sous les draps et s'est mise à brûler le cabochon en papier cigarette torsadé qui retenait la marijuana.

J'étais tellement stupéfait que j'ai mis un peu de temps à réagir.

— Où t'es-tu procuré ça ?

Sa voix était terriblement innocente.

— Un petit jeune… Il passe de temps en temps au Play Girl.

— C'est un jeune de Bellevue ?

Sa spontanéité était édifiante.

— Rachid, il vient nous faire coucou une fois par semaine. Les filles l'adorent… Mais il dit que je suis sa préférée.

— Il te drague ?

Elle a ri, suggérant que je venais de manifester de la jalousie.

— Tu plaisantes, il est gentil comme tout. Je serais pas étonnée qu'il soit gay.

Elle a tiré sur le filtre, conservé la fumée dans ses joues arrondies et me l'a tendu.

— Tu sais que c'est interdit ?

Elle m'a craché la fumée au visage, moqueuse.

— La drogue, oui. Mais ça, c'est juste un peu d'herbe…

J'ai secoué la tête.

— Pas pour moi, merci. La consommation de stupéfiants est punie par la loi.

Elle a paru contrariée, déçue par mon absence de reconnaissance envers ses efforts pour me faire plaisir. Ce qu'elle m'apprenait sur Rachid tournait dans ma tête, j'avais l'impression de toucher du doigt un élément essentiel, sans parvenir à l'intégrer à l'enquête. Elle a aspiré de nouveau, des petits cernes se sont dessinés sous ses yeux.

— T'es pas obligé d'en fumer. On peut aussi rester ici, si tu préfères…

— C'est pas si simple, je suis policier, notre liaison pourrait poser des problèmes. Pour toi autant que pour moi, il est préférable que nous soyons discrets.

Elle a tapoté le bout du joint contre le cendrier pour l'éteindre, le visage sérieux.

— Robert est venu me voir au Play Girl. Il m'a expliqué qu'il allait racheter des bars sur Nantes. Il m'a proposé de prendre la responsabilité du Glass, place Zola…

Des alarmes se sont mises en route dans mon cerveau.

— Tu as revu Gratien Lopez ?

Elle a secoué la tête.

— Non. Mais du coup, j'en ai parlé à Robert.

— Comment a-t-il réagi ?

— Il m'a assuré de ne pas m'en faire… Qu'il allait régler ça.

Ses pupilles dilatées sont devenues humides.

— J'ai peur d'avoir fait une bêtise…

Plusieurs questions se sont juxtaposées. Avait-elle parlé de moi à Robert, ou avait-il été mis au courant d'une autre façon, précipitant son idée de lui donner la responsabilité de ce bar ? Et de son côté, sa venue ce soir était-elle liée à ces rebondissements ?

Elle me fixait de ses yeux sincères et implorants, attendant apparemment que je la rassure.

Plus ou moins consciemment, j'ai renfilé mon costume de flic.

— Est-ce que le nom d'Ettore Santelli te dit quelque chose ?

16 mars – 8 h 00

Barbara m'a embrassé sur le pas de la porte, le regard rivé au mien avec une intensité solennelle.

— Tu m'appelles…

— Oui, je te téléphone…

Elle a disparu dans les escaliers.

Nous n'avions finalement pas bougé de l'appartement.

Dans le miroir, les poches sous mes yeux étaient celles d'un type éreinté par une nuit de galipettes. Je me suis préparé un petit-déjeuner avant de prendre une douche. Laissant l'eau ruisseler sur ma nuque, j'ai repensé à ce que Barbara m'avait avoué. Une part de moi était gênée de l'avoir poussée à balancer ce qu'elle savait sur Robert, en faisant peser sur elle un chantage affectif.

Mais les braqueurs avaient tué trois hommes et si Robert était l'un d'eux, le mettre hors d'état de nuire valait cette pression.

Je suis sorti de la salle d'eau et j'ai repensé à mes derniers échanges avec Barbara. Son regard et sa voix montraient qu'elle avait gardé certaines choses pour elle. Sans nul doute, nous avions joué au chat et à la souris. Et j'ai soudain eu l'impression que nous avions interprété chacun des rôles tour à tour, sans savoir s'il y aurait un gagnant. Ou deux perdants.

10h00

Étonnamment, Chenal n'a pas cherché à connaître l'origine de mes sources. Il s'est adressé à son équipe d'une façon autoritaire.

— Je veux tout ce qu'on a de récent sur Ettore Santelli.

Pierrick et Valentin sont restés cois. Aucun d'eux n'a demandé davantage d'explications. En sa qualité de leader de l'enquête, Georges a pris la parole.

— Si on s'en tient aux infos que nous a laissées Jacques avant de rejoindre Lyon, Santelli vit entre Marseille et Pietralba, en Haute-Corse, le berceau de la famille. Un de ses fils habite le Brésil, à Rio, plus précisément…

Valentin a laissé échapper un soupir en remontant ses lunettes, il s'est frotté les marques sur l'arête du nez.

— S'il est là-bas, il sera difficile de le faire extrader.

— Je m'en fous, s'est agacé le patron, je veux que vous le trouviez ! Et à toute vitesse…

— On ne touche pas à Robert ? a voulu savoir Georges.

— Pour l'instant, laissons-le conclure sa transaction avec Le Toubib. Il sera toujours temps de lui demander de justifier d'où viennent les fonds.

— Gratien Lopez va forcément réagir…

— Et alors ? Que ces suppôts de Satan s'entretuent, si ça leur chante.

Georges a manifesté son désaccord.

— T'es conscient que cette guerre pourrait mener à un carnage ?

Chenal a joint les mains et croisé les doigts.

— Le châtiment divin est inexorable.

Autrement dit, Chenal considérait que la sûreté devait protéger les honnêtes citoyens, mais que le sort de ceux qui choisissaient de vivre du crime l'indifférait. Peu importaient les raisons historiques et les disparités sociales qui les y avaient poussés.

Tout était affaire de bien et de mal !

Il y avait dans cette vision biblique de la Loi un relent d'inquisition qui me gênait d'autant plus qu'elle n'était pas sans me rappeler celle de ma mère.

Le boss s'est autorisé un sourire de circonstance.

— Le coup de pouce de Greg est la démonstration qu'il y a au-dessus de nous une puissance à l'œuvre pour mettre fin aux agissements de ces tueurs.

J'ai compris la raison pour laquelle il ne me demandait pas de quelle façon je savais que Robert et Santelli étaient en contact régulier. D'une certaine façon, c'était pour lui une intervention divine. Les regards se sont tournés vers moi. Gêné d'attirer les projecteurs, j'ai mis sous silence mon désaccord pour éviter de donner le nom de Barbara.

Nous devions nous focaliser sur le point positif, l'étau autour de Robert se resserrait.

— Bien joué, m'a dit Pierrick en posant une main sur mon épaule.

Ce geste amical ne lui ressemblait pas. J'ai présumé que c'était sa façon de démentir les théories religieuses de Chenal, en m'attribuant le mérite de cette avancée dans l'enquête sur le braquage. Sans doute y avait-il aussi un retour d'ascenseur à l'aide que je lui avais apportée dans son récent conflit contre le chef.

À mon soulagement, Pierrick a paru obtenir l'assentiment de Georges, qui s'est approché du tableau et a entouré le visage buriné de Santelli d'un cercle à la craie.

— Lui, quand on le chopera, je me charge de le faire causer…

Personne n'a fait de commentaire. Il était évident que personne n'avait de doute sur sa façon de procéder, et personne n'aurait souhaité expérimenter une méthode d'interrogatoire héritée de son passé militaire.

Chenal s'apprêtait à sonner le clap de fin, mais Pierrick a attiré son attention.

— On t'écoute, a dit Chenal.

— L'autre jour, nous avons eu une discussion à propos de la Corse qui travaille dans le bar de Robert, quai de la Fosse.

Les sourires de Georges et Valentin montraient qu'ils connaissaient l'histoire. Irrité d'être renvoyé à l'altercation, le patron l'a engagé à poursuivre, d'un petit rire.

— Je me souviens bien de notre discussion. J'espère que tu as suivi mon conseil…

Pierrick a éludé.

— Livia Muntoni est arrivée de Marseille… Mais elle et son frère sont nés à Propriano, en Corse, dans une famille de pêcheurs…

La moue de Chenal montrait qu'il s'interrogeait sur l'utilité de l'info.

— Pourquoi parles-tu de son frère ?

L'étincelle dans l'œil de mon coéquipier était revancharde, il a ajouté un nom sous celui de Robert.

— Ange Muntoni… Il a été embauché en tant que portier du Macumba, la discothèque qui vient d'ouvrir, route de Vannes.

Pierrick venait de marquer un point.

— Très bien, a admis le patron à regret, Robert recrute peut-être des gros bras en prévision d'une guerre contre Gratien Lopez. Va faire un tour dans cette discothèque. Mais je veux que Greg t'accompagne.

*

20 mars – 23 h 00

Nous avons attendu le samedi. Le gigantesque parking le long de la route de La Baule était plein de voitures de tous standings, dont sortaient jeunes et moins jeunes, venus découvrir le dernier lieu à la mode. Pierrick s'est garé au plus près, à côté d'une Dauphine.

— Le type qui a créé le concept est un coiffeur. On raconte que c'est lui qui a monté les premiers fast-foods en France. C'est sa quatrième discothèque sous la même enseigne. Il paraît qu'il a rapporté l'idée des US après une discussion avec Frank Sinatra... T'imagines ça, toi! Le mec, il est coiffeur dans un coin paumé et il rencontre Sinatra! Comme quoi, ça mène à tout, la coiffure...

Nous sommes sortis de sa R16, j'ai observé la façade ronde de style moderne, la toiture-terrasse, le bandeau en béton blanc siglé Macumba en lettres noires.

— C'est dans l'air du temps... Comment a-t-il trouvé le pognon pour monter ses affaires?

Pierrick a claqué la portière.

— Bonne question... Ce qui est certain, c'est que si Robert a placé un de ses hommes ici, c'est qu'il essaie d'installer son pouvoir sur le monde de la nuit.

J'ai eu envie de l'asticoter.

— Qu'en pense ta jolie Corse?

— Es-tu sûr d'être bien placé pour te foutre de ma tronche?

L'allusion à Barbara était claire.

— Je sais fermer ma gueule, m'a-t-il assuré. Je sais aussi que tu m'as sauvé la mise avec Chenal. Un jour, je te revaudrai ça... Revenons à Muntoni, Livia dit qu'elle est fâchée avec lui.

Nous avons marché vers le hall extérieur, des barrières drainaient la foule en attente du privilège d'entrer.

— Hep, nous a interpellés un videur en bomber vert, la file d'attente, c'est là-bas!

Pierrick a exhibé sa médaille de police.

— On veut voir le grand patron.

Le videur au crâne rasé façon skinhead a hésité.

— Attendez une minute...

Les trois autres portiers nous ont observés. Plus bodybuildés les uns que les autres, ils impressionnaient la clientèle. Pierrick s'est dirigé vers celui qui nous intéressait, les mains dans les poches.

— Ça roule ?

Les cheveux mi-longs, Ange Muntoni a aboyé.

— Qu'est-ce que tu veux, tu vois pas qu'on bosse ?

— T'es d'où, toi, mon grand ? Je te connais pas.

— De Corse. Pourquoi, ça te défrise ?

Pierrick a sorti les mains de ses poches et s'est approché, quasiment tête contre tête.

— Fut un temps, j'adorais la Corse, les montagnes, la mer bleue... Mais depuis que des connards indépendantistes ont fait sauter des bombes à Nice, ça a changé ma façon de voir...

Le jeune s'est rembruni.

— J'ai rien à voir avec le FLNC.

— Tant mieux... Ton nom est sur la liste des employés ?

— Évidemment.

— Parfait, je vais me rancarder sur toi.

— Perds pas ton temps...

— Je suis fonctionnaire, on a que ça à foutre, c'est bien connu.

Estimant que le cinéma destiné à faire croire que notre venue n'avait rien à voir avec lui était suffisant, Pierrick l'a laissé sur place.

Le skinhead est revenu :

— Le patron est occupé, il a dit de vous accompagner au bar. Il viendra vous voir dès qu'il pourra.

— Il nous offre une bolée ? a demandé Pierrick.

— Il a rien dit, a grogné le crâne rasé, démontrant l'étendue de son vocabulaire.

Nous sommes passés près du vestiaire où deux jeunes femmes accueillaient les arrivants. À l'intérieur, une centaine de clients étaient assis sur des sièges recouverts de tissu zébré. Des danseurs se trémoussaient sur deux pistes illuminées d'éclairs de stroboscopes, quelques patineurs tournaient sur une piste de roller. Éclairées par des boules à facettes, des bimbos topless perchées sur des plots ondulaient lascivement du bassin. La densité de fumigènes et de fumée de cigarette piquait les yeux. Skinhead nous a abandonnés le long d'un gigantesque comptoir.

— J'ai jamais vu une boîte aussi grande, a commenté Pierrick.

— Moi non plus…

Des barmans s'activaient à servir des clients brandissant leurs tickets, puisant des glaçons dans d'immenses bacs transparents. Dans sa loge en hauteur, le disc-jockey, casque sur les oreilles, a lancé le tube d'Abba, *Waterloo*. Pierrick a renouvelé un signe à un jeune barman à la barbe noire clairsemée, qui s'est approché, des gouttes de sueur perlaient entre ses sourcils.

— Vous avez des tickets ?

Pierrick a claqué sa médaille sur le comptoir.

— Voilà, mais je vais être obligé de la garder !

Le barman a observé la médaille, puis relevé la tête, un peu incertain.

— Qu'est-ce que je vous sers ?

— Deux Chivas…

Il est parti remplir les verres.

— Autant boire du bon, s'est marré Pierrick, encore énervé par sa confrontation avec le videur corse.

— L'endroit vous plaît ? a demandé l'homme qui nous a rejoints.

Plutôt grand, pas loin de la quarantaine, un peu étriqué dans son costume, le visage hâlé, il arborait un sourire de séducteur. Pierrick a levé son verre.

— La déco a dû coûter une fortune... Vous êtes le boss ?

— Je suis le gérant. Le patron n'est pas à Nantes, en ce moment.

— Vous êtes associés ?

— Je suis salarié... Gérant salarié.

Ça clôturait les questions sur le financement de l'ancien coiffeur. J'ai avancé sur l'autre sujet.

— Vous vous occupez du personnel ?

— En grande partie. C'est moi qui ai formé l'équipe du bar, je suis un ancien du Club...

— Le Club Méditerranée ? a demandé Pierrick.

— Oui, j'étais responsable d'animation de celui de Martinique, sur la plage des Boucaniers.

Pierrick a raillé le dernier slogan publicitaire, *Boire*, *Manger*, *Aimer*...

— *Picoler*, *Bouffer*, *Baiser*... Un de ces quatre, je me payerai un séjour dans un de ces paradis...

Le gérant a perdu ce qui lui restait de bonne humeur.

— Vous avez demandé à me voir ?

J'ai devancé Pierrick avant qu'il ne nous le mette définitivement à dos.

— Votre service de sécurité, c'est vous qui l'avez embauché ?

Il a nié de la tête, le visage assombri.

— Avant d'ouvrir une discothèque, le patron se renseigne de façon à choisir des portiers qui éviteront des problèmes locaux. Enfin, c'est ce qu'il m'a expliqué…

— Quitte à solliciter des gens du milieu ? l'ai-je doucement aiguillonné.

Sa voix est devenue vacillante.

— Il faudrait voir ça avec lui…

Pierrick a fait semblant de s'étonner.

— Il a été chercher un Corse, c'est pas très local !

— Sans doute lui avait-il été recommandé…

Le type s'est ensuite adressé ostensiblement à moi, presque implorant.

— Écoutez, tout ça n'est pas de mon ressort, je suis là pour que les clients s'amusent et qu'ils consomment dans une bonne ambiance… Pour le reste, je ne suis au courant de rien.

Pierrick a vidé son verre et l'a retourné sur le comptoir.

— Toi, t'aurais dû continuer à jouer du gland avec les gentilles membres du Club, t'es pas taillé pour bosser la nuit.

Il s'est levé du tabouret. J'ai pris congé poliment.

— Prévenez votre patron qu'il contacte la sûreté lorsqu'il sera de retour.

— Qui devra-t-il demander ? a-t-il questionné avec une agressivité revancharde.

— Greg Brandt. Combien vous doit-on pour les verres ?

— Rien.

Nous sommes repassés devant le vestiaire. Les demoiselles ramassaient à la pelle les manteaux du flot ininterrompu des nouveaux arrivants. L'air frais m'a fait du bien. Pierrick me devançait de quelques mètres.

Ange Muntoni s'est précipité sur lui :

— Je sais qui t'es ! T'es l'enculé de flic qui se tape ma salope de sœur.

On aurait dit la charge d'un ours en colère. Pierrick n'a pas eu le temps d'esquiver le poing qui s'est écrasé sur sa joue. Il s'est écroulé. Il commençait à peine à se mettre à quatre pattes que le molosse lui a envoyé un coup de pied dans le flanc. Pierrick a éructé un juron, le souffle coupé. Il s'est protégé de l'attaque suivante avec le bras. Je me suis rué sur le Corse. Je l'ai dégagé de l'épaule au moment où il déplaçait son poids sur sa jambe pour décocher un coup de pied. Il a perdu l'équilibre et est lourdement tombé. Pierrick s'est remis sur ses jambes.

Nous nous sommes jetés sur Ange Muntoni. Bien qu'à deux, il nous a été difficile de contrôler cette masse en furie. Il s'est retrouvé sur le ventre, donnant des ruades de forcené. Je lui ai tordu le bras, un genou dans son dos, pendant que Pierrick lui enserrait les jambes.

Ignorant ses injures, j'ai plaqué sa tête contre le gravier et relevé les yeux sur les autres videurs qui nous regardaient, indécis.

— Si vous bougez, les ai-je mis en garde, vous ne reverrez pas vos familles avant des mois !

Entouré de clients incrédules, le gérant nous observait, fasciné. Je lui ai crié un ordre.

— Appelez la police et revenez avec un cintre !

*

22 mars – 8 h 30

Chenal survolait le dossier que lui avait remis Georges.

— Ange Muntoni, né en 1950, dans une famille pauvre de Propriano. En 65, il surine un garde maritime qui l'a chopé en train de pêcher à la dynamite. Il écope de perpète. Il est sorti l'année dernière et a rejoint sa sœur à Marseille pour fuir la vendetta de la famille du garde maritime. Voilà une photo de lui jeune.

Le cliché datait du procès. On voyait un gamin malingre aux cheveux longs dans un costume trop large, les manches de sa chemise dépassaient sur ses mains, sa cravate était mal nouée. En arrière-plan, un gardien de la paix avec des lunettes de soleil était assis sur un banc. J'ai tendu la photo à Pierrick.

— Il s'est sacrément musclé depuis, a-t-il commenté en se frottant les côtes.

— En taule, il a eu le temps… a complété le boss.

— Le temps aussi de subir les saloperies des détenus plus âgés… ai-je balancé, amer.

— Que veux-tu, les prisons sont saturées, on isole les mineurs quand c'est possible. Certains gamins en payent le prix, on n'y peut pas grand-chose, tant qu'il n'y aura pas plus de moyens pour construire de nouveaux établissements pénitentiaires, a concédé Chenal.

Pierrick a relativisé.

— Au moins, ils n'ont pas envie d'y retourner…

J'ai objecté.

— Ou alors, ils deviennent des fauves…

— C'est pas le sujet, a coupé Chenal, ce Corse a agressé un inspecteur… Greg, je veux que tu l'interroges, essaie de connaître ses liens avec Robert… Pierrick ne peut pas s'en charger…

Pierrick a palpé l'hématome violacé sur sa joue.

— J'ai pourtant bien envie de lui allonger une torgnole.

— Estime-toi heureux que j'aie demandé à Greg de t'accompagner. Sans quoi, il t'aurait réduit en bouillie.

— Il m'a eu par surprise…

Le demi-sourire arboré par Chenal donnait l'impression qu'il buvait du petit-lait.

— Tu t'es mis en porte-à-faux avec sa sœur… Alors on va se servir de son agression au Macumba, mais s'il ne balance rien, on le renverra dans ses pénates. Je n'ai pas envie de voir cette histoire s'étaler au grand jour. Tes tribulations avec cette famille corse terniraient l'image de la sûreté.

Mon binôme est resté mutique. Le patron était visiblement content de le moucher.

— Greg, j'ai confiance en toi pour le faire parler.

J'ignorais si c'était une faveur ou un test.

10h00

Le claquement de la serrure lui a fait lever la tête. Dos au mur sur le banc de béton, les coudes appuyés sur les genoux, les mains entravées par des menottes, Muntoni saturait la geôle de ses cent kilos de muscles.

— C'est toi qu'ils ont envoyé. Je pensais que ce serait l'autre salope.

Des cernes montraient qu'il n'avait pas beaucoup dormi.

J'ai souri.

— J'espère que t'es pas trop déçu…

La grimace qu'il m'a adressée contenait une violence larvée. Son pouce a suivi une cicatrice boursouflée sur son menton.

— Un flic comique… ça peut tourner au tragique…

— C'est le propre de la *commedia dell'arte*, à chacun d'y choisir son rôle. Allez, lève-toi, on va tailler une bavette à l'étage.

Il a basculé sa tête de droite à gauche pour se débarrasser des tensions musculaires. J'ai remarqué que les flics de garde avaient oublié de lui retirer les lacets de ses chaussures. Il m'a toisé et a tendu les mains.

— Tu pourrais me retirer ça…

Par prudence, je préférais lui laisser les bracelets, je l'ai agrippé par le bras, volontairement provocateur.

— Pas pour l'instant. Viens, mon gros lapin, on va causer…

Nous avons longé le couloir, sa silhouette musculeuse attirait l'attention. Plusieurs policiers se sont prudemment écartés. Le Corse savourait l'effet de surprise qu'il déclenchait. Je l'ai fait entrer dans un bureau. Il a dégagé la chaise du pied et s'est installé, les poignets posés sur le bureau comme s'il en prenait possession, me contraignant à m'en tenir éloigné.

Je lui ai lu ses diverses condamnations pour coups et blessures, sans revenir sur le meurtre du garde maritime.

— Plutôt impressionnant, pour ton âge.

Une étincelle s'est allumée dans ses yeux.

— J'aime pas qu'on me cherche…

— C'est cette prédisposition à la baston qui t'a fait atterrir au Macumba ?

— Virer quelques fêtards qui ne tiennent pas l'alcool, des étudiants qui jouent aux durs. Ça n'a rien de compliqué… Même un tocard dans ton genre pourrait faire le job…

Mon regard lui a rappelé que je l'avais fait valdinguer. Il a compris et m'a défié, écartant les bras, tendant la chaîne des menottes. Grimaçant d'effort, il est parvenu à faire sauter les maillons. Il a posé ses poignets libres sur la table.

— À un contre un, je t'aurais explosé la gueule.

Impressionné par sa force, j'étais disposé à lui accorder ce point.

— On dira que j'ai eu de la chance… Mais toi aussi, parce que ça t'aurait valu de replonger quelques années. Alors que là, tu ne risques pas plus de quelques mois derrière les barreaux, si je décide de t'y renvoyer…

Il a froncé les sourcils, montrant qu'il avait enregistré l'info.

J'ai démarré en douceur.

— J'ai quelques questions à te poser…

— Envoie d'abord une cibiche, poulet…

Je lui ai offert une cigarette que je lui ai allumée. Il a inspiré et craché la fumée, avec un sourire de satisfaction.

— Pourquoi as-tu frappé mon collègue ?

Il a grimacé de dégoût.

— Cet enculé se tape ma sœur.

— Et alors, elle est libre, non ?

— Elle peut sortir avec qui elle veut. Sauf avec un sale flic…

— Qu'est-ce que ça change pour toi ?

— C'est une insulte à la famille. Elle nous fait passer pour des vendus.

« La famille »… « nous »… j'ai eu l'idée qu'il craignait que Robert lui retire sa confiance à cause de cette relation entre sa sœur et Pierrick. Il l'avait agressé pour que sa probité de voyou soit établie.

— J'ai cru comprendre que vous étiez fâchés.

Il a remué sur la chaise. Ça cogitait dans ce jeune crâne bouillonnant de rancœur.

— Livia n'a pas d'honneur…

Sa mâchoire s'est contractée sur la clope, il était inutile d'insister.

— Vous êtes pourtant venus ensemble de Marseille.

— Le climat de la Canebière était un peu chaud, ces derniers temps.

Là encore, derrière l'opacité lapidaire, mon esprit concevait des scénarios, dont le plus probable était la nécessité de s'éloigner de la vendetta corse. Mais le profil d'Ange rendait possibles beaucoup d'inimitiés. Des situations conflictuelles que j'effleurais sans pouvoir les cerner… J'ai tenté de l'amener un peu plus dans les cordes.

— Je comprends, mais pourquoi Nantes ? Ne me dis pas que c'est pour la météo.

Il s'est gratté la chevelure.

— On m'a proposé ce boulot… J'ai sauté sur l'occasion pour tenter ma chance.

— Tu parles du casse de Carrefour.

Il a marqué un léger recul.

— T'es barge ! Si j'avais commis le moindre braquage, je me ferais pas chier dans cette boîte… Si vous aviez un gramme de jugeote, les condés, vous auriez trouvé ça tous seuls.

— Tu pourrais parfaitement donner le change en attendant ta part…

— C'est ta vision des choses…

— Si tu n'y as pas participé, tu as sûrement une idée sur les auteurs ?

Il a écrasé la cigarette dans un cendrier, puis il a courbé le dos, dans la posture défensive d'un crabe sous un rocher. J'ai jugé bon de faire une pause.

— Bon, tu vas retourner dans ta cellule. Je vais te poser quatre questions. Quand je viendrai te chercher, tu devras répondre à l'une d'entre elles. Tu vois, je suis magnanime, je ne te demande pas la lune…

— Et si je t'envoie au diable ?

Je lui ai souri, amusé par la référence biblique qui m'a rappelé celle de Chenal.

— Je lancerai la musique pour l'agression d'hier contre mon collègue.

Il m'a fixé de son regard opaque. Je me suis mis à compter sur mes doigts.

— Voilà les questions. Un, pourquoi Robert t'a-t-il fait venir ? Deux, d'où lui vient l'argent pour le rachat des bars du Toubib ? Trois, comment compte-t-il neutraliser Gratien Lopez ? Quatre, où est Ettore Santelli ?

Je lui ai laissé le temps de digérer mes demandes et les implications pour lui.

— Si tu réponds à une seule de ces questions, je ferai en sorte que mon collègue enterre l'incident d'hier.

17 h 00

Alors que je me préparais mentalement à la deuxième manche, Chenal est entré et s'est assis sur le coin du bureau de Pierrick.

— J'arrive du tribunal, j'ai obtenu de la juge la mise sous écoute de Robert, du Toubib et de Lopez. Ce sont nos pistes les plus sérieuses et je veux savoir ce qui se trame dans les rachats des bars du Toubib…

— Les bars de nuit seront mis sur écoute ?

Il a acquiescé de la tête.

— Ça n'a pas été facile, la juge est coriace.

Il a soupiré pour souligner la difficulté.

— Je viens de passer voir les collègues, ils se demandent si t'as oublié Muntoni ?

J'ai ironisé.

— Je le laisse mariner dans son jus.

— Ça veut dire qu'il n'a rien dit ?

— Directement, non… Mais je pense qu'il roule effectivement pour Robert, qu'il a fui Marseille avant de se faire descendre. Les Corses n'oublient jamais une dette de sang. Mais peut-être est-il aussi impliqué dans une guerre locale. Son boulot de videur indiquerait qu'il ne roule pas sur l'or…

— Donc, tu ne crois pas qu'il était du braquage…

— Je n'ai pas dit ça… En tout cas, le fait que Robert s'entoure de ce genre d'hommes prouverait qu'il s'attend à une guerre imminente…

— Ou qu'il va la déclencher…

Le boss a montré des signes d'impatience.

— Il a assez mijoté. Le laisser en bas quelques heures de plus n'y changera rien.

J'ai jeté un œil à ma montre.

— Vous avez raison, je m'apprêtais à descendre.

Je me suis levé et j'ai enfilé ma veste de costume.

— Voyons comment il va aborder ce round…

Chenal m'a retenu par le bras.

— Je ne veux aucune bavure. Cette histoire entre Pierrick et sa sœur ne doit pas sortir dans la presse.

En descendant, je me suis récité les questions que j'avais posées à Ange Muntoni. Bien que la fatigue soit d'une grande efficacité pour vaincre les plus durs caractères, je n'étais pas du tout certain que cela suffirait à percer sa cuirasse défensive.

Je suis arrivé dans l'antichambre des cellules. Il y régnait une odeur de chaussettes sales, de vomi et de sardines à l'huile. J'ai serré la main du factionnaire.

— Comment va-t-il ?

— On l'a pas entendu depuis que Chenal est passé.

J'ai plaisanté avec une fausse décontraction.

— J'espère qu'il sera plus bavard avec moi…

J'ai respiré profondément, puis j'ai ouvert la porte de la cellule.

Immédiatement, j'ai su que je n'avais aucune chance qu'il s'allonge. Il s'était cousu les lèvres avec un lacet, formant un rictus sanglant.

*

25 mars – 8 h 00

Le fourgon blindé de la Société de Protection Centre Ouest était arrivé devant le siège de la Banque Populaire Bretagne Atlantique, boulevard Winston-Churchill, à Bellevue.

Respectant les consignes renforcées, le conducteur s'était arrêté devant la porte. Il avait laissé le moteur allumé et sorti son arme de son étui. Deux convoyeurs étaient entrés dans la banque, accueillis par le directeur, sous les yeux de clients habitués au manège des transporteurs de fonds.

Un quart d'heure après, lorsque les convoyeurs étaient ressortis avec plusieurs cantines remplies d'argent liquide, l'un d'eux s'était fait prendre en otage par un homme, le visage couvert d'un passe-montagne. Pendant que le braqueur maintenait l'arme sur la tempe du convoyeur, promettant de lui faire sauter la cervelle, deux autres truands cagoulés avaient menacé le conducteur et l'autre convoyeur à l'arme lourde, les contraignant à abandonner l'argent.

Aucun des employés de la SPCO n'avait fait mine de résister, la fusillade meurtrière de Carrefour restait dans leur mémoire. Les gangsters n'avaient rencontré aucun obstacle, ils avaient sauté dans une R12, conduite par un quatrième larron, puis ils s'étaient évanouis dans la nature, sans même commettre d'excès de vitesse.

Le visage de Chenal avait perdu toute couleur, il a tapé du poing sur son bureau.

— Quatre millions de francs ! Quatre millions en numéraire, impossible à tracer !

Georges n'était pas d'humeur à se faire engueuler.

— Joli pactole... Parfois, je me dis que je me suis trompé de métier...

Chenal en est resté bouche bée.

— Voilà ce qu'on sait, a poursuivi Georges, impassible. Ils ont abandonné leur caisse au même endroit que l'autre fois... Ce qui signifie que, soit ce sont les mêmes qui nous narguent, soit c'est une autre équipe qui a lu la presse et veut nous envoyer sur le premier braquage pour brouiller les pistes... Pas de plaque sur la R12, mais le numéro de série de la carrosserie est celui d'une voiture volée il y a quinze jours dans le sud de la France...

— Marseille ? a suggéré Pierrick.

— Bandol, à une heure de Marseille, sur la route de Saint-Tropez.

L'évocation de la ville des gendarmes de Louis de Funès n'a fait sourire personne.

— Qu'est-ce qu'on a d'autre ?

Georges lisait ses notes de rapport.

— Les témoignages sont vagues. Un homme grand et deux baraqués. Des voix sans accent particulier. Aucune empreinte. Des armes lourdes et un flingue, sans doute des kalachs et un Smith & Wesson. Mais on n'a pas de douilles pour les comparer puisqu'ils n'ont pas tiré. Au moins, personne n'a été tué.

— C'est le seul point positif sur lequel je vais m'accrocher devant la presse, a soupiré Chenal. Parce que pour le reste, ces braqueurs nous ont mis minables.

Le patron nous a regardés l'un après l'autre, dans un silence destiné à déclencher un sursaut d'orgueil.

Il a interrogé Valentin.

— Qu'est-ce qu'on a sur les écoutes ?

— Plusieurs échanges entre Le Toubib et Robert. Une prise de rendez-vous au Glass, place Zola, un des bars du Toubib. Mais rien sur le braquage ou sur le rachat des bars. Ils ne causent jamais pognon.

J'ai aussitôt songé que c'était le bar dont Barbara m'avait parlé.

— Ils se doutent peut-être qu'on les entend… Et le téléphone de Lopez ?

— Il ne passe pas d'appel de chez lui et n'en reçoit jamais.

— Comment fait-il ?

— Il utilise une cabine de l'autre côté de la rue.

Chenal a réfléchi une seconde.

— Donne-moi le numéro, je vais faire en sorte qu'elle soit aussi placée sur écoute. Avec ce nouveau braquage, la juge ne refusera pas. Et sa surveillance, ça donne quoi ?

Valentin a lissé sa moustache entre son pouce et son index, regardant Georges pour que ce soit lui qui poursuive.

— Le week-end dernier, il est monté à Paris. Dédé la Chance l'attendait à Montparnasse. Ils ont pris la direction de la banlieue. Ensuite, on les a perdus…

— Ils vous avaient repérés ?

— Pas sûr. Dédé la Chance est connu pour être prudent… Pour réussir à les suivre, il aurait fallu des moyens qu'on n'a pas. Mais au fond, c'est pas si grave. Selon moi, Lopez a passé la soirée avec l'équipe de la banlieue sud. Le Gitan sait recevoir ses amis…

On aurait dit que Chenal reprenait espoir.

— Dédé la Chance et Lopez ont les gabarits qui nous intéressent. Quant au Gitan, on ne compte plus ses casses.

— Bien sûr, a reconnu Georges, mais difficile d'organiser le coup de Bellevue, sans même un repérage sur place.

— La voiture a été volée dans le sud de la France, a rappelé Pierrick, pour conforter l'idée d'exclure le gang de la banlieue parisienne.

Ses interventions agaçaient Chenal, qui l'a exprimé d'un ton acide.

— Ça peut tout à fait être un artifice pour mouiller Robert et Santelli… N'oublions pas que pour conserver une chance de devenir propriétaire des bars du Toubib, Gratien Lopez a un besoin urgent de cash…

— C'est vrai, a admis mon équipier, en continuant à donner son opinion. Lopez doit trouver du pognon. Il doit aussi obtenir des soutiens si une guerre se déclare. Jusqu'ici, Robert est visiblement le mieux placé pour remporter la timbale des bars de nuit du Toubib.

Le patron et Pierrick se sont affrontés du regard. Je ne parvenais pas à comprendre le ressentiment qui s'exacerbait entre eux, mais il dépassait d'évidence leur divergence de points de vue.

— Tout le monde sait pertinemment que Robert est suspect, a grogné Chenal, on n'a pas besoin de toi pour nous le rappeler. Mais je veux qu'on colle au cul de Lopez, je veux quelqu'un en planque devant chez lui, jour et nuit. Et c'est toi qui vas te charger de la nuit, puisque ce sont tes horaires de prédilection !

Pierrick a pris l'ordre pour une punition. Il s'est cabré.

— Il va nous falloir d'autres caisses que nos 4L !

— Pourquoi, elles ne sont pas assez bien pour ton standing ?

Mon coéquipier a ricané.

— Je m'en branle de mon standing. Mais si vous aviez passé ne serait-ce qu'une seule nuit à vous geler le fion dans ces caisses pourries avec des thermos à café, vous sauriez que les voyous les repèrent à dix kilomètres !

Georges a mis fin à la discussion, avant qu'elle dégénère.

— Un loueur de voitures de la route de Vannes me doit un service, je vais lui demander de nous prêter une bagnole.

Bizarrement, personne ne lui a demandé de quel service particulier il s'agissait.

À contrecœur, Chenal a approuvé.

— Revenons-en à Robert. S'il est derrière ce nouveau braquage, il a empoché un sacré pactole. De quoi prendre la main sur les bars à filles du Toubib et régner en nouveau maître sur le milieu nantais.

Sur cette conclusion, il nous a congédiés.

— Activez-vous sur tous les fronts et remuez vos indics, je veux des résultats…

J'allais sortir avec les autres, mais il m'a rappelé.

— Greg, peux-tu rester un moment ?

Pierrick m'a jeté un regard, en fermant la porte. Je me suis campé devant le bureau.

— Monsieur.

— Je suis ennuyé d'avoir à te dire ça, mais je pense que tu dois t'éloigner de cette fille, qui bosse sur le Quai…

Je n'avais pas revu Barbara, depuis qu'elle était venue chez moi. Je me suis demandé comment il pouvait être lui aussi informé de notre relation. Le ton qu'il utilisait était très éloigné de l'injonction à Pierrick. J'en ai cherché la raison sur son visage. Il me l'a explicité avant que je l'interroge.

— Pierrick restera le flic des sous-sols dont nous avons besoin. Espérons seulement qu'il ne commettra pas une bavure qu'on ne pourra pas rattraper… Mais toi, tu as l'avenir devant toi. À Nantes, ou plus certainement à Paris. Plusieurs hauts pontes qui ont connu ton père gardent un œil sur toi. Un jour, tu seras sollicité pour entrer à l'antigang, à la brigade criminelle, quai des Orfèvres, à la lutte contre le terrorisme… Les propositions ne manqueront pas. Je les appuierai. Alors, ne te grille pas pour une fille de ce genre.

Cette façon de parler de Barbara me déplaisait, je lui ai dit ce que j'avais sur le cœur.

— Cette fille, comme vous dites, elle fait ce boulot pour vivre, je déteste ce genre d'*a priori*. Quant à ma carrière, si je dois évoluer, je veux que ce soit pour mes résultats. Pas parce que mon père était ce qu'il était. Et encore moins en raison de ce qui lui est arrivé…

— Bien sûr, Greg, bien sûr… C'est tout à ton honneur.

Il a marqué un temps, embarrassé.

— Écoute, je n'ai pas à me mêler de ta vie privée… Si je te parle de ça, crois-moi, ce n'est pas par plaisir… Encore une fois, je te comprends… Il paraît que cette fille est superbe, de quoi faire tourner la tête à plus d'un… Mais j'ai moi aussi des informateurs, je sais des choses que tu ignores… Entre autres, je sais qu'elle est l'une des maîtresses de Gratien Lopez… Tu comprendras que ça pose un problème que tu continues à la fréquenter…

J'ai repensé à ma rencontre avec elle. Était-elle restée la maîtresse de Lopez ou Chenal avait-il des informations éventées ? Il m'était impossible de lui demander ses sources, et, pour être sincère avec moi-même, je n'avais pas envie de connaître une vérité qui blesserait mon amour-propre.

— Elle et moi avons eu une aventure…

Les mots « sans lendemain » sont restés dans ma gorge.

Chenal a balayé le sujet d'un revers de main pour l'expédier dans le passé.

— Qui ira te le reprocher ? Maintenant, concentre-toi sur ton travail. Il nous faut du nouveau rapidement. Toi aussi, secoue les relations que tu t'es faites à Nantes…

J'ai d'abord songé à Kim. Puis j'ai pensé à Rachid et à ce que m'avait révélé Barbara sur ses visites régulières au Play Girl pour vendre sa marijuana.

Il était temps que j'aie une conversation avec lui.

18 h 00

Nous sommes passés devant un bar, Le Français, face aux bureaux de *Presse Océan*, puis nous sommes entrés dans celui à l'enseigne du Santeuil, un espace exigu le long d'un comptoir en bois, avec de grosses roues de charrette sur les murs. « L'antre des pisse-copie et des ouvriers du livre », m'a glissé Pierrick, en précisant : « Sur un claquement de doigts, ils sont capables de bloquer la parution des journaux dans toute la France. Imagine le pouvoir que ça leur donne… »

Il a commandé une pression à une serveuse dans la quarantaine. J'ai demandé un Perrier.

— Rondelle ? a-t-elle voulu savoir, d'une façon suggérant que c'était mieux sans.

— Non, sans glace ni citron.

Elle a opiné, nous avons gravi quelques marches pour nous installer dans le coin d'une pièce sombre, aux murs vaguement crépis à la chaux blanchâtre. La femme nous a servis. Visiblement à cran, Pierrick a payé sans dire un mot et s'est mis à actionner la molette de son briquet, observant la flamme s'allumer et s'éteindre.

— Qu'est-ce qu'il te voulait, Chenal ?

Le ton montrait qu'il lui gardait un chien de sa chienne.

Sachant qu'il était au courant, j'ai décidé d'être direct.

— Barbara. Il veut que ça cesse…

Il a rigolé.

— Remarque, il n'a pas de pot avec nous…

Je lui ai raconté ce que le patron avait affirmé. Il a tiqué.

— Le boss a parfois des infos qui m'étonnent… Peut-être n'est-ce pas vrai, tu devrais lui demander, à elle. Mais méfie-toi quand même, Lopez a hérité du tempérament italien de son père, en plus de sa gueule d'ange. Il aime les gonzesses et elles le lui rendent bien.

Je sentais mon sang bouillonner.

— Et toi ? T'en es où avec ta Corse ?

La réponse était incluse dans sa requête.

— Ce soir, tu pourrais me remplacer pour la planque ?

Accepter allait bouleverser mon programme.

— C'est que… je voulais essayer de choper Rachid, quartier Bouffay…

Son visage a marqué sa surprise.

— Près de l'église Sainte-Croix ?

— Pour commencer…

— Qu'est-ce qui te fait croire qu'il y sera ?

— J'ai moi aussi des antennes.

— Tu penses qu'il sait quelque chose sur le casse de Bellevue ?

— C'est arrivé près de chez lui, non ?

Il a essayé de gagner sa nuit.

— On peut le choper à Bellevue, demain matin.

— Si on y retourne, les voisins se poseront des questions. Ça pourrait lui valoir des emmerdes. Tandis que si je le chope à vendre ses joints, il ne sera pas en position de faire le malin…

Il a soupiré.

— Si je te rejoins à deux heures devant chez Lopez, ça ira ?

— Disons une heure et demie, ça devrait te suffire pour ce que tu as à faire…

Il a ignoré la pique.

— Merci, Greg, je te revaudrai ça…

— J'ai déjà entendu ça quelque part. Allons-y, tu n'as pas de temps à perdre.

Dans l'entrée, nous avons discuté avec deux jeunes journalistes et un photographe à rouflaquettes, un Semtex autour du cou, qui préparait une expo sur la chute de Saïgon. Informé de la vente des bars du Toubib à Robert, l'un des journalistes nous a interrogés sur le lien possible avec les braquages. Pierrick est resté évasif, je l'ai imité et j'ai promis de venir voir l'expo sur Saïgon avec Kim, puis nous sommes sortis.

Dehors, Pierrick m'a montré les clés de la voiture.

— Ils m'ont filé une Merco 250… Le patron était ravi de renvoyer l'ascenseur à Georges.

Nous sommes passés devant la gare, une savoureuse odeur de petits-beurre LU et de Pailles d'Or[14] embaumait l'air. Gratien Lopez habitait un immeuble sur une rue adjacente au boulevard Dalby, à moins d'un kilomètre de son bar.

Une file de voitures le long du trottoir nous a contraints à faire le tour du pâté de maisons. L'unique place était un peu trop proche, mais nous n'avions pas le choix, Pierrick s'est garé.

Il a coupé le contact et désigné une cabine téléphonique.

— C'est de là qu'il passe ses coups de fil.

L'obscurité était totale, les lumières des appartements permettaient de discerner les occupants devant les fenêtres. Des rideaux occultaient celles du deuxième, où habitait Lopez, mais de la lumière montrait qu'il était probablement là. Pierrick a ouvert la portière.

---

14. Fameux biscuits élaborés par l'usine Lefèvre-Utile.

— Tu notes les horaires des va-et-vient. S'il sort, suis-le discrètement. Mais surtout, n'interviens pas, s'il t'arrive quelque chose, Chenal me collerait ça sur le dos.

Ses recommandations protectrices m'ont amusé.

— Oui, maman…

Il a rigolé avant de sortir et de se plaindre.

— Putain, on se les gèle ! On se croirait en février.

Il s'est éloigné, le visage emmitouflé dans le revers de son blouson. J'ai bourré et allumé ma pipe, que j'ai fumée pendant dix minutes. J'ai démarré le moteur pour mettre le chauffage, puis j'ai écouté RTL.

Je n'avais pas appelé ma mère depuis plusieurs jours, reculant de peur de me faire engueuler de ne pas l'avoir fait plus tôt. Je me suis promis de lui téléphoner. Puis j'ai songé au risible de ma situation, dans une voiture en bas de l'immeuble de l'amant de ma maîtresse. Je sentais mon animosité grossir, même si d'une certaine manière, je devais lui concéder une préséance d'antériorité.

Je me suis interrogé sur ma réaction si Barbara débarquait chez moi. Lui lancerais-je des accusations avec la jalousie d'un mari, la virerais-je carrément ou agirais-je comme si tout était normal ? D'évidence, je devais admettre que je resterais silencieux, car les nuits qu'elle m'avait fait vivre étaient les plus dingues de ma vie.

Sur l'échelle de la baise, Barbara était ce que j'avais connu de mieux ! Seulement, je savais qu'elle ne me permettrait jamais d'oublier Marylène.

J'ai rangé ma pipe et entrouvert la vitre.

À peine cinq minutes plus tard, Gratien Lopez est sorti de l'immeuble. Je m'attendais à ce qu'il traverse vers la cabine, mais il s'est dirigé droit sur moi. Il a aboyé avec la fureur d'un chien en colère.

— Toi, je te reconnais !

Je suis descendu, il s'est arrêté, les jambes écartées.

— Qu'est-ce que tu fous là !

J'ai tenu à clarifier.

— Je suis là pour le boulot.

L'info ne l'a pas dérouté de son idée.

— Si tu t'avises de revoir Barbara, je t'arrache les burnes !

Quelque part, sa jalousie m'a fait plaisir. Il était fou de rage. Pour tenir tête à ce genre d'individus, il aurait fallu une aura brutale qui le préviendrait : *Ne joue pas avec moi, parce que je te plombe.* Sentant que je me dérobais, il s'est avancé. J'ai dégagé ma veste et sorti le 7,65 Unique de son étui.

Je l'ai pointé sur lui, le doigt tremblant sur le pontet.

— Un pas de plus et je vous mets en état d'arrestation.

Ce type mesurait deux mètres. Je sentais mes mains moites sur la crosse. Il s'est approché, le visage à quelques centimètres du canon.

— T'auras jamais les couilles de tirer.

Lui et moi savions qu'il avait raison, mais l'arme l'avait néanmoins refroidi.

— Fais pas le con… Rentre chez toi.

Il m'a regardé avec des yeux vides qui m'ont donné la chair de poule. Mes muscles étaient si tendus que je commençais à trouver l'arme lourde. Il m'a pointé d'un doigt menaçant.

— Un jour, je vais te transformer en chair à pâté. Même ta mère ne pourra pas te reconnaître.

Il a fait demi-tour. Je l'ai regardé s'éloigner en poussant un énorme ouf de soulagement.

Une éternité plus tard, Pierrick m'a rejoint dans la Mercedes.

— Tout a bien été ?

Son sourire m'a évité de lui retourner la question.

— T'arrives à point, j'ai terminé mon paquet de tabac.

Dreamer de Supertramp flottait dans l'habitacle, il a éteint la radio.

— Rien à signaler…

— Non.

— Il n'est pas sorti ?

— Pas depuis que tu es parti.

26 mars – 2h00

À la recherche de Rachid, je me suis traîné dans la nuit silencieuse, poursuivi par une voix intérieure qui me sifflait de rentrer chez moi. Je me suis arrêté devant le restaurant de Youssef. Installé avec un inconnu, Georges parlait à Amina, qui a ri de ce qui devait être une blague réussie. Il m'a aperçu, son sourire s'est effacé. L'homme s'est retourné.

J'ai reconnu Le Toubib !

J'ai placé un doigt sous mon œil et je l'ai pointé vers Georges. Son regard est devenu aussi noir que du charbon. La jeune femme s'est tournée vers son père, affolée. D'où il était, Youssef avait observé la scène, sans en perdre une miette.

Le cerveau en ébullition, j'ai marché jusqu'à la place de l'église Sainte-Croix. Je me suis collé sous un porche. La double porte de l'église était fermée. Dans un coin, un clochard dormait sur le flanc, enroulé dans une couverture. À l'exception de ce démuni, il ne paraissait pas y avoir âme qui vive dans les parages.

En blâmant Pierrick, je me suis fait la réflexion que j'étais arrivé trop tard. Par acquit de conscience, j'ai attendu dix minutes. Quelques passants ont traversé la place, la plupart étaient des jeunes en retour de fête. Au moment où j'allais décaniller, un homme d'un certain âge, en veste de tweed, pantalon Farmer et cravate en laine, s'est arrêté. Ce n'est pas sa tenue qui a éveillé mon attention, mais sa grande taille, et surtout son visage qui exprimait l'anticipation du plaisir qu'il allait se payer.

Il est entré dans les toilettes publiques, puis il est ressorti, l'air contrarié. Il s'est mis à faire les cent pas, vérifiant sa montre, tapant du pied. Il était évident qu'il avait envie de partir, et en même temps, il avait dû se faire une telle fête de ce rendez-vous qu'il ne parvenait pas à y renoncer.

Blouson en nylon barré d'un arc-en-ciel, jean et tennis blanches, Damien l'a rejoint d'un pas sec. Toute trace d'agacement s'est envolée chez l'homme.

— Te voilà enfin… T'es superbe…

Visage teigneux et narquois, le jeune a caressé le revers de la veste tweed.

— Toi aussi… Toujours aussi bien sapé.

— On va dans ma voiture ?

Des rires bruyants ont retenti depuis la rue en angle. Ils ont tourné la tête dans cette direction. Un jeune coiffé en brosse, blouson kaki, jean avec un ourlet large sur des rangers, et un autre rasé avec une longue veste en cuir noir ont débouché sur la place. Ils se sont arrêtés net.

— Regarde, des pédés !

L'homme en costume et le jeune ont senti le danger. L'homme a déguerpi en courant, tandis que Damien restait tétanisé, avec sur le visage l'expression terrorisée qu'il affichait à l'hôpital. Les deux skins l'ont rejoint et ont commencé à le bousculer, en l'insultant. Il a tenté de les repousser, mais l'un des deux l'a fait tomber. Ils se sont mis à le rouer de coups. Il s'est roulé en boule.

Je suis sorti de l'ombre.

— Police ! Arrêtez immédiatement !

Les brutes se sont figées, les yeux ivres d'alcool et de férocité.

— On corrige cette pédale ! a hurlé l'un d'eux, suggérant que ça lui conférait une autorisation.

Je me suis avancé, faisant en sorte qu'ils voient mon arme dans l'étui.

— Dégagez de là, salopards ! Si je vous revois, je vous fais péter le genou !

Ils ont hésité, assez saouls pour tenter leur chance. Le flingue les a finalement dissuadés. Ils m'ont jeté quelques injures et se sont éloignés en se congratulant pour leur héroïsme. Je me suis penché sur le jeune homme.

— C'est fini, vous ne risquez plus rien.

Il avait le nez en sang et la lèvre ouverte. Il a craché un peu de bave rougie. Je lui ai tendu la main.

— Allez, Damien, je vous ramène chez vous.

Il marchait avec difficulté, je lui ai demandé s'il voulait aller aux urgences. Il a plaisanté que ça allait, qu'il n'en était pas à son premier tabassage. Je l'ai tenu par le coude pour l'aider à monter les marches.

Son appart' sentait le vinaigre et une odeur sous-jacente que je n'ai pas identifiée. Il a dégagé un chat d'une façon un peu rude, pour s'asseoir sur un canapé.

— Merci de m'avoir défendu…

— Vous devez arrêter ça, c'est dangereux.

Sa voix était pleine d'amertume.

— J'ai besoin d'argent…

— Pourquoi ne pas lui donner rendez-vous ici, au moins vous seriez à l'abri ?

— Parce qu'ils ne sont pas tous comme celui de ce soir…

Sans nul doute, il avait déjà subi des violences de types rencontrés au hasard. J'étais touché par ce gamin, mais une part de moi lui en voulait d'accepter cette existence, de ne pas se battre pour construire autre chose.

— Vous pourriez trouver une meilleure façon de gagner votre vie.

— C'est pas qu'une question d'argent. Vous savez pas ce que c'est de ne parler à personne… Je deviens fou, seul, ici, toute la journée…

Il a respiré plusieurs fois à fond, puis s'est levé pour aller dans sa salle de douche. Il a retiré son blouson et sa chemise, ouvert le robinet et a nettoyé le sang sur son visage avec un gant de toilette, devant un miroir. J'ai eu envie de partir, mais une intuition me retenait. Torse nu, cheveux mouillés et visage rincé, les blessures étaient moins graves qu'elles ne m'étaient apparues. Il a enfilé un tee-shirt sur lequel une fleur était entourée de l'inscription : *I'm with the hippies*.

— C'est gentil d'être resté…

— Je veux être certain que vous allez bien.

Il m'a frôlé pour retourner s'asseoir. Son regard a dégagé l'effronterie que j'avais remarquée avec l'homme. Il m'a semblé qu'il lui venait un doute sur la raison de ma présence, à cette heure de la nuit, sur ma motivation à être monté chez lui. Il a retiré ses tennis sans dénouer les lacets et s'est décalé, donnant l'impression de vouloir me céder une place.

— J'aimerais faire quelque chose pour vous remercier…

Malgré ma contrariété face à cette proposition, j'ai adouci ma voix pour lui montrer que j'étais sensible à sa souffrance et en même temps pas dupe.

— Vous pouvez effectivement faire quelque chose pour moi. Je vais même vous demander un service, je voudrais que vous me disiez si le jeune Maghrébin dont je vous ai montré la photo est venu vendre des joints sur la place récemment.

Il m'a dévisagé, bouche bée.

— Je ne comprends rien à ce que vous dites… Non, je ne crois pas, non…

Son regard exprimait le contraire, un pétillement qui hurlait : *Laissez-moi tranquille, je n'en peux plus.*

J'ai soudain identifié l'odeur âcre de haschich et froncé les sourcils.

— Je suis vraiment désolé, mais il faut que vous me répondiez. Sinon…

Je n'ai pas fini ma phrase pour le laisser imaginer lui-même ce qu'il devait redouter.

J'ai senti son angoisse monter. Je me suis passé les mains sur le visage, à la manière de quelqu'un qui essaie de garder son calme, et j'ai durci mon regard.

— Quand avez-vous vu Rachid, pour la dernière fois ?

27 mars – 8 h 00

C'était une matinée brumeuse, la lumière grise qui pénétrait par la fenêtre de ma chambre correspondait à mon humeur après à peine deux heures de sommeil. Je suis allé dans la cuisine. Le paquet de café était vide, j'ai rajouté de l'eau dans le réservoir et rallumé la cafetière. Au gargouillis a succédé l'odeur agréable, je me suis servi le jus de chaussette, résistant à l'envie de fumer une cigarette. J'ai cherché la photo de Marylène du regard et réalisé que Barbara l'avait plaquée sur l'étagère. Étant donné sa relation avec Lopez, le geste m'est apparu risible. Je suis allé replacer le cadre et j'ai observé le visage à la fois si lointain et proche, me demandant combien de temps serait nécessaire pour que mon espoir que nous nous retrouvions s'effiloche jusqu'à se désintégrer.

J'ai rajouté un sucre dans le café pour lui donner du goût, bu à petites gorgées, en regardant la photo, puis je me suis finalement allumé une clope pour m'aider à réfléchir. Après ce que m'avait avoué Damien, une bataille se menait dans mon esprit sur ce que je devais faire.

La sonnerie du téléphone a sonné au moment où j'allais sortir.

— Maman…

Elle a paru étonnée.

— Comment savais-tu que c'était moi ?

— Personne d'autre n'utilise ce numéro.

Elle a marqué un temps.

— C'est bien triste, mon fils…

J'ai calé le combiné entre mon cou et mon épaule, attrapé le téléphone et marché vers la fenêtre, pour me donner le temps de trouver quelque chose à dire.

— J'ai de quoi m'occuper au boulot…

En bas de l'immeuble, Kim déchargeait des cageots de sa fourgonnette. Il a relevé la tête et m'a adressé un grand signe. Maman avait attendu que j'ajoute autre chose, elle a exprimé le fond de sa pensée.

— Rien ne me ferait plus plaisir que d'apprendre que tu fréquentes une gentille fille…

Un peu amusé, j'ai songé à lui parler de Barbara, certain que son profil ne conviendrait pas à la gentille fille qu'elle appelait de ses vœux. Je sentais qu'elle prenait sur elle d'éviter de me blâmer. Tentant réciproquement de temporiser, nous avons échangé sur quelques sujets d'actualité, la signature d'un accord sur le Sinaï entre l'Égypte et Israël, la recherche de la paix, au Proche-Orient, entre Arabes et Israéliens, la poursuite des réformes des « Quatre Modernisations » par le Premier ministre chinois Zhou Enlai, sous l'égide du vieillissant Mao.

Nous aurions dû en rester là… mais ma mère n'a pas réussi à résister.

— Tu as discuté avec le responsable de la sûreté urbaine ?

La question a aussitôt éclairé ma conversation avec Chenal, sous son véritable jour. En sous-main, ma mère s'activait pour promouvoir ma carrière. Sentant ma colère monter, j'ai rétorqué en tentant de conserver mon calme.

— J'ai été limpide avec lui. Et je vais l'être avec toi… Ne tente plus jamais d'intercéder en ma faveur… Sinon je démissionnerai…

Elle a commencé par nier. Puis elle a tenté de se justifier, elle voyait d'anciens collègues de mon père à l'occasion d'événements familiaux. C'était pendant un mariage que l'un d'eux lui avait dit avoir contacté Chenal à mon sujet.

— La prochaine fois, dis-lui de m'appeler directement.

— Ça ne marche pas de cette façon. Tu n'es pas censé être informé. Sauf s'il y a un truc qui cloche…

J'avais en mémoire les mises en garde de Chenal. La dernière chose que je voulais était de m'en expliquer avec elle. Un silence s'en est suivi, auquel je n'ai pas cédé, la contraignant à parler.

— Un de tes collègues joue un drôle de jeu avec le monde de la nuit… Fais attention à ce qu'il ne t'attire pas d'ennuis.

Son appréhension était si prégnante qu'elle a désamorcé ma colère.

— Tout baigne, maman. Arrête de t'inquiéter pour moi.

Elle a un peu haussé le ton.

— Bien sûr que je m'inquiète pour toi. Pour qui d'autre veux-tu que je m'inquiète ?

Elle avait passé sa vie à se morfondre pour son mari, sans envisager qu'une existence différente était possible. Arrêter de se tourmenter aurait laissé un trop grand vide, c'était sa manière de m'exprimer son amour, et l'abandonner aurait signifié perdre tout sentiment.

— Il faut que tu penses à toi.

— Moi… Mais je n'ai plus que toi… Dieu veut que les mères veillent sur leur enfant.

Cette référence systématique à Dieu me hérissait. La fatigue m'a donné envie de lui demander comment son Dieu pouvait permettre qu'un fils tue son père par misérabilisme, qu'un gamin se prostitue pour avoir de quoi manger, que des femmes en soient réduites à monnayer leurs câlins autour de bouteilles de champagne, que l'une d'elles s'offre à un voyou et à un flic pour se ménager une sorte de double protection, que des braqueurs assassinent leurs congénères pour de l'argent, mais j'ai eu le bon sens de me taire. Ma mère avait connu le pire de la guerre, elle était restée mariée à un policier plus de trente ans. Si rien n'avait ébranlé sa conviction, ce n'était pas aujourd'hui que je la ferais changer d'avis.

Pour autant, j'avais du mal à accepter qu'elle puisse encore prêter foi à une vision moyenâgeuse du Divin. Oubliant un instant que je lui parlais, j'ai sifflé entre mes dents.

— Tout ça, c'est des croyances à la con…

C'était la première fois que je lui exprimais mon opinion si crûment. Sa réaction a été immédiate, je l'ai imaginée se signant pour exorciser le blasphème. Elle a exprimé son indignation.

— Inutile de me rappeler tant que tu ne seras pas prêt à t'excuser auprès de notre Seigneur.

Elle a brutalement raccroché.

J'ai laissé le combiné glisser de mon cou, le fil torsadé s'est détendu jusqu'au sol. J'ai eu le flash d'avoir commis une erreur. Une émotion m'est montée aux yeux, je me suis agenouillé pour ramasser le combiné, que j'ai claqué sur le support.

— Ainsi soit-il…

Avril 1976

5 avril – 6 h 00

Pierrick roulait à fond avec la 4L, gyro sur le toit, les crissements des pneus dans les virages lui tiraient des rictus d'ivresse. Agrippé au siège, je refusais de lui demander de ralentir. Il s'est garé à cheval sur le trottoir du bar. L'enseigne était éteinte. Il a laissé tourner le gyrophare pour signaler notre présence.

Monique nous attendait devant le porche.

— C'est toi qu'as appelé Waldeck ? lui ai-je demandé.

Le visage en état de choc, la mère maquerelle a hoché la tête, sans prononcer un mot.

— Où est-elle ? a demandé Pierrick, pendant que nous entrions dans le couloir.

Elle a indiqué la porte du local poubelle.

Il y régnait une odeur de friture. Avec le canon de mon 7,65, j'ai relevé le couvercle d'un bac. Des effluves d'urine et d'ordures m'ont saturé les narines. Barbara gisait au milieu des déchets, son slip en dentelle enfoncé dans la bouche pendait sur son menton. Le corps dégingandé, la jupe relevée, un de ses seins débordait de son chemisier arraché, sa belle chevelure blonde ternie, des marques jaune-violet et des traces d'ongles autour du cou indiquaient qu'elle avait été étranglée.

J'ai relevé délicatement une de ses paupières, sa pupille inexpressive ne laissait aucun doute sur le fait qu'elle était morte. L'espace d'une seconde, j'ai visualisé la danse lascive qu'elle m'avait faite au bout du lit, son corps nu lorsque nous avions fait l'amour, certain que je n'oublierais jamais l'image de son cadavre dans cette posture.

Sa main était encore tiède, du sang séché sous le vernis des ongles témoignait qu'elle s'était défendue. J'ai bougé son bras pour évaluer l'élasticité cadavérique, puis j'ai pudiquement replacé le chemisier sur son sein. J'ai fermé ses paupières, caressé sa joue de la manière dont elle l'avait fait avec moi lorsque nous nous étions quittés, quand j'avais promis de l'appeler. Son expression ressemblait à celle d'une enfant en train de dormir. J'ai peigné ses cheveux avec mes gros doigts. Incapable d'arrêter de la regarder.

Il y a eu un mouvement derrière moi. Je me suis forcé à me détacher du corps. L'estomac révulsé, je me suis appuyé sur les genoux et j'ai respiré plusieurs grandes bouffées d'air pour éviter de vomir.

Pierrick m'a posé une main sur l'épaule.

— Je suis désolé, Greg.

Je me suis redressé, la mâchoire serrée. Un grand type en bleu de travail a toussé en bas de l'escalier, sa poubelle à la main.

— Je peux jeter ça ?

Pierrick l'a renvoyé dans ses vingt-deux, exhibant sa médaille.

— Dégage, ducon ! Tu vois pas qu'on travaille !

Le visage de l'homme s'est empourpré.

— Dis donc, être flic, ça t'empêche pas d'être poli !

Je me suis interposé.

— Un meurtre a été commis. Avez-vous entendu quelque chose ?

Il a haussé les épaules, une lueur vindicative dans l'œil.

— Je viens de me lever, je bosse au chantier dans une demi-heure.

J'ai sorti mon calepin, noté son nom et l'ai laissé aller en lui précisant que je le recontacterai. Il a abandonné sa poubelle, puis il est sorti, sans échanger un mot avec Monique.

Je me suis rapproché d'elle.

— Raconte-moi ce que tu sais.

Elle a guetté Pierrick, qui a préféré rester à distance.

— Barbara travaillait ce soir. Il n'y avait pas beaucoup de clients, je lui ai dit qu'elle pouvait rentrer. Elle n'était pas très en forme ces derniers temps… Depuis plusieurs semaines, elle attendait un coup de téléphone qui n'est jamais venu…

Son regard exprimait un reproche sous-jacent. J'ai botté en touche, estimant n'avoir aucune justification à lui fournir.

— Elle a eu des clients ?

— Un habitué. Un docker, doux comme un agneau. Il est incapable de faire une chose pareille. Il est reparti vers une heure.

— Donne-moi son nom.

— Michel, mais je ne connais pas son nom de famille.

J'ai inscrit le prénom sur mon calepin.

— À part lui, rien d'inhabituel ?

— Non.

Quelque chose me dérangeait dans cette façon abrupte de répondre, mais j'ignorais si c'était lié à son émotion, à sa rancune envers moi, ou parce qu'elle cachait autre chose. J'ai poursuivi sans ciller.

— Qui d'autre travaillait ce soir ?

Elle a hésité.

— Livia, je lui ai dit de rentrer dès que j'ai découvert Barbara. Ensuite j'ai fermé et je vous ai appelés.

Il était évident qu'elle ne disait pas tout, je me suis montré plus pressant.

— Raconte-moi tout en commençant depuis le début de la soirée.

Elle a soupiré avant de se lancer. Barbara était arrivée à huit heures, Livia était déjà là. Chacune s'était installée avec son client dans une des alcôves séparées, avec du champagne. Vers deux heures, la mère maquerelle avait laissé partir Barbara. Ce n'est que vers quatre heures que la vieille tenancière avait découvert le corps en allant jeter des bouteilles.

Ni elle ni Livia n'avaient rien entendu.

Cette déposition laissait entendre que l'agresseur attendait Barbara dans la rue, qu'il l'avait contrainte à rentrer dans l'immeuble et conduite de force vers le local. Le scénario était plausible et l'heure correspondait à peu près à la rigidité du corps. J'ai eu envie de lui demander ce qu'elle savait de la relation entre Barbara et Lopez, mais il m'est apparu qu'elle n'en avait pas parlé, pour éviter que Robert le sache.

Je me sentais hébété, vidé, mais j'avais un boulot à faire. J'ai refermé le calepin.

— C'est bon pour l'instant.

Elle s'est un peu relâchée. Je me suis composé une mine ennuyée.

— J'aurai besoin de ta déposition signée.

— Il faudra que j'aille à Waldeck ?

— Oui... Tu as prévenu Robert ?

Elle m'a foudroyé du regard, consciente que son témoignage prenait un tour officiel.

— J'ignore de quoi tu parles, c'est moi la patronne, ici.

— Normalement, je devrais t'emballer au poste. Certains seront partants pour te faire inculper de proxénétisme. Le bar sera fermé plusieurs mois.

Elle s'est indignée.

— Mes filles ne couchent pas avec les clients !

— En cherchant, on en trouvera un qui a casqué pour aller un peu plus loin qu'une séance de tripotage autour d'une coupette... Maintenant, je pourrais essayer de t'éviter ces ennuis...

Sa colère a explosé.

— T'es qu'un salaud ! Un sale enfoiré de flic pourri !

J'ai encaissé.

— Bien sûr. Mais répète-moi ce que Robert t'a dit, quand tu lui as téléphoné, avant de nous appeler, ou alors je demande à Pierrick de faire venir un panier à salade spécialement pour toi... Tu peux être certaine qu'il n'attend que ça.

Il a deviné que je parlais de lui et sorti une cigarette qu'il a allumée avec des gestes d'impatience.

Le regard de Monique s'est fissuré.

— Vous êtes deux beaux dégueulasses. Je ne peux pas te dire quoi que ce soit sur Robert, tu sais bien que je ne peux pas, demande-moi ce que tu veux, mais pas ça.

Je m'en voulais d'utiliser la mort de Barbara, mais la similitude avec l'agression du gamin près de l'église Sainte-Croix était si frappante que je devais être certain que Monique m'avait tout dit.

— Oublions Robert, pour l'instant, mais balance-moi quelque chose d'utile sur cette soirée.

Elle a poussé un soupir las.

— Le mioche est passé la voir vers une heure.

— Le mioche, quel mioche ?

Elle a lâché à contrecœur :

— L'Arabe qui lui fournit son haschich.

— Tu parles de Rachid ?

Son visage a marqué la surprise.

— Tu le connais ?

J'ai gambergé à pleine vitesse, il m'est venu un soupçon.

— Tu as dit à Robert que ce gamin était venu ?

Ses lèvres ont trembloté. Bien qu'elle ait compris son erreur, j'ai tenu à lui exprimer.

— Tu sais ce qu'il va en déduire ? Tu le sais, non !

Ses pupilles humides m'ont foudroyé.

— Comment voulais-tu que je lui mente !

J'avais la sensation persistante qu'elle n'avouait pas tout, mais j'étais convaincu qu'elle ne lâcherait plus rien. Nous nous sommes dévisagés, en colère l'un contre l'autre, et en même temps conscients que le meurtre sordide de Barbara nous enfermait dans la même révolte.

Je l'ai plantée là avant de perdre ma dignité de flic.

Dehors, les sirènes d'une ambulance et d'un car de police avaient réveillé les alentours. Ameutés par la perspective d'un événement croustillant, quelques badauds étaient refoulés de l'autre côté du quai par un cordon de gardiens de la paix. Les portes arrière de l'ambulance se sont ouvertes, deux infirmiers sont descendus, poussant leur chariot. Je me suis dirigé vers la Loire avec le besoin de prendre un bol d'air frais.

Derrière la ligne de ponts, le soleil orange d'une nouvelle journée pointait à l'horizon dans un ciel violet.

Une journée que ne verrait jamais Barbara.

Le fleuve s'écoulait, indifférent à la folie des hommes. J'ai senti mes yeux me piquer. Pleurer m'aurait fait du bien, mais j'ai serré les dents, décidé à tenir, quitte à y perdre une part de mon humanité. J'ai sorti ma pipe, le tabac s'échappait de mes mains tremblantes. J'ai entendu Pierrick approcher, il m'a tendu une cigarette allumée.

— Je te jure qu'on va coincer l'enculé qui a fait ça...

C'était la première fois que je l'entendais parler d'une voix chevrotante. J'ai aspiré la fumée jusqu'à saturer mes poumons, les yeux embués. Il a feint de ne pas le remarquer.

— Qu'est-ce que t'en penses ?

Il avait raison, la meilleure façon d'échapper à la colère était de me concentrer sur l'enquête.

— Il faut interroger le voisinage. On va diffuser un appel à témoin dans la presse...

— OK. On verra ça avec Chenal... Mais à part ça, l'agression ne te fait penser à rien ?

— Celle du môme près de l'église...

Ces doigts ont gratté sa barbe de deux jours.

— Un type qui viole un mec et une femme... Faudrait qu'on ait affaire à un sacré détraqué. J'ai du mal à imaginer ce genre de fondu du ciboulot à Nantes. Si ça vient à se savoir, les gens n'oseront plus mettre un pied dehors.

J'avais la sensation d'avoir un nœud coulant autour de la gorge.

— Livia, ai-je réussi à articuler, elle travaillait cette nuit.

— T'inquiète pas, elle me dira ce qu'elle sait.

*

7 avril – 7h30

Au bar de Waldeck, je finissais un café sous le regard de Paul qui venait de remplacer son collègue de nuit. La rumeur de ma relation avec Barbara avait fait de moi une curiosité et je m'efforçais de ne rien montrer.

— Voilà l'homme de l'ombre, a-t-il dit en apercevant Pierrick.

Celui-ci a ignoré la remarque sur sa réputation et commandé un bourbon.

— T'en veux un ? m'a-t-il proposé.

Il avait le teint cireux, j'ai levé ma tasse pour exprimer mon refus.

— Tu devrais ralentir la cadence…

Sa grimace mélangeait raillerie et un semi *mea culpa*.

— Je plaide coupable, votre honneur… J'ai passé la nuit dans la jungle.

— Au moins, dis-moi que tu as récolté des renseignements.

Il s'est approché, chuchotant pour que je sois le seul à entendre.

— Barbara avait plaqué Gratien… Il faisait courir le bruit qu'elle lui courait toujours après… Mais elle l'avait bel et bien plaqué…

L'information n'a fait qu'accroître mon ressentiment contre Lopez.

— Tu penses qu'il l'a tuée ?

— Et toi ?

— Peut-être, mais ça ressemble à l'agression du gamin. Je ne crois pas qu'on ait affaire à deux individus. Quoi qu'il en soit, je m'en veux de ne pas avoir suivi toutes les pistes…

Son œil droit s'est légèrement resserré.

— Tu sais un truc que j'ignore ?

Je lui ai lâché ce que m'avait avoué le môme, le soir où je l'avais soustrait au tabassage des skins.

— Il connaît Rachid, il le connaît même très bien, parce qu'il lui revendait ses pétards, pour assurer sa consommation. Maintenant, suppose que ça leur arrivait de passer la nuit ensemble…

Il a haussé les épaules, un peu indifférent.

— Faut croire que le Coran n'empêche pas la nature de se manifester.

Je n'étais pas d'humeur à plaisanter.

— J'ai merdé. J'ai laissé ce dealer tranquille parce que son petit trafic ne me paraissait pas grave. J'ai jugé qu'il en avait déjà assez pris dans la gueule… Mais si j'avais chopé son agresseur, Barbara serait en vie.

Il a eu l'air de réfléchir.

— Je ne vois pas où tu veux en venir, Greg.

— Écoute, Rachid était au bar du quai, l'autre soir, il a discuté avec Barbara…

— Je sais, il était aussi là la nuit où le gamin a fini à l'hosto. Très agité, selon ce que j'ai appris…

Il était inutile de lui demander sa source. Mes mots ont été plus durs que je ne l'aurais voulu.

— Livia t'a raconté ça pendant que tu tirais ta crampe ?

Toute trace de bonhomie s'est effacée de son visage.

— Va te faire foutre ! Tu savais que la vieille a balancé Rachid à Robert. Cet Arabe est suspect et tu ne m'en as pas parlé. Pourquoi tu ne m'as pas mis au parfum ?

— Allons, Pierrick, t'as vu sa corpulence, il n'a pas la carrure d'un tueur. Si c'est lui qui a agressé Damien, pourquoi ne l'aurait-il pas dénoncé ? Quant à Barbara, je doute qu'il ait eu le dessus sur elle…

Deux gorgées de bourbon n'ont pas eu l'air de dissiper son irritation.

— J'allais te tenir au jus, ai-je ajouté, mais je voulais l'attraper chez lui. Sa mère ne l'a pas vu depuis deux jours. Elle m'a offert un thé et semblait inquiète… Je lui ai laissé mon numéro de téléphone… À son boulot, ils m'ont dit qu'il avait pris une semaine de congé. Si je ne t'en ai pas parlé, c'est parce que je ne vois pas ce que tu pouvais faire de plus…

Il a tiré une Gauloise de son paquet.

— T'as raison, ce branleur n'a pas tué Barbara. On devrait le coffrer pour son trafic de haschich, le temps de trouver le coupable. Une des filles s'est fait assassiner, Robert doit réagir, surtout au moment où il s'apprête à racheter les bars du Toubib. Sinon, les entraîneuses auront les foies de bosser pour lui.

Nous étions arrivés à la même conclusion.

— Si Robert met le grappin sur Rachid avant nous, on pourrait se retrouver avec un nouveau cadavre sur les bras…

14h00

Chenal avait tenu à m'entendre au sujet de Barbara.

— Tu l'avais revue ?

Je refusais de lui donner l'impression d'avoir cédé à sa demande.

— Je devais la rappeler, mais je ne l'avais pas encore fait…

Il a parfaitement compris la nuance.

— Tous les collègues ont entendu parler de ta relation avec elle… Le mieux à faire, c'est de plaquer un masque de marbre sur ton visage, le temps qu'on trouve le coupable. Ensuite, cette histoire tombera dans les oubliettes…

Sa dernière phrase m'a serré l'estomac, je me suis forcé à rester calme.

— Vous avez le résultat de l'autopsie ?

Il a tapé du doigt le dossier sur son bureau.

— Le légiste est formel : violée et étranglée. Entre nous, ces filles sont conscientes qu'elles s'exposent à de mauvaises rencontres…

J'ai eu l'impression qu'il testait la force de mon attachement à Barbara. Je n'avais pas été amoureux d'elle et sans doute notre histoire se serait terminée là où elle en était restée, mais je n'étais pas disposé à laisser qui que ce soit la salir. Je l'ai fixé dans les yeux.

— Aucune d'elles ne choisit ce métier… Je ne vous comprends pas, vous savez parfaitement que la majorité de ces filles ne se prostituent pas, elles passent du temps à écouter des types paumés, seuls ou mal mariés, raconter leurs états d'âme… Si vous voulez mon avis, vous devriez lâcher la grappe à Pierrick, avec sa Corse…

Mon nouveau soutien a ranimé sa colère.

— Épargne-moi tes états d'âme, Greg ! Nous ne sommes pas à Lyon, je refuse qu'on se fasse éclabousser par un scandale de policiers proxénètes. Entre Pierrick et les relations troubles de Georges, je dois défendre la sûreté du soupçon de collusion avec le banditisme. Pour ton info, j'ai donné des instructions pour que les procès-verbaux de racolage pleuvent sur les péripatéticiennes qui exercent dans la rue. On fera comme à Paris, on raflera celles qui racolent. Quant aux bars américains, je les ai dans mon collimateur…

J'ai laissé passer l'averse, curieux de savoir où il voulait en venir.

Il a soudain paru embarrassé.

— Ils ont demandé que je te dessaisisse de l'enquête sur ce meurtre.

Je suis resté coi quelques secondes avant d'aboyer :

— *Ils*… qui c'est *ils* ?

Ses yeux m'ont diffusé l'explication, mélange entre le patron de Waldeck, les collègues de mon père qui veillaient sur moi, et sa décision en raison de ma proximité avec la victime qui pourrait influer sur mon discernement.

J'ai détourné la conversation, afin de le dissuader de me coller sur la touche.

— Vous avez informé les parents de Barbara ?

Il a aussitôt rebondi.

— C'est important pour toi ?

J'étais furieux contre lui.

— La seule chose qui m'importe, c'est de stopper ce psychopathe avant qu'il recommence.

Il s'est gratté le menton, sans formuler l'évidente similitude du mode opératoire avec l'agression du jeune Damien. Il a préféré spéculer sur une hypothèse.

— Si on a affaire au même taré, ça pourrait être beaucoup plus ennuyeux…

Légèrement affalé sur son siège, il paraissait peu concerné par le sort de Barbara, craignant surtout qu'un nouveau meurtre frappe quelqu'un qu'il classait dans le groupe privilégié de ceux que la police avait pour devoir de protéger, à commencer par les paroissiens qui fréquentaient assidûment l'église, le dimanche matin. Je l'ai relancé.

— Qui va annoncer la nouvelle à la famille de Barbara ?

Ses doigts ont pianoté sur le bureau en signe d'impatience.

— Elle est orpheline, mère de deux jeunes adolescentes qu'elle faisait garder par une voisine quand elle travaillait la nuit. Pour l'instant, les gamines sont chez cette voisine…

Je me suis senti honteux de ne pas avoir pris la peine de m'intéresser à sa vie.

— Et le père ?

— Personne ne les a reconnues. Elles seront confiées à l'assistance publique.

J'ai songé à ce qu'elle m'avait dit des deux cadeaux que lui avait laissés Claude François. Si ces filles étaient celles du chanteur, elles ne le sauraient jamais, pas plus qu'il ne serait venu à l'idée de Barbara de lui demander des comptes. Si elle en avait eu la possibilité, aurait-elle choisi de se faire avorter ? La certitude que non m'a rendu Barbara encore plus héroïque.

Le patron m'a observé une minute pour jauger ma solidité.

— Je te laisse l'enquête, Greg. Je te la laisse parce que je veux que ce soit toi qui coffres cet assassin. Mais entends-moi bien, la presse ne doit pas relier les deux affaires. Pour l'instant, on est à la recherche d'un homo pervers et du tueur d'une prostituée.

Bien que soulagé de garder la main, j'ai refusé de le laisser salir sa mémoire.

— Barbara n'était pas une prostituée. Elle faisait ça pour élever ses gamines.

Il a temporisé.

— Je sais, Greg. Mais on s'est compris. Sans preuve du contraire, on est face à deux affaires distinctes. Nous devons éviter que la panique gagne la ville…

Il s'est tu, l'air résigné.

Puis il a jeté un œil vers le mur. Épinglées sur notre tableau de chasse, les photos des suspects des braquages continuaient de nous narguer. Chenal y avait ajouté les mentions anthropométriques de couleurs des cheveux, empreintes digitales et autres signes distinctifs, témoignant de la priorité qu'il donnait à cette traque. Selon moi, ces visages possédaient quelque chose de similaire, un faux air de Jacques Mesrine qui m'a fait penser que Chenal espérait se donner la notoriété de Broussard, en arrêtant les auteurs de hold-up médiatisés.

— Dernière chose, a-t-il dit, comme s'il s'agissait d'un détail sans importance. C'est fait, Robert a acheté les bars du Toubib.

Tout à coup, j'ai entrevu un ciel noir de sang s'abattre sur Nantes.

— De quand datent les contrats ?

Il s'est montré plus évasif.

— Moins d'une semaine…

Après un moment de silence, Chenal a exprimé l'évidence.

— On est dans l'œil du cyclone, avant que la guerre éclate.

17h00

Pierrick a arrêté de mâchonner le bout de son stylo.

— Je m'en carre le coquillard de Chenal, si on estime que c'est le même gus, on creuse dans cette direction. Point barre !

J'ai fermé les yeux pour réfléchir.

— À quoi tu penses ? m'a-t-il demandé.

— Si on a affaire au même sadique, soit c'est un régulier de Barbara, soit c'est en lien avec Rachid, ou avec moi…

— Tu penses que l'assassin connaissait votre liaison ?

— On ne peut pas l'exclure. Mais ça peut aussi être les prémices de la guerre entre Robert et Lopez…

Il a déroulé mon raisonnement.

— Lopez l'aurait tuée par rancœur contre toi et pour discréditer Robert. Jusque-là, je te suis. Mais Robert, quel serait l'intérêt pour lui de la tuer ?

— Il avait proposé à Barbara de devenir la responsable du Glass… Imagine qu'il ait eu vent qu'elle sortait avec Lopez…

— Robert ne ferait pas une saloperie pareille pour punir une fille. Le décérébré qui a commis ce crime est une bête. Quand tu penses que certains veulent supprimer l'échafaud. Comment il s'appelle déjà le gros con d'avocat… Badinter !

Il me regardait, inflexible. Mon opinion était qu'en guillotinant des êtres humains, la société s'abaissait au rang des assassins. J'étais partisan de la perpétuité, sans possibilité de sortie, mais si la société mettait le doigt dans l'engrenage de l'abolition de la peine capitale, saurait-elle maintenir des condamnations à la réclusion perpétuelle.

J'ai jugé inutile de me lancer dans cette discussion.

— Ta Corse, elle te donnerait les noms des habitués de Barbara ? On cherche un client frustré, un type agressif ou vicieux, qui cède à une pulsion sexuelle morbide.

— Je vais essayer d'obtenir ce que je peux…

Je l'ai remercié et j'ai déroulé mon raisonnement.

— Si par contre c'était dirigé contre moi, c'est un mec intelligent et construit. Quelqu'un qui garde une dent contre la police. Dans ce cas, les filles qui sortent avec un flic sont dans son collimateur, tu dois être prudent avec Livia…

Son regard a montré qu'il n'avait pas envisagé ce danger. Il a aussitôt objecté.

— T'oublies que la première agression n'a aucun rapport avec nous. Je croyais qu'on était d'accord sur le fait que c'était le même salopard ?

— On est en phase pour privilégier cette probabilité. Mais on ne doit rien écarter… De toute façon, le lien entre les deux, c'est Rachid. Pour une raison que je ne m'explique pas…

Était-ce pour éloigner le stress, il a choisi de plaisanter.

— Je te parie une boutanche de Ballantine's au Club Pernod que ce petit dealer va nous tomber tout cru dans la main.

— À quoi ça sert de parier, tu ne payes jamais tes verres…

Il a carrément rigolé.

— Je casquerai le jour où la sûreté me remboursera le Smith & Wesson que je me suis payé avec mon oseille et les notes de frais pour le boulot que je fournis. En attendant, je suis bien obligé de jongler… C'est pas avec ma paye…

Je n'ai pas écouté la plaidoirie dont il avait déjà usé à de multiples reprises.

Je voyais le corps de Barbara, au milieu des ordures, et plus j'essayais de chasser cette image, plus elle s'incrustait. Je me suis demandé si j'arriverais un jour au point qu'une telle horreur me laisse stoïque. J'ai espéré ne jamais atteindre ce degré d'insensibilité, je me suis frotté les paupières. Pierrick m'a montré qu'il savait où mon esprit s'était envolé.

— Pauvre fille. C'est moche.

Il semblait réellement attristé. J'ai parlé pour évacuer l'émotion.

— Le monde dans lequel on vit…

Il a approuvé et repris le cours de son propos.

— Je te disais que l'autre soir chez Pernod, j'ai eu vent de livraisons de champagne « tombé du camion » dans les bars de Robert. Ça n'a aucun lien avec les braquages, mais si on arrive à choper ces caisses chez lui, on pourrait le faire tomber… Une fois Robert encabané, les langues se délieraient…

— Quand bien même on le bouclerait pour ça, il ne plongerait pas assez longtemps pour que tes indics se sentent à l'abri de mesures de rétorsion. Surtout lorsqu'ils sauront qu'il est devenu le boss… Mais tu as raison de chercher des moyens de le coincer, l'absence de contrats de travail des filles, la comptabilité des bars, il y a de quoi creuser…

— C'est de cette façon qu'Eliot Ness a niqué Capone.

Il a réussi à me faire sourire.

— Ne nous prenons pas pour les Incorruptibles…

Ravi de m'avoir requinqué, il a regardé sa montre et s'est levé.

— Faut que je file… On se retrouve au Club, vers onze heures. Le frère du maire s'est fait choper pour le braquage d'une station-service à Angers. L'hôtel de ville organise une soirée, histoire de cajoler le personnel et les journalistes. Avec un peu de chance, on récoltera quelques infos…

— Je ne crois pas que j'irai. Je vais bosser ici.

— Reste pas à te morfondre, rien de tel qu'une bonne murge pour passer à autre chose.

— Merci, mais j'ai déjà une mère surprotectrice.

Je me suis souvenu que nous n'avions pas communiqué depuis qu'elle m'avait raccroché au nez. Pierrick a voulu savoir.

— Tu vas bosser sur quoi ?

— J'ai proposé à Georges d'étudier les dossiers des suspects. Il a trouvé que c'était une bonne idée d'avoir un œil neuf.

Il s'est arrêté sur le pas de la porte.

— Je pensais que tu priorisais le meurtre de Barbara.

Je suis volontairement resté vague.

— Il y a un lien qu'on n'a pas creusé, c'est celui de la temporalité…

Il est demeuré interdit, comme si je lui avais parlé chinois, puis sa façon de donner son avis a pris l'allure d'une doctrine sur notre métier.

— Meurtres, braquages, rackets, proxénétisme, la vérité finit toujours par émerger la nuit.

En l'absence d'empreintes ou de preuves matérielles, notre travail était limité à l'enquête de voisinage, l'audition de témoins et les révélations d'indics. Pierrick n'avait pas tort, mais s'il privilégiait ce dernier aspect, c'est avant tout parce que c'est là qu'il se sentait aux commandes.

La nuit, il pouvait contrôler son écosystème.

— Je m'en souviendrai… Passe une bonne soirée.

Il m'a salué de deux doigts.

— Je te laisse à la paperasse, si c'est ça que tu aimes…

J'ai songé que nous n'étions décidément pas issus du même moule.

18 h 00

Les dossiers formaient une pile de cinquante centimètres. J'ai commencé à examiner le passé des suspects. La plupart étaient d'anciens militaires rompus aux techniques de guerre. Dans le milieu du banditisme, les vétérans de 14-18 avaient laissé leur place à ceux de la Seconde Guerre mondiale, puis de l'Indochine et enfin de l'Algérie. Dans ce dernier cas, ceux de l'OAS s'étaient opposés à ceux du SAC. Plus tard, on les retrouvait sans distinctions dans les conflits armés dont on ne parlait jamais au peuple, parce que l'État français déléguait à des mercenaires les basses besognes destinées à préserver ses intérêts. Au Nigeria, au Bénin, au Gabon, en Angola, au Zaïre et aux Comores, la liste était impressionnante.

Sans l'ombre d'un doute, les hommes que j'avais sous les yeux avaient commis toutes sortes d'exactions lors des combats ou dans des missions dites de renseignements extérieurs.

Plus épais que les autres, j'ai ouvert le dossier de Robert et observé sa photo en treillis, prise à Alger, avant le départ des troupes françaises. Sur son visage et dans ses yeux se lisaient la séquestration et la torture, j'ai pensé à la fameuse gégène dont parlait la presse.

Mais il y avait quelque chose d'étonnant sur ce cliché.

Georges avait entouré le visage au marqueur rouge !

Ce que m'avait répété Pierrick m'est revenu : Georges aurait pu faire valoir ses droits à la retraite, mais il continuait à faire son job, sans qu'il soit possible de déterminer sa véritable motivation.

Au regard de ce qu'avait dit Chenal sur ses relations, j'ai imaginé une explication : Georges restait à son poste pour que le milieu ne dépasse pas les limites de ce qu'il considérait acceptable pour la France. J'ai repensé à son repas avec Le Toubib, puis j'ai revu l'éclat de haine dans son œil après qu'il a appris que Robert encadrait la venue du ministre. Je me suis demandé si le vieux flic serait capable de s'impliquer dans la guerre qui s'annonçait entre Robert et Lopez ? Pire encore, avait-il influencé Le Toubib, le poussant à revendre ses bars à Robert, tentant un coup de billard à trois bandes, du style des opérations menées en Afrique pour justifier la prise de pouvoir par un dictateur ?

Cette idée en tête, j'ai épluché les braquages que Georges imputait à Robert, avec l'espoir de trouver des modes opératoires semblables. Après une heure de lecture, j'ai remis le dossier à sa place. Je n'avais rien pour relier ces affaires aux braquages nantais. Mais une chose était actée, qu'ils s'agissent de fourgons, de banques, de bijouteries ou même de supermarchés, toutes avaient un dénominateur commun.

Elles n'avaient jamais fait aucune victime.

Si Robert avait commis le hold-up du Carrefour, pourquoi aurait-il dérogé à cette règle ?

22 h 30

Je me suis senti claustrophobe dans cet appartement où trop de choses me rappelaient Barbara. J'ai fumé ma dernière Gitane, une boule au fond de l'estomac. Pendant quelques secondes, j'ai essayé de retrouver l'insouciance de mes années à la fac, avec Marylène. Mais seules les images de Barbara morte remontaient, je voyais son corps dans la poubelle, sa culotte sortant de sa bouche. J'imaginais la façon dont elle s'était défendue, ses hurlements, ses pleurs, ses suppliques et la jouissance de son tortionnaire.

La clope m'a brûlé les doigts, j'ai écrasé le mégot dans un cendrier.

Le silence rompu par le goutte-à-goutte du robinet de la salle de bains rimait avec la solitude étouffante en train de se refermer sur moi.

Avec un besoin de m'échapper, j'ai décroché le téléphone. Trop tard pour appeler ma mère, j'ai composé un numéro, le goût de nicotine dans la bouche.

— Bonsoir, Kim, je te dérange pas.

— Greg, pas du tout, je suis en train de fermer…

— Je peux venir boire un verre ?

Il n'a pas hésité une seconde.

— Bien sûr, mon ami, je nous sors l'alcool de riz…

*

10 avril – 11 h 00

Nous nous sommes rendus au cimetière de la Bouteillerie.

— Au Moyen Âge, m'a expliqué Pierrick pendant que nous marchions vers la grille, l'évêque y possédait des vignes et mettait du vin en bouteille. Une belle époque !

Passé l'arche de pierre, il a ralenti devant la tombe de René Guy Cadou, inhumé avec ses parents.

— C'est un poète de la région, tu connais ?

Les mots sont sortis de moi avec nostalgie :

— *La mort surtout est une chose simple, puisque toute liberté se survit.*

— C'est de lui ?

— Ce sont les derniers vers des *Fusillés de Châteaubriant*, le poème qu'il a dédié à trois otages fusillés par les nazis. Ma mère me l'a appris quand j'étais gamin.

Il m'a regardé comme un Martien.

— Je me demande parfois ce que tu fous chez nous…

Nous avons rejoint la quinzaine de personnes dans le périmètre de la fosse ouverte.

Monique se tenait avec les filles du Play Girl, dont Livia, qui a ignoré Pierrick. Robert s'était déplacé avec son garde du corps et Ange Muntoni, le visage couvert d'une barbe et d'une moustache pour masquer la mutilation qu'il s'était infligée en cellule. L'absence de Gratien Lopez ne m'a pas étonné, elle révélait son caractère, mais au-delà de ma rancune, j'ai admis qu'il lui était difficile de se confronter à Robert.

Le corbillard a remonté l'allée et s'est arrêté à quelques mètres de la fosse.

Accompagnées d'une métisse, deux jeunes filles en larmes se sont avancées, main dans la main. Cheveux blonds et yeux bleu opale, leur ressemblance était si parfaite qu'il était impossible de les distinguer l'une de l'autre. J'ai repensé à l'aventure d'un soir entre leur mère et Claude François, mais à part la couleur des cheveux, rien dans leurs traits ne permettait de les relier à cette paternité. Quatre croque-morts ont sorti le cercueil du corbillard. Monique a retenu un sanglot, les jumelles se sont soudées épaule contre épaule. Elles étaient les seules à pleurer, les autres visages restaient verrouillés, refusant de manifester la moindre trace d'émotion.

Dans un silence de plomb, les employés des pompes funèbres ont descendu le cercueil dans la tombe. Un nœud m'a enserré la gorge, j'étais le dernier à avoir partagé l'intimité de Barbara, nous avions fait l'amour sans rien nous promettre, c'était une histoire sans lendemain, l'expression a pris une dimension pathétique. Les poings serrés dans les poches de mon imper, j'ai regardé Robert s'approcher, le visage grave. Il a jeté une poignée de terre sur le cercueil, ses hommes l'ont imité, suivis de Monique et des autres filles, en terminant par la Corse, dernière arrivée du clan. Une espèce d'ordre de préséance qui m'a rappelé la famille Corleone, du *Parrain*.

À ceci près que nous étions à Nantes. Dans la vraie vie.

Malgré ma tristesse, j'ai continué à étudier la moindre expression et la gestuelle de chacun des protagonistes, mais aucun ne m'a semblé porteur d'une quelconque responsabilité.

Pierrick m'a fait signe qu'il n'irait pas. Je me suis approché, et suis resté penché sur le cercueil, la tête pleine de souvenirs de Barbara, sa danse sur l'air de Donna Summer, sa façon de chanter Sheila, son rire spontané et insouciant. J'ai retenu mes larmes. J'avais honte, mais je voulais être à la hauteur de ceux qui m'observaient.

J'ai fait un signe de croix, me distinguant cette fois de ceux qui m'avaient précédé et j'ai rejoint mon équipier qui a hoché la tête dans un assentiment que je n'ai pas compris.

Il a désigné une tombe, à une trentaine de mètres. J'ai repéré Rachid qui n'avait pas osé approcher. Les jumelles sont allées remercier Monique, qui les a prises dans ses bras. Robert et ses hommes ont commencé à s'éloigner. Il a adressé un coup du menton vers le jeune dealer en train de se diriger vers la grille à grandes enjambées.

— On va le choper à l'extérieur, m'a glissé Pierrick à l'oreille.

J'ai répondu du coin de la bouche.

— Voyons ce que va faire Robert…

Il m'a dévisagé, dubitatif.

Sans sourciller, j'ai soutenu son regard, voulant voir comment Robert allait se comporter. Nous avons repris notre marche vers la sortie. Rachid s'était fait alpaguer par le garde du corps de Robert, qui le tenait par la gorge à dix centimètres du sol. Le dealer gigotait comme un asticot.

Le colosse a lâché un rire gras.

— Je vais te briser la nuque.

Incapable de respirer, le gamin était en train d'étouffer. Je me suis rué dans leur direction, me plantant à côté de la baraque.

— Lâche ce gamin !

Il a tourné des yeux azimutés vers moi.

— T'en mêle pas ! Je me charge de ce dégénéré !

J'allais m'en prendre à lui, mais Pierrick m'a retenu par la manche de mon imper. J'ai dégagé mon bras et poussé l'ange gardien de Robert, contraint de libérer Rachid. Le colosse allait riposter, mais Robert s'est mis entre nous. Il a sifflé une admiration feinte.

— C'est qu'il défend les crouilles, notre nouveau poulet…

— Laissez ce gamin tranquille !

Son ton est devenu dur comme de la pierre.

— Heureusement pour toi, tu n'es pour rien dans la mort de Barbara… Mais lui, c'est un vicelard. Si vous êtes incapable de lui faire avouer le meurtre, on s'en occupera… Ce sera une leçon pour les autres…

Le garde du corps et Ange Muntoni m'ont encadré, j'ai jeté un œil par-dessus mon épaule, Pierrick m'a fait signe qu'il me couvrait. Je me suis collé devant Robert, si près que je pouvais sentir son haleine.

— Emmenez vos bras cassés et tirez-vous. Ou je vous embarque pour agression.

Son regard m'a pulvérisé, comme si personne ne lui avait jamais parlé de cette façon. Nous sommes restés à nous jauger, dans un silence de plomb.

Il a ordonné sur un ton quasi militaire :

— On rentre chez nous !

Après quelques pas, il s'est tourné vers Muntoni, qui n'avait pas bougé.

— Viens, on chopera cette petite merde quand on voudra.

Le Corse a menacé le môme.

— Si je te revois, je t'émascule comme un fellaga.

Robert a souri à l'allusion dans la bouche de quelqu'un qui n'avait pas connu la guerre d'Algérie. Il s'est adressé à Pierrick, en parlant de moi.

— Il a du cran, ton petit poulet. J'en ai pas fini avec lui.

La réponse de Pierrick a été couverte par les pleurs de Rachid. J'ai passé mon bras sous ses épaules pour le relever. Il m'a fixé avec un regard d'incompréhension, un filet de sang mélangé à de la morve pendouillait de son nez. Je l'ai aidé à s'asseoir sur la bordure de béton.

— Ça fait une semaine que je te cours après… Alors maintenant, on va avoir une petite discussion, à Waldeck.

15 h 00

J'ai tendu la main vers Pierrick, pour lui interdire d'entrer.

— Après ce que je viens de faire pour lui, Rachid rêve de s'épancher sur mon épaule, tu ne voudrais pas briser notre idylle avec tes méthodes de brute…

— T'es trop con…

J'ai ouvert la porte et lancé à l'adresse de Rachid, assis sur la chaise qu'il connaissait.

— Mon collègue aimerait te faire réviser le bottin…

Ses yeux luisaient de la pétoche qu'il avait eue.

Je me suis assis en face de lui.

— Toi et moi, on aimait beaucoup Barbara. Mais on va éviter de se lamenter, tu vas me dire tout ce que tu sais pour m'aider à coffrer son assassin. J'ai bien dit, tout ce que tu sais.

Il a arqué les sourcils.

— Je ne comprends pas…

J'ai durci ma voix.

— La dernière fois, je t'ai laissé ta chance, tu devais me recontacter… Au lieu de ça, non seulement je n'ai eu aucune nouvelle de toi, mais j'apprends que tu m'as baratiné… Alors maintenant, tu vas tout me dire, parce que si je ne trouve pas très vite le coupable, Robert et ses hommes vont faire de toi leur bouc émissaire. Ce que tu viens de subir au cimetière n'est qu'un avant-goût du sort qu'ils te réservent…

Il s'est indigné.

— Mais c'est injuste ! J'ai fait aucun mal à Barbara. C'était une amie, on s'entendait bien… On aimait parler, tous les deux…

J'ai tapé du poing sur le bureau, provoquant un sursaut semblable à celui d'une gifle.

— Avant d'être une amie, c'était ta cliente ! Tu lui vendais tes joints, de la même manière que tu le fais avec les homos près de l'église Sainte-Croix ! C'est de cette façon que tu as rencontré Damien. Il ne t'est pas venu à l'idée que c'était le même barjot et que tu es le lien entre lui et Barbara ? Parce que là encore, si je n'arrête pas ce détraqué, il pourrait te mettre sur sa liste…

J'ai cogné mon doigt sur son front :

— Est-ce que ça entre dans ta petite tête ?

Il a empoigné ses cheveux bouclés. Son regard montrait qu'il était conscient du danger au point qu'on aurait dit qu'il allait vomir de trouille. C'était tellement palpable qu'il était évident qu'il savait des choses.

— Je te protégerai, quoi que tu me dises.

Il fixait le bureau, incapable d'ouvrir la bouche. Je le sentais mûr, il fallait le pousser en créant un lien autre que celui de flic et suspect. Je me suis penché, pour créer plus de proximité.

— Elle était belle, Barbara, n'est-ce pas…

Il a relevé la tête.

— Elle espérait que vous alliez l'appeler…

J'étais à peine surpris qu'elle lui ait parlé de moi. Après tout, elle passait ses soirées à écouter des hommes auxquels elle ne devait rien révéler d'elle. Ce gamin de banlieue représentait une aubaine pour s'épancher. J'avais trouvé la porte d'entrée, j'ai continué sur le même ton amical.

— J'ai traîné à cause du boulot. Qu'est-ce qu'elle t'avait dit d'autre sur moi ?

— Elle pensait que vous ne téléphoniez pas à cause de son travail d'hôtesse de bar. Elle disait qu'elle aurait pas dû venir chez vous, qu'elle avait trop précipité les choses… Elle était triste, elle disait que pour une fois qu'elle rencontrait un homme bien, elle avait trouvé le moyen de tout gâcher…

— Elle avait un autre homme dans sa vie ?

Il a paru indigné.

— Pas depuis qu'elle vous avait rencontré, mais elle avait très peur de son ancien amant. Il était venu la menacer chez elle, il avait menacé de s'en prendre à ses filles. Elle ne savait pas quoi faire, elle répétait qu'il était fou à lier.

Je voulais qu'il confirme.

— Elle t'a dit qui était cet homme ?

Il a prononcé le nom du bout des lèvres.

— Gratien Lopez…

— Tu sais qui il est ?

Il a baissé les yeux.

— Tout le monde connaît Gratien Lopez…

Sa fréquentation des bars où il devait s'efforcer d'être le plus transparent possible avait fait de lui une des paires d'oreilles les plus renseignées de la ville. J'ai approché ma chaise.

— Tu penses qu'il l'a tuée ?

Sa peur est revenue d'un coup.

— Comment voulez-vous que je sache ?

— T'es un des derniers à l'avoir vue, raconte-moi la soirée.

— Je suis passé lui dire bonjour, on a discuté plus d'une heure parce qu'elle n'avait pas de client… Ensuite, je suis rentré à Bellevue…

— Tu lui as vendu de tes saloperies ?

— Les deux pétards qu'il me restait. Elle disait qu'elle en avait besoin pour garder le moral…

Tuer pour quelques joints était invraisemblable, mais rien n'avait été trouvé sur son cadavre. Damien m'avait avoué que son agresseur lui avait dérobé le pétard qu'il avait sur lui, cette information confirmait le profil d'un assassin fumeur de drogue. J'ai profité du fait que Rachid était en confiance.

— Maintenant, parle-moi de ta relation avec Damien.

— On s'est connu il y a six mois, je dors chez lui de temps en temps. Je lui laisse quelques joints pour qu'il les vende. Il en garde pour lui, ça me dérange pas, tant que je gagne un peu d'argent…

J'étais curieux de savoir ce que le trafic rapportait.

— Combien tu gagnes avec cette merde ?

— Je sais pas exactement, entre six cents et mille balles…

Ça représentait plus de la moitié d'un SMIG.

— Tu te fais ça tous les mois ?

— Seulement avec la quantité que je rapporte du Maroc, j'y vais que deux fois par an. Mais si je voulais, je pourrais en vendre plus… C'est pas la demande qui manque…

Sa naïveté était confondante. Je me suis demandé s'il y avait là un sujet à surveiller de près, si ces activités juteuses finiraient par intéresser des individus d'une tout autre nature que la sienne. J'ai testé sa sincérité.

— Damien, tu l'as revu depuis qu'il s'est fait agresser ?

Il a réfuté de la tête, ce qui corroborait la version du jeune. Sans entrer dans l'intimité de leur relation, j'ai voulu comprendre sa réaction ce soir-là.

— Explique-moi, tu l'as vu se faire agresser et pourtant tu n'as rien tenté…

L'émotion lui est montée aux yeux, il en a perdu toute retenue.

— J'ai presque chié dans mon froc, Chef. J'avais tellement la trouille que je me suis barré en courant. Je me suis arrêté devant une cabine téléphonique pour appeler la police, mais j'avais pas de pièces de monnaie… J'ai marché jusqu'au quai de la Fosse, je me disais que Barbara saurait quoi faire… au pire, je pourrais appeler les flics… Quand je suis arrivé, elle était avec un client, elle m'a fait signe d'attendre. La vieille au bar m'a servi un jus d'orange… Elle rigolait parce que je bois jamais d'alcool, l'autre aussi, elle se poilait…

— Qui était l'autre ?

— Livia. Vous avez dû la voir à l'enterrement, tout à l'heure ?

Visiblement, il ignorait sa relation avec Pierrick. J'ai confirmé de la tête.

— Vas-y, continue…

— Livia, elle faisait semblant de me draguer, pour se foutre de moi. J'arrivais pas à tenir en place, elles m'ont demandé ce qui me rendait nerveux, mais je ne voulais rien leur dire… J'ai poireauté une heure avant que le client de Barbara parte.

— Il était comment ?

— Balèze. Elle m'a dit que c'était un ancien docker qu'elle connaissait depuis longtemps.

— Tu te souviens de son nom ?

Il a réfléchi quelques secondes.

— Michel… Je crois qu'il s'appelait Michel.

C'était le même client qui était là le soir de sa mort.

— Tu l'as croisé depuis ?

— Non…

— D'accord. Ensuite, qu'est-ce que Barbara t'a conseillé quand tu lui as raconté ce qui s'était passé près de l'église ?

Il s'est mis à trembler comme une feuille.

— Elle avait des soucis. Alors j'ai rien dit. De toute façon, j'étais sûr qu'il était trop tard.

— Et tu n'es même pas retourné voir comment allait Damien ?

Il a fait non de la tête.

— J'avais trop peur... Je suis rentré chez moi.

Mon regard était chargé de reproches. Il s'est mis à chialer.

— Je suis un lâche. J'ai honte de l'avoir laissé... C'est pour ça que je ne suis pas retourné le voir. Mais vous pouvez pas comprendre.

— Je ne demande pas mieux...

— Vous êtes pas arabe. Les gens qui vous regardent de travers, les moqueries au boulot, ils disent que c'est des blagues, mais à force, ça te fait sentir minable, ça te fait sentir bon à rien, juste à courber la tête... Et puis, qu'est-ce que ma mère aurait pensé si je m'étais trouvé dans une histoire entre deux hommes...

Il a avalé sa salive, peinant à avouer une homosexualité pourtant évidente. Rachid avait raison, je ne pouvais pas comprendre des racismes quotidiens que je n'avais jamais subis. J'ai imaginé le complexe d'une minorité venue de pays colonisés pour rejoindre la métropole avec des espoirs qui, s'ils étaient déçus, finiraient par générer des velléités revanchardes. Ses larmes semblaient intarissables. Bien que sensible à sa difficulté d'être arabe et homosexuel, dans sa culture et notre société, je l'ai rudoyé.

— Celui qui a agressé Damien et tué Barbara est un démon qui continuera jusqu'à ce qu'on le serre. Après Barbara, ce sera qui ? Un autre garçon, une femme, un enfant ! Alors, arrête de pleurer et dis-moi si elle craignait un autre danger.

Ses pleurs ont stoppé, il s'est essuyé le nez avec la manche.

Il a réfléchi, hésitant.

— Plusieurs fois, elle a évoqué un homme qui lui faisait peur…

— Un homme, quel homme ? Elle t'a donné son nom ?

— Elle a jamais voulu dire qui c'était. Elle répétait que c'était plus sûr pour moi si j'en savais pas plus…

Un autre homme, Barbara craignait un autre homme… De qui pouvait-il s'agir ? Je me suis creusé les méninges, mais il y avait trop de profils suspects dans son univers.

Une fois de plus, j'ai douté de Rachid.

— Dis-moi la vérité !

— C'est la vérité, je vous le jure ! Je vous ai dit tout ce que je sais…

Il s'est remis à sangloter, ses mains ont couvert son visage.

Je l'ai laissé évacuer son stress, sans le quitter des yeux.

— Tu vas rentrer chez toi. Mais tant que je n'ai pas arrêté le coupable, ne remets pas les pieds dans Nantes…

Il m'a regardé, déconcerté. Ses yeux étaient rouges et ses lèvres tremblaient, j'ai répété avec toute ma détermination.

— T'as entendu, tu vas arrêter ton trafic et disparaître le temps qu'il faudra…

Après un moment, il a hoché la tête. Et j'ai espéré qu'il avait compris.

Mai 1976

14 mai – 11 h 00

Pierrick a accéléré devant le Glass, place Zola. Selon les infos que j'avais, Livia en avait pris la gérance pour le compte de Robert. La mort de Barbara lui avait ouvert la voie. Je me demandais où Pierrick en était avec elle, mais je n'avais pas trouvé le bon moment pour lui demander. Il s'est allumé une Gauloise pour maintenir la chaudière en route après une nuit dehors, puis il a tourné boulevard de l'Égalité.

Nous sommes passés devant le cinéma Concorde, en descendant vers Chantenay. Le quartier ouvrier s'était encore appauvri avec le chômage lié au choc pétrolier, des hommes étaient installés à la terrasse d'un café, attendant le miracle d'un redémarrage économique qui leur permettrait de retrouver du boulot.

Une nouvelle fois j'ai interrogé Pierrick.

— Qui a appelé ?

— Une voisine a entendu du grabuge.

— Elle n'a rien dit d'autre ?

— Elle n'a pas osé monter…

Deux minutes plus tard, il a garé la 4L, devant l'immeuble. Une femme en robe de chambre peluchée nous attendait en bas d'un escalier, les bras croisés, sans maquillage, la chevelure défaite.

— Vous voilà enfin, s'est-elle lamentée.

— On fait ce qu'on peut ! a éructé mon équipier.

— C'est tout en haut, dépêchez-vous, il n'y a plus de bruit depuis deux minutes.

Au quatrième, j'ai poussé une porte entrouverte, la seule à ne pas être celle d'un grenier. Un fil reliait l'appartement à l'ampoule du plafonnier du palier. L'appartement se résumait à une pièce mansardée vétuste, éclairée d'un châssis tabatière et d'une fenêtre à chien-assis dont plusieurs carreaux avaient été remplacés par des cartons. Un jeune homme torse nu se tenait au milieu de la cuisine. Agité, il a tenté de s'expliquer.

— C'est pas ma faute… J'ai pas fait gaffe, c'est à cause du café…

Sur une gazinière, l'eau d'une casserole frémissait, une dizaine de bouteilles de vin étoilées entouraient la bonbonne de gaz, pas moins d'une centaine de capsules plastiques formait un tas. Un nuage de mouches se partageait entre la poubelle et une litière pour chat qui n'avait pas été changée depuis des lustres. L'odeur était suffocante, mais l'homme était trop saoul pour en être incommodé.

Les yeux veinés, il a vacillé, dans les vapes.

— Le café… Il était sur le feu… J'suis retourné trop tard.

J'ai demandé, incrédule.

— Trop tard pour quoi ?

Sa bouche s'est tordue.

— Le bébé… Il était dans son bain…

Pierrick s'est précipité dans la minuscule salle d'eau. Son visage s'est transformé, il a reculé et est tombé. Il s'est mis à quatre pattes pour cracher du vomi.

J'ai fait les trois pas qui me séparaient d'un lavabo infect.

Au sol, le bébé était plongé dans une bassine plastique partiellement fondue. La peau plissée partait en lambeaux par endroits, les yeux exorbités, une grimace déformait le petit visage figé dans un cri, des touffes de cheveux flottaient à la surface de l'eau rougie de chair.

J'ai fermé les paupières pour effacer cette vision insupportable. Je me suis approché et j'ai trempé un doigt dans l'eau encore chaude. Avec des gestes mécaniques, j'ai palpé la jugulaire du bébé pour être certain qu'il n'y avait plus rien à faire.

Je suis retourné dans la pièce. Assis sur un canapé défoncé, la tête entre les mains, Pierrick s'est adressé à moi, sans me regarder.

— Occupe-toi de lui, parce qu'autrement je vais le tuer…

Je n'étais pas certain d'être capable de me contrôler, mais je craignais qu'il fasse une connerie.

— Il nous faut un médecin et une ambulance…

Il s'est levé et a jeté un œil à son dégueulis.

— T'inquiète pas, ai-je dit, je m'en occupe avant leur arrivée.

Il m'a remercié d'un signe et il est sorti, sans regarder le jeune homme qui s'était assis à la table et servi un verre de rouge. J'ai ouvert le châssis en espérant que l'air m'aiderait à surmonter l'horreur. J'ai rejoint le jeune homme et vidé son vin dans l'évier émaillé, jauni de crasse. Il a chassé la grosse mouche qui lui tournait autour, sans rien objecter.

— Elle est morte ?

Je me suis retenu de lui arracher la tête, bénissant le ciel que Pierrick ait eu la lucidité de partir. J'ai sifflé entre mes dents.

— Putain de merde, bien sûr qu'elle est morte, qu'est-ce que t'espérais ?

Il a écarquillé les yeux, surpris par mon agressivité. J'ai pris une inspiration pour me calmer.

— Comment s'appelait-elle ?

— Alice…

— Elle avait quel âge ?

— Sept mois…

— C'est toi le père ?

— Non.

— Où est la maman ?

Il paraissait incapable d'ordonner une phrase complète.

— L'épicerie.

Comprenant qu'elle rentrerait bientôt, j'ai espéré que Pierrick l'arrêterait avant qu'elle monte. J'ai relancé le café et je l'ai servi dans un bol, il m'a demandé une cigarette que je lui ai donnée, je l'ai laissé boire et fumer en souhaitant que ça lui remette un peu les idées au clair. Puis j'ai commencé l'interrogatoire.

Il avait vingt ans. Au chômage, il avait rencontré la mère, dix-neuf ans, trois mois plus tôt. Elle était également sans emploi. Le couple vivait des allocations. Selon lui, l'enfant refusait de boire son biberon. Les premières dents lui arrachaient des hurlements. Il avait essayé de la changer, mais elle n'arrêtait pas de crier. Alors il s'était dit qu'un bain chaud lui ferait du bien. Parce qu'il l'aimait beaucoup, cette gamine, même si ce n'était pas la sienne. Il avait fait chauffer de l'eau et commencé à la baigner. C'est à ce moment-là qu'il s'était souvenu qu'il avait laissé la casserole sur le feu.

— La casserole d'eau pour le café…

J'allais commencer à pointer les contradictions de sa déposition, mais la maman est arrivée avec son filet à provisions rempli de bouteilles de lait et de vin. L'instinct maternel lui a aussitôt fait comprendre qu'il était arrivé quelque chose à sa fille, elle a laissé choir le sac, les bouteilles se sont brisées, répandant le lait et le vin sur les tomettes fissurées.

— Où est Alice, je veux voir ma fille…

Malgré moi, j'ai jeté un œil vers la porte.

Avant que je puisse l'arrêter, elle a couru vers l'autre pièce.

J'ai eu l'impression que son cri me sciait en deux.

Elle est ressortie, portant sa fille contre son épaule. Elle la faisait légèrement sauter tout en lui parlant pour tenter de la réveiller : « Alice, ça va aller, mon amour, ça va aller. C'est rien, maman est là maintenant. »

Elle répétait ces mots, cherchant à s'en convaincre elle-même, me fixant pour me mettre au défi de la contredire. Je me suis senti totalement démuni. La mère a déplacé ses mains sur le dos de l'enfant, j'ai remarqué qu'il était couvert d'hématomes.

Deux ambulanciers et le médecin sont arrivés. Ils l'ont prise par le bras, en douceur, sans tenter de lui retirer son bébé. Elle s'est laissée emmener, sans la moindre résistance.

Le jeune n'avait pas dit un mot. Malgré son cerveau lessivé par l'alcool, j'ai lu sur son visage qu'il savait que j'avais compris. Je l'ai foudroyé du regard.

— Dis-moi ce que tu as fait ou je te passe par la fenêtre !

J'ai fait mine de le saisir par la peau du dos.

Et il a tout déballé. L'enfant n'arrêtait pas de pleurer, il s'était énervé et l'avait frappé. Ce n'était vraisemblablement pas la première fois. Mais il avait cogné trop fort. Lorsqu'il avait réalisé qu'il l'avait tué, il avait paniqué. Il avait fait couler un bain pour maquiller son crime en noyade. Nous étions arrivés au milieu du scénario, avant qu'il n'ajoute de l'eau brûlante pour finir d'ébouillanter le corps, de façon à faire disparaître les traces de coups.

La dissimulation n'avait aucune chance de tromper le médecin, pas plus que le jeune n'aurait été en mesure de soutenir un interrogatoire, mais il était trop idiot et saoul pour le savoir. Je l'ai emballé sans lui passer les menottes.

Un panier à salade attendait en bas. J'ai prévenu le gardien de la paix de le mettre en cellule en attendant que j'arrive, puis j'ai rejoint Pierrick, au comptoir du bar d'en face.

— Il a parlé ?

J'ai eu du mal à articuler.

— C'est lui…

— Ton verdict ?

J'ai récité mes gammes juridiques, en guise de bouclier protecteur.

— Coups et blessures volontaires ayant entraîné la mort sans intention de la donner sur mineur de moins de quinze ans dont il avait la garde au moment des faits…

Il connaissait le refrain.

— Circonstance aggravante… Il prendra dix ans.

Nous sommes restés silencieux. Pierrick a commandé deux whiskies au patron qu'il avait sans doute informé, car il a commenté :

— Désolé, les gars. Buvez, ça vous fera du bien.

J'ai avalé le mien d'une traite. La vision du bébé ébouillanté dans la bassine est revenue. Je me suis rendu aux toilettes, au fond de la cour. Je me suis enfermé, agenouillé devant les chiottes à la turque et j'ai vomi une bile douloureuse, qui m'est remontée jusqu'aux narines. Les larmes aux yeux, je me suis rincé la bouche, le visage et la nuque. Cramponné au lavabo, je me suis dévisagé dans le miroir, étranger à celui que j'y voyais.

Lorsque je suis revenu dans le rade, je savais que ma vie ne serait plus jamais la même.

Pierrick m'attendait devant deux autres whiskies.

Pour tenter de nous extirper du magma d'horreur, je lui ai posé la première question qui m'est venue à l'esprit.

— Comment ça va avec ta Corse ?

J'ai eu l'impression que ça le soulageait d'en parler.

— Cette salope m'a plaqué pour un connard plein aux as…

*

16 mai – 20 h 50

L'autopsie de l'enfant avait révélé des traces d'attouchements. Après des heures à nier, le jeune homme avait fini par avouer les faits, il avait été placé sous mandat de dépôt à la maison d'arrêt de Nantes. De son côté, la maman avait déclaré qu'elle avait remarqué que sa fille portait des traces de coups, mais que son compagnon avait prétendu que l'enfant était tombé. Impossible de savoir jusqu'à quel point sa consommation d'alcool avait aveuglé cette mère.

J'étais sorti vidé de Waldeck, déprimé par la misère et la folie humaine, un nœud de colère me rongeait le ventre.

Malgré les félicitations de Chenal pour l'élucidation rapide des circonstances du décès de l'enfant, je commençais à me demander si nous parviendrions un jour à éradiquer cette violence. D'autant plus que les enquêtes sur le meurtre de Barbara et les braquages étaient au point mort. La sûreté urbaine était raillée dans la presse, le patron subissait la pression du grand chef de Waldeck, et par voie de conséquence, il secouait ses hommes.

Démoralisé, je suis rentré directement, j'espérais qu'un sommeil réparateur m'aiderait à remonter la pente. Harassé de fatigue, je me suis couché pour une longue nuit, décidé à m'autoriser une grasse matinée dominicale.

Au lieu de quoi, mes bribes de sommeil n'étaient qu'une succession de cauchemars au milieu de cadavres : l'homme poignardé par son fils, Barbara étranglée, l'enfant brûlé dans son bain. J'entendais les cris et les appels au secours, mais j'étais impuissant, les mains ligotées dans le dos, les yeux ouverts. Le pire, c'est que j'étais certain que ces cauchemars étaient destinés à me faire digérer l'horreur pour qu'elle ne puisse plus m'atteindre lorsque j'y serais inévitablement confronté.

Une nouvelle fois, je me suis réveillé en priant pour ne jamais franchir ce degré d'insensibilité. Je me suis retourné sur le matelas pour tenter de trouver une position qui me permettrait enfin de dormir.

17 mai – 6h30

Lorsque le téléphone a sonné, j'ai mis l'oreiller sur ma tête.

La sonnerie s'est interrompue, je me suis dit que l'emmerdeur réessaierait à une heure décente. Pourtant, la sonnerie a encore retenti. Entre crainte et agacement, j'ai écarté la couverture et rejoint le salon, préparant des phrases cinglantes s'il s'agissait d'une erreur de numéro et de vagues formules de réconciliation au cas improbable où ma mère s'était avisée de me réveiller pour être certaine de me joindre.

J'ai décroché en me reprochant d'avoir laissé filer plus d'un mois sans l'appeler, après cette stupide dispute.

Dans le brouillard, j'ai porté l'écouteur à mon oreille.

Le *Allô !* avait quelque chose de l'autorité d'une fonction réglementée. On aurait dit une voix de juge, de notaire ou d'avocat.

J'ai laissé passer un silence, le pressentiment en train de m'envahir m'ordonnait de repousser la nouvelle qui valait à ce correspondant de m'avoir contacté à cette heure. Les premiers mots décryptés m'informaient que l'homme était médecin, le médecin de ma mère… Il s'excusait de devoir me déranger un dimanche, seulement voilà… Il était arrivé cet événement imprévisible… Ma mère…

J'ai senti mon cœur se serrer, les larmes se sont mises à couler sur mes joues. Je suis resté debout, les yeux dans le vague.

— Je suis désolé, a conclu le toubib, contrit.

Le regard brouillé, j'étais incapable d'émettre un mot.

Au bout du fil, mon correspondant guettait ma réaction.

— Monsieur Brandt?

Je me suis raclé la gorge pour parvenir à parler:

— De quoi est-elle morte?

— Le cœur... votre mère est partie dans son sommeil... J'ai bien peur qu'elle ait oublié de prendre ses médicaments, je ne sais pas si vous aviez remarqué ses troubles d'attention, votre mère souffrait...

Je n'ai pas écouté la fin des explications qui sonnaient comme un plaidoyer.

Face à mon absence de réaction, le docteur s'est arrêté.

— Monsieur Brandt, vous m'écoutez toujours?

— Où est-elle? ai-je demandé, dans un filet de voix.

— Chez elle, une de ses amies a accepté de la veiller en attendant votre venue. C'est pourquoi je me suis permis d'insister, malgré l'heure.

J'étais prostré, le combiné du téléphone sur l'oreille. J'ai eu besoin d'une minute.

— Je serai là dans la journée.

J'ai reposé le combiné.

Les murs se sont mis à tanguer, mes jambes avaient du mal à me porter, mes muscles étaient en train de se raidir au point de me faire atrocement souffrir. Je m'étais fâché avec ma mère en raison d'un mouvement d'humeur qui l'avait percutée sur ce qu'elle avait de plus cher, et mon stupide orgueil avait empêché une réconciliation qui eût pourtant été si facile. Étourdi de tristesse et de remords, j'ai porté mon doigt sur le cadran rotatif pour composer son numéro, m'excuser, lui dire que je l'aimais, et j'ai réalisé que ce ne serait plus jamais possible.

*

24 mai – 10 h 00

Costume défraîchi et cravate desserrée, le patron m'a reçu dans son bureau avec un visage de circonstance.

— Je te renouvelle mes condoléances, Greg.

— Merci d'avoir assisté à l'enterrement.

Après la cérémonie, j'avais déjà remercié Pierrick, Georges et Valentin d'avoir fait le déplacement à Paris. J'avais aussi revu d'anciens collègues, puis était venu le tour des huiles, amis de mon père. Plusieurs m'avaient affirmé qu'ils pensaient à moi, et j'avais remarqué qu'ils échangeaient avec Chenal, qui ne s'en est pas caché.

— C'est malheureux à dire, mais ces événements sont aussi des occasions de discuter entre policiers. Je n'ai pas tari d'éloges sur le travail de terrain que tu fournis depuis que tu es avec nous. Je suis certain que tu recevras bientôt des propositions… En attendant, si tu penses être opérationnel, je veux que tu continues à enquêter sur le meurtre de cette jeune femme.

Son regard m'a invité à lui donner des précisions sur mes avancées.

Bien que maigres, j'ai tenu à lui fournir le profil que je privilégiais.

— Je pense qu'on est face à un homme fort, de grande taille, plutôt jeune et fumeur de haschich. Contrairement à ce que j'ai pu d'abord penser, il n'agit sans doute pas de façon préméditée… C'est un déséquilibré soumis à des pulsions qui le submergent, lorsqu'il se sent humilié. Dans cet état, il oublie l'identité de sa victime, seule compte la vengeance contre une personne ou des gens qui lui ont fait du mal dans le passé. Les insultes et ces actes répondent à ce qu'il a subi. C'est pourquoi il a violé un jeune homme et une femme, sans distinction. Demain, ce sociopathe pourrait aussi bien s'en prendre à une personne âgée ou à un de ses proches… Rien ne prouve d'ailleurs qu'il ne l'ait pas déjà fait…

Il m'était impossible de parler de l'assassinat de Barbara sans que me revienne en mémoire la découverte de son corps, sans qu'une immensité obscure s'ouvre en moi, m'amenant à visualiser l'ombre du tueur d'une façon quasi intuitive.

Chenal me fixait, à la fois attentif et dérangé par ma façon empirique d'établir ce profil. Pour le rassurer, j'ai étayé ma thèse par les éléments obtenus de Rachid et Damien, et terminé sur un ton rassurant.

— Ça nous donne une idée assez précise. J'ai demandé la liste des violeurs libérés depuis six mois dans le département. Il est toujours possible qu'on ait affaire à un itinérant… auquel cas, il disparaîtra de notre champ d'action aussi vite qu'il y est apparu…

Par crainte qu'il me retire l'enquête, j'ai évité de mentionner la possibilité d'un homme qui m'aurait visé en tuant Barbara. Son regard m'a averti que s'il me suivait dans l'analyse, il n'avait pas changé de position.

— Pour l'instant, je préfère que tu n'ébruites pas la théorie d'un agresseur récidiviste.

— Je vous ai donné mon avis sur le meurtrier, mais je n'en parlerai pas à la presse.

— Si tu parviens à coffrer ce cinglé, la performance te vaudra un oscar que je m'empresserai d'officialiser là-haut.

Son doigt a pointé le ciel comme s'il désignait le Tout-Puissant.

Vexé qu'il tente de me motiver de cette façon, je suis monté au quart de tour.

— Mon seul objectif est de sauver des vies.

— C'est notre objectif à tous.

Quelles que soient les divergences politiques entre lui, Georges et Valentin, ses récriminations contre la façon dont Pierrick exerçait son boulot, Chenal avait lui aussi eu son lot de cadavres. Nous nous retrouvions derrière une mission : tenter de limiter les souffrances et les morts. Pour souligner ce travail d'équipe, il a désigné le tableau des suspects, dont certaines photos avaient été retirées.

— Grâce à Georges, on a dégagé le paysage. Jaccottet et Le Fêlé étaient à Paris aux dates des braquages, leurs alibis sont solides… Lucien Sens vient de se faire serrer dans un hôtel miteux de Pigalle. Il souffrait d'une gangrène de la jambe, les médecins ont dû l'amputer. Autant te dire qu'il est impossible qu'il ait gambadé sur ces deux hold-up…

Réorganisées, les photos regroupaient désormais trois équipes.

— Robert a racheté les bars du Toubib, à un prix officiel qui ne reflète pas leur valeur, la transaction implique un paquet de cash. Santelli est chez son fils à Rio, il y aurait investi dans un hôtel. On le chopera dès qu'il rentrera en France, mais en attendant, sans trop s'avancer, on tient nos principaux suspects… Reste à déterminer qui d'autre est monté sur ces coups avec eux.

J'ai remarqué que Le Toubib et Gratien Lopez avaient été séparés. Chenal s'en est expliqué.

— Le Toubib et les frères Maimboeuf peuvent avoir commis les hold-up. Pour Le Toubib, ce serait une façon d'amasser un pactole supplémentaire avant de tirer sa révérence en Espagne. Georges pense qu'il est capable de nous avoir fait ce bras d'honneur en cadeau d'adieu, ça expliquerait le casse à Bellevue, sur notre zone.

J'ai repensé au dîner chez Youssef. Finalement, Georges avait peut-être fait avancer l'enquête en lui tirant les vers du nez autour d'une bonne bouteille.

J'ai désigné la photo de Gratien Lopez.

— Dans ce cas, pourquoi ne lui aurait-il pas proposé d'en être, puisque c'est son protégé ?

— Peut-être étaient-ils déjà en conflit sur le prix des bars ? Pour cette même raison, Le Toubib a finalement vendu à Robert…

La photo de Lopez figurait avec celles de l'équipe de la banlieue sud, Dédé la Chance, Cravache et Le Gitan. J'ai voulu savoir si on avait autre chose sur eux.

— Des résultats avec les filatures et les écoutes ?

Il a secoué la tête.

— Lopez est aux abonnés absents. On ne sait même plus où il crèche… Il apparaît à l'improviste dans son bar, près de la gare, puis disparaît.

— Il passe relever les compteurs…[15]

— Probable… Et préserver le seul territoire qu'il lui reste.

— Selon vous, nous sommes toujours dans l'œil du cyclone ?

— Plus que jamais… Mais les forces en présence sont déséquilibrées.

— Vous pensez que les membres de la banlieue sud ne soutiendront pas Lopez ?

— S'ils entrent en guerre de son côté, on saura qu'ils ont fait les coups ensemble.

— Dans le cas contraire…

Sa sentence a été lapidaire.

— Lopez est seul face aux porte-flingues de Robert.

J'avais déjà mesuré la violence de Lopez. Dans l'état de colère et de tension dans lequel il devait être, j'espérais ne jamais le croiser.

J'ai commenté pour moi-même.

— Seul… Et dangereux… Tel un loup qui n'a plus rien à perdre…

22 h 00

Le visage de Kim exprimait sa compassion.

— Je suis désolé, Greg. Je suis désolé pour ta maman… Maman dit qu'il n'y a pas de lien plus fort que celui entre un fils et sa mère.

Depuis la cuisine, la vieille femme m'a adressé un signe, les yeux luisant d'une tristesse profonde que je n'avais pas ressentie chez la plupart des gens pendant l'enterrement. Mais ce que je lisais en elle était aussi ce que je voyais dans le fond du regard de

15. Récupérer l'argent gagné par les entraîneuses.

Kim, une souffrance qu'on porte en soi, en raison des morts abandonnés sur sa terre, sans espoir de retour.

J'ai remercié sa maman en fermant les paupières, espérant cacher mon expression de chien battu qui devait hurler ma culpabilité de ne pas avoir fait la paix avec ma mère avant sa mort.

— Les esprits entendent nos excuses, a dit Kim, c'est une chance pour eux et nous…

Sa prescience singulière m'a pénétré telle une lame glacée. Il a senti que je n'avais pas envie d'en parler et attrapé le flacon d'alcool de riz.

— Maintenant, il est temps de boire à l'amitié.

Nous avons trinqué. J'ai bu d'une traite. Kim m'a imité, et nous a aussitôt resservis. Il m'a parlé des conséquences du départ des troupes américaines. La réunification du pays sous l'égide communiste jetait des centaines de milliers de personnes sur les routes de l'exode.

Avec l'alcool et l'émotion, son regard était de plus en plus brillant.

— Beaucoup de malheurs… beaucoup de réfugiés…

Je commençais moi aussi à ressentir l'effet de l'alcool de riz.

— Si un jour je peux être utile, n'hésite pas à me demander.

J'ai senti qu'il y avait quelque chose qui le tracassait et émis une hypothèse.

— T'as des soucis ? C'est au sujet du permis de travail de ta mère ?

Il a resservi les deux verres.

— J'ai un message pour toi, de la part de Lîem Dung…

J'ai eu du mal à pronostiquer ce qu'il avait en tête, mais il était évident qu'il avait attendu que nous soyons un peu saouls. J'ai plaisanté pour lui faciliter la tâche :

— Je vais t'apprendre une expression française : *Crache ta Valda !* Ça signifie, dis-moi ce que t'as à dire, même si c'est difficile. En l'occurrence, ça veut aussi dire, fais-moi confiance, Kim…

— Lîem m'a dit de prévenir que le nouveau roi lui créait problèmes…

J'ai mis quelques secondes à mettre l'info en ordre.

— Le roi, quel roi, celui du carnaval de Nantes ?

Le sujet était trop sérieux pour qu'il goûte l'humour, son sourire s'est effacé.

— Il a dit que tu sais qui il est : le nouveau roi de la nuit.

J'ai aussitôt pensé à Robert. Racketter ou placer un de ses hommes à la porte du Château, comme il l'avait fait avec Ange Muntoni, au Macumba, était une façon de continuer à étendre sa toile. Imprimer sa marque et asseoir son pouvoir. Maintenant qu'il avait mis la main sur les bars du Toubib, il lui fallait gérer la génération montante pour les garder sous ses ordres, sans interférence dans ses affaires, et surtout, les maintenir loin de Lopez, en train de recruter dans la perspective de la guerre à venir.

— Si Lîem a reçu des menaces, je me ferai un plaisir de recueillir sa plainte.

— Il dit qu'il n'a pas peur…

— Alors pourquoi veut-il que je sois au courant ?

— Il pense que tu peux empêcher des violences…

— Je ne comprends pas ce qu'il attend de moi…

Kim semblait réellement inquiet.

— Si tu transmets le message au nouveau roi, il t'écoute. Sinon, Lîem faire ce qu'il faut pour que plus jamais personne pense pouvoir l'embêter… Beaucoup de violence à venir, il y a que toi qui peux éviter ça, Greg.

J'ai songé aux reproches que j'avais faits à Georges pour la protection qu'il accordait à Youssef. Je me sentais attaché à Kim et au sort des Vietnamiens, mais je refusais de tomber dans le même travers, en acceptant un rôle qui n'était pas à mes yeux celui d'un policier.

— Il espère que je vais le protéger ?

Après un silence qui paraissait porter de la déception, il a précisé.

— Non. Lîem refuse que je te parle, mais j'insiste, et ensuite, il est d'accord. Tu es policier intègre. Tu es le seul pouvoir empêcher le sang de couler.

J'ai repensé à notre mission : éviter les souffrances et les morts.

— Pour que je comprenne, Kim. Toi, qu'est-ce que tu espères de moi ?

Il m'a fourni la bonne explication.

— Lîem aider notre communauté. Nous avons besoin de lui pour familles réfugiées.

— Combien de temps ai-je pour décider avant qu'il agisse ?

Il a hésité.

— Je ne sais pas. Je demande à Lîem…

Nous avons continué à boire, mais l'ambiance n'était plus la même, nous avions du mal à trouver des sujets de conversation, et, en même temps, nous sentions que nous ne devions pas nous quitter sur ce sujet brûlant.

Lorsque le flacon a été vide, je lui ai demandé l'addition.

Il n'a pas commis la faute de m'offrir le repas et l'alcool.

*

26 mai – 11 h 00

C'était une matinée particulièrement chaude. Dans le bureau, Pierrick fumait devant un café. Pour une fois, il paraissait reposé.

— T'as bonne mine…

Il a souri.

— J'étais tellement à la ramasse que j'ai dormi seize heures d'affilée.

J'ai pensé à mes nuits perturbées de cauchemars.

— Seize heures, t'as tenu autant de temps sans t'arroser le gosier…

Il a encaissé et tendu les mains devant lui.

— Regarde, pas un pet de jeu, pas de palu indien… Je suis bon pour l'absolution.

J'ai fait le geste de le bénir.

— *Deus, Pater misericordiarum*…

Cela faisait longtemps que nous ne nous étions pas retrouvés seuls. Nous nous sommes observés sans ciller, faisant le point sur notre relation. Nous n'étions pas devenus amis, mais nous étions liés par le meurtre de Barbara et la découverte du bébé ébouillanté, des meurtrissures que nous ne pouvions confier à personne. J'ai sollicité son avis.

— Robert, c'est le genre à accepter une discussion dans le dur ?

Il m'a regardé de biais.

— Si un truc te contrarie, Greg, tu peux m'en causer. On peut aussi aller le voir ensemble… D'homme à homme…

— Cette proximité ne te gêne pas ?

— Parler, ce n'est ni se soumettre ni collaborer. Si les voyous ne nous connaissent pas, ils ne nous respecteront plus. C'est ce que ne comprennent pas les ronds de cuir. Le jour où les flics et les voyous se seront éloignés au point de ne plus se parler, on ne pourra pas éviter l'hécatombe…

J'ai repensé à ma confrontation avec Lopez.

— Et s'ils nous menacent…

— Là, c'est différent. On doit montrer que c'est nous les boss. À la moindre insulte, il faut leur claquer la gueule et leur ôter l'envie de recommencer. Les voyous flairent la peur comme des vautours les carcasses. Si tu veux aller rencontrer Robert, en solo, ne commets pas l'erreur de le sous-estimer. Il n'est pas arrivé là où il est par hasard. Il est intelligent et rusé. Pas le genre impitoyable par plaisir, mais maintenant qu'il s'est installé au sommet, le plus difficile commence… Il n'hésitera pas à faire avaler son bulletin de naissance à ceux qui se dresseront en travers de son chemin.

C'était une évidence qui aurait dû m'inciter à une position prudente, et pourtant, il se produisait l'effet inverse, je sentais l'adrénaline bouillonner dans mes veines. Chenal a entrouvert la porte. Il a apprécié le visage rasé et frais de Pierrick.

— Ça tombe bien que vous soyez là tous les deux. On vient de recevoir un appel, une fille étendue place du Bouffay…

Nous avons emprunté la 4L, je sentais Pierrick nerveux. Pendant que nous roulions, j'essayais d'imaginer s'il avait une idée de qui nous allions trouver.

Sur la place ensoleillée, un cordon de gardiens de la paix tenait les badauds à distance. Pierrick a exhibé sa médaille pour que nous puissions nous frayer un chemin dans la meute. Sur une civière, une jeune femme inconsciente recevait les premiers soins d'un urgentiste. Un choc avait explosé le côté gauche du visage, des bris de verre étaient enfoncés dans la chair, sa longue chevelure brune était collée par le sang.

J'ai reconnu la jeune femme qui était avec Gratien Lopez et Barbara, le soir de notre rencontre. Mon cerveau s'est mis à concevoir toutes sortes d'hypothèses.

— Tu la connais ? m'a interrogé Pierrick.

— Je l'ai vue une fois… Et toi ?

— C'est la responsable du bar de Lopez, près de la gare.

J'ai acquiescé.

— Avant, elle bossait pour Robert, au Play Girl. Tu crois que c'est sa façon de lancer les hostilités ?

Sa grimace montrait qu'il était aussi dubitatif que moi.

— Peu probable… Sauf à ce qu'elle ait vraiment déconné.

Je me suis adressé à l'urgentiste.

— Elle s'en sortira ?

Il a relevé la tête.

— Pour l'instant, elle ne réagit à aucune sollicitation nerveuse…

Il a fait signe au brancardier de l'emmener, en ajoutant :

— Ce qui est sûr, c'est qu'elle n'a pas été agressée ici…

— Qu'est-ce qui vous fait dire ça ? ai-je demandé.

— Elle a perdu plus de sang qu'il n'y en a autour d'elle. Selon moi, quelqu'un s'est débarrassé du corps au vu et au su de tous.

J'ai commenté :

— Ils n'ont pas peur d'être identifiés.

Pierrick a complété :

— Et ils envoient le message qu'ils ne craignent rien…

Deux brancardiers ont relevé le corps pour l'évacuer.

— Allez-y doucement, a ordonné le médecin. Je lui ai demandé de me tenir informé de l'évolution de l'état de la jeune femme, au cas où je pourrais l'interroger à l'hôpital. Il ne s'est pas montré optimiste.

— C'est trop tôt pour faire un pronostic, mais si elle survit, il faut s'attendre à des séquelles neurologiques…

Nous nous sommes serré la main, j'ai observé la haie de curieux sans remarquer la moindre présence suspecte. Mes yeux se sont arrêtés sur la devanture du restaurant de Youssef. Pierrick avait suivi mon regard.

— Tu penses à la même chose que moi ?

Je me suis mis en mouvement.

— Allons-y…

12h30

Youssef nous a ouvert la porte.

— Je vous attendais…

Une trentaine de clients déjeunaient, la table de Georges était libre.

— On peut parler deux minutes ? a dit Pierrick.

Youssef a désigné le fond de la salle.

— Inutile, celle que vous cherchez est là-bas...

Étant donné la violence de l'agression, l'emploi du féminin m'a étonné. Pendant que je longeais le bar, Amina m'a suivi du regard, avec sur le visage un peu d'appréhension. J'ai ignoré le sourire triste qu'elle m'a adressé.

Seule à une table, la Corse sirotait une coupe devant une bouteille de champagne dans un seau à glaçons. Pierrick n'a pas réussi à masquer sa confusion.

— Livia...

Elle a joué les innocentes d'une façon agressive, les pupilles brillantes d'alcool.

— Qu'est-ce que tu veux ?

Ses yeux portaient la marque de sa colère contre lui, mais il m'est apparu que cette colère était aussi dirigée contre elle-même. En raison de leur ancienne liaison, j'aurais dû éloigner Pierrick, mais il était inutile d'espérer lui faire entendre raison.

— Raconte-moi ce qui s'est passé, a-t-il réussi à dire posément.

Elle l'a fixé.

— C'est une histoire simple... Tu prenais ton pied à me baiser... Et j'avoue que j'aimais ça aussi. Mais t'as aucune classe. Jamais une invitation au restau, jamais de fleurs, jamais de cadeaux... Alors je t'ai jeté, pauvre rustre que tu es.

Il a fermé ses poings, elle a continué sur le même ton injurieux.

— Est-ce que j'ai bien résumé ? L'explication te suffit ou tu veux que j'en rajoute une couche ?

Elle essayait de jouer les bravaches, mais sa voix trahissait la peur. Je sentais Pierrick prêt à la gifler.

Il était temps de mettre un terme à l'humiliation qu'elle lui infligeait.

— Mademoiselle, ai-je dit, une femme vient d'être emmenée aux urgences, dans un état comateux. C'est une de vos anciennes collègues. Alors, dites-moi ce que vous savez…

Grisée par la rage et le champagne, elle s'est laissée emporter :

— Sans blague ! Cette pute s'est fait étendre. Bon débarras !

Je l'ai doucement attrapée par le bras.

— Mademoiselle, je vais vous demander de nous suivre.

Elle a repoussé ma main d'un geste brusque et défié Pierrick.

— Tu le laisses m'arrêter ?

Il a tenté de temporiser.

— Nous sommes obligés de t'emmener, tu pourras t'expliquer tranquillement, c'est moi qui prendrai ta déposition…

Elle lui a adressé un doigt d'honneur.

— Dans tes rêves, enfoiré de condé !

Toute la salle observait ces anciens amants. Leur tension était si palpable qu'il suffisait d'un geste ou d'une étincelle verbale pour qu'ils en viennent aux mains. J'ai écarté mon équipier.

— Il vaut mieux que tu me laisses faire.

Je me suis tourné vers elle, Youssef et sa fille s'étaient approchés.

— Ne fais pas l'idiote, a conseillé Youssef, j'ai téléphoné à Georges. Je viens de lui raconter…

Elle s'est un peu calmée, restant néanmoins agressive.

— Et pourquoi je devrais lui faire confiance ?

Amina lui a parlé de sa voix douce.
— Tu n'as pas le choix…
Livia a soudain paru épuisée, on aurait dit que toute l'adrénaline qu'elle avait accumulée durant la nuit se vidait d'un coup.
— Je peux finir ma coupe ?
C'est moi qui ai pris le relais.
— Vous boirez plutôt un café à Waldeck.
Elle s'est levée en redressant les épaules et elle a fouillé son blouson imprimé de fleurs psychédéliques.
— Tu payeras la prochaine fois, lui a dit Youssef.
Elle l'a remercié d'un regard. Puis elle nous a devancés, affrontant les expressions hostiles avec une force que je n'ai pas pu m'empêcher d'admirer.
Avant de sortir, je me suis retourné vers Youssef.
— Qu'est-ce que t'as raconté à Georges ?
— Il te le dira lui-même…

13h30

Sur la route, la Corse n'a pas prononcé un mot. Les mains sur le volant, Pierrick jetait des coups d'œil dans le rétroviseur, il s'est garé dans la cour de Waldeck, où Valentin et Georges nous attendaient.
J'ai ouvert la portière, il a foncé sur Livia.
— On prend la relève.
Mon équipier s'est placé devant lui.
— Hors de question, c'est nous qui l'avons arrêtée, c'est nous qui l'interrogeons.
— Tu sais que c'est impossible…
Valentin s'est interposé.
— Laisse-nous faire. Chenal veut te voir…
J'ai posé la main sur le bras de Pierrick.

— Ils ont raison, il vaut mieux que ce soit eux qui prennent sa déposition.

Il m'a regardé avec des yeux noirs, puis il a réussi à se contrôler.

— D'accord, mais je veux que tu veilles sur elle.

Je me suis demandé d'où lui venait cette méfiance envers nos collègues. Mais peut-être était-ce ce que savait la Corse qui l'inquiétait. Georges a sonné le clap de fin d'une voix aux accents de sincérité.

— Greg peut venir avec nous, il n'y a aucun traquenard, t'as ma parole.

Pierrick s'est adressé à Livia.

— Fie-toi à Greg, je viendrai te voir dès que possible.

Elle lui a craché ce qu'elle pensait, d'une voix stridente.

— C'est très généreux de ta part, mais va te faire foutre ! Moi qui te prenais pour un homme. Alors qu'en fait, t'es qu'un larbin, même chez les flics.

— Ça suffit, lui a ordonné Georges, garde ta salive de vipère pour ta déposition, parce que tu commences sérieusement à m'emmerder…

Nous l'avons accompagnée à l'étage. Elle est entrée dans la pièce, son pied a buté sur le sol, elle s'est étalée, les mains sur le carrelage. Je me suis baissé pour la relever. Était-ce l'effet de la chute ou parce qu'elle se retrouvait avec nous, elle a paru craquer et s'est mise à sangloter. J'ai eu l'impression qu'elle s'était déjà trouvée dans cette situation et qu'elle nous craignait.

Elle s'est assise, la tête basse, je lui ai tendu un mouchoir.

— C'est mignon tout plein, a rigolé Georges.

Il lui a pris le menton pour qu'elle le regarde.

— Écoute-moi, je sais exactement ce qui s'est passé. Alors plus vite tu vides ton sac, plus vite on arrêtera la séance et tu pourras rencontrer l'avocat de Robert.

À la mention de l'avocat, elle a paru reprendre du poil de la bête. Elle l'a défié, puis, bizarrement, c'est à moi qu'elle a déroulé sa nuit.

15 h 00

Tiré à quatre épingles, Chenal écoutait Georges résumer la déposition de Livia.

— Après le boulot dans leurs bars respectifs, elles se sont retrouvées à la discothèque le Château, elles se sont amusées comme des folles. Tout se passait à merveille. Elles sont ensuite allées dans un bar du centre-ville, puis elles ont eu l'idée de terminer chez Youssef.

— Pourquoi chez lui, son restaurant n'est pas ouvert à cette heure ?

— Youssef accepte certains clients pour des petits-déjeuners pendant qu'il prépare son service. C'était un terrain neutre entre Robert et Lopez. Et tout le monde sait que Youssef est discret…

Chenal a accepté l'explication et lui a fait signe de poursuivre.

— Elles étaient plutôt éméchées. Elles ont commandé une bouteille de champ'…

— Elles n'en boivent pas assez, a lancé le patron, faisant allusion à leur job d'hôtesse.

Georges n'a pas relevé.

— Youssef a hésité à les servir, mais il craignait des ennuis avec Robert ou Lopez… Pendant un moment, elles ont continué à rigoler… Puis elles ont commencé à se chercher des poux dans la tête, le ton est monté, elles se sont mises à s'engueuler, à se traiter de tous les noms… Elles se sont agrippées… Avant que Youssef ait eu le temps de les séparer, la Corse a attrapé la bouteille et l'a explosée sur la tête de cette fille, qui est restée sur le carreau.

— Qu'a fait Youssef ?

— Il avait son service, il a eu peur de l'effet dévastateur sur sa clientèle, il s'est dit qu'il allait se retrouver embrigadé dans la guerre entre Robert et Lopez que ça allait déclencher. Alors il a sorti le corps et appelé les pompiers. Ensuite, il a tout nettoyé.

— C'est de la non-assistance à personne en danger, non ?

Le soutien de Georges à Youssef était connu. Chenal ne lui a pas demandé à quel moment le restaurateur l'avait prévenu et si c'est lui qui lui avait donné ce conseil. Il l'a au contraire laissé le dédouaner.

— Ça n'aurait rien changé pour cette fille. Youssef a réussi à calmer le jeu avec la Corse, il lui a servi une autre bouteille et l'a convaincue d'attendre la police. Sans lui, on cavalerait encore après elle…

— Tu voudrais quand même pas qu'on lui refile la Légion d'honneur…

— Pas la peine d'aller jusque-là, on se contentera de ne pas l'impliquer davantage…

En sous-titre, il y avait le risque que Youssef subisse des représailles de Lopez. Chenal a rappelé la limite de ce que nous pouvions faire.

— Il sera quand même amené à témoigner… surtout si la jeune femme décède.

— Bien sûr. D'ici là, de l'eau sera passée sous les ponts…

— Greg, tu as quelque chose à ajouter ?

Pendant l'interrogatoire, Georges n'était pas revenu sur l'alibi qu'elle avait fourni à Robert pour le premier braquage. Même si j'étais à peu près convaincu que cela se serait avéré vain, j'étais surpris qu'il n'ait pas cherché à utiliser ce levier.

— Si Robert lui paye un avocat, c'est peut-être parce qu'il lui est redevable de l'avoir couvert pour le braquage du Carrefour.

— C'est assez inhabituel qu'un propriétaire de bar casque un baveux pour une de ses filles, a convenu le boss, malheureusement, on ne peut pas y faire grand-chose.

Il restait une interrogation en suspens.

C'est Chenal qui a fini par l'exprimer.

— Est-ce qu'on connaît le motif de leur dispute ?

Visiblement, Georges aurait préféré éviter le sujet.

— Livia n'est pas très précise… La fille lui aurait reproché de fréquenter un flic raciste et corrompu… La Corse aurait répliqué en l'accusant d'avoir trahi Robert pour Lopez… puis la mort de Barbara serait venue sur le tapis… Elles se sont écharpées sur leur idée du coupable…

Chenal était soucieux de refermer la boîte de Pandore préjudiciable à l'image de la sûreté.

— Vous croyez qu'elle parlera de Pierrick au procès ?

— Pas si on lui fait comprendre que ce n'est pas son intérêt.

— Comment on pourrait obtenir ça ?

Georges est demeuré silencieux, mais il était évident qu'il songeait à des solutions d'intimidation. Chenal a paru hésitant.

— À part son joli minois, elle est faite de quel bois, cette Corse ?

Le portrait psychologique qu'en a dressé le vieux policier m'est apparu assez précis.

— Coriace... Maligne... Et j'ai rarement connu une fille aussi ambitieuse.

Dans sa bouche, le mot frisait l'insulte, aussi infamante que s'il venait de découvrir qu'elle était atteinte de syphilis. Le patron a croisé les doigts et s'est frotté les paumes, en grimaçant.

— Une pute maligne, c'est déjà dangereux... Mais une pute maligne et ambitieuse, c'est des emmerdements assurés. Surtout lorsqu'elle est belle. Tu penses trouver les bons arguments pour qu'elle comprenne qu'elle n'a pas intérêt à renouveler l'esclandre qu'elle nous a fait en bas ?

Ça n'a pas eu l'air de poser de problème à Georges. Voir Chenal quémander une aide l'amusait, il s'est contenté de hausser les épaules.

— Tout le monde a un point de rupture.

Chenal m'a adressé un regard amer.

— J'avais pourtant averti Pierrick. J'espère que cet idiot aura compris la leçon. En attendant, je l'ai renvoyé dans sa niche pour trois jours...

Ça valait un blanc-seing donné à Georges.

J'ai réalisé ce qu'avait anticipé Pierrick : le ressentiment de Georges envers Robert pouvait se reporter sur Livia. J'ai gambergé à pleine vitesse, il m'est revenu la discussion avec Kim à propos du conflit entre Lîem Dung et Robert.

J'ai jeté un œil aux suspects des braquages, il était temps que Robert et moi ayons une discussion.

Je me suis planté devant Chenal.

— Il y a un moyen plus efficace, Livia fera ce que lui ordonnera Robert...

27 mai – 10 h 00

Sous une chaleur de plus en plus étouffante, je me suis garé devant le corps de ferme, à l'heure convenue. Je suis descendu de la 4L, déterminé à agir sans perdre ma probité de policier. L'air sentait le foin doré par le soleil, le berger allemand avait dû être consigné dans sa niche. Un instant, j'ai revu l'accueil hostile de Monique, la Corse mutique dans la cuisine, et j'ai eu l'impression que des années s'étaient écoulées depuis ma première visite, après le braquage.

Je me suis essuyé le front. Ma main était couverte de sueur. Avant que j'atteigne la porte, Robert a ouvert, dans une veste de chasse, treillis et pataugas militaires.

— T'es venu de ton propre chef ou en mission commandée ?

— Ça change quelque chose ?

Il s'est gratté la barbe de deux jours.

— Ça pourrait…

— Disons que l'idée vient de moi, mais que j'ai prévenu ma hiérarchie.

Il a réfléchi à cette référence qui lui remémorait son passé dans l'armée.

— C'est parfois prudent…

Je l'ai suivi jusqu'à la cuisine, il nous a servi du café et m'a renvoyé à notre altercation au cimetière.

— Comment va ton ami arabe ?

— Ce n'est pas un ami. Simplement, je ne pouvais pas laisser votre sbire le massacrer. Mais si ça vous intéresse, je lui ai dit d'arrêter son petit trafic et de rester à Bellevue.

— Il vaudrait mieux pour lui. Parce que s'il lui reprend l'idée de vendre sa merde…

Il a laissé sa phrase en suspens, mais la mise en garde était assez claire.

— Je ne pensais pas trouver en vous un ardent défenseur de la loi.

— Je ne touche pas à la came.

Une part de moi s'est demandée si cette position serait tenable pour lui et les voyous de cette génération, dans le cas où l'activité deviendrait plus lucrative. Il n'en avait pas fini avec Rachid.

— Si vous êtes infoutus d'arrêter le meurtrier de Barbara, il faudra bien que quelqu'un s'en occupe…

Malgré moi, mon ton est monté.

— Rien ne me ferait plus plaisir que de coincer ce cinglé ! Mais aucune preuve n'implique ce gamin…

— C'est une différence entre toi et moi. Ta loi dit que le doute profite à l'accusé. La mienne ne s'embarrasse pas de considérations fumeuses…

— Quitte à vous en prendre à un innocent ?

— Crois-tu que ça gênait les fellagas en Algérie ?

L'homme que j'avais face à moi était conditionné par ce qu'il y avait vécu.

— Bon, a-t-il coupé court, s'il se tient à distance de certains endroits, disons que ton Arabe a un sursis le temps que les flics fassent leur boulot. Mais remuez-vous… Maintenant, que me vaut cette visite de courtoisie ?

— Livia travaille pour vous au Glass et vous lui fournissez un avocat. Nous souhaitons qu'elle n'ébruite pas une de ses anciennes relations qui n'a rien à voir dans ce drame.

Il a dégainé un mauvais sourire.

— Je ne possède pas de bars et je connais à peine cette Livia.

— Il me semblait pourtant qu'elle avait passé la nuit ici, il n'y a pas si longtemps…

L'allusion au témoignage a effacé son sourire.

— Ça ne s'est pas reproduit. Mais dans l'hypothèse où je pourrais faire en sorte qu'elle ne parle pas de sa liaison avec un flic, qu'est-ce que tu proposes en échange ?

J'avais en tête la ligne à ne pas franchir.

— Je n'ai rien à proposer. Nous ne sommes pas en train de négocier.

— Alors, qu'est-ce que nous faisons là ?

J'ai repris le ton persifleur qu'il avait utilisé.

— Supposons que je ne sois pas policier, de la même façon que vous n'êtes pas propriétaire de bars de nuit à Nantes… Je pourrais vous demander de quoi vous vivez ?

Il a écarté les bras pour souligner sa tenue, comme une évidence.

— De la chasse…

J'ai regardé autour de moi.

— Je ne doute pas qu'abattre des sangliers puisse vous nourrir, mais qu'en est-il de l'achat de cette demeure, qu'en est-il de la collection de voitures entreposées dans la grange ?

Il s'est gratté l'arrière du cou.

— J'ai fait fructifier un héritage en gagnant au jeu…

Pour lui montrer que je n'étais pas dupe[16], j'ai laissé passer un silence.

— Si vous êtes joueur, vous devriez savoir que ça ne sert à rien d'abattre une carte qui ne vous

---

16. Pour justifier leurs revenus, les voyous rachetaient les tickets de tiercé gagnants à des clients peu regardants. Cela se pratique toujours avec des billets de Loto ou d'EuroMillions.

fera rien gagner… À part vous créer d'autres inimitiés.

Il a saisi l'allusion à Georges et grimacé.

— De ce que je connais de cette Livia, ce n'est pas une mauvaise fille. Je ne crois pas qu'elle ait envie de faire du tort à son ex. Mais elle a compris une chose, son monde et le vôtre ne devraient pas se mélanger. Il n'en sort jamais rien de bon…

J'ai pris en pleine gueule le rappel du meurtre de Barbara.

Il a bu son café aussi tranquillement que si nous venions de parler de la chaleur inhabituelle des dernières semaines. Il a reposé son bol.

— Il y a un autre sujet que tu veux aborder ?

J'ai bu à mon tour, en prenant mon temps.

— On va le formuler de cette façon… certaines rumeurs racontent que vous avez commis deux braquages pour financer le rachat de six bars. Les mêmes rumeurs racontent que Gratien Lopez, qui était en lice, vous en veut à mort d'avoir remporté la timbale.

— On ne peut pas empêcher les gens de parler. Mais les rumeurs, ça n'a jamais constitué des preuves…

— Il serait sur le point de vous mener une guerre sans merci…

— Dans ce monde imaginaire, si quelqu'un s'avisait de me faire cette guerre, il la perdrait. Mais laisse-moi te dire une chose, puisqu'on en est là, l'homme que tu décris raconte qu'il va te crever… Après la mort de Barbara, ce qui vient d'arriver à la gérante de son bar lui a fait perdre tout sens de la mesure. Je dirais que c'est un homme aux abois…

Il m'est venu un doute sur un acte prémédité de Livia.

Robert me dévisageait, évaluant ma réaction à la menace.

— Je serais toi, je surveillerais mes arrières…

J'ai pensé à ce que m'avait dit Pierrick sur sa faculté à lire la frayeur, puis j'ai songé à ma réaction face à Lopez, dans la rue. Un instant, j'ai revu mon père, lorsque enfant je lui avais demandé s'il craignait les méchants. Comme souvent, il en avait profité pour m'inculquer ses principes, avec sévérité : *Un homme ne doit jamais montrer sa peur.* Il était à mes yeux un héros indestructible, et pourtant il était mort sous des balles.

J'ai choisi de plaisanter.

— Vous voulez me prêter votre porte-flingue pour me protéger ?

— L'idée est intéressante… Elle pourrait constituer le début d'une entente qui nous enrichirait mutuellement, à supposer que je sois celui que tu crois que je suis…

— Il y a une chose que je ne comprends pas. Jusqu'ici, les braquages n'avaient jamais fait de victimes…

J'ai eu la sensation de toucher un nerf à vif. L'espace d'une fraction de seconde, ses yeux ont cherché une échappatoire.

Son regard est revenu vers moi.

— Je ne suis pas un spécialiste, mais il ne doit pas s'agir des mêmes auteurs.

Un tableau commençait à apparaître, j'ai repoussé le bol sur la table.

— Merci pour cette idée intéressante… Mais je vais la refuser. Aurions-nous le même ennemi que ça ne nous mettrait pas dans le même camp. Ni aujourd'hui. Ni jamais.

Il a écarté des mains fatalistes.

— Pour un mortel, « jamais » est un mot présomptueux qui ne signifie rien.

Je lui ai accordé ce point.

— Sages paroles… Que nous devrions tous méditer…

Il a plongé son regard dans le mien.

— Je t'avais sous-estimé, petit flic.

— Je prends ça pour un compliment.

— Tu as tort… parce que ça n'arrivera plus.

Nous avions fait le tour, il restait un point que j'ai préféré aborder sur le pas de la porte, pour ne pas lui donner l'impression qu'il s'agissait du premier but de ma visite.

— Au fait, un de mes amis vietnamiens m'a fait part d'un différend que vous auriez avec le patron du Château, je lui ai dit que j'allais vous en toucher un mot.

Un tressautement nerveux a secoué la pommette sous son œil droit.

— Tu joues les entremetteurs ou les protecteurs.

— J'aimerais seulement éviter à des innocents d'avoir à pâtir d'un conflit entre vous et lui. Ces gens arrivent de loin et ont beaucoup souffert.

Ses yeux avaient perdu toute lueur amicale.

— Ça ne répond pas à ma question…

Face à mon indécision, il a clarifié.

— Tu es venu avec ton arme ?

— Non, pourquoi ?

— Parce que si tu décides de prendre ses patins[17], tu ne pourras plus jamais la quitter… Ton collègue, Georges, il la porte toujours sur lui. Tu me diras, lui, ça ne le dérange pas, c'est un militaire.

17. Prendre le parti, la défense de quelqu'un.

— Et vous, vous en avez une ?

Il a écarté les pans de sa veste de chasse pour montrer sa ceinture libre.

— Le patron du Château n'a aucune chance contre moi.

— Sans doute… Peut-être même qu'il le sait. Mais il ne cédera pas… Et vous pourriez aussi y laisser des plumes. Est-ce que c'est vraiment le moment ?

Il s'est donné du temps pour réfléchir. Je suis allé sur son terrain.

— Quelle est votre opinion sur les harkis ?

— Ils méritent mille fois leur appartenance à la France…

— Les réfugiés vietnamiens fuient un enfer, beaucoup choisissent notre pays en raison de leurs liens qui datent de l'époque de l'Indochine, n'ont-ils pas le droit à votre respect ?

Son regard démontrait qu'il n'était pas dupe de ma façon d'utiliser la corde nationaliste. Il a commenté.

— Ton Vietnamien, il a de la chance de t'avoir en ami… Jusqu'où irais-tu pour lui ?

— Je ne sortirai jamais du cadre légal…

J'ai laissé passer un moment.

— Qu'est-ce que vous décidez ?

Il a hoché la tête pour appuyer ses exigences.

— Dis à ton bridé qu'il peut continuer à faire joujou avec sa discothèque. Mais que les choses soient claires, s'il lui vient l'idée d'étendre son activité à une autre affaire de nuit, je prendrai ça pour une rupture d'accord et j'agirai en conséquence.

— C'est tout ?

— Pas tout à fait… Dis-lui que si un jour il vend, je veux un droit de préemption.

— Je vais transmettre…

Il a lâché un rire presque amusé.

— Tu es satisfait ?

— Très sincèrement, je ne sais pas. L'avenir me dira si j'ai eu raison de venir.

Pendant que je m'éloignais, il m'a lancé une sentence équivoque.

— La clé pour vaincre un adversaire supérieur, c'est de ne pas craindre de mourir.

En remontant en voiture, je me suis demandé si j'avais tenu les engagements que je m'étais fixés ou si j'avais mis la main dans un engrenage dont il me serait impossible de me dégager.

J'ai roulé les fenêtres ouvertes pour tenter d'échapper à la chaleur, la cendre s'envolait du cendrier du tableau de bord.

En arrivant à Waldeck, je me suis consolé avec l'idée que j'avais sauvegardé la ville d'une guerre de plus. J'ai coupé le moteur et respiré à fond. Puis j'ai repensé à Gratien Lopez.

Juin 1976

12 juin – 20 h 30

Derrière son bar, Marcel discutait avec un jeune à l'allure de boxeur. Le noir en sueur mimait des esquives, la garde haute, et s'est interrompu en nous apercevant.

— Tiens, tiens, la maison poulaga, ça faisait longtemps…

Pierrick a posé son paquet de Gitanes sur le zinc et s'est installé sur un tabouret.

— Je t'ai manqué tant que ça ?

Marcel nous a rejoints, un sourire sur le visage.

— Pas vraiment… Je croyais que t'avais été mis sur le banc…

Pierrick a bougonné.

— J'avais des vacances à prendre…

Marcel me jaugeait de son œil de pugiliste. Pierrick m'a présenté :

— Greg Brandt, un collègue.

Le boxeur m'a tendu une main ferme.

— J'ai entendu parler de toi…

— En bien, j'espère…

Sa grimace montrait un signe mitigé.

— Ça dépend par qui…

J'ai songé à Gratien Lopez, sans estimer nécessaire de le formuler.

— Greg est un admirateur, a précisé Pierrick, il a assisté à plusieurs de tes combats. Il a même fait la route depuis Paris pour te voir…

Marcel m'a ri au nez.

— Tu m'en diras tant… Un Parigot qui descend jusqu'à Saint-Nazaire pour voir ma pomme se faire cogner. J'espère que t'étais pas déçu ?

J'ai désigné deux photos derrière son bar, sans cacher mon admiration.

— Magnifiques combats gagnés avant la limite. Ma seule déception a été d'apprendre que vous aviez raccroché les gants.

Il a éclaté d'un rire franc.

— C'est ce que me reprochent ceux qui ne sont jamais montés sur un ring prendre des coups dans la gueule pour des fifrelins, pendant que les organisateurs s'en mettent plein les fouilles.

— De mémoire, vous donniez plus de coups que vous n'en receviez…

Il a posé les coudes sur le comptoir, le visage près du mien.

— Arrête tes flagorneries, flic… Et ne me lance pas du vous comme à ta vieille grand-mère…

Ses yeux pétillaient de malice. Je lui ai rendu son sourire.

— J'avais l'habitude de la tutoyer…

— Parfait, alors tu peux continuer avec moi…

Il s'est redressé.

— Qu'est-ce que je vous sers, mes petits poulets ?

L'appellation a fait rire l'auditoire. Étonnamment, Pierrick n'en a pas pris ombrage.

— Mets-nous deux whiskies…
— Du JB ?
— Sers-nous plutôt des Chivas.
Son regard a balayé autour de lui.
— Ça a des goûts de luxe, la police.
La précision était destinée à afficher aux clients que nous payerions nos verres. Une nouvelle fois, Pierrick a paru accepter une situation qui aurait dû couler de source.
— Prends-en un également, la maison poulaga est généreuse…
— Je vais me contenter d'une pression, j'ai une longue nuit devant moi.
— C'est ce que j'ai cru comprendre… a répondu Pierrick.
Le boxeur a enregistré l'allusion à sa salle de jeu clandestine. Il n'a pas relevé et s'est tourné pour prendre la bouteille. Il nous a apporté nos verres, puis il est allé se servir sa bière. Il est revenu pour trinquer et discuter en aparté.
— Quoi de neuf? lui a demandé mon collègue.
— Pas grand-chose… Beaucoup s'attendaient à ce qu'il y ait du grabuge, mais pour l'instant, personne ne semble avoir envie de dégoupiller la première grenade.
— Tu as ton idée, là-dessus…
Le boxeur m'a regardé pour montrer qu'il révélait uniquement ce dont il avait envie.
— D'un côté, les bars de nuit ont été repris en main sans difficulté par le nouveau tôlier… De l'autre, un homme seul, qui en plus s'est fait démolir sa meilleure gagneuse… Le déséquilibre est patent… L'un n'a rien à gagner à lancer une guerre, l'autre pourrait y perdre le peu qu'il lui

reste. Maintenant, aura-t-il assez de jugeote pour le comprendre…

Une nouvelle grimace montrait qu'il en doutait. Sa façon de parler de la situation entre Robert et Lopez démontrait une sacrée connaissance du milieu.

— À ce qu'on m'a dit, a continué l'ancien boxeur, la pauvre fille place du Bouffay n'était pas jolie à voir…

Pierrick lui a donné les bonnes nouvelles que nous avions par Georges, qui était allé l'interroger à l'hôpital, à sa sortie de réanimation.

— Elle s'en est remise sans séquelles, à part une vilaine cicatrice.

Marcel s'est réjoui.

— Tant mieux… Ça évitera une condamnation lourde à la Corse.

— Tu la connais ? a voulu savoir Pierrick.

— Moins bien que toi…

Piqué au vif, Pierrick a plongé le nez dans son verre et avalé une gorgée de whisky.

J'ai eu envie de pousser le boxeur dans ses cordes.

— Et Gratien Lopez, vous le connaissez ?

Son visage a perdu une partie de sa bonhomie.

— Il passe boire un verre de temps en temps…

— Vous savez forcément s'il est joueur ?

— Je t'ai déjà dit de me tutoyer…

J'ai tenté de rester léger.

— D'accord… Peux-tu me dire si Lopez joue au poker dans l'arrière-salle que tu ouvres la nuit, en concurrence avec le nouveau jeu de la Loterie ?

Imaginé pour contrecarrer le succès du tiercé, le premier tirage du Loto s'était déroulé le mois précédent, au théâtre de l'Empire. Marcel a goûté l'humour, mais a de nouveau éludé.

— Pourquoi tu t'intéresses à lui ?

— Parce que j'ai entendu dire qu'il parlait de moi un peu partout…

Il m'a adressé un regard qui montrait qu'il était au courant de ma relation avec Barbara.

— Je crois qu'en plus de sa déconvenue avec Le Toubib, l'assassinat d'une de ses ex lui reste en travers de la gorge. Étant donné que le coupable court toujours, il a besoin de décharger sa frustration sur quelqu'un…

Quelqu'un qu'il pense pouvoir insulter en toute impunité, en raison de la faiblesse qu'il lui a montrée dans la rue, ai-je pensé.

— Nous recherchons activement le meurtrier.

— Avec succès ?

J'ai été contraint de regretter.

— Pas assez pour coffrer quelqu'un pour le moment.

Il a fait craquer les vertèbres de son cou.

— Des braquages à répétition… Une gentille fille qui se fait étrangler… Quelqu'un voudrait vous humilier qu'il ne s'y prendrait pas autrement… Et pour l'instant, pas un mec sous les verrous… Certains se demandent à quoi vous servez, à part écumer les bars…

Pierrick l'a pris pour lui.

— Vas-y mollo, Marcel, on est plutôt indulgents avec toi, alors ne pousse pas trop loin…

Le boxeur a écarté les mains en geste pacifique.

— Moi, ce que j'en dis, c'est pour que vous soyez au jus… C'est aussi pour ça que vous venez ici, non ? Parce que pour le reste, vous savez bien que je ne serai jamais un indic.

Une nouvelle fois, j'ai eu envie de l'aiguillonner en jouant franc-jeu.

— Si tu entends la moindre chose qui pourrait servir nos investigations sur la mort de Barbara, j'espère que tu nous rancarderas... On parle d'un taré qui pourrait récidiver, je ne pense pas que qui que ce soit te le reprocherait. Même chez les voyous.

J'ai vidé mon verre, puis je l'ai fixé dans les yeux. Ses pupilles se sont dilatées puis rétrécies pour me passer au scanner.

— Tu peux compter sur moi pour te refiler le moindre tuyau sur ce meurtre dégueulasse. Je vais même laisser traîner mes oreilles... Le mec qui a fait ça mérite d'être traité en pointeur. C'est ce qui lui arrivera si vous parvenez à le mettre derrière les barreaux.

Chez cet homme habitué au ring, cette concession à un policier m'a plu.

— Merci, Marcel, je repasserai de temps en temps.

— Tu seras toujours le bienvenu, flic. Mon prêt hypothécaire me coûte trop cher pour que je refuse des clients... Surtout quand il s'agit de fans de boxe...

— Eh bien, s'est réjoui Pierrick, Marcel qui accepte de nous donner un coup de main, ça s'arrose, allez, rhabille les gosses[18]...

Pendant l'heure suivante, nous avons trouvé dans la boxe une mine intarissable. Après avoir évoqué la fantastique carrière de Marcel Cerdan, nous avons parlé de celle de Jean-Claude Bouttier. Le multichampion d'Europe, élu champion des champions

---

18. Ressers-nous la même chose.

par *l'Équipe* en 1971, avait subi deux défaites en 72 et 73, contre Carlos Monzón, avant de raccrocher les gants à l'âge de trente ans, après avoir perdu son titre de champion de France.

— Sage décision, a salué Marcel pour souligner la sienne, quand un boxeur a pris trop de coups, il faut qu'il arrête.

— Monzón était trop fort pour lui…

— On verra ce qu'il fera contre Rodrigo Valdés, mais si je devais parier, je miserais ma chemise sur Monzón…

J'ai approuvé le pronostic. De fil en aiguille, nous en sommes arrivés à parler de Cassius Clay, qui s'était choisi le nom de Mohamed Ali, après sa conversion à l'Islam.

— Ces enfoirés de Ricains lui auront bousillé sa carrière. Tout ça parce qu'il a refusé de participer à leur saloperie de guerre du Vietnam… On a vu où ça les a menés…

Il m'a suffi d'une date pour raviver son sourire.

— 30 octobre 1974…

Pour les amateurs de boxe, cette victoire remportée contre George Foreman, à Kinshasa, ex Zaïre, au terme d'un combat titanesque, resterait le plus grand exploit de tous les temps.

— *The Greatest!* a conclu Marcel, Foreman ne s'en remettra jamais…

Resté à l'écart de la discussion, Pierrick a regardé sa montre.

— Putain, déjà dix heures et demie, c'est pas que je m'ennuie, les gars, mais j'ai la dalle. Marcel, donne-nous la douloureuse…

Marcel s'est exécuté et est revenu avec la bouteille de Chivas.

— C'est la mienne, je vais fermer de toute façon…

J'ai payé avec un billet de cent francs.

En me restituant la monnaie, Marcel a eu ces mots à mon intention :

— Je t'aime bien, toi. Un jour, je te trouverai un surnom…

23 h 00

Nous nous sommes dirigés vers la R16 de Pierrick.

— Je suis bluffé, j'ai jamais vu Marcel avoir autant un gars à la bonne…

— Tu crois qu'il va rouvrir pour les joueurs de poker ?

— Très certainement. Quand il aura été dîner avec sa femme.

Chose rare, il m'a demandé mon opinion sur la tolérance dont bénéficiait Marcel. Mes arguments étaient influencés par mon respect pour le boxeur.

— Si on ferme son arrière-salle, les amateurs trouveront un autre endroit. Il n'y a jamais eu de grabuge, les voyous se tiennent à carreau chez lui. Et c'est un lieu qui échappe au contrôle de Robert. Franchement, je ne vois pas ce qu'on y gagnerait…

Il voulait me l'entendre dire.

— Conclusion ?

— On continue à fermer les yeux…

— Content qu'on soit du même avis.

Je suis revenu sur les confidences du boxeur.

— Même sans cafarder, Marcel est une mine de renseignements…

Il s'est arrêté.

— Tu penses à un truc en particulier ?

— T'as entendu ce qu'il a dit à propos de Lopez : un homme seul… Crois-tu qu'il serait seul s'il avait commis des braquages avec l'équipe de la banlieue sud ?

— Si tu as raison, l'étau se resserre autour de Robert… On dîne au Jour et Nuit ? Je suis curieux de savoir si Noël a vu Lopez récemment.

13 juin – 9 h 30

Les whiskies de la veille m'avaient assommé quelques heures, mais dès que l'effet soporifique s'était dissipé, je m'étais réveillé devant l'image du cadavre de Barbara. J'avais une barre dans la tête, le moindre bruit d'échappement d'une voiture dans la rue vrillait mon crâne.

J'ai ouvert et plissé les yeux, ébloui par la lumière du jour.

Je me suis rafraîchi sous la douche, le cerveau dans l'étau de ce que nous avait appris Noël. Dans la cuisine, j'ai ouvert le frigidaire et réalisé que je ne m'étais pas préparé de vrais repas depuis des semaines. J'ai jeté le reste d'un casse-croûte, avalé un comprimé de Maalox et je me suis allongé sur la banquette. J'ai observé mes livres d'histoire, les romans des XIXe et XXe siècles, la pile de polars américains, Hammett, Chandler, Chester Himes et enfin la collection de Simenon, léguée par mon père.

Depuis mon arrivée à Nantes, je n'avais quasiment pas ouvert un livre. Un nœud au ventre, je me suis murmuré : « Oublie tout ça ». Pris d'un mélange de colère et d'abdication, j'ai rangé les livres dans des cartons que j'ai regroupés près de l'entrée.

Lorsque le téléphone a sonné, j'étais tellement surpris que l'espoir insensé qu'il s'agirait de ma mère m'a effleuré un dixième de seconde, signe qu'une part de moi refusait encore la réalité de sa mort.

La voix féminine était hésitante.

— J'ai appris pour ta mère… Je te présente toutes mes condoléances.

— Marylène… Comment as-tu eu mon numéro ?

— Les renseignements téléphoniques… Je suis désolée de ne pas être venue à l'enterrement, je me suis dit que je n'y avais pas ma place… que tu serais peut-être avec quelqu'un d'autre…

— Tu aurais pu… mais ne t'inquiète pas, il y avait tellement de monde.

Elle a fait semblant de rire.

— Ta mère a toujours été très populaire chez les collègues de ton père.

J'ai senti qu'elle regrettait des paroles mal venues.

— Comment vas-tu ? m'a-t-elle demandé, un peu gênée.

J'avais tellement attendu son appel que maintenant que je l'avais au téléphone, je ne trouvais pas mes mots. Elle a interprété mon silence.

— Je tombe mal ?

— Non, non, je vais bien. Simplement, j'ai eu une nuit difficile…

Elle n'a pas cherché à savoir.

— Tu veux qu'on se rappelle plus tard ?

— Non… Je suis heureux d'entendre ta voix.

— Moi aussi, je suis tellement heureuse. Je me rends compte que j'aurais dû appeler avant… Mais peut-être que j'espérais secrètement que tu ferais la démarche…

Je lui ai caché la fois où j'avais appelé, me demandant si elle avait deviné.

Pendant dix minutes, nous avons parlé de l'actualité, de sujets graves et insignifiants. Nous avons tenté de retrouver la connivence que nous avions avant notre rupture. J'ai plaisanté, comme je le faisais souvent. L'entendre rire me faisait du bien et j'espérais qu'elle ressentait la même chose. Nous avons tu le motif de notre désaccord le plus longtemps possible, tout en sachant qu'il était inéluctable que nous finissions par l'aborder.

Il y a eu un court silence. Elle a lâché un soupir.

— Greg, je suis désolée de ce qui nous est arrivé…

Malgré son effort à reprendre contact, je me suis permis de lui remémorer.

— C'est toi qui as décidé de rompre…

Elle a encaissé et réagi.

— Je sais, Greg, je sais… Crois-tu que je n'y ai pas pensé cent fois… Mais lorsque tu m'as annoncé que tu rentrais à l'école de Police, je n'ai pas compris cette décision. Je n'ai pas compris que tu ne m'en aies pas parlé avant. Ça ne correspondait pas à tout ce que nous envisagions pour notre avenir…

— Au point que tu décides que nous n'en aurions pas. Sans même nous donner une chance…

Elle a protesté.

— Allons, Greg, ne te raconte pas d'histoire, tu l'as fait pour ta mère… Pour ne pas la décevoir… Tu y es allé à reculons, aussi docilement que ceux qui respectent le vœu familial en intégrant un séminaire. Ne prétends pas que c'était ton souhait, car tu sais bien que ce n'est pas le cas…

Je nous revoyais des années plus tôt, échangeant presque les mêmes mots. S'en était suivi un ultimatum auquel je n'avais pas réussi à lui faire renoncer. Une fois de plus, elle a interprété mon silence en signe d'aveu.

— Greg… Je n'ai pas été honnête avec toi… Je t'ai appelé parce que je vais me fiancer… Mais, vois-tu… Mes sentiments pour lui ne sont pas les mêmes que ceux que j'avais pour toi.

Nous étions parvenus au but de son appel, qu'elle a formulé de façon précise.

— Si tu me promettais d'arrêter ce métier… Eh bien, je renoncerais à ce mariage… Tu as une grande culture, tu étais un étudiant boulimique de lectures, tu avais tout pour devenir avocat… Il n'est pas trop tard, je te soutiendrai si tu décides de reprendre tes études… Parce que… Je t'aime, Greg… Je n'ai jamais cessé de t'aimer…

Je sentais que les mots lui pesaient. Elle était allée au bout d'elle-même, dépassant ce qu'elle avait dû se promettre de concéder, au risque de s'avilir.

— Tu m'aimerais au point de venir vivre à Nantes, avec moi ?

Elle a réagi au quart de tour.

— Tu plaisantes, j'espère…

J'ai essayé de ramener un peu de légèreté.

— Ben non, pourquoi ? C'est une très belle ville… Je suis certain que tu t'y plairais.

Elle a continué à monter sur ses ergots.

— Ce que tu veux, c'est une boniche qui t'attende à la maison, torchant les mômes et priant pour que son mari ne se fasse pas tuer. Ne compte pas sur moi. Je ne suis pas ta mère !

J'étais désolé de la tournure que prenait la discussion. Dans les intonations de sa voix, j'entendais la fille unique habituée à ce qu'on lui cède. De la même façon, elle devait s'agacer de ma manie de tenter de désamorcer nos disputes par un humour qu'elle prenait pour de la désinvolture.

J'ai soupiré avec calme.

— Laisse ma mère en dehors de ça, s'il te plaît…

— Comment veux-tu que je la laisse en dehors de ça alors que c'est elle qui t'a fourré cette idée dans le crâne ?

— Ma mère est morte, Marylène…

— Justement, tu n'as plus à tenir l'engagement que tu n'avais pris que pour elle !

Pour éviter le clash, j'ai dévié vers un autre sujet.

— Raconte-moi ce que tu fais depuis ta maîtrise ?

Il y a eu un soupçon de fierté dans sa voix.

— Papa m'a embauchée, je m'occupe des contrats des intérimaires. La réglementation est devenue beaucoup plus complexe depuis que tu as arrêté tes études… Avec la loi sur le travail temporaire, les agences d'intérim qui obtiennent une autorisation du ministère du Travail ont un avenir tracé. Papa dit que je devrais bientôt m'occuper d'un service entier…

Malgré moi, je lui ai renvoyé la balle.

— Tu n'as pas l'impression que c'est lui qui te dicte ta vie ?

— Ça n'a rien à voir, c'est ce que j'ai toujours voulu !

Je me suis demandé jusqu'à quel point elle croyait réellement avoir eu la liberté de choisir. Il était inutile d'essayer de la détromper, ma voix transpirait mon amertume qu'elle ait attendu la rencontre d'un autre pour renouveler un ultimatum qu'elle m'avait déjà posé.

— Et l'heureux élu, qu'est-ce qu'il fait de beau dans la vie ?

Elle a paru encore plus piquée.

— Mathieu est le bras droit de papa… Mais laisse-les en dehors de nous. Je t'ai fait une demande parce que je t'aime, Greg… Alors, dis-moi ce que tu choisis ?

Nous étions revenus au point de déclenchement de notre rupture. Rien n'avait changé finalement.

D'une certaine façon, elle n'avait pas tort et moi non plus, simplement, la projection que nous faisions de notre avenir n'était pas conciliable. Il y avait dans sa façon de m'aimer une forme de caprice inconscient. Derrière des sentiments dont je ne doutais pas, elle désirait me forcer à céder, d'autant plus que je ne l'avais pas fait la dernière fois. Si j'acceptais, elle se rendrait vite compte que Mathieu avait plus d'atouts pour la réussite à laquelle elle aspirait.

J'avais conscience que ce métier était en train de m'expédier vers une existence que je n'avais pas souhaitée, mais il me paraissait déjà trop tard pour faire machine arrière.

Étonnamment, les conclusions de l'autopsie de Barbara me sont revenues à l'esprit : *Viol suivi de strangulation ayant entraîné la mort*. Son meurtre m'avait enfermé dans l'obligation d'arrêter un fou capable de commettre des actes aussi ignobles. J'ai jeté un œil au cendrier plein de mégots sur ma table, et à la bouteille de whisky dont je ne me souvenais plus quand je l'avais vidée. Étudiant à la fac, je ne pouvais pas boire trois bières sans avoir la tête qui tourne, je ne m'autorisais qu'une pipe de bon tabac par semaine, je pratiquais la boxe française dans un esprit pacifiste. Jamais je n'aurais imaginé ce qu'on éprouvait à la vue d'un bébé ébouillanté, d'un père poignardé par son fils, du corps d'une femme lâchement violée et étranglée.

Marylène pensait parler à celui qu'elle avait connu.

Mais cet homme n'existait plus.

Peu importe l'énergie que je mettrais à effacer ce passé, il me rattraperait. Si j'acceptais son ultimatum par amour, viendrait le temps où elle le réaliserait.

J'entendais sa respiration, je l'imaginais tendue, l'écouteur sur l'oreille.

— Mathieu est certainement quelqu'un de bien, je crois que tu devrais l'épouser. Il te rendra heureuse.

Elle n'a pas répondu.

— Marylène ?

— Oui…

— Tu m'as entendu ?

— Oui, Greg, je t'ai entendu…

Les quelques secondes de silence ont pesé le poids de notre incapacité à formuler un adieu. Sans doute revoyait-elle les mêmes moments d'insouciance, de rire et d'amour, que ceux qui tournaient dans ma tête.

Finalement, c'est moi qui ai scellé son choix.

— S'il te plaît, ne m'envoie pas de faire-part…

Elle a raccroché. J'ai eu envie de la rappeler, mais j'ai préféré me focaliser sur la traque de l'assassin de Barbara.

14 juin – 9 h 30

Dans le bureau, la chaleur était étouffante. Une sécheresse inquiétante s'abattait sur la France. Pierrick était assis avec sur le visage une envie de tuer quelqu'un. Il a écrasé une énième cigarette dans le cendrier.

— Comment fais-tu pour rester aussi calme ?

— Ça me permet de garder la tête froide… C'est plutôt utile, en ce moment.

Il s'est agacé.

— Tu crois qu'il y a de quoi plaisanter ? Lopez se promène en criant sur les toits que tu es le tueur de Barbara ! Il t'accuse d'avoir violé le môme près de l'église ! Cette pourriture est en train de te griller ! Et toi, tu rigoles au nez de Noël, quand il te l'apprend.

— Si je m'étais mis en rogne, ça aurait donné du crédit à ses élucubrations…

Il a bougonné son désaccord.

— T'es nouveau à Nantes, personne ne te connaît vraiment. Gratien baigne dans le milieu depuis sa naissance. Même s'il n'est pas très apprécié, les voyous ne raisonnent pas comme toi…

J'étais désarmé face au danger que faisaient peser sur moi ces ragots. Il a suggéré d'un ton rude :

— On devrait peut-être en causer à Chenal ?

— Surtout pas. Il me retirerait l'enquête pour protéger la réputation de la sûreté. Trouver le coupable est la seule façon de s'en sortir.

— Si Chenal entend parler de ces rumeurs… Il te saquera…

— Eh bien, je m'achèterai une canne à pêche… Mais je te le répète, on doit boucler ce monstre avant qu'il recommence.

— En attendant, Lopez continue à répandre l'idée que la sûreté a confié l'enquête au meurtrier. On devrait l'attendre chez lui… On le cueille et on lui fait passer l'envie de raconter ses saloperies sur ton compte.

J'ai désamorcé cette mauvaise idée en riant.

— On ne serait pas trop de deux… Blague à part, on ne sait plus où il crèche. Et si on le chope ensemble, la seule chose qu'on obtiendra c'est qu'il racontera qu'on s'est comportés comme des voyous… Ce que je voudrais comprendre, c'est pourquoi il m'accuse…

— Peut-être qu'il le croit ?

— Je pense plutôt qu'il essaie de détourner l'attention de son échec face à Robert. Une manière de se refaire la cerise dans le milieu.

— Tu peux être plus explicite ?

— Les voyous ne nous aiment pas, il les met de son côté. Un flic pourri, un maniaque avec une médaille, cette version l'arrange. Il se replace au centre et se donne le bon rôle.

— Alors, qu'est-ce que tu comptes faire ?

— Il faut que je lui parle seul à seul…

— Dans l'état où il est, il t'explosera la gueule. Ou même pire…

Robert m'avait averti que Gratien promettait de me crever. Pour autant, je refusais d'imaginer qu'il puisse être assez dingue pour tuer un flic.

— Ne dramatisons pas…

— Tu as tort. Depuis des années, même son père ne parvient plus à le gérer…

Je suis resté sourd à la mise en garde.

— Je voudrais que Lopez m'explique comment il a fait le lien entre le meurtre de Barbara et le viol de Damien, puisque nous avons fait en sorte de ne pas l'ébruiter.

J'ai commencé à échafauder des hypothèses. Était-il possible qu'il en sache plus que moi sur le dingue responsable des deux crimes ?

— Putain, Greg, t'es barge ! s'est énervé Pierrick. Ne crois pas que t'as affaire à une vulgaire petite frappe. Ce jobard te plombera, rien que pour redorer son blason de truand.

J'étais conscient du risque.

— De toute façon, a continué Pierrick, il change constamment de piaule pour éviter que Robert le loge… Et étant donné le nombre de frangines qui se languissent de l'héberger, ni Robert ni toi n'êtes près de le coincer.

J'avais un plan, mais je ne le lui ai pas dévoilé.

— Il n'y a que les montagnes qui ne se rencontrent pas.

Juillet 1976

3 juillet – 22 h 00

Un groupe de jeunes se donnait des airs de gangsters, j'ai vidé mon verre de bière sous leur regard et commandé.

— Marcel, tu m'en resserres un, s'il te plaît.

— Tu restes à la Heineken ?

J'ai plaisanté.

— Je réserve le whisky à mes soirées avec Pierrick.

— C'est mieux pour conserver ta lucidité…

Depuis une quinzaine de jours, j'étais venu le soir dans l'espoir de trouver Lopez. Sous l'égide du boxeur, j'espérais que nous pourrions nous expliquer sans grabuge.

Il a précisé sa pensée :

— Ne crois pas que les voyous sont dupes des saloperies que Gratien raconte. Ceux qui l'écoutent goberaient n'importe quoi pour nourrir leur haine des flics.

C'était la première fois qu'il me parlait aussi clairement de la rumeur colportée par le truand. Nos discussions avaient fini par m'attirer la sympathie de l'ancien champion. Nous avons échangé un regard loyal, et j'ai ajouté :

— Ce n'est pas seulement pour qu'il arrête ses mensonges… Même si j'avoue que ça ne me laisse pas indifférent. Personne ne souhaite être pris pour un tueur psychopathe. Mais il y a certains points sur le meurtre de Barbara que je voudrais clarifier…

— Je ne l'ai pas vu depuis trois semaines. À croire qu'il sait que tu le cherches ou qu'il se planque pour une autre raison…

L'allusion à Robert était flagrante. Son regard s'est soudain figé à travers la vitrine.

— Incroyable, quand on parle du fauve…

J'ai tourné la tête. Lopez poussait la porte vitrée. Ses deux mètres se sont carrés dans l'embrasure, il m'a pulvérisé du regard, puis il s'est installé au comptoir, debout, les jambes écartées. Il a interpellé Marcel, assez fort pour que toute la salle entende.

— Quand t'auras fini de jacter avec une pédale de flic, t'auras peut-être le temps de me servir un bourbon.

Le boxeur m'a adressé un regard me demandant de ne pas réagir à la provocation.

Il lui a apporté son verre.

— J'ai beaucoup d'amitié pour ton père et je te respecte, Gratien, mais tu es chez moi et, sauf si je le décide, rien de ce qui se passe dehors ne déteint ici. Tout le monde accepte cette règle. Si elle ne te va pas, tu es libre d'aller boire ailleurs…

— Tu ne devrais pas me parler de cette façon. Je n'ai pas de problème avec toi. Fais en sorte que ça n'arrive pas.

Marcel s'est légèrement reculé. Malgré l'estrade, il ne dépassait pas la taille de Lopez. Ils se sont défiés du regard, sans que ni l'un ni l'autre ne flanche. Gratien a porté le verre à ses lèvres, bu plusieurs gorgées et claqué la langue.

— Il n'y a rien qui me débecte plus au monde que les violeurs, pas toi, Marcel ?

— Personne ne te dira le contraire…

— Alors, explique-moi pourquoi t'en reçois chez toi ?

Dans la salle, les messes basses ont laissé place à une extrême tension. Je sentais mes jambes trembler et les bières peser sur ma vessie. Marcel a conservé son sang-froid.

— À ce que j'en sais, il y a une enquête en cours… En général, je ne me fie qu'aux faits, ça m'évite de me faire enfumer par des on-dit.

Lopez a esquissé une vilaine grimace.

— T'es en train de me traiter de menteur ?

— Je pense seulement qu'un homme peut se laisser aveugler par sa haine… Ou par tout un tas d'autres motifs…

La joue de Gratien s'est mise à tressaillir.

— Explique-toi clairement, le black, parce qu'on pourrait croire que t'es en train de m'insulter.

Cette façon de réagir montrait à quel point il était sensible à son image. Très visiblement, il voulait tenir son rang face aux jeunes qui observaient. Une susceptibilité dangereuse que Marcel a ménagée.

— Écoute, Gratien, je te connais depuis que t'es môme, quand ton père t'emmenait assister à mes combats. Je vais te donner un conseil. Quitte Nantes, quelque temps… Tu reviendras lorsque les choses se seront assagies et que tu y verras plus clair… D'ici là, je suis certain que l'assassin de cette pauvre fille aura été coffré.

Lopez a aboyé.

— Tu crois que j'ai peur de qui que ce soit ?

La question en elle-même portait une part de la réponse.

Le ton de Marcel montrait qu'il était désolé.

— Non. C'est justement pour ça qu'il vaudrait mieux que tu t'éloignes.

Lopez est demeuré silencieux, visiblement à court d'idées. J'ai admiré la façon dont le boxeur l'avait mené dans son coin sans lui offrir d'ouverture. Neutralisé, il a choisi l'échappatoire qui lui permettait de sauver la face.

— Je ne partirai pas de Nantes tant que je n'aurai pas puni l'assassin de Barbara !

J'ai senti l'attention se porter sur moi. Il ne m'était plus possible d'éviter la confrontation, j'ai essayé de me montrer conciliant.

— Je n'ai rien à voir avec sa mort. Mais puisque vous en parlez, ce serait bien que nous en discutions calmement.

Lopez s'est tourné vers moi.

— Fils de pute, elle est morte à cause de toi.

Malgré mes craintes, ma fâcheuse disposition à plaisanter dans les pires moments a pris le dessus.

— Eh bien, on progresse… Au moins, je ne suis plus son assassin…

Ses pupilles étaient pleines de rage.

— Si t'avais pas ton calibre, je te fracasserais la tronche…

J'ai arboré un sourire dénué d'agressivité.

— Je n'ai ni médaille ni arme. Je voudrais juste qu'on parle, d'homme à homme. Trouver l'assassin de Barbara devrait nous faire oublier nos divergences, au moins jusqu'à ce qu'il soit sous les verrous…

— Je t'interdis de prononcer son nom, enculé de ta race !

Il s'est approché en trois enjambées et m'a balancé une grande gifle du plat de la main.

J'étais habitué à encaisser les coups à la boxe française, pourtant ma tête a basculé en arrière et je suis tombé du tabouret. J'ai réussi à m'accrocher au comptoir.

— Arrête ça, a crié Marcel, sinon c'est moi que tu insultes !

Je me suis massé la mâchoire.

— T'es un cogneur, hein…

Il était surpris que je sois encore debout.

Réticent à récidiver chez Marcel, il m'a provoqué :

— Tu veux qu'on discute d'homme à homme. Sortons et réglons ça dehors.

L'adrénaline se diffusait dans mes veines, j'ai aboyé :

— Qu'est-ce que tu espères ? Regagner le respect du milieu. Te refaire un nom et rallier les soutiens qui t'ont abandonné. Tu penses vraiment que te battre avec moi va t'apporter ça ? Si c'est le cas, t'es encore plus con que Barbara le disait !

Marcel a secoué la tête pour montrer que j'avais eu tort.

J'ai cru que Gratien allait littéralement exploser.

— Viens, enculé, rien que toi et moi. Je vais te faire pisser le sang !

J'ai senti ma colère monter. Lopez se croyait avec le flic qui avait eu peur de lui dans la rue. Entre-temps, il y avait eu l'assassinat de Barbara, le bébé ébouillanté, le décès de ma mère et la culpabilité que je porterais de ne pas l'avoir appelée.

Tous ces coups du sort m'avaient transformé, une sourde haine a supplanté ma peur.

— Finissons-en…

Il a eu un imperceptible mouvement de recul, comme s'il n'aurait jamais imaginé que j'accepte de sortir. Mais la certitude de m'écraser a aussitôt repris le dessus.

— Je vais te broyer, sale flic.

Marcel a tenté de me faire revenir sur ma décision.

— T'es pas obligé de faire ça, Greg. T'as qu'un mot à dire et je te débarrasse de lui…

Je l'ai regardé dans les yeux pour lui montrer qu'il ne m'était plus possible de faire marche arrière. Entre un visage couvert de coups et celui d'un homme qui aurait perdu toute dignité, mon choix était fait.

— Merci, Marcel, c'est trop tard.

Il s'est adressé à Gratien.

— Quoi qu'il arrive dehors, je ne veux plus jamais te revoir chez moi.

Le voyou a craché au sol.

— T'as choisi ton camp, sale esclave !

J'ai inspiré une bouffée d'air pour ralentir les battements de mon cœur. Puis j'ai suivi Gratien, sous les regards des jeunes en train d'observer un animal qui se dirigeait à l'abattoir. Étonnamment, j'y ai aussi perçu une forme d'estime. Les yeux de Marcel m'ont averti que dès que j'aurais franchi la porte, il ne pourrait plus rien pour moi.

Je suis sorti sans dire un mot.

La nuit était chaude et lourde. J'ai interrogé Lopez.

— Où va-t-on ?

Sa voix était déterminée.

— Suis-moi, il y a des garages vides de l'autre côté de la rue.

Pendant que nous marchions sur les dalles en pierre de la rue Kervégan, j'ai eu la sensation que j'avais une chance de le raisonner.

23 h 30

Préparant des phrases d'apaisement, j'ai commis l'erreur de passer le premier. Je me suis avancé vers le fond du garage, sans jamais imaginer que mon adversaire ne suivrait aucune des règles de combat enseignées à la boxe française. Je n'ai pas eu le temps de me retourner.

— Prends ça, enculé !

Son poing m'a atteint au milieu du dos avec une telle force que mes jambes ont plié. Avant que je puisse réagir, son genou m'a percuté et propulsé sur le côté. Il m'a attrapé par le col, relevé et poussé vers le mur. L'arrière de mon crâne a heurté le parpaing, j'ai senti du sang dans mon cou. Il a rigolé.

— Putain, t'es vraiment qu'une fiotte !

Il m'a envoyé valdinguer comme un sac de linge sale. J'ai fait un vol plané avant d'atterrir sur le dos. Il s'est rué sur moi et m'a envoyé un coup de pied que je suis parvenu à amortir des avant-bras. J'ai roulé au sol afin d'éviter l'attaque suivante.

Il a exulté.

— Je me sens en forme ! Ça fait du bien de cogner un flic !

Sonné, je l'ai vu revenir à la charge, dans une espèce de halo blanc. J'ai reculé et réussi à me relever. Je me suis mis en garde, reprenant mon souffle. Il s'est arrêté, étonné par ma résistance. Il a relevé les poings.

— Tiens, tiens, un boxeur, voyons ce que tu vaux…

L'indignation face à sa traîtrise avait évacué ma peur. J'éprouvais une sensation de calme. Il a feinté un direct, son poing droit a balayé l'air. J'ai plié les genoux et aussitôt remonté un crochet au flanc. J'ai entendu le craquement de sa côte flottante et enchaîné un autre crochet qui l'a fait valser en arrière. Il a atterri durement, incrédule de ce qui venait de lui être infligé.

J'ai tenté de mettre un terme au combat.

— On en reste là ? Ce serait mieux pour nous deux.

J'espérais qu'il entendrait raison, mais j'ai lu dans son regard qu'il devenait fou. Il s'est mis à sautiller sur la pointe des pieds, le corps de biais.

— Je vais t'envoyer visiter l'au-delà !

En raison de sa taille, son allonge de jambes était supérieure à la mienne, mais j'ai remarqué qu'il ne fléchissait presque pas les genoux, ce qui pouvait augurer d'un manque de souplesse.

Je me suis approché, à distance de bras.

Il a été étonné que je rentre dans sa garde. Son corps a basculé sur ses talons. J'ai lancé une attaque du pied au niveau de sa hanche. Il a voulu la parer de l'avant-bras. Profitant qu'il découvre son visage, j'ai changé l'angle au dernier moment et atteint son oreille d'un fouetté de toutes mes forces. La violence de l'impact l'a étourdi. Avant qu'il se soit remis, j'ai reposé le pied au sol, vrillé sur moi-même et frappé son ventre de l'autre pied, l'expédiant à son tour contre le mur du garage.

Le choc aurait dû le sonner, mais il a paru insensible et a bondi sur moi dans un rugissement animal.

La colère lui avait fait perdre toute notion de prudence. Je l'ai cueilli d'un doublé droite-gauche qui lui a explosé le nez et la pommette.

Je me suis aussitôt dégagé.

Il m'a regardé, sidéré. J'ai renouvelé mon offre.

— Écoute, arrêtons, ça n'a aucun sens…

Haletant aussi lourdement un buffle, il a passé les doigts sur son nez et regardé son sang. Il respirait par la bouche. Son nez enflait à vue d'œil.

J'estimais que la punition était suffisante.

— Dis-moi ce que tu sais sur la mort de Barbara et l'agression du gamin près de l'église. Jamais je ne révélerai que tu m'as parlé, nous pourrons rentrer chez nous et oublier ça…

Il a craché du sang et secoué la tête.

— Putain, je t'ai pris pour une tanche. Mais c'est fini, tu vas recevoir la plus grosse branlée de ta vie.

Il s'est redressé de toute sa hauteur, en garde au niveau des yeux. Son visage n'exprimait plus qu'une sourde haine. Nous nous sommes tournés autour, hésitant à nous découvrir. Je nous ai observés en prenant de la hauteur. Ce que je contemplais me débectait. On aurait dit deux cogneurs de rue, hagards, les yeux vitreux, le cerveau atrophié par l'excès d'orgueil, cherchant une faille pour briser l'adversaire dans une primitive lutte à mort.

Par manque de lucidité, il n'a pas masqué l'impulsion de son attaque. J'ai reculé mon pied gauche pour le laisser passer et je lui ai décoché un coup de coude qui a brisé son élan. Sa mâchoire a émis un craquement. Une sorte de râle est sorti de sa gorge. Au moment de sa réception, j'ai frappé son genou du tranchant du pied. Sa rotule s'est déboîtée, il a flageolé et s'est écroulé. Il s'est pris la mâchoire à deux mains, des larmes plein les yeux, incapable de se relever.

Je l'ai poussé du bout du pied, telle une bête agonisante. Je l'ai attrapé par le col, lui ai collé deux énormes baffes et j'ai commencé à le traîner. Il a deviné mon intention et tenté de se rebeller. Sa jambe valide battant le sol, il essayait d'émettre des refus désespérés, mais il n'était plus en mesure d'articuler quoi que ce soit.

Inapte à réagir, il rebondissait sur les dalles. J'ai continué à le traîner, misérable sac de jute qui n'émettait plus que de douloureuses plaintes crissantes. À bout de forces, je suis arrivé devant le bar de Marcel. Sans même jeter un œil à l'intérieur, j'ai abandonné Gratien Lopez.

Et j'ai continué à marcher…

4 juillet – 10 h 00

Au bar de Waldeck, trois policiers ont arrêté de discuter et m'ont suivi des yeux. Pierrick m'a accueilli d'un grognement, dans notre bureau.

— Toute la ville est au courant que t'as explosé Lopez. Je ne sais pas si c'est ce que tu voulais, mais plus personne ne te regardera de la même façon. Tu t'es fait un blaze, Greg Brandt, que tu le veuilles ou non.

Mon corps était encore douloureux, je portais des éraflures sur le visage.

— J'ai eu de la chance…

Il a nié de la tête.

— De la chance, mon cul ! Je veux bien croire que Lopez avait picolé et qu'il t'a sous-estimé. Mais pour dérouiller ce mec, il faut beaucoup plus que de la chance.

J'ai relativisé.

— Je te l'ai dit, j'ai un peu pratiqué la boxe française pendant mes études…

Il m'a regardé avec une espèce d'estime nouvelle.

— Honnêtement, Greg, quand t'es arrivé chez nous, je te prenais pour un fils à papa venu se donner quelques frissons avant de retourner chez les huiles. Mais plus je te connais, plus je me dis que t'as une belle paire de balloches.

— Je suis qu'un abruti. Non seulement je n'ai rien obtenu de lui concernant le meurtre de Barbara, mais je n'aurais jamais dû me laisser entraîner aussi loin. J'ignore combien de temps il lui faudra pour se remettre, mais une chose est certaine, il me détestera à vie. Lui, et son père… Et c'est la dernière chose dont nous avions besoin pour l'enquête. Sans parler du fait qu'il pourrait chercher une revanche…

Il a grimacé pour montrer qu'il en doutait.

— Selon moi, l'unique conséquence, c'est que Lopez s'est ridiculisé. Et ça, ça pourrait rimer avec la fin de sa carrière…

*

8 juillet – 6 h 00

Une aube rougeâtre se levait, étalant son manteau sanguin sur le ciel au-dessus de la Loire. Muni de béquilles et le nez barré d'un élastomère, Gratien Lopez était sorti d'une des tours de seize étages du quartier Malakoff. Il avait traversé le parking, observant les voitures, des Ami 8, des 2CV, des 104, une Simca 1100… Son regard s'était arrêté sur une BMW noire, dont il connaissait le propriétaire. Un vieillard promenait son caniche, une infirmière rentrait dans un immeuble.

Gratien s'était senti suffisamment rassuré pour avancer.

Il avait parcouru les cinquante mètres qui le séparaient de la place Centrale lorsqu'un homme cagoulé était descendu d'une 2CV dans laquelle il s'était introduit par effraction.

Sans bruit, l'homme l'avait rejoint par-derrière, à grandes enjambées.

— Lopez…

Gratien s'était retourné. Saisi de trouille, il avait bredouillé :

— Qu'est-ce que tu veux ?

L'homme avait épaulé le fusil qu'il dissimulait le long de sa cuisse.

— De la part de Robert.

Gratien Lopez avait lâché une béquille et tenté de saisir le Smith & Wesson dans la ceinture de son jean. La détonation avait retenti. La balle avait pénétré sous le nez pour ressortir par la nuque.

Il s'était écroulé comme une masse.

Une BMW avait surgi de l'angle de la rue. En deux secondes, le tireur avait sauté dans la voiture. Le conducteur avait accéléré, faisant crisser les pneus. Les premiers badauds intrigués par le coup de feu n'étaient pas encore à leur fenêtre que la berline avait disparu. Le caniche aboyait furieusement et tirait sur la laisse de son maître, dont le seul désir était de rentrer se terrer chez lui, avant l'arrivée de la police.

10 h 00

Dans un état d'exaspération inédit, Chenal m'a convoqué dans son bureau.

— Gratien Lopez a été abattu !

J'ai opiné de la tête.

— Georges m'a prévenu…

Chenal a soupiré.

— C'est lui que j'ai chargé de l'enquête. En raison du lien possible de Lopez avec les braquages et l'assassinat de cette fille, la Criminelle nous laisse la main… Cadeau empoisonné… Les radios ne parlent que de ça… Nantes va encore se retrouver clouée au pilori !

Certain qu'il avait eu vent de ma confrontation avec Lopez, je l'ai fusillé du regard pour lui montrer que je n'étais pas d'humeur à me faire engueuler.

— On sait comment ça s'est déroulé ?

Son ton démontrait qu'il mettait en réserve le savon qu'il avait envie de me passer.

— Le coup de feu a été tiré à moins d'un mètre de distance. Les deux hommes se tenaient face à face. Le légiste dit qu'il est trop tôt pour être catégorique, mais l'angle d'impact permettrait d'estimer que le meurtrier était de la taille de la victime.

À dessein, j'ai levé la main pour illustrer que l'assassin me dépassait.

— Si c'est le cas, le tueur devait m'arriver à peu près là…

Ma comparaison était destinée à me dédouaner. Chenal m'a foudroyé du regard, m'attribuant la responsabilité indirecte de ce meurtre.

— Sa tête a été à moitié hachée, on a retrouvé des lambeaux de cerveau et d'os sur plus d'un mètre.

Une bouillie servie avec de la calotte crânienne et des dents !

Il a soufflé sa contrariété.

— Je te laisse imaginer ce qui restait du visage... Une exécution bien dégueulasse que nos amis journaleux se feront un plaisir de détailler ! Les deux derniers braquages vont refaire surface, le meurtre de cette fille qui travaillait dans un bar de nuit par la même occasion... Vu qu'on a aucun résultat, Paris pourrait décider de nous coller l'OCRB[19] dans les pattes. J'ai pas envie que quelqu'un mette le doigt sur la façon dont Pierrick et toi vous êtes retrouvés embringués dans les événements récents...

J'ai anticipé la suite des reproches.

— Lopez n'était pas sur les braquages... C'était un voyou acculé. Selon ce que j'ai appris chez Marcel, il avait perdu toute crédibilité dans le milieu...

Mon regard s'est porté vers le mur des suspects.

— Je pense que c'est Robert, avec Santelli. Il a attendu que les choses se calment et il vient de buter Lopez... Son dernier concurrent.

— T'as certainement raison, c'est le scénario le plus probable. Maintenant, il nous faut des preuves. On ne peut plus se permettre de tergiverser... Si les hommes de l'Office Central débarquent, comment crois-tu qu'ils réagiront quand ils apprendront que quelques jours avant de se faire descendre, Lopez s'est pris une raclée par un flic de la sûreté !

Je commençais à sentir les emmerdements arriver.

— Devrait-on les en informer ? Ça n'a rien à voir avec les braquages.

Il a exprimé ce que Pierrick avait anticipé.

---

19. Office Central de Répression du Banditisme.

— Il t'est venu à l'idée qu'en dérouillant Lopez, tu lui avais retiré les derniers soutiens qui lui évitaient de se faire plomber ?

— Je n'avais pas l'intention de me bastonner avec lui, mais je me suis retrouvé en position délicate…

Il m'a coupé avant que j'avance des arguments qui, de toute façon, ne parvenaient pas à me convaincre moi-même.

— Nous ne sommes pas des voyous, Greg ! Si nous commençons à nous comporter comme eux, c'est la porte ouverte à tous les règlements de compte. Les voyous ne feront plus la différence entre des bandes rivales et les policiers… T'y as réfléchi un moment ?

— Bien sûr, ai-je dit en regardant mes pompes, vous avez raison.

Constatant que nous étions d'accord, il a semblé se calmer.

— Si nos collègues descendent de Paris, on s'organisera pour te tenir à distance. Je ferai en sorte d'éviter qu'ils te pendent sur la place publique… En attendant, as-tu avancé sur l'identité du violeur ?

J'ai hésité à émettre le doute qui m'était venu lorsque j'avais appris les accusations que Gratien Lopez portait contre moi. Le fil des indices soutenant mon raisonnement était ténu, j'ai choisi de ne pas les exposer.

— Est-ce qu'on sait ce que Lopez faisait à Malakoff à cette heure de la matinée ?

Cette demande sans lien l'a intrigué. Il a réfléchi, en me dévisageant.

— On pense qu'il se planquait. Un témoin qui promenait son chien l'a vu sortir d'une tour. Mais à ce stade, on n'a identifié aucune des filles qui bossent dans son bar, aucune femme avec le profil d'une de ses maîtresses, ni aucun voyou connu… Pas même un type condamné pour des contraventions impayées… Dis-moi pourquoi ça t'intéresse ?

J'ai cherché la meilleure formulation pour rester flou.

— Lopez avait fait le rapprochement entre les deux viols…

Il est resté silencieux à mesurer la portée de l'information.

— Explique-moi comment ce voyou a pu être informé du viol de l'homosexuel ?

— Je l'ignore… Et c'est justement ce qui m'intrigue…

Un éclair d'instinct professionnel a brillé dans ses yeux, montrant qu'il adhérait à l'idée que nous tenions une anomalie qui demandait des éclaircissements. Mais pas plus que moi, il n'y a trouvé une raison de se réjouir. Parce que le constat était accablant : Gratien Lopez ne nous renseignerait plus !

Août 1976

5 août – 9 h 00

La sécheresse couvrait les gros titres de la presse nationale : *La France suffoque*, mais l'exécution de Lopez avait aussi fait remonter les braquages dans les premières pages des journaux. Interpellé, le ministre de l'Intérieur avait diligenté la fine fleur parisienne pour épauler les incompétents de province, les policiers de l'OCRB étaient arrivés en fanfare, le patron les avait reçus avec force courbettes et des salamalecs écœurants, termes employés par un Pierrick se moquant du Catho traditionaliste qu'était Chenal.

Il n'avait pas fallu deux jours à mon équipier pour se faire détester des flics parisiens. Le partisan d'une Bretagne indépendante ne pouvait que s'opposer à ces *représentants d'un jacobinisme hostile aux mouvements régionalistes*, selon sa façon de les nommer. À sa décharge, leur chef était un grand moustachu arrogant, qui prenait plaisir à critiquer ce que la sûreté avait tenté et à souligner ce que nous aurions dû faire.

Le seul à trouver grâce à ses yeux était Georges, en raison de son aura de résistant.

Finalement, les deux hommes s'étaient entendus pour traquer Robert, des perquisitions avaient été lancées à son domicile et dans ses bars. Parallèlement, son porte-flingue, Monique et plusieurs filles avaient été mis en garde à vue, interrogés jour et nuit pour tenter de leur faire cracher la vérité sur les braquages.

De mon côté, j'avais suivi le conseil de Chenal, je m'étais tenu à distance du ramdam que les Parisiens mettaient à Waldeck. Moyennant quoi, ma baston avec Lopez semblait avoir été mise sous la couverture. De toute façon, ils se focalisaient sur les braquages, l'exécution d'un voyou ne les passionnant pas plus que l'assassinat de Barbara, une *insignifiante call-girl*, l'avaient-ils désignée, d'une manière insultante.

Trois semaines plus tard, les cadors parisiens avaient fait chou blanc. Les suspects n'avaient ouvert la bouche que pour clamer leur innocence, répétant inlassablement leur révolte quant au traitement qu'on leur infligeait.

Pour couronner l'échec, Robert s'était fendu d'une interview dans la presse dans laquelle il accusait ouvertement la police de s'acharner contre lui en raison de ses anciennes positions en faveur de l'Algérie française. Pointé du doigt, Georges s'était retrouvé dans l'obligation de justifier certaines de ses amitiés. Au niveau national, l'affaire avait pris une dimension politique mettant en cause le financement des partis, les interventions des barbouzes de la République dans la France-Afrique, et la visite du chef de l'État en République centrafricaine, où un ancien sous-officier venait de s'autoproclamer Empereur, sous le nom de Bokassa 1er.

Pour stopper la tournure dramatique que prenait l'affaire, la juge avait annulé les autorisations d'écoutes, de gardes à vue et de perquisitions octroyées à l'OCRB. Le ministre de l'Intérieur avait rappelé ses troupes.

Le jour de leur départ, j'ai été étonné de trouver leur chef devant mon immeuble, alors que nous n'avions pas échangé plus de cinq fois. Je n'ai pas masqué ma surprise devant ce soudain intérêt, aux antipodes de l'indifférence qu'il m'avait jusque-là accordée.

— Tiens, qu'est-ce qui me vaut l'honneur ?

Il n'a pas relevé la pointe d'ironie.

— On peut boire un café ?

— Si c'est pour parler boulot, autant monter chez moi.

— Bonne idée…

Dans l'entrée, il a jeté un œil aux cartons de livres.

— Tu déménages déjà ?

J'ai souri.

— Je vais les vendre, j'ai plus le temps de bouquiner…

L'explication l'a laissé de marbre, il s'est assis dans le canapé pendant que je préparais le café.

— Tu te plais ici ?

— L'appart est bien, il y a un bon restaurant vietnamien en bas. Mais je ne sais pas encore si je vais y rester…

J'aurais pu justifier que j'y avais trop de mauvais souvenirs, mais je n'avais pas envie de me confier à cet homme dont je me méfiais. Ses yeux m'ont indiqué que j'avais mal compris, avec un brin de morgue.

— Je voulais dire, dans ton poste… À Nantes.

J'ai commencé à entrevoir la raison de sa présence.

— Je suis arrivé depuis moins d'un an, mais j'ai l'impression d'en avoir appris plus sur mon travail qu'en plusieurs années à noircir du papier à Paris.

Il a modérément apprécié la critique de certains postes bureaucratiques.

— Comment ça se passe avec tes collègues ?

J'ai glissé les tasses sur la table basse et je me suis installé dans le fauteuil.

— Plutôt bien, je crois… C'est surtout à eux qu'il faudrait le demander…

Persuadé que c'était le cas, j'avais en tête de lui signifier qu'il ne devait attendre aucun reproche de ma part sur un membre de l'équipe. Il a approuvé pour marquer que nous nous étions compris.

— Ton chef et tes collègues sont positifs. Il en ressort que t'es un policier méticuleux et plutôt doué du ciboulot. C'est assez rare de faire une telle unanimité. Même ce fils de pute de Breton t'a à la bonne…

L'attaque vulgaire chez un homme qui m'était toujours apparu maître de lui-même était surprenante. Sans doute était-il fatigué après des semaines d'une traque infructueuse qui ternirait sa réputation jusqu'au bureau du ministre.

Je suis monté au créneau.

— Pierrick n'a pas sa langue dans sa poche, mais il s'investit à fond dans les enquêtes.

Il a levé la main.

— Je ne suis pas là pour le dézinguer. Ce genre de flic s'en charge en général seul…

Il a marqué un temps.

— Que penses-tu de cette affaire ?

Un instant, je me suis demandé s'il voulait que j'évoque ma relation avec Barbara, mon conflit contre Gratien Lopez, ou autre chose. J'ai préféré qu'il précise.

— Vous voulez dire, les braquages ?

Il a ri avec condescendance, exprimant qu'il savait tout et que s'il avait souhaité me coller au mur, ce serait déjà fait.

— Bien sûr, pourquoi ? Il y a un autre sujet dont tu veux parler ?

J'ai avalé ma fierté et pris ça avec flegme.

— Non, non… Alors, voilà ce que j'en pense. J'ai la quasi-certitude que Robert est derrière le premier braquage. Je pense qu'il y a participé personnellement. Sans doute avec Santelli. Jusque-là, les braquages dont on soupçonne Robert n'avaient pas fait de victime. J'en déduis que le troisième homme manquait d'expérience. Je pense que Robert n'avait pas prévu cette tuerie…

Son regard s'est fait interrogateur. J'ai argumenté.

— Les braqueurs avaient été rancardés par le conducteur. Avec ce complice dans la place, il n'aurait pas dû y avoir de morts… Mais l'opération a mal tourné… Le nouveau a manqué de sang-froid…

Il a hoché la tête.

— D'accord… Et le braquage à Bellevue ?

J'ai résumé les différences.

— Quatre hommes au lieu de trois. Des passe-montagnes à la place des masques. Pas le même type d'armes… Contrairement au Toubib, qui adorait narguer la police, Robert voulait éloigner les soupçons. Il est moins orgueilleux et plus malin.

Il a souligné un autre point.

— Pas de victime…

J'ai acquiescé de la tête.

— J'allais y venir. Je crois que Robert a changé d'équipe. Il devait en être aussi, mais à mon avis, Santelli n'y était pas. Et le dernier avait été mis à l'écart…

Il m'a observé un moment en réfléchissant.

— T'as des identités à mettre derrière ces autres suspects ?

— Pas d'autres que ceux que Georges vous a donnés…

Il a tiqué du coin de la bouche pour manifester son déplaisir à entendre ce nom, puis il a pris le temps de vider sa tasse.

— Je prends note de tout ça.

J'ignorais s'il partageait mon point de vue.

— Je vous ai donné mon avis, mais la justice ne se satisfait pas de conviction. Or sauf erreur de ma part, nous ne disposons pas de preuves qui permettraient des condamnations. Vous avez eu le temps de vous en apercevoir, Robert tient ceux qui travaillent pour lui sous sa poigne. Les hold-up lui ont permis de racheter les bars du Toubib. D'évidence, il est devenu l'homme fort du milieu nantais. Celui que tout le monde craint. En l'état, il sera très difficile de faire parler des indics…

Visiblement, il n'était pas le genre à partager le bilan de son séjour à Nantes. Il a lissé sa moustache et changé de sujet, laissant supposer qu'il m'avait uniquement interrogé pour sonder ma capacité d'analyse.

— J'ai reçu un appel de mon patron. Je crois que tu le connais, il était à l'enterrement de ton père…

Il voulait savoir quelle perception j'avais de toi. J'ai répondu que nous ne nous étions pas beaucoup fréquentés, parce que tu étais affecté à une autre enquête… Je lui ai quand même dit que tu ne t'étais pas mis en avant… Il a plutôt apprécié. En général, ceux qui sortent la brosse à reluire ne sont pas les meilleurs flics. Ceux-là préfèrent être remarqués par leurs succès… Mais quand même, il faut parfois savoir se distinguer…

Il a marqué un temps pour sonder ma réaction et de nouveau bifurquer.

— En *off*, je vais te confier les directives du ministre qui sont descendues jusqu'à Chenal par la voie hiérarchique. Lors du prochain Conseil, le gouvernement va annoncer deux milliards de francs d'aides aux agriculteurs touchés par la sécheresse. L'attention des médias se focalisera là-dessus… Pas question que les journalistes reviennent ensuite sur les braquages, le ministre ne veut plus qu'on parle de suspects dans la presse. Il veut des arrestations avec des preuves solides. À défaut, il exige que les braquages à Nantes s'arrêtent. C'était une ville paisible, comparée à Marseille et Lyon, alors elle doit le redevenir… Voilà le message qu'a reçu ton patron.

Il s'est levé, semblant signifier qu'il en avait terminé avec moi. Je me suis levé à mon tour. Nous nous sommes dévisagés. J'ai eu l'intuition qu'il lui restait un sujet à aborder, celui qui lui valait d'avoir pris la précaution de me rencontrer en aparté.

— Maintenant, je vais te transmettre le message de mon chef qui t'est destiné… Si tu parviens à sortir cette affaire, il y a une place pour toi chez nous.

Indifférent à ma réaction, il a regagné la porte et m'a tendu la main.

— Merci pour le café. À bientôt.

*

7 août – 19h30

Un mois s'était écoulé depuis l'assassinat de Gratien Lopez. Je n'avais pas remis les pieds chez Marcel, j'espérais que suffisamment de temps se serait écoulé pour qu'il ait passé l'éponge sur ma connerie de l'avoir abandonné devant la porte. J'avais choisi l'heure où son bar avait le plus de chance d'être le moins fréquenté.

Dès qu'il m'a vu, le sourire du boxeur s'est effacé.

— Je me demandais si tu oserais te repointer…

Ce n'était pas le meilleur accueil, je me suis installé au comptoir.

— Figure-toi que j'ai hésité… Puis je me suis dit que ce serait mieux de m'excuser…

Il n'a pas semblé calmé.

— Tu sais où tu peux te les carrer ! Un flic qui s'excuse, c'est encore pire qu'un voyou qui moucharde…

Sa colère était légitime, mais il m'est apparu qu'elle était un peu trop surjouée pour être profonde. Plusieurs clients concernés par le terme de voyou ont rigolé. Tout en songeant qu'il y avait du vrai dans cette maxime, j'ai pris ça sur le même niveau de plaisanterie.

— J'admire ta sagesse, Marcel, je peux t'offrir un verre ?

Il a bougonné.

— Le client est roi… mais n'espère pas que ça change ce que je pense de toi.

Il fallait crever l'abcès, j'ai estimé que le mieux serait d'attendre que nous discutions entre nous. J'ai désigné une bouteille derrière le bar.

— Pour moi, ce sera un Chivas, sers-toi ce que tu veux…

Il m'a suivi sur le choix du whisky. J'ai levé mon verre et il a accepté de trinquer. J'ai avalé une gorgée, posé le verre sur un sous-bock Black & White.

— Alors, dis-moi ce que tu penses de moi, Marcel…

Il a sifflé entre ses dents blanches.

— Que t'es le plus bel enfoiré de flic que j'ai rencontré ! Je t'ai mis en garde de ne pas sortir avec Gratien, je pouvais calmer le jeu pour que ça se termine sans heurt. Et non seulement tu m'as pas écouté, mais t'as failli me mettre dans les embrouilles avec son père. Un type réglo, que je connais depuis que je suis arrivé du Sénégal !

— Si je m'étais placé sous ta protection, la réputation de trouillard m'aurait collé aux basques. Même entre toi et moi, ce n'aurait plus été pareil… L'amitié, c'est comme l'amour, ça n'est possible qu'entre deux personnes qui tiennent debout l'une sans l'autre…

Il a secoué la tête pour manifester son désaccord.

— Tu te mets le doigt dans l'œil. Toi et moi, nous ne sommes pas amis. Nous appartenons à deux mondes. T'es un flic, Greg, pas un voyou. Le pire pour toi serait de l'oublier. Ne mélange pas les genres, sinon tu finiras mal.

— Mon patron m'a servi le même sermon…

— Eh bien, pour une fois, je partage l'avis de cette vieille baderne.

Je me suis demandé en quelle occasion ils s'étaient rencontrés.

— J'ai merdé, Marcel. Jamais je n'aurais dû cogner Gratien. Je me suis laissé emporter par la haine. C'était une foutue connerie. Et une connerie encore pire de t'avoir impliqué en le traînant jusqu'ici.

Il a paru apprécier.

— Épargne-moi tes jérémiades… Je vais te faire un aveu, personne n'aurait misé un kopeck sur toi. J'ai encore du mal à croire que tu aies réussi à le dérouiller.

Son humeur s'était radoucie, je me suis faufilé dans l'ouverture.

— Qu'est-ce que tu as fait quand il s'est retrouvé HS devant chez toi ?

— J'ai fermé la boutique et appelé son père. Il a rappliqué dans la demi-heure. Il a récupéré son rejeton pour l'amener au CHU. Ils ont prétexté un accident de bagnole…

— C'est tout ?

— Son père est revenu plus tard avec deux de ses amis. Je les attendais… Je savais qu'il voudrait des explications. Il m'a demandé ce qui s'était passé. Je lui ai dit la vérité… Qu'à mon avis, Gratien était le seul responsable. Que c'est lui qui t'avait provoqué à propos de la mort de cette fille. Qu'il s'était permis de te calotter dans mon bar. Je lui ai dit que j'avais tenté de vous empêcher de vous battre, mais qu'à un moment donné, quand deux hommes veulent en découdre, il faut les laisser faire…

— Tu penses qu'il pourrait chercher à se venger ?

— Je ne crois pas. Il connaissait les défauts de son fils. Et puis, malgré tout, ce n'est ni toi ni moi qui lui avons fait avaler son bulletin de naissance... Je pense qu'il passera la main.

— Même avec Robert?

Il y a eu un durcissement dans son regard.

— Tu vois, Greg, la question que tu viens de poser, elle explique pourquoi nous ne serons jamais amis...

J'ai tenté de faire valoir ma bonne foi.

— Ne le prends pas mal, j'aimerais juste éviter de nouveaux morts... Il y a une chose sur laquelle Gratien Lopez avait raison... Celui qui a violé et tué Barbara, ce n'était pas la première fois qu'il agissait. Et il recommencera. Si on ne l'arrête pas, il recommencera.

Il a enregistré la demande d'aide dans une enquête qui ne concernait pas les voyous. Nous avons bu en silence. Il est resté pensif, puis il a fini par se décider.

— Je t'ai dit ce que je sais, Greg, qu'est-ce que tu veux de plus?

— Dis-moi ce que Gratien Lopez a fait quand il est sorti du CHU.

— Son père m'a dit que son fils avait refusé qu'il l'héberge... L'un et l'autre savaient que ce serait le premier endroit où on le chercherait.

— C'est son père qui l'a déposé à Malakoff?

— Non, il était en rogne contre lui, il ne comprenait pas qu'il ait décidé de se planquer chez un rebeu...

Mon cerveau s'est mis en branle à pleine vitesse. J'ai joué mon va-tout.

— Tu as un nom?

Il a soupiré pour me montrer que je poussais le bouchon trop loin.

— Tout ce que je peux te dire c'est que le rebeu possède une BM noire. Son père répétait qu'il ne voulait pas que son fils s'associe avec ce genre de caves…

— Tu sais de quoi il parlait ?

Il a ramassé les deux verres vides avec les doigts.

— Rends-moi service, Greg… Oublie-moi…

J'avais ravalé mes questions.

Nous avons bu et discuté, évitant de revenir sur ce qui concernait le milieu. Nous avons échangé sur la saison du FC Nantes, entraîné par José Arribas, le club avait terminé 4e du championnat. Nous avons égrené les performances de chacun des joueurs, Bossis, Bertrand-Demanes, Denoueix, Rio, Michel, Rampillon, Amisse, Baronchelli, Pécout, Tusseau et Van Straelen, pour la plupart formés au club, et qui n'envisageaient pas d'autre carrière que d'y mouiller le maillot et de transmettre leur talent à la prochaine génération qui sortirait de cette formidable école du foot.

L'ex-boxeur était un connaisseur. Il a fini par retrouver son sourire et m'a proposé de partager le repas que lui avait préparé sa femme. Nous avons mangé sur le zinc, autour d'une bouteille de gamay. Lorsque je suis sorti, l'air était encore lourd, une chaleur qui semblait ne pas vouloir s'arrêter. J'étais saoul et, en même temps, ce moment partagé avec Marcel m'avait fait du bien. Si être flic m'empêchait de devenir son ami, j'espérais que nous parviendrions à maintenir cette relation de franchise.

Je n'avais pas le cœur à rentrer chez moi, je me suis promené dans le quartier du Bouffay, près de l'église Sainte-Croix. De la lumière éclairait le logement de Damien. Je me suis demandé si Rachid avait finalement eu le courage de revenir. J'ai continué à errer dans les rues, les restaurants étaient bondés. Les informations recueillies au bar agaçaient mes synapses, j'essayais d'établir une connexion avec les enquêtes. Rien ne réussissait à émerger, mais j'étais certain qu'il y avait là un fil qu'il fallait que je suive.

Presque incidemment, je suis passé devant le couscous de Youssef, Georges y dînait seul. La réaction du chef de l'OCRB lorsque j'avais mentionné son nom m'est revenue, je me suis demandé ce qu'elle pouvait signifier.

Finalement, j'ai rejoint le quai de la Fosse. L'enseigne du Play Girl scintillait, j'ai hésité à tenter de discuter avec Monique. Mais étant donné la manière dont on l'avait traitée, je doutais d'obtenir quoi que ce soit d'elle. J'ai repensé à Barbara. Je voulais arrêter son assassin, d'autant plus que les Parisiens s'étaient royalement foutus de son sort.

Avec mon expérience à Nantes, je voulais faire mon boulot de flic pour les oubliés, ceux que la société abandonnait à leur sort. Flic de la veuve et de l'orphelin, de la misère et des caniveaux, pas celui de la bourgeoisie. J'ai repris ma marche vers mon immeuble.

Kim m'a aperçu à travers sa vitrine. Il est sorti.

— Greg, je te vois plus, tu boudes ton ami vietnamien ?

Je lui ai adressé un signe amical.

— Pas du tout. J'ai eu beaucoup de boulot, ces dernières semaines.

— Tu veux boire un verre ?

— Pas ce soir, j'ai ma dose…

Il a paru un peu vexé et j'ai tenu à le rassurer.

— Promis, je viendrai bientôt dîner.

Il a retrouvé le sourire.

— Lîem m'a dit de dire que tout va bien au Château. Il dit merci…

J'ai repensé à ma discussion avec Robert, les éléments qui me titillaient les méninges se sont mis à tourner à grande vitesse dans ma caboche, et une étincelle a jailli.

8 août – 9 h 00

Chose rare, Georges était en jean et chemise ouverte. Une odeur de sueur acide flottait dans son bureau, il m'a jeté un œil désabusé.

— Tiens, tiens, on t'a pas beaucoup vu, ces derniers temps…

Je lui ai renvoyé sa plaisanterie.

— T'étais trop occupé avec ton pote de l'OCRB, mais j'étais là, à faire mon job.

Il a laissé éclater sa rancœur.

— Ne me parle pas de cette enflure !

Mon visage a marqué mon incompréhension, il a rigolé jaune.

— T'es pas au courant ? Tu serais bien le dernier…

J'ai attrapé une chaise pour m'asseoir.

— Je m'intéresse peu aux bruits de couloir. Mais raconte-moi…

Sa franchise m'a coupé le souffle.

— Après la polémique dans la presse, le ministre voulait qu'une tête lui soit servie sur un plateau… Cette enflure m'a balancé aux loups ! Ça s'est joué entre ses soutiens et les miens. Giscard est en train de faire le ménage dans l'administration, il place ses pions à la place des gaullistes, mes amis sont mis à l'écart. Je ne sais pas encore quelle forme ça prendra, mais le couperet va me tomber dessus…

Son haleine dégageait des relents de café froid. J'ai demandé un peu naïvement.

— Qu'en pense Chenal ?

Il s'est montré pessimiste.

— Il ne lèvera pas le petit doigt. Ça ne changerait rien et il se grillerait. Et puis, nos relations n'ont pas toujours été des meilleures.

— Qu'est-ce que tu comptes faire ?

Il a pris un air beau joueur.

— Voir venir… Que veux-tu, il est peut-être temps que les dinosaures comme moi ramassent leur paquetage… Ceux que je représente n'existent plus…

Je doutais qu'il trahisse le fond de sa pensée.

— Tu peux être plus précis ?

Il a marqué un temps.

— Laisse tomber, ça n'a pas d'importance… Tu voulais discuter de quelque chose en particulier ?

— Lopez, t'as réussi à savoir chez qui il créchait à Malakoff ?

Son visage a manifesté sa surprise face à mon intérêt.

— J'ai épluché les profils de la tour sans résultat. Avec Valentin et Pierrick, on s'est coltiné les appartements en porte-à-porte. Il nous a fallu trois soirées pour rencontrer tous les occupants. Personne ne s'est vanté de le connaître. Pourquoi tu me demandes ça ?

— Il logeait chez un rebeu, propriétaire d'une BMW.

Il a cherché dans sa mémoire.

— Idir Kaci… Un jeune… Grand et maigre. C'est lui ?

— Je n'ai pas d'autres infos que celles que je viens de te donner.

— Le mec nous a ouvert la porte avec réticence. Je me souviens de lui parce qu'avec Valentin, on s'est fait la réflexion qu'il ne devait pas aimer les flics.

— Il a nié connaître Lopez ?

— Il a prétendu qu'il ne l'avait jamais vu de sa vie.

J'ai senti une montée d'adrénaline.

— On y va ?

Il a hoché la tête.

— Laisse-moi une minute, je bigophone à la préfecture pour valider qu'il possède une BMW… On prendra une bagnole, en bas…

— On prévient Chenal ?

— Inutile, on va juste interroger un habitant de Malakoff.

Dans la 4L, je sentais son cerveau mouliner. Je me suis demandé si Georges espérait se soustraire aux nuages en train de s'amonceler sur sa fin de carrière par une percée dans les enquêtes dont il avait la charge.

Ce qui me surprenait, c'est qu'il ne s'était pas intéressé à mes raisons de m'impliquer dans l'enquête sur la mort d'un homme qui avait voulu me démolir.

Il a fini par me questionner.

— On arrive bientôt. Dis-moi, pourquoi tu t'intéresses autant à ce meurtre ?

J'ai joué l'étonné.

— C'est notre boulot, non ?

Il a peu apprécié le faux-fuyant.

— Ne me prends pas pour un con ! Ce type et toi étiez en rivalité à cause de cette fille qui s'est fait assassiner. Tu lui as démonté la gueule… et tout le monde sait que Robert l'a fait éliminer. Alors qu'est-ce que t'en as à foutre ?

Nous arrivions sur la place Centrale. Je lui ai lâché le morceau.

— Gratien Lopez savait quelque chose sur le meurtre de Barbara. Le seul qui pourra nous rancarder, c'est le mec chez qui il créchait…

Il s'est garé, et a tourné la tête vers moi.

— C'est tout ?

— J'ai une autre idée, mais je veux la valider avant d'en parler…

Il a tiré sur le frein à main.

— J'aime pas les énigmes, mais t'as été réglo. J'apprécie que tu ne sois pas allé t'en vanter chez Chenal avant de m'en causer. Maintenant, tu me laisses décider si on l'embarque à Waldeck.

— Pas de problème.

Nous nous sommes dirigés vers la tour, sous un soleil éblouissant.

— Putain de cagnard, s'est-il plaint, on se demande si ça va s'arrêter un jour.

Au même instant, un jeune homme aux cheveux noirs est sorti.

— Idir Kaci, l'a interpellé Georges, nous voulons vous parler !

La crainte s'est lue sur le visage du jeune homme. Sans hésiter, il s'est mis à courir à grandes enjambées, un petit sac à dos sur les épaules. Georges m'a envoyé un coup de coude.

— Merde, il se tire, le con.

Il avait déjà atteint sa BMW.

Nous avons rejoint la 4L, Georges m'a lancé les clés.

— Prends le volant, je suis trop vieux pour ce genre de sport.

J'ai démarré au moment où il nous passait devant. J'ai klaxonné et accéléré derrière lui. Après le virage à la sortie de Malakoff, il a bifurqué en longeant la Loire. Dans la ligne droite, il m'a rapidement mis cent mètres dans la vue.

— Accélère, on le perd ! a hurlé Georges.

Je me suis plaint de l'évidence.

— Je suis pied au plancher, qu'est-ce que tu crois !

Il a saisi le micro de la CB et lancé un message à la cellule de commandement.

— Direction sud Loire, suspect en fuite, dans une BMW, noire, immatriculée…

Il a répété plusieurs fois avant d'obtenir une confirmation.

La 4L s'est balancée de droite à gauche dans une série de virages, à la limite de la rupture de tenue de route. La BMW était en train de disparaître et je n'avais aucun moyen de la rattraper.

Un kilomètre plus loin, j'ai laissé exploser ma colère.

— On l'a perdu, on n'avait aucune chance avec ce tacot !

Je me suis arrêté sur le bas-côté. Georges a tapé sur le tableau de bord.

— Matériel de merde !

Nous sommes restés plongés dans un silence de frustration.

Georges a relancé la cellule de commandement.

— Il nous a semés, vous avez quelque chose de votre côté ?

— Rien… On vous préviendra si on l'arrête.

Il m'a regardé.

— Les taulards vont se foutre de notre gueule. Certains parviennent à capter nos conversations sur leurs transistors.

Je n'ai pas vraiment prêté d'attention à ce qu'il disait. Je pensais à la réaction du dénommé Idir.

— T'as vu sa gueule quand il t'a vu, il était pris de panique.

— Et qu'est-ce que tu en déduis, Sherlock ?

J'ai hésité.

— Je ne sais pas… Il faut qu'on obtienne l'autorisation de fouiller son domicile.

9 août – 9 h 00

J'ai martelé mon opinion.

— Je pense que Lopez voulait se lancer dans le trafic de drogue en provenance du Maroc, avec Idir Kaci. C'était sa seule chance de se refaire. Jusque-là, Robert ne devait pas estimer nécessaire de le descendre, mais dès qu'il l'a su, il a décidé de le rayer de la carte…

Le front maculé de sueur, Chenal balançait la tête de droite à gauche, en signe de refus.

— Je t'entends, a-t-il répété, mais je continue à avoir du mal à comprendre ce qui t'amène à cette déduction. La vente de haschich, c'est du ressort des blousons noirs, des zonards en bottes cloutées qui braquent les pharmacies, des marginaux accros au cannabis et aux hallucinogènes… Les braqueurs du milieu n'ont rien à voir avec ces loubards et autres soixante-huitards… Franchement, sans vouloir les glorifier, ces trafics ne sont pas de leur standing.

J'aurais pu argumenter sur la demande croissante dont avait fait état Rachid, mais j'ai plutôt axé sur les nouvelles informations que j'avais trouvées.

— Vous vous souvenez de Rachid, le dealer que Pierrick soupçonnait du viol près de l'église. Eh bien, il est originaire du même bled que Kaci…

— Tu vas nous dire qu'il était lui aussi de mèche avec Lopez ?

— Rachid revendait aux filles des bars, ce ne serait pas étonnant qu'il ait rencontré Lopez. Aux abois, il a dû se dire qu'il tenait une source financière jusque-là négligée par le milieu, justement parce que ce n'est pas *de leur standing*…

— T'es allé choper ce gamin à Bellevue pour le faire parler ?

— J'attendais d'avoir interrogé Idir. Maintenant qu'il s'est tiré, il nous faudrait une preuve pour que je mette la pression sur Rachid. C'est aussi pourquoi il est si important de perquisitionner l'appartement de Malakoff…

Le patron a tambouriné des doigts sur son bureau en scrutant Georges, qui restait mutique. Ce silence a fini par l'agacer. Il a sollicité son avis.

— Tu crois le scénario envisageable ?

Ils ont échangé un regard chargé de rancune. Chenal a paru lui promettre que si l'opération était concluante, il essaierait de sauver sa tête. Georges s'est mordu la lèvre.

— Le monde change, a-t-il dit comme une allusion à son propre sort, les voyous changent aussi. Greg a peut-être raison, on ne doit pas passer à côté de cette piste.

De mauvaise grâce, le boss a décroché son téléphone.

— J'espère que je ne suis pas en train de faire une connerie…

17h00

La juge avait accepté à la condition que Chenal supervise la perquise. Par discrétion, il a demandé au serrurier de retirer son bleu de travail. Le sexagénaire en marcel blanc a plié son bleu en riant.

— Eh ben, tu parles d'un strip-tease, si vous voulez, je continue à me désaper…

Chenal n'a pas pris la peine de répondre. Il a dédaigné la Simca 1300 de fonction et s'est installé au volant de sa R16.

— On a le serrurier comme premier témoin, on désignera un voisin pour nous servir de deuxième témoin, inutile de perdre du temps.

Sur la place de Malakoff, le soleil distillait une chaleur torride, des gouttes de sueur me dégoulinaient dans les yeux. Après avoir salué deux adolescents qui nous ont retourné des bonjours polis, nous avons demandé à un type en train de fumer dans le hall de nous suivre jusqu'au huitième.

En sortant de l'ascenseur, Georges a indiqué une porte à Chenal, qui a appuyé sur la sonnette.

Nous avons attendu deux minutes.

Un silence total régnait à l'intérieur.

Le patron a récidivé, puis il a demandé au serrurier d'agir. L'homme a ouvert sa caisse semblable à celle d'un plombier et récupéré un trousseau en cerceau d'une trentaine de clés.

— C'est une Vachette plate, ce ne sera pas très long…

Il lui a fallu moins de cinq minutes pour trouver la bonne clé.

— Eh ben voilà, pas besoin de *Sésame, ouvre-toi*…

La phrase magique n'a pas fait marrer Chenal, qui a poussé la porte de l'appartement. Plancher en bois lamellé-collé, cuisine en Formica, les fenêtres plein sud avaient généré une véritable fournaise, l'odeur de résine de cannabis était saisissante.

Georges et le patron ont accroché mon regard, signifiant qu'ils croyaient désormais ma thèse.

— Eh ben, ça sent pas l'Obao ! a plaisanté le serrurier.

Georges s'en est amusé.

— On est tombé sur un farceur…

Chenal a exprimé son agacement à l'artisan :

— Fermez-la et attendez qu'on vous sonne !

L'homme n'était pas prompt à baisser pavillon, il s'est adressé à nous.

— Eh ben, il est pas drôle votre chef. Ça doit pas être rigolo tous les jours à la maison poulaga…

Le visage du patron a viré à l'écarlate.

— Mais qui est-ce qui m'a foutu un abruti pareil ! Si vous l'ouvrez encore une fois, je vous fais avaler votre trousseau de clés.

J'avais rarement vu Chenal s'énerver pour si peu.

— Eh ben, pas glop, pas glop… a réagi l'artisan, visiblement lecteur de *Pif le chien*, en se carrant dans le coin désigné par Chenal, imité par l'autre témoin, silencieux.

— Greg, charge-toi de la chambre, m'a ordonné Chenal, Georges et moi, on fouille la cuisine et le salon.

Un lit double, les draps dépliés, un placard rempli de fringues en bouchon, des magazines d'arts martiaux, un poster de *La Fureur du dragon* punaisé au mur, des poids de musculation et un nunchaku face à un miroir, le profil d'Idir était facile à cerner. J'ai commencé par le tiroir de la table de chevet qui contenait une liasse de billets de cent francs entourée d'un élastique. J'ai poursuivi par le placard...

Après dix minutes, je n'avais rien d'autre permettant d'impliquer Kaci dans un quelconque trafic et je suis retourné dans le salon. Sur la table, Georges et Chenal avaient regroupé une boîte de cartouches correspondant aux Smith & Wesson trouvées sur le corps de Gratien Lopez, trois couteaux de chasse, deux rouleaux de pièces de cinq francs, un reste d'une boulette de haschisch, des paquets de cigarettes en partie découpés pour fabriquer des filtres, des mégots empestant le cannabis.

J'y ai ajouté la liasse.

— Tout est là, a regretté Chenal.

Après l'espoir suscité par l'odeur, j'ai tenté de positiver.

— C'est maigre pour un trafic, mais ce sont quand même des indices concordants...

Georges a voulu me soutenir.

— Si on y ajoute l'odeur qui règne ici, on aura de quoi l'acculer quand on l'arrêtera.

Chenal n'était pas de cet avis.

— Une odeur, ça n'a jamais été une preuve... Allez, on emballe ça dans des sacs numérotés et on rentre à Waldeck. Je dois rappeler la juge. Espérons qu'on coincera rapidement Idir Kaci...

Avec sa double nationalité, la possibilité qu'il se réfugie au Maroc était prévisible. Nous avons regagné l'ascenseur en silence. Face à l'humeur ambiante, le serrurier avait perdu le goût de blaguer.

Une fois dans la voiture, Chenal s'est adressé à moi :

— Tu crois que Kaci se planque chez Rachid ?

— Non, il habite chez ses parents, la mère n'accepterait pas.

— Avec ce qu'on a, tu réussiras à tirer quelque chose de lui ?

J'ai préféré me montrer prudent.

— Je vais essayer…

10 août – 17h30

Debout dans le salon, la femme me regardait, une forme de désespoir dans les yeux.

— La dernière fois, Rachid est rentré avec des fleurs, il m'avait promis que ça n'arriverait plus… Et là, il est parti depuis plus d'une semaine sans prévenir… Mon mari et moi sommes inquiets, ça ne lui ressemble pas.

Elle s'est mise à parler plus bas pour que ses enfants dans les chambres n'entendent pas.

— Si mon mari arrive, ne lui dites pas que vous êtes de la police.

— Vers quelle heure sera-t-il de retour ?

— Il boit un café avec des amis sur la place. En général, il n'est pas là avant dix-huit heures.

J'ai jeté un œil à ma montre, j'avais encore un peu de temps devant moi.

— Vous pensez que Rachid est au Maroc ?

Ses lèvres ont tremblé légèrement.

— Hier, j'ai téléphoné à ma sœur, je ne lui ai pas dit que je cherchais Rachid, mais s'il avait été là, elle m'aurait avertie. Il habite chez elle lorsqu'il est là-bas.

Elle a hésité.

— Nous lui envoyons un peu d'argent… Quand c'est possible…

Sa sincérité me touchait, j'ai essayé de la rassurer.

— Je vous le répète, votre fils n'est que témoin dans l'enquête dont je m'occupe. Quand il rentrera, dites-lui de se rendre à Waldeck et de demander à me parler. Surtout qu'il évite le centre-ville de Nantes. Dites-lui de me faire confiance, je ne lui veux que du bien…

Elle a retrouvé un léger sourire.

— Il le sait, il m'a dit que vous êtes gentil…

Je me suis demandé ce qu'aurait pensé Pierrick. Sans doute m'aurait-il traité de mère poule. J'ai plongé mon regard dans le thé à la menthe, sur le plateau ciselé. L'image de ma mère attendant mon appel m'est venue. Mon affection pour cette femme était peut-être liée à cette culpabilité, un remords qui m'avait ouvert à plus d'humanité.

Je me suis dit que c'était toujours ça de pris. J'ai porté le verre à mes lèvres, je l'ai vidé, reposé et je me suis levé. J'ai tenté de partir sur une note d'optimisme.

— Votre thé est délicieux. Vous remercierez Rachid de m'avoir donné la chance d'y goûter une deuxième fois.

Elle a placé sa main sur son buste et s'est légèrement inclinée.

— *Choukran*… Vous êtes le bienvenu chez nous.

Un homme qui me rappelait Rachid montait les escaliers. Ses pupilles suggéraient qu'il n'avait pas bu que du café. Il m'a dévisagé, curieux de savoir qui était ce visiteur en costume, alors qu'il devait connaître les occupants de l'immeuble.

Nous nous sommes croisés, sans un mot.

Dehors, mon regard s'est arrêté sur la vitrine d'un local vide couverte d'affiches de la CFTC et de la CGT invitant les travailleurs à les rejoindre.

Pendant un instant, je me suis demandé quelle activité serait susceptible d'emménager là. Cette interrogation m'est apparue saugrenue, je me suis dirigé vers la 4L. En m'installant, j'ai remarqué que la mère de Rachid m'observait à travers la fenêtre.

11 août – 11 h 30

Je venais de faire mon rapport à un Chenal amer. Il m'a semblé qu'il s'était fait taper sur les doigts par la juge. Il m'a néanmoins félicité d'avoir identifié Kaci et j'ai quitté son bureau remonté à bloc.

Au bar, Pierrick buvait un Ricard.

— T'es pas supposé être en vacances ?

Il a rigolé.

— Je m'emmerdais comme un rat mort. Tu prends un jaune ?

— Non, merci, je bosse, moi…

Il a écarquillé les yeux, ne voyant apparemment pas le rapport.

— Ça t'aiderait à réfléchir…

Il a plongé ses doigts dans une soucoupe de cacahouètes qu'il a enfournées en souriant ironiquement. Il était au courant de notre expédition à Malakoff.

— T'as vu Georges ?

Il a approuvé.

— Hier soir chez Youssef, il m'a tout raconté. T'as réussi à choper le petit Rachid ?

J'ai soufflé ma déception.

— En fugue. Sa mère ignore où il est…

— T'en es certain ?

— Autant qu'on peut l'être face à une femme qui protège son rejeton. Mais si elle m'a menti, elle mérite un rôle dans le prochain Tavernier…

Il a rigolé et fait le signe « deux » au gardien de la paix, qui nous a apporté les Ricard et une carafe d'eau. Pierrick a arrosé le mien jusqu'à ce que je lui dise d'arrêter.

— On n'est pas loin du but, mais je n'arrive pas à mettre les pièces du puzzle en place.

— Tu peux être plus clair ?

J'ai vidé mon verre, les indices tourbillonnaient sans cohérence dans mon cerveau.

— Je ne sais pas pourquoi, mais tout se tient…

Il a fait une moue dubitative.

— J'avoue avoir de la difficulté à te suivre.

— Je comprends. Parfois, moi aussi, j'ai du mal…

Cette fois, c'est moi qui ai passé commande à notre collègue.

— Remets-nous ça, Claude…

Il nous a servis et a refait le plein de cacahouètes. J'ai choqué mon verre contre celui de Pierrick.

— Tu veux qu'on fasse le point ? a-t-il proposé.

— Pourquoi pas…

J'ai commencé à dérouler les événements dans l'ordre chronologique.

— Le hold-up du Carrefour, trois braqueurs, deux convoyeurs tués, puis le chauffeur dézingué chez lui… Deuxième hold-up à Bellevue, quatre braqueurs, pas de victime et des armes différentes… Ensuite, Robert rachète les bars du Toubib… Gratien Lopez se fait plomber sur le parking de

Malakoff, avec la possibilité que ce soit en raison de son association avec un ou deux Marocains pour monter un trafic de haschich…

Il a complété cette énumération sans m'épargner.

— Dans le même temps, Barbara est tuée et tu démolis Gratien Lopez.

Je lui ai renvoyé la balle.

— Et ta Corse laisse sur le carreau la responsable de son bar.

Il ne s'est pas dérobé.

— Un partout, balle au centre. Mais on n'est pas plus avancés.

J'ai été contraint d'admettre.

— T'as raison. Pour l'instant, on n'a rien contre Robert et on patauge dans la semoule sur l'identité du taré qui a tué Barbara. Mais je continue à penser que l'un nous mènera à l'autre et vice-versa… Quelle chienlit d'avoir perdu Kaci, je suis certain qu'il nous aurait dit ce que Lopez savait…

Georges nous a rejoints avec un air satisfait.

— Pas de passages aux frontières, Kaci est en France.

— T'as autre chose sur lui ? ai-je demandé.

— J'ai mis l'appart de ses parents et de ses amis sous surveillance. On va le choper, ce n'est qu'une question de jours…

Septembre 1976

3 septembre – 14 h 00

Une silhouette en robe légère s'était présentée devant la porte du bureau du Groupement des Utilisateurs de Main-d'œuvre du port de Nantes, entre la place René-Bouhier et le quai de la Fosse. Pendant cinq minutes, elle avait attendu qu'une femme se présente. Après l'ouverture de la porte, elle s'était introduite dans les lieux et avait innocemment monté les marches derrière la femme.

Au premier étage, abandonnant perruque, faux seins, escarpins et collier de perles, l'homme avait sorti deux revolvers de gros calibres et contraint les employés à se diriger vers la salle des coffres. Il leur avait ordonné de s'aligner face au mur, puis il avait menacé un caissier de le tuer s'il ne lui remettait pas l'argent.

Le malheureux avait doucement rempli une sacoche de billets.

Au dernier moment, il l'avait jetée au visage du braqueur, qui avait fait feu à deux reprises. Une balle s'était figée dans le plafond, l'autre avait touché l'employé.

Paniqué, le voleur avait réussi à récupérer la sacoche et s'était rué vers la sortie. Tous étaient restés les bras en l'air. Plus courageux, un jeune homme avait tenté de s'interposer. Le truand avait de nouveau fait usage de son arme. La balle avait pénétré la joue et explosé la mâchoire du jeune qui s'était effondré. Le tireur avait repris sa course. S'engageant dans les escaliers, il s'était retrouvé bloqué devant la porte, incapable de trouver le bouton de déverrouillage.

Un docker l'avait rejoint et avait réussi à le maîtriser.

16h00

Lorsque je suis arrivé, une trentaine de personnes était tenue à distance par un cordon de gardiens de la paix. En bas de l'escalier, j'ai reconnu Idir Kaci, assis contre le mur, les jambes écartées dans une robe couverte de sang, l'arcade sourcilière éclatée, les yeux éteints, une main sur les tripes à l'air.

Lunettes de soleil, Pierrick interrogeait un type à la corpulence impressionnante. Cheveux gris, visage couvert de rides, quelques écorchures au poing droit montraient qu'il s'était battu. Je l'ai écouté donner sa version.

— Ce connard nous menaçait de ses revolvers. Daniel a été obligé de remplir le sac de pognon. Mais au lieu de le filer à cet enfoiré, il lui a balancé dans la gueule… Le mec a paniqué. Il a tiré. Aussitôt, il a compris que ça tournait au vinaigre et s'est enfui. Quand j'ai vu Daniel s'écrouler, j'ai pas pensé au danger… L'argent, on s'en fout, mais la vie d'un docker, c'est sacré ! Personne a le droit d'y toucher… Jacques et moi, on a voulu le stopper, il nous a tiré dessus. Jacques est tombé, le temps que je regarde, le gars était rendu dans les escaliers. Je l'ai poursuivi… On est quatre cent cinquante dockers sur le quai, plus les occasionnels, ils auraient tous fait la même chose. Y a pas besoin d'être un héros ou quoi… Là, c'est l'instinct qui parle…

— Ensuite ? lui a demandé Pierrick en prenant des notes.

— C'est comme je vous ai dit, j'ai pas pu supporter qu'il tire sur mes potes. Je me suis lancé à sa poursuite. Il s'est retrouvé bloqué à la porte. Le con était tellement sur les nerfs qu'il ne trouvait pas le bouton. Je me suis jeté sur lui. Il m'a tiré dessus. C'est un sacré bol qu'il m'ait pas touché… Je l'ai alpagué aux épaules, il continuait à essayer de m'allumer. À un moment, il y a eu un coup de feu, j'ai vu qu'il avait pris la balle dans le bide. Il ne lui a pas fallu deux minutes pour carpailler…

Il a désigné un employé.

— Entre-temps, René vous avait appelés…

J'ai abandonné Pierrick et je me suis dirigé vers Valentin, en train de récupérer les douilles. Il m'en a montré une.

— Deux revolvers, un 7,66 mm, et un 11,43… regarde ça, quand tu prends ce type de bastos dans le buffet, t'as aucune chance…

J'ai désigné les armes qu'il avait placées dans des sacs plastiques.

— Une idée de leur origine ?

— Du matériel démilitarisé, facile à rendre opérationnel. On en trouve un peu partout au marché noir.

Je me suis demandé de quelle façon le jeune Idir s'était procuré ce type d'armes.

— Tu crois qu'il avait un complice ?

— À l'intérieur, non. Mais je te fiche mon billet que quelqu'un l'attendait pour l'aider à s'enfuir…

J'ai scruté les badauds et songé à Rachid.

— Combien il y avait dans le coffre ?

— La paye des dockers, environ trois cent mille francs…

— Tu penses qu'il le savait ?

Il a haussé les épaules.

— Dans les bars du quai, tout le monde sait quand la paye va être versée…

Le visage de Rachid s'est de nouveau imposé.

— Bien sûr…

Je suis monté jusqu'à l'étage.

Un cadavre gisait au sol, sous un drap. Georges parlait à une femme d'une quarantaine d'années, au visage sec. Je l'ai écoutée donner sa version, qui correspondait à celle du docker. Elle ne paraissait pas traumatisée par ce qu'elle venait de vivre. Georges l'a remerciée après avoir noté son adresse et son numéro pour la convoquer à Waldeck.

— Vous voulez qu'un agent vous raccompagne chez vous ?

Elle lui a rétorqué durement.

— Pour quoi faire ? J'ai l'habitude de marcher…

Elle l'a planté et s'est dirigée vers la sortie. Je me suis approché de Georges, qui a soupiré.

— Sacrée bonne femme…

— Une femme de docker… Il lui faudra un peu de temps pour réaliser qu'elle aurait pu y passer. Où est l'employé du coffre ?

— Le SAMU l'a emporté au CHU…

Son expression laissait entendre qu'il ne croyait pas que le caissier s'en tirerait.

— T'as vu le docker qui a stoppé Kaci ?

— Oui, en bas. Il répondait aux questions de Pierrick.

Il a commenté.

— Soixante-cinq piges, il se bat à main nue contre un mec armé. Une sacrée paire de couilles…

— Avec son gabarit, je me demande lequel des deux avait le plus peur…

Il n'a pas prêté attention à ma remarque.

— Attaquer l'antre des dockers travesti en femme, t'en as quand même, on se demande s'ils ont un brin de jugeote… Kaci est tombé sur un os…

Je suis revenu à la charge.

— Qu'est-ce que tu sais du docker ?

— Michel, il a passé sa carrière à décharger les bateaux. Le milieu des docks, c'est toute sa vie. Aujourd'hui, il est secrétaire adjoint du syndicat. Un militant dévoué. Tout le monde le connaît sur le quai… Il était là pour mettre à jour les cotisations et donner un coup de main pour que les gars n'attendent pas leur paye.

— C'est la femme qui t'a raconté ça ?

— C'est l'employé qui nous a prévenus. Selon lui, ce Michel est doux comme un agneau, mais il ne faut pas le chercher, il a longtemps pratiqué la boxe… Manque de pot pour lui, Idir n'est pas tombé sur un manchot.

J'ai réfléchi et laissé passer un temps avant de répéter.

— *Doux comme un agneau*, c'est dans ces termes que Monique m'en a parlé lorsqu'elle m'a prévenu qu'il était avec Barbara, au bar, le soir où elle a été tuée.

17h10

Pierrick finissait d'interroger le docker. Je l'ai regardé du coin de l'œil, estimant le moment mal choisi pour lui parler de Barbara. Étonnamment, il m'a rendu mon regard, fixant mon visage pour l'imprimer dans sa mémoire. Un peu plus loin, Chenal répondait à des journalistes. Je l'ai entendu réfuter un lien entre ce braquage et les précédents. Il a insisté sur l'acte isolé d'un jeune inexpérimenté, puis il a apporté son soutien à la communauté des dockers, essentielle à l'activité portuaire de Nantes. Il a salué l'héroïsme du syndicaliste, puis il les a informés du décès du caissier.

Ses envolées lyriques rappelaient celles d'un politicien en campagne électorale.

Machinalement, j'ai examiné les curieux et remarqué la présence de Robert, avec son garde du corps, en train de discuter avec le vieux docker. Lorsqu'il m'a vu, Robert a tapoté l'épaule du docker, en signe de félicitations.

Sans me quitter des yeux, il a marché vers moi, en s'allumant une cigarette.

— Greg Brandt… J'entends beaucoup parler de toi, ces derniers temps.

Il m'a proposé une cigarette que j'ai refusée.

— Qu'est-ce que vous faites ici ?

Il a aspiré sur le filtre et observé plusieurs dockers.

— Je suis venu soutenir des amis…

— Qui vous a prévenu ?

Il est resté laconique.

— Des amis m'ont dit qu'un fou furieux avait tenté de dévaliser la paye des dockers… Le braquage, c'est une activité d'hommes… Les minables ne devraient pas s'y adonner. Sinon, voilà comment ils finissent… Si ça avait été moi, je lui aurais fait bouffer ses talons aiguilles.

Il y avait dans ses propos un profond mépris et une sorte d'aveu à peine déguisé.

J'ai éprouvé le besoin de le bousculer.

— Vous saviez que Gratien Lopez s'était planqué chez Idir Kaci ?

— Il semble qu'après la branlée que tu lui as collée, les nouveaux projets de Lopez ne lui ont pas porté chance… Pour une fois, nous étions presque alliés.

Il a souri. J'ai senti ma colère monter.

— Nous ne serons jamais alliés !

— Calme-toi, fiston… On peut plaisanter…

Il avait réussi à me mettre hors de moi :

— La prochaine fois que tu m'appelles fiston, je te mets ma main sur la gueule ! Il y a eu trois morts aujourd'hui, je ne vois aucune matière à se marrer.

Surpris par ma virulence, il m'a regardé différemment.

Il a tiqué de l'œil, expédié sa cigarette d'une pichenette et temporisé.

— Tu as raison. Encore une sale histoire. Mais pour moi, Michel a fait du bon boulot, il nous a débarrassés d'une brebis galeuse.

Je voulais savoir s'il était informé.

— Ce Michel, c'était un client de Barbara. Il était présent, le soir où…

Il a aussitôt percuté et son sourire s'est effacé.

— Si je pensais une seconde qu'il avait quelque chose à voir dans sa mort, il n'aurait pas été là pour buter ce bicot. Sors-toi ça de la tronche… Michel adorait Barbara, je ne voudrais pas être à la place de son assassin s'il apprend qui c'est…

Il paraissait convaincu. J'ai observé le vieux docker. Son visage s'est assombri. Ses yeux ont brillé d'une lueur inamicale, très éloignée de celle d'un agneau. Je lui ai retourné son regard.

— Il sait que tu sortais avec elle, a commenté Robert. Peut-être a-t-il le même soupçon sur toi que celui que tu as sur lui.

Il y avait dans son ton une sorte de sarcasme. À l'évidence, l'idée l'amusait. Ou plutôt, il enregistrait une information qui pourrait un jour être utile.

Octobre 1976

1er octobre – 8 h 00

La pluie était tombée en abondance, l'épisode caniculaire qu'avait connu la France semblait enfin s'éloigner. J'avais relancé la mère de Rachid plusieurs fois, réinterrogé Monique, rencontré Damien et même demandé de l'aide à Marcel, au cas où il entendrait des bruits dans le milieu de la nuit. Personne n'avait la moindre nouvelle de Rachid.

Depuis le hold-up foireux d'Idir Kaci, j'étais persuadé qu'ils avaient fait équipe et que Rachid s'était enfui lorsqu'il avait entendu les sirènes de police. En l'absence de nouveaux indices pour résoudre l'enquête sur le meurtre de Barbara, il était mon unique espoir d'épingler l'assassin.

Et cet espoir paraissait s'amenuiser au fil des jours.

Les moteurs dans la rue m'ont réveillé, je suis resté les yeux fermés quelques minutes, les images de Barbara morte m'ont forcé à ouvrir les paupières. J'ai écarté le drap et trouvé l'énergie de me lever. J'ai pris une douche, enfilé un pantalon et une chemise blanche. Je continuais à porter des costumes, tandis que même Georges avait adopté le jean en anticipation de son retour prochain à la vie civile.

Pour ma part, j'avais la conviction que pour imposer notre autorité aux délinquants, nous devions nous en différencier. Les avocats avaient leur robe noire, les magistrats leur manteau rouge et leur cape à fourrure et les prêtres leur soutane. Moi, j'avais mon costume. Une barrière nécessaire au respect. Et puis, une voix me rappelait que ma mère aurait approuvé, elle qui était toujours si attentive à l'aspect des gens, persuadée que cela reflétait l'estime qu'ils se portaient.

En buvant un café, j'ai observé le téléphone qui n'avait pas sonné depuis des semaines, mon regard s'est arrêté sur le carton de livres. J'ai consulté ma montre, Chenal avait convoqué ses troupes à onze heures, peut-être avait-il du nouveau de Paris ? Je n'étais pas pressé de le savoir et j'ai décidé qu'il était temps que j'évacue ces romans, symboles de mon ancienne existence.

Vers neuf heures, je suis entré chez le bouquiniste, chaussée de La Madeleine, les bras chargés. Deux personnes attendaient au comptoir. Le libraire, dont la chevelure ébouriffée m'a rappelé la fameuse photo d'Einstein tirant la langue, commentait le sujet des livres et inspectait leur état. Visiblement, il portait un intérêt aux ouvrages ésotériques. J'ai commencé à regretter d'avoir suivi le conseil de Kim, qui m'avait recommandé ce lieu, fréquenté par certains de ses clients. Après un quart d'heure, j'avais la sensation que mon carton pesait une tonne, j'ai levé un genou pour soulager mes bras. J'ai hésité à le poser, mais la personne devant moi avait fini. Le comptoir se libérait lorsqu'une femme est entrée, chevelure mouillée et lunettes de soleil.

Elle s'est adressée au libraire sans me prêter attention.

— Bonjour, Albert, as-tu reçu ma commande ?

En entendant le prénom, je me suis retenu d'éclater de rire.

Il a réfléchi une seconde.

— Le *Livre des morts tibétain* ?

— Oui, l'édition avec le commentaire de Jung…

— Je ne crois pas, mais laisse-moi vérifier.

Il s'est éclipsé dans sa réserve. La femme s'est tournée et a paru me remarquer.

— Oh, excusez-moi, je suis passée devant vous ?

Elle était trop spontanée et séduisante pour que je lui en tienne rigueur. Je lui ai retourné son sourire.

— Ce n'est pas grave, ça me permet de prolonger la musculation. Autant que ces livres servent à quelque chose avant qu'ils disparaissent de ma vie.

Était-ce ma maladroite tentative d'humour ou ma façon d'évoquer les ouvrages, elle m'a dévisagé quelques secondes. Sous ses lunettes, j'ai remarqué ce qui devait être un œil au beurre noir. Elle est devenue sérieuse.

— S'il y a quelque chose qu'on ne devrait jamais chasser de sa vie, ce sont bien les livres… Eux au moins, ils ne vous trahissent jamais…

J'ai cherché une repartie à la hauteur, mais le libraire est revenu les mains vides.

— Désolé, Françoise…

Elle s'est retournée vers lui.

— Mince, j'espérais le lire ce week-end…

— Je ne serai pas livré avant mardi, tu veux que je t'appelle ?

— Oui, préviens-moi quand tu le recevras.

Elle s'est retournée vers moi avec un sourire.

— Encore désolée… Si vous voulez mon conseil, ne lui vendez pas vos livres, vous perdriez une partie de votre mémoire.

Elle a ouvert la porte vitrée et disparu.

Un instant, j'ai eu envie de lui courir après pour lui demander qui l'avait frappée et si je pouvais intervenir. L'idée de lui proposer de dîner a flotté dans ma tête. Remarquant que je scrutais la porte, le libraire a commenté :

— Françoise… toujours tête en l'air…

J'ai posé le carton sur le comptoir. Le libraire s'est emparé d'un Maigret.

— Je ne plaide pas pour ma paroisse, mais elle a raison, vendre ses livres, c'est abandonner un peu de son histoire…

J'ai planté mon regard dans le sien.

— Ceux-là ne portent pas de bons souvenirs…

Il a pris un air désolé.

Pendant qu'il me proposait une somme que j'acceptais, je me suis demandé pour quelle raison cette femme m'avait autant plu. J'ai senti monter le regret d'une chance ratée de faire une rencontre importante, et je me suis demandé si le destin m'offrirait une occasion de la revoir.

11 h 00

L'octogénaire avait disparu depuis trois jours, la famille avait reçu une demande de rançon de quatre millions de francs. L'enlèvement ayant eu lieu dans un immeuble du cours Cambronne, l'affaire avait été confiée à la sûreté urbaine.

Chenal se serait bien passé de cette périlleuse patate chaude.

— Un ancien haut fonctionnaire avec une grande fortune familiale. Pour éviter de mettre sa vie en danger, j'ai demandé aux différents organes de presse de ne pas mentionner le courrier des ravisseurs.

Georges a posé la première question.

— Qu'est-ce qu'on sait des kidnappeurs ?

Le regard que lui a jeté le patron ne présageait rien de bon.

— Une voisine a aperçu un homme habillé en gardien de la paix. Plutôt grand, d'après son témoignage, mais elle mesure à peine plus d'un mètre cinquante, c'est donc à prendre avec des pincettes…

Valentin a demandé.

— Qu'a décidé la famille ?

— Ils vont payer. Les fils sont en train de rassembler la somme. Les ravisseurs exigent des coupures usagées de cinq cents francs. Notre collègue m'a averti que l'épouse a une santé fragile, je lui ai ordonné de rester sur place au cas où les ravisseurs téléphoneraient.

— Quelle preuve a-t-on qu'il est encore en vie ? a questionné Pierrick.

Chenal a fait une moue horripilée.

— Pour l'instant, notre seule certitude est que le courrier a été rédigé de sa main. Sa femme a reconnu l'écriture. L'homme affirme ne pas avoir été maltraité. Le processus de la remise de la rançon sera notifié dans un autre courrier. Pierrick et Valentin, je veux que vous fassiez du porte-à-porte dans les immeubles environnants, essayez d'affiner un portrait-robot. La témoin assure qu'ils sont partis en

Renault 12, couleur grenat, qui attendait dans la rue… Ça n'a pas dû passer inaperçu dans le quartier.

La mimique de Pierrick montrait qu'il n'était pas ravi de se coltiner cette corvée.

— Choisir cette couleur pour un rapt, il faut vraiment n'avoir peur de rien…

Georges a précisé ce que nous commencions tous à penser.

— À Nantes, il n'existe pas beaucoup de voyous qui oseraient ce genre de coup…

Les regards se sont orientés vers la photo de Robert, sur le tableau.

Un relent d'exaspération de ne pas avoir été en mesure de le coincer pour les braquages et les meurtres s'est répandu dans la pièce. Je me suis dit que nous tenions une nouvelle chance. Mais il a semblé que ce n'était pas l'avis de Chenal.

— Soyons clairs, a-t-il prévenu, il y a trois choses que je refuse. Primo, on ne peut pas se permettre l'assassinat d'un notable. Deuzio, hors de question de subir le retour des Parisiens pour nous prêter main-forte. Tertio, il faut à tout prix éviter une nouvelle humiliation dans la presse en raison de nos méthodes de harcèlement d'un suspect…

Il a enfoncé le clou.

— Tenez-vous-le pour dit. Le seul impératif, c'est que cette femme retrouve son mari vivant. Sur ce, Messieurs, au boulot.

J'étais étonné qu'il ne m'ait affecté aucun rôle. Pierrick m'a d'ailleurs jeté un regard circonspect. Au moment où nous sortions, Chenal a retenu Georges, d'une voix résignée.

— Tu peux rester, s'il te plaît, j'ai reçu un coup de fil de Paris…

14 h 00

J'attendais Georges dans son bureau depuis une demi-heure. Il a fait semblant de s'étonner.

— Tiens, Greg Brandt, tu voulais savoir à quelle sauce les Parigots m'ont mangé ?

— Pas seulement…

Il s'est affalé dans sa chaise.

— Tes amis de l'OCRB n'ont pas eu la dent trop dure…

— Ce sont les amis de mon père, je les connais à peine.

— Je sais, Greg, ne te bile pas. Je sais que t'es extérieur à ce lynchage. Tout le monde est au courant qu'un bel avenir t'attend. C'est pour ça que Chenal te ménage… Je vais te dire le fond de ma pensée, Greg… Tu le mérites, t'es un flic intelligent et intègre. Simplement, quand tu seras dans ce panier de crabes, ne perds pas de vue que nous sommes là pour protéger les gens, sans arrière-pensées carriéristes.

Sa voix reflétait la relation de confiance que nous avions établie depuis la course-poursuite de Malakoff, mais elle trahissait aussi la nostalgie d'un homme désabusé.

Je n'ai pu retenir mon impatience.

— Qu'est-ce que Chenal t'a dit ?

— Pas de sanction, je suis gentiment poussé dehors par la petite porte… Une mise à la retraite, ils m'offriront une bouffe de départ avec les honneurs pour mon « irréprochable carrière »… Chenal va nous organiser ça aux petits oignons. Il a suggéré le Club Pernod… Pierrick sera content.

Au-delà de l'amertume, il retenait une sourde colère.

— Il fallait bien que ça arrive un jour, ce n'est pas ça qui me fout en rogne. Ce qui me débecte, c'est que toute cette merde a été déclenchée par l'interview que Robert a accordée à la presse. Il s'en sort indemne, parce qu'on n'a pas été foutus de trouver l'ombre d'une preuve… Que cette enflure soit devenue le roi du milieu nantais, ça, tu vois, Greg, ça me fout vraiment la haine… Beaucoup plus que de devoir tirer ma révérence.

Sa frustration était proche de la mienne. J'ai sauté sur l'occasion.

— Après le hold-up raté chez les dockers, j'ai discuté avec lui, il était à deux doigts de se vanter du meurtre de Lopez. Il se sent en position de totale impunité.

— Et alors ?

Je lui ai adressé un regard appuyé.

— Je pense qu'il est derrière cet enlèvement.

Il s'est fendu d'un rictus moqueur.

— Tu parles d'un scoop, même Chenal l'a admis implicitement.

Je suis allé au bout de mon idée.

— Avec cet état d'esprit, Robert a peut-être eu le culot de retenir l'otage chez lui.

Il n'a pas paru convaincu.

— Il faudrait qu'il soit complètement aveuglé par l'orgueil.

J'ai continué à le fixer. Il a pris le temps de réfléchir.

— Après tout, c'est ce qui a toujours perdu les empereurs et les rois…

J'ai suggéré ce que j'avais en tête.

— Alors, qu'est-ce qu'on fait ?

Sa décision a claqué, annonçant une déclaration de guerre.

— On monte au charbon tous les deux.

Il a vérifié son Smith & Wesson, ouvert un tiroir et sorti un revolver Webley, qui devait provenir des Forces françaises libres. Il m'a fixé d'un regard acéré.

— Si jamais on le dégomme, il faudra prouver qu'il était enfouraillé…

14h30

Au bar de Waldeck, Chenal discutait avec un jeune journaliste, devant deux bières. Il nous a regardés et a interrompu son interlocuteur pour venir se renseigner.

— Où allez-vous ?

— Greg veut m'offrir une bolée en ville, a menti Georges, je viens de l'informer de la nouvelle me concernant…

Bien qu'ennuyé par la situation, j'ai conservé le silence.

Chenal a-t-il eu un doute ? Il a tenu à lui rappeler :

— Il te reste un mois à tirer, je ne veux pas de vague…

Georges a durci le ton.

— Je m'en voudrais de faire chavirer ta barque…

Le patron a encaissé comme s'il venait de prendre un coup de poing. Il était visiblement furieux, mais il a préféré éviter un esclandre devant le plumitif et il est retourné au bar.

Nous avons descendu les escaliers. Georges avait sur le visage l'expression d'un homme qui part au combat. J'ai voulu clarifier tout malentendu.

— On va chez lui pour déterminer s'il retient l'octogénaire. Je tiens autant que toi à coincer Robert, mais on n'est pas à O.K. Corral. Pas question que tu règles tes comptes…

Il m'a jaugé à la manière d'un frère d'armes avant un assaut. Ses yeux dévoilaient une lueur qui n'était plus celle d'un enquêteur, il transpirait la haine d'un homme assoiffé de vengeance. La tension entre nous est montée d'un cran.

Derrière nous, la porte d'un bureau était entrouverte.

Mon oreille a été attirée par une voix féminine.

— Je vous répète qu'il m'a traitée de sale pute ! J'ai vraiment cru qu'il allait me tuer…

Georges n'y a pas prêté attention.

Un doute s'est insinué dans mon cerveau, j'ai levé le doigt.

— Attends une minute, il faut que je vérifie quelque chose.

Je suis entré dans le bureau. Chemisier fermé jusqu'au dernier bouton, une jeune blonde plantureuse était assise sur une chaise, les épaules rentrées et les bras croisés sur sa poitrine. Un collègue tapait à deux doigts sur une machine à écrire, pendant qu'un autre écoutait, assis sur l'angle du bureau. Je les ai salués.

— Ça va, les gars ?

Celui qui tapait à la machine s'est arrêté.

— Je prends la plainte de Mademoiselle. Elle prétend avoir été violée dans la voiture d'un ami…

La jeune femme lui a jeté un regard outragé.

— Je ne prétends pas ! Il m'a violée !

Le policier a résumé sa façon de voir la version de la jeune femme.

— Oui, oui, bien sûr... Un homme que vous connaissez, il vous propose de monter dans sa voiture... Il était trois heures quinze du matin... Vous aviez bu... Lui aussi... et là... Il vous embrasse... Au début, vous êtes d'accord... puis après vous ne vouliez plus... Et lui, l'homme, votre ami, il vous a un peu forcée.

La jeune femme était au bord des larmes.

— Vous déformez ce que je vous ai dit !

L'autre policier assis souriait, il a cru de son devoir d'intervenir.

— Mademoiselle, ce que vient d'écrire mon collègue correspond exactement à ce que vous nous avez raconté. Je ne vois pas ce qu'il aurait inventé ?

Humiliée, la jeune femme a baissé la tête.

— Ça n'a rien à voir, c'est votre façon de déformer les choses... Vous interprétez à votre manière... J'ai eu tort de venir, je savais que ça se passerait comme ça... C'est pour ça que j'ai attendu trois jours...

Le policier devant la machine m'a adressé un clin d'œil.

— Ah oui, j'oubliais, ça s'est passé il y a trois jours... Mais Mademoiselle a eu besoin de réfléchir tout ce temps pour décider qu'en fait, elle avait bien subi un viol...

Devant la tournure du dépôt de plainte, la jeune femme s'est écroulée en pleurs.

Lassé d'attendre, Georges est à son tour entré. Il a observé la femme, sans émotion.

— Greg, qu'est-ce que tu fous ?

Je me suis accroupi et adressé à elle.

— Pouvez-vous me répéter ce que l'homme vous a dit ?

Elle a relevé la tête et m'a observé, les pupilles humides.

Elle a détaillé mon costume.

— Qui êtes-vous ?

— Je suis l'inspecteur Greg Brandt, répétez-moi précisément ce qu'il vous a dit.

Échaudée, elle hésitait à s'infliger une nouvelle séance d'humiliation.

— Vous vous occupez de crime ?

J'ai approuvé.

— Oui, entre autres... N'ayez pas peur, Mademoiselle, personne ne vous jugera. Je veux que vous soyez très précise. Chaque mot compte.

Elle s'est remémoré la scène, avant de murmurer :

— Quand j'ai refusé d'aller plus loin, il m'a traitée d'allumeuse. Il s'est mis à m'insulter, il m'a traitée de sale petite pute, de garce. Il n'arrêtait pas... Quand il a été en moi, il répétait que je devais bien la sentir... Il m'a fait subir des choses indignes... Il m'étranglait... Si ma copine n'avait pas frappé à la vitre, je suis certaine qu'il m'aurait tuée...

Elle s'est de nouveau écroulée. J'ai levé les yeux sur mes collègues, qui avaient perdu toute envie de se moquer. Le visage de Georges montrait qu'il avait percuté. J'ai posé la main sur l'épaule de la jeune femme et l'ai serrée doucement pour la rassurer.

— Merci, Mademoiselle, je vais me charger de prendre votre plainte.

J'ai ordonné aux collègues :

— Laissez-nous, les gars, nous allons nous occuper d'elle.

Les deux hommes se sont observés. Celui derrière la machine a extrait le papier et l'a posé sur son bureau, vexé.

— Très bien. Je te laisse ça ici.

Ils sont sortis sous le regard plein de rancune de la plaignante. J'ai fait signe à Georges de se mettre en retrait et je me suis assis face à elle. J'ai ostensiblement déchiré la feuille tapée par mon collègue pour lui montrer que je n'en ferais aucun cas.

— Maintenant, reprenons… Racontez-moi depuis le début.

Encore déboussolée, elle a commencé par ce qui lui paraissait important.

— Il faisait vraiment chaud à l'intérieur…

J'ignorais de quel lieu elle parlait, mais je ne l'ai pas interrompue pour la mettre en confiance, estimant qu'il serait toujours temps de revenir en arrière, si j'avais besoin de précisions. Sa voix a pris de la consistance :

— Avec ma copine, on est sorties prendre l'air. Quand il nous a vues, il est venu nous parler. On se connaissait, je suis venue souvent… Il m'avait offert un verre, une fois ou deux. Jusque-là, il avait toujours été gentil. Il nous a proposé d'aller jusqu'à sa voiture…

Elle a eu un moment d'hésitation qui m'a suggéré qu'elle omettait d'évoquer quelque chose. Je l'ai invitée à poursuivre d'un sourire. Elle a eu l'air ennuyée.

— Il voulait qu'on aille écouter une cassette. Un groupe que je ne connaissais pas…

J'ai senti qu'elle mentait, Georges a toussé pour me l'indiquer. Elle a jeté un œil vers lui, puis elle a continué :

— Ma copine, elle en avait pas envie… D'écouter ce groupe… Je lui ai dit que je la rejoindrais dans dix minutes maxi. Elle était inquiète de me voir aller avec lui. Moi aussi, j'étais un peu nerveuse. Parce qu'on se connaissait pas depuis longtemps. Mais bon, on est allés jusqu'à sa voiture. Au début, tout se passait bien, on parlait de choses et d'autres… En écoutant la musique. C'était sympa. On a même rigolé… À un moment, il m'a embrassée. Je l'ai laissé faire, ça prêtait pas à conséquence. Mais il est devenu entreprenant. Je lui ai dit que je ne voulais pas faire ça, comme ça, dans la voiture. Je voulais qu'on se voie ailleurs. Une autre fois, pour apprendre à mieux se connaître…

Elle s'est arrêtée, l'émotion lui est de nouveau montée aux yeux. Elle avait de la difficulté à poursuivre. Georges était au bout de sa patience.

— Comment a-t-il réagi ?

Elle a fait un effort et continué en me regardant.

— Il s'est mis en colère. J'ai voulu sortir, mais il m'a retenue par l'épaule. Il m'a giflée tellement fort que j'ai failli m'évanouir. C'est là qu'il s'est mis à débiter ces insanités. Il a basculé mon siège… Après, je vous ai déjà raconté. Il m'a forcée. Il me serrait la gorge avec ses deux mains, j'ai cru que j'allais mourir. Regardez, j'ai encore la marque.

Elle a ouvert les boutons de son chemisier, une trace jaunâtre était visible à la base de son cou. Ses yeux inondés de larmes montraient qu'elle était à bout. J'étais pourtant contraint de continuer à la faire parler. J'ai tenté de me montrer le plus compatissant possible.

— Qu'a-t-il fait quand votre amie a cogné au carreau ?

Elle a respiré un grand coup. Parler de l'« après » lui était plus facile.

— On aurait dit qu'il redescendait sur terre, il m'a lâchée et s'est excusé… Il a demandé deux minutes à ma copine. Il m'a prévenue que si j'en parlais, il risquait son travail, il m'a menacée de me le faire payer… Il a dit qu'il possédait des armes de guerre et qu'il avait déjà tué pour la mafia. Il répétait que s'il était arrêté à cause de moi, ses amis le vengeraient. Il m'a fait promettre que je ne raconterais rien. Je suis retournée à la voiture de ma copine, je pouvais presque plus marcher. C'est elle qui est allée chercher mes affaires au vestiaire… Elle m'a ramenée chez moi. Je suis pas sortie depuis trois jours, j'ai loupé les cours à la fac. Ce matin, je me suis dit que c'était plus possible, qu'il fallait que je fasse quelque chose… Pour les autres filles… Vous comprenez, il ne faut pas qu'il recommence. Un jour, il pourrait tuer quelqu'un.

Elle n'imaginait pas qu'il avait déjà commis des meurtres. J'ai mis fin à la séance, bouillant de connaître l'identité de celui que je pourchassais depuis des mois.

— C'est suffisant, dites-moi comment il s'appelle, nous allons l'arrêter.

Soulagée d'être enfin prise au sérieux, elle n'a pas hésité une seconde.

— Ange, il s'appelle Ange. Je ne connais que son prénom, mais vous pourrez facilement le trouver à la discothèque…

J'ai eu la sensation de recevoir un uppercut.

— Vous parlez d'Ange Muntoni qui travaille au Macumba ?

Elle a paru surprise.

— Vous savez qui c'est ?

J'ai réfléchi à son récit, une intuition a émergé.

— Pour vous attirer, vous a-t-il proposé de consommer de la drogue ?

Elle m'a regardé, désemparée. Je l'ai de nouveau rassurée.

— Ça n'enlèvera rien à ce qu'il vous a fait. Au contraire, ça pourrait même constituer une circonstance aggravante. Mais il est très important que je le sache maintenant.

Elle a baissé les yeux et parlé d'un filet de voix.

— Il m'a proposé de fumer du haschich. J'avais jamais goûté, alors j'ai voulu essayer. Ma copine, elle, elle a eu peur. Elle a eu tellement raison, jamais je n'aurais dû le suivre…

Elle s'est de nouveau écroulée.

J'ai accroché le regard de Georges.

Nos cerveaux ont mouliné à une vitesse surmultipliée par la certitude que tout se mettait en place : le premier braquage, le viol du garçon près de l'église, la sœur d'Ange travaillait avec Barbara, Rachid et son trafic dans le bar du quai de la Fosse et sur la place Sainte-Croix.

Corrélation de temps, de lieux, d'occasions.

Jusqu'au profil d'un homme capable de se coudre la bouche pour ne pas parler.

Nos pupilles continuaient à échanger le fil de nos pensées. Le visage d'un braqueur avec un fusil-mitrailleur arrosant le convoyeur de balles s'est juxtaposé à celui de l'assassin de Barbara, s'inscrivant dans l'évidence qu'il s'agissait du même psychopathe.

Georges a hoché la tête.

— On tient ce fou furieux !

17h00

J'avais tapé la déposition de la jeune femme avec mes gros doigts. Georges tentait d'associer Ange

Muntoni à Robert, mais la jeune femme continuait d'affirmer qu'elle n'avait jamais entendu parler de lui. Après l'avoir raccompagnée à la sortie de Waldeck, en lui recommandant d'être prudente jusqu'à ce que nous ayons mis son agresseur sous les verrous, nous sommes allés trouver Chenal.

Je lui ai résumé les faits et nos conclusions.

Au lieu de se réjouir, il a manifesté ses réserves.

— Vous pouvez le convoquer pour l'entendre sur la plainte de cette jeune femme... Mais allez-y doucement, parce qu'il démentira certainement la contrainte. Un avocat plaidera qu'elle l'a suivi de son plein gré, qu'elle avait bu et fumé de la drogue. Il y a également ce délai pour venir déposer sa plainte, ça ne plaide pas en sa faveur. Nous devrons les confronter... Heureusement, elle aura le témoignage de son amie. Vous avez les coordonnées ?

J'ai approuvé.

— Nom, numéro de téléphone et adresse...

— Parfait. Je te recommande de l'entendre avant de faire venir Ange Muntoni à Waldeck. Pour le reste, vous n'avez absolument rien de concret...

Je l'ai regardé, médusé, et j'ai tenté d'argumenter.

— Ange est le frère de Livia, ils sont arrivés à Nantes au moment du premier braquage. Il est consommateur de haschich, il connaissait Rachid et Barbara...

Il m'a arrêté.

— Aucun des deux ne peut en témoigner.

— Monique le confirmera...

Il n'était pas convaincu.

— S'il est l'homme de main de Robert pour le meurtre du chauffeur et de Lopez, crois-tu que Robert laissera Monique témoigner contre lui ?

Je n'ai pas eu le temps d'exprimer mon idée, Georges s'est avancé.

— Une fois qu'Ange Muntoni sera dans nos mains pour le viol de cette fille, je pourrai faire en sorte qu'il compromette Robert.

— S'il a vraiment commis les meurtres, tu n'auras rien à lui offrir. T'as vu comment ça s'est fini la dernière fois, alors épargne-moi tes fausses bonnes idées.

Ils se sont affrontés du regard. Une confrontation dans laquelle Georges n'avait plus d'autre pouvoir que sa totale liberté de parole.

— Je suis d'accord avec Greg, je pense que nous tenons le troisième homme du premier braquage, l'assassin du conducteur et de Lopez. C'est aussi lui qui a commis les viols et le meurtre de cette pauvre fille sur le Quai…

Chenal a levé des mains pacifiques.

— Je ne vous dis pas le contraire, je vous préviens qu'en l'état, nous ne pouvons que l'entendre sur la base de la plainte fragile de cette fille…

Bien que révolté, une part de moi savait qu'agir avec précipitation pourrait s'avérer nuisible. J'ai placé la déposition que m'avait faite Damien, devant lui.

J'ai souligné les mots du doigt.

— C'est exactement le même vocabulaire. Les mêmes pratiques et la même façon d'étrangler sa victime. Selon moi, Muntoni réplique les sévices qu'il a subis en taule. Lorsqu'il est contrarié, il bascule dans une folie meurtrière… Barbara n'est plus là pour témoigner, mais il nous reste Damien…

Son rire sec montrait qu'il n'y croyait pas.

— S'il identifie Ange, vous pourrez aller le chercher *manu militari* où qu'il soit…

19 h 00

La lumière indiquait que Damien était chez lui. Je suis monté et j'ai sonné. La porte s'est entrouverte. En tee-shirt, il a toussé dans son poing.

— Encore vous. Je vous ai dit que je ne veux plus entendre parler de ça.

Malgré l'accueil, j'ai discerné une espèce de soulagement dans son regard.

— Il y a une autre victime de viol et vous êtes un témoin essentiel.

— Mais puisque je vous dis que je n'ai pas vu son visage !

Sa maigreur avait pris des proportions inquiétantes. On aurait dit que seuls ses os lui permettaient de tenir debout.

J'ai collé mon pied dans le chambranle.

— Nous n'en aurons pas pour longtemps…

Il a soufflé et écarté la porte.

— Faites comme chez vous… Toute façon, au point où j'en suis.

Il s'est traîné jusqu'à la table de la cuisine, jonchée de miettes de pain et de nouilles, et s'est assis sur une chaise en Formica. Je suis resté debout.

— Ça n'a pas l'air d'aller fort, il y a quelque chose que je pourrais faire ?

J'ignorais depuis combien de temps il n'avait pas échangé avec quelqu'un, mais cette question formulée de façon sincère a suffi à libérer son besoin de s'épancher. En deux minutes, il m'a résumé l'état d'angoisse perceptible sur son physique. Depuis la dernière fois que je l'avais vu, il avait cru être capable de tourner la page, mais il lui était impossible de sortir le soir, et encore moins là où il avait ses habitudes. Mots pudiques pour désigner le lieu près de l'église, où les skins l'avaient frappé.

Il est revenu sur le viol.

— Chaque fois que je dois descendre ma poubelle, j'ai l'impression de retourner vers l'enfer… Il faudrait que je déménage, mais j'ai pas payé mon loyer… Si rien ne se passe, je finirai à la rue.

— Votre amie ne peut pas vous héberger quelque temps ?

— Son copain n'aime pas les homos.

Il n'arrêtait pas d'ouvrir et de fermer les mains pour chasser les fourmillements qu'il devait ressentir dans les doigts. J'ai laissé passer un silence.

— Et Rachid, vous n'avez toujours aucune nouvelle de lui ?

Son visage a affiché sa déception et une sourde crainte.

— Non, aucune. J'espère qu'il ne lui est rien arrivé…

J'ai continué, sans dévier de mon idée.

— Un homme a violé une jeune femme de la même façon que vous avez été agressé. Il se trouve qu'il s'agit d'un homme du milieu qui a menacé Rachid. Peut-être lui a-t-il fait du mal ? Ma seule façon d'arrêter cet homme, c'est d'obtenir une confirmation de votre part…

Il s'est mordu la lèvre.

— J'aimerais être utile, surtout si Rachid est en danger… Mais je ne vois pas comment je pourrais faire.

J'ai attrapé une chaise pour m'asseoir à côté de lui.

— Je vais vous montrer trois photos, l'une est celle de l'homme que nous soupçonnons de vous avoir agressé. Il est accusé par cette jeune femme… Si vous le reconnaissez, vous n'aurez qu'à me le montrer.

Il a plissé les yeux, sous tension.

J'ai glissé le cliché de Robert, de Gratien Lopez et d'Ange, devant lui.

— Prenez le temps nécessaire… C'est très important.

Il a observé les clichés une dizaine de secondes.

Des larmes lui sont montées aux yeux, il a plaqué la main sur sa bouche. Il a maîtrisé un haut-le-cœur et désigné Muntoni du doigt.

— C'est lui…

Il s'est levé et s'est dirigé vers l'évier. J'ai tenu à ce qu'il confirme.

— Vous êtes certain ?

Les mains sur le rebord, il a éclaté en sanglots. J'ai attendu qu'il se calme pour répéter ma question. Il est revenu s'asseoir, ses pupilles exprimaient une véritable terreur. Il m'a lancé un regard dans lequel j'ai lu un appel au secours.

— Expliquez-moi ce qui ne va pas. De quoi avez-vous peur ?

J'ai planté mes yeux déterminés dans les siens pour lui montrer que je ne partirais pas sans savoir. Il a hésité, le visage tendu à l'extrême. Et il m'a tout déballé…

Il y avait trois semaines, un homme s'était présenté chez lui. Une longue moustache et une barbe fournie, les cheveux plaqués en arrière, il voulait savoir où était Rachid. Damien avait senti une vague menace sous-jacente, mais n'avait pas reconnu son agresseur. Il avait juré qu'il ne savait pas, sa trouille était si flagrante que l'homme avait émis un rire qu'il avait identifié. Le visiteur l'avait compris à son visage horrifié, il avait sorti un cran d'arrêt et lui avait collé la lame sur le cou.

Muntoni lui avait soufflé à l'oreille, si près que Damien sentait son haleine : *Si tu veux rester en vie, tu oublies ce qui t'est arrivé.*

Il lui avait entaillé l'oreille, puis était parti en promettant de revenir.

Damien vivait depuis dans la terreur, une déprime si profonde qu'il avait plusieurs fois songé à mettre fin à ses jours.

— Il m'a juré que ses amis me tueraient si je parle…

J'ai ravalé la boule de hargne dans ma gorge contre ce psychopathe qui se croyait hors d'atteinte au point de revenir menacer sa victime sur le lieu même de son forfait.

— Si vous êtes prêt à témoigner, nous vous débarrasserons de ce fou. Une fois qu'il sera sous les verrous, personne ne le vengera. Personne ! Vous devez me faire confiance.

Il m'a juré qu'il témoignerait. Je lui ai fait répéter plusieurs fois.

Il m'a raccompagné à la porte, la mine éreintée.

— Pourquoi faites-vous ça ? Protéger des gens comme moi…

Il semblait trouver inconcevable qu'un policier puisse s'intéresser à son sort. Je me suis demandé si notre société parviendrait un jour à évoluer pour qu'un jeune tel que lui ne se sente pas exclu à ce point. J'ai réagi sans réfléchir.

— Vous êtes quelqu'un de bien, Damien, ne laissez jamais personne vous faire croire le contraire.

Il a plissé les lèvres, les yeux embués de reconnaissance.

— Merci…

J'ai tenté de me montrer rassurant.

— Reposez-vous, je viendrai vous prévenir lorsqu'il sera derrière les barreaux.

Il a simplement répété.

— Merci.

Je l'ai entendu pleurer derrière la porte. J'ai hésité à frapper, mais l'urgence était d'arrêter ce salopard. J'ai regagné la rue en me persuadant que je ne pouvais pas porter toute la douleur du monde, sinon elle m'anéantirait.

22 h 00

J'ai salué Amina et j'ai rejoint Georges et Pierrick.

— Le môme l'a identifié ?

Je me suis assis en soufflant.

— Ça n'a pas été simple… Mais oui, il a formellement reconnu Muntoni. C'est d'autant plus probant que ce taré est revenu le menacer. Il cherchait Rachid…

Georges a rempli les verres d'un vin rouge épais.

— Ça s'arrose !

Pierrick a serré les poings en signe de victoire.

— *Ya !* On va se faire cet enculé !

— Tu veux manger un morceau ? m'a proposé le vieux flic.

Nous nous sommes dévisagés, nous remémorant notre discussion sur la protection qu'il accordait à Youssef. L'échange montrait que de l'eau était passée sous les ponts, je me suis levé.

— Je vais passer ma commande.

J'ai rejoint Amina au comptoir.

— Tu peux me donner la carte ?

Elle a souri de son joli sourire, les yeux pétillants.

— Ça fait plaisir de vous revoir.

J'ai consulté le menu.

— Moi aussi, Amina, moi aussi… Tu peux me servir un plat d'agneau, s'il te plaît. Remets-nous aussi une bouteille.

Elle a jeté un œil vers son père pour obtenir son assentiment.

J'ai glissé un billet sous le cendrier. Elle a souri.

— Merci, je vous apporte ça tout de suite.

Pendant que je retournais à la table, j'ai perçu une lueur dans l'œil de Georges. J'ai eu l'impression d'avoir marché sur ses plates-bandes, mais il s'est abstenu du moindre commentaire.

— D'après toi, pourquoi Ange cherchait-il Rachid ?

— Je vois deux hypothèses qui ne s'opposent pas forcément. La première, il craint que Rachid témoigne à charge pour les viols et le meurtre de Barbara. La deuxième, maintenant que Lopez et Kaci sont morts, Robert lui a ordonné de finir le ménage. Mais pour être franc, aucune de ces thèses ne me convainc totalement…

Je me suis tourné vers Pierrick.

— On a d'autres tuyaux sur les kidnappeurs ?

Il a eu un rictus amer.

— Une matinée à frapper chez des bourges qui ne répondent qu'une fois sur deux… Et quand ils ouvrent la lourde, ils te laissent sur le palier et te parlent comme à un valet de pied… Bilan, beaucoup ont remarqué la R12, en raison de sa couleur, mais pas un ne se souvient des occupants… Ces gens ne s'intéressent qu'à leur nombril…

J'ai imaginé la façon dont Pierrick s'adressait à eux, concluant qu'ils devaient lui rendre la monnaie de sa pièce question politesse.

— Les ravisseurs ont donné des nouvelles ?

Il a secoué la tête.

— Valentin passe la nuit chez la vieille, les fils lui ont aménagé une chambre.

L'idée que l'octogénaire soit retenu chez Robert a de nouveau flotté dans l'air. Mais les chances étaient minces et arrêter Ange passait en priorité, avec l'espoir qu'il nous mène à la planque.

Restait à déterminer quand nous allions intervenir.

Amina a apporté mon assiette et l'autre bouteille. Georges l'a remerciée d'une voix pleine de tendresse autoritaire.

— *Choukran*. Prépare-nous trois cafés, une longue nuit nous attend.

Elle s'est inclinée. Le coup d'œil que m'a lancé Pierrick montrait qu'il avait lui aussi perçu du changement dans les relations entre la jeune femme et le vieux flic, qui a coupé court.

— On ne peut pas se permettre d'attendre.

J'étais du même avis, avec une réserve :

— Il vaudrait mieux prévenir Chenal, non ?

— Tu l'as entendu aussi bien que moi, si le môme identifie Ange, on a ordre de le serrer. On ignore où il crèche, alors notre meilleure chance, c'est au Macumba.

La tension est montée d'un cran. Pierrick a attrapé la bouteille et nous a resservis. J'ai repoussé mon assiette.

— J'espère qu'il se laissera interpeller.

23 h 59

Le ciel couvert de nuages faisait peser sur la discothèque une lourde chape de noirceur. Georges a garé sa 304 sur le parking encore clairsemé. De loin, on pouvait apercevoir la maigre file d'attente gérée par les videurs. Le gros de la clientèle n'arriverait pas avant une heure, après la fermeture des bars.

Muntoni était adossé à un poteau, les bras croisés.

Georges nous a transmis ses instructions, tel un militaire.

— Pierrick, étant donné votre antagonisme, mieux vaut qu'il ne te repère pas. Tu vas faire le tour et entrer par la sortie de secours. Tu bloqueras sa retraite en cas de fuite. on va jouer les mecs en bringue. Ce n'est qu'une fois sur lui qu'on le braque et qu'on lui colle les bracelets. Ce type est peut-être armé, on ne doit prendre aucun risque.

— D'accord, laissez-moi dix minutes pour me mettre en place…

Mon binôme a vérifié son Smith & Wesson et ouvert la portière. Nous l'avons regardé s'éloigner à travers les voitures, contourner le bâtiment et disparaître sur l'arrière.

J'ai essuyé mes mains l'une contre l'autre, extrait le chargeur de mon 7,65 avant de le remettre en place.

— T'es nerveux ? m'a demandé le vieux flic.

— Plutôt, oui. Pas toi ?

Il a souri.

— Un peu…

Ce n'était pas l'impression qu'il donnait. Georges avait participé à tellement de conflits qu'il possédait une accoutumance à la poussée d'adrénaline. J'ai douté de parvenir un jour à cette maîtrise, me demandant si l'exaltation qu'elle suscitait ne finissait pas par générer un manque. Nous sommes restés silencieux à surveiller Muntoni. Il s'est dirigé vers une jeune femme dans la file. Il lui a parlé deux minutes, puis il l'a accompagnée directement à l'entrée.

— C'est de cette façon qu'il les appâte, s'est agacé Georges.

J'ai approuvé.

— Ça et la drogue. La jeune blonde n'était peut-être pas la première…

Il a scruté le parking.

— J'aimerais bien connaître sa bagnole…

Nous avons attendu que le videur regagne son poteau.

Georges a regardé sa montre.

— C'est bon, Pierrick doit être en place. N'oublie pas que nous sommes supposés être en bordée, il ne faut pas qu'il se méfie…

Il est sorti en éclatant d'un rire bruyant. Je lui ai retourné son rire. Échangeant des blagues de fêtards alcoolisés, nous nous sommes dirigés vers l'entrée de la discothèque.

Lorsqu'il nous a reconnus, Ange a reculé vers les clients. Il s'est mêlé à un groupe de jeunes, la main à sa ceinture, avec un regard qui laissait présager qu'il tirerait si nous tentions de l'approcher. J'ai sifflé entre mes dents :

— Qu'est-ce qu'on fait ?

Tout sourire, Georges a murmuré :

— On entre comme si de rien n'était…

Nous avons marché vers un jeune videur au crâne rasé. Georges a exhibé sa médaille, en conservant son air débonnaire.

— On n'est pas en service. Mais fais-nous la faveur d'éviter la queue…

Le type a accepté sur le même ton.

— Bien sûr… Allez-y. Passez une bonne soirée.

Pierrick nous attendait au vestiaire.

— Vous l'avez pas serré ?

Je lui ai succinctement résumé la situation. Il s'est approché d'une des jeunes femmes qui récupérait les blousons des clients. Il a montré sa médaille.

— Ange, qui travaille à la porte, quelle voiture il a ?

La jeune femme a haussé les épaules.

— J'en sais rien. Vous voulez que je demande ?

— Oui, mais discrètement.

Sa collègue l'ignorait également, elle est allée se renseigner auprès d'un barman, qui a jeté un regard vers nous. J'ai songé à retourner dehors, mais avec un tueur de la dangerosité de Muntoni, le risque de dérapage était trop important.

La jeune femme est revenue, avec des signes de nervosité.

— Une DS noire, il la gare derrière, le long des arbres…

— Merci, reprenez votre boulot et ne parlez à personne de notre présence…

Georges a attendu qu'elle retourne derrière le comptoir du vestiaire pour s'adresser à Pierrick :

— Va l'attendre à sa voiture, au cas où il lui viendrait l'idée de se barrer. Nous, on va boire un verre au bar. On reste une heure à discuter, on essaiera de le choper en sortant. Si c'est trop risqué pour les clients, on te rejoindra et on attendra la fermeture. C'est bon pour vous ?

Sous une musique disco assourdissante, Pierrick a traversé la piste au milieu de fumigènes. Les jets lumineux fusaient de toutes parts. Nous avons rejoint le comptoir, Georges s'est adressé au barman que la jeune femme du vestiaire avait interrogé, gueulant presque par-dessus la musique crachée par d'énormes enceintes.

— Nous sommes de la sûreté, nous sommes ici pour appréhender Ange Muntoni. Tu vas nous servir et continuer à t'occuper des clients sans rien changer à tes habitudes. Je veux te voir en permanence. Tu ne t'absentes pas une minute, même pour pisser. On s'est compris !

Son rictus montrait qu'il n'appréciait pas, mais il n'a pas moufté.

— Qu'est-ce que je vous sers ?

— Mets-nous deux bières bouteilles.

Je n'avais pas quitté le vestiaire des yeux. Georges m'a confié sa perplexité.

— Tu penses qu'il a compris qu'on était là pour lui ?

— J'ai plutôt eu l'impression qu'il a agi par prudence…

— Moi aussi. Mais impossible de savoir comment il aurait réagi si on s'était approchés…

— N'oublions pas qu'on a affaire à un parano…

— C'est pour ça qu'on ne pouvait pas risquer la vie des clients.

— Espérons que personne ne le préviendra et qu'il se méfiera moins dans une heure…

Il s'apprêtait à répondre quand Pierrick est apparu dans l'entrée. Il s'est frayé un chemin entre les danseurs pour se précipiter vers nous. Il est arrivé à bout de souffle.

— Sa caisse n'est plus là, les videurs m'ont confirmé qu'il s'est tiré après que vous êtes entrés…

Georges a cogné du poing sur le comptoir.

— Merde ! L'enflure s'est fait la belle !

2 octobre – 10 h 00

Dès que nous avons obtenu l'adresse, le domicile de Muntoni a été perquisitionné, sans résultat. Au cas où, nous avons laissé l'immeuble sous surveillance, mais il était évident qu'il avait pris la poudre d'escampette. Évaporé dans la nature.

Malgré l'échec, Chenal se montrait positif.

— Sa photo s'étale dans les journaux, l'immatriculation de la DS a été communiquée à toutes les polices, aux gendarmes et aux douaniers. On le chopera, ce n'est qu'une question de jour…

J'ai songé à Barbara.

— J'aurais tellement voulu coffrer ce salaud !

Le patron était souriant :

— L'essentiel est que nous soyons débarrassés de ce psychopathe. Toute la presse parle de notre réussite à identifier celui que les journalistes surnomment désormais le *Tueur du quai de la Fosse*. Ne boudons pas notre plaisir, Greg, les félicitations te reviennent, tu as fait du sacré bon boulot…

J'ai jeté un œil à la photo de Muntoni, épinglée sous celles de Robert et de Santelli.

Une voix intérieure me prédisait qu'on ne mettrait jamais la main sur cet assassin, mais je n'ai pas réussi à expliquer cette sensation. Chenal s'est adressé à Pierrick et Georges.

— Votre sang-froid au Macumba a été exemplaire, il aurait pu y avoir un bain de sang…

Maintenant, occupons-nous de l'enlèvement, Valentin va vous faire un topo des consignes reçues des ravisseurs…

Visiblement épuisé par une nuit trop courte, notre collègue s'est éclairci la gorge :

— L'appel a eu lieu à trois heures, j'ai laissé sa femme répondre et j'ai pris l'écouteur. La voix était faible, mais elle a reconnu son mari. Il a indiqué que les ravisseurs exigeaient que le plus jeune des fils se rende seul avec la rançon dans un bar à une trentaine de bornes au nord de Nantes, demain à dix heures. Ils lui téléphoneront pour lui donner la suite des instructions. Ils ont prévenu que s'il était suivi, le vieil homme serait abattu et qu'on ne retrouverait jamais son corps. J'ai noté le nom de l'établissement, c'est un troquet face à l'église du patelin. Derniers éléments, ils connaissent la voiture du fils, une Alpine Renault, dernier modèle… Ils veulent qu'il fasse le plein d'essence avant de partir…

— Ils vont promener ce fils à papa dans son aspirateur à gonzesses… a commenté Pierrick.

Dans ce type d'affaires, les ravisseurs laissaient généralement la famille mijoter plus longtemps. La coïncidence avec la fuite d'Ange était dans toutes les têtes. Chenal a insisté pour qu'on se concentre sur la vie de l'otage.

— J'ai parlé aux fils, ils s'opposent à toute intervention. D'ordinaire, nous aurions passé outre, nous aurions mis en place une filature avec plusieurs véhicules. Mais dans ce cas précis, si notre initiative débouchait sur un drame, je n'ose imaginer les répercussions…

Dit autrement, Chenal craignait que cette famille influente obtienne sa tête.

— J'ai décidé que nous n'agirions pas, a-t-il conclu. Après tout, c'est leur argent… Prions pour que les ravisseurs tiennent parole. Ensuite, nous les poursuivrons grâce au témoignage du père…

Un lourd silence s'est imposé. Nous avons échangé des regards éloquents. C'est Georges qui s'est chargé d'exprimer nos craintes.

— Si Muntoni est un des ravisseurs, il ne s'embarrassera pas d'un otage…

— C'est le risque à courir, a répondu Chenal du tac au tac. Et personne ne pourra nous le reprocher. En attendant, il nous reste une bonne nuit à prendre, tout le monde devra être en forme demain…

Son ton ne laissait place à aucune discussion. Je craignais le pire pour la vie de l'octogénaire et c'était également l'avis de mes collègues, mais aucun de nous n'avait le pouvoir de s'opposer à Chenal.

3 octobre – 16 h 00

Baladé de village en village, de coup de fil en coup de fil dans des bars paumés, après des dizaines et des dizaines de kilomètres pied au plancher dans son Alpine, le fils du notable s'était enfin arrêté sur le bas-côté d'une route de campagne en surplomb de la ligne de chemin de fer Nantes-Pornic.

Il avait dévalé la pente en pierres et s'était enfoncé dans un petit bois. Un homme masqué avait surgi, avait braqué son revolver sur la tempe du fils et lui avait arraché le sac contenant l'argent. Il lui avait pris les clés de l'Alpine et ordonné de se mettre à poil. Pendant que le malheureux se déshabillait, le ravisseur l'avait insulté :

— Sale puceau bourgeois. Colle-toi sur le ventre… Mets tes paluches sur ta tête et compte jusqu'à mille. Si tu te relèves avant, je te plombe.

Le fils avait imploré le truand :

— Vous avez ce que vous voulez, quand allez-vous libérer mon père ?

Un rire démoniaque avait résonné dans la forêt :

— C'est qu'elle a peur pour son paternel, la petite fiotte. Je ne sais pas ce qui me retient de te fourrer comme un sac à merde !

— Oh non ! Pas ça…

Le kidnappeur avait rigolé de plus belle.

— T'as de la chance, je n'ai pas le temps. Alors, arrête de chialer ! Si tout le pognon y est, ton père sera libre dans vingt-quatre heures. Maintenant, compte à voix haute, je veux t'entendre à un kilomètre…

Le fils avait commencé à compter. Il avait entendu le kidnappeur s'éloigner en courant. Dix minutes plus tard, il avait récupéré ses fringues et était remonté jusqu'à la voiture.

Passionné de mécanique, il avait réussi à démarrer l'Alpine en bricolant les fils du démarreur. Puis, il était rentré chez ses parents, où la famille patientait dans l'angoisse. La description qu'il avait faite du kidnappeur correspondait en tout point au portrait de Muntoni.

Les heures suivantes avaient été interminables.

Chenal s'était voulu rassurant :

— Ils ont l'argent, ils n'ont aucune raison de garder votre mari.

L'épouse éplorée avait prié toute la soirée, chapelet en main. Vers quatre heures du matin, le vieil homme avait sonné à son domicile.

Épuisé, choqué, mais sain et sauf.

*

8 octobre – 15 h 00

L'octogénaire avait évoqué des conditions de détention sordides dans une cave dotée d'un matelas et d'un seau en guise de toilettes. Sans certitude, il avait eu l'impression qu'il n'était pas le seul otage, car à chaque fois que les kidnappeurs le nourrissaient, il entendait une autre porte s'ouvrir.

Certaines nuits, il avait perçu des gémissements.

Ayant été masqué dès qu'il avait atteint la R12 des ravisseurs, il avait reconnu Muntoni, mais s'était montré incapable de fournir le moindre renseignement sur ses complices.

Pour tenter de mouiller Robert, j'étais allé interroger le patron du Macumba, mais il avait refusé d'avouer l'embauche d'Ange Muntoni sous la pression du parrain nantais.

Chenal avait organisé une réunion pour faire le point. Sourire de circonstance, il a commencé par présenter un nouveau venu, avec une certaine emphase.

— Benoît nous arrive tout droit de l'école de police. Pierrick, il s'installera dans ton bureau, je compte sur toi pour le mettre au jus comme tu l'as fait avec Greg…

C'était un jeune filiforme, qui avait certainement hésité entre costume et jean et choisi un pantalon en toile et une chemise blanche dont il avait remonté les manches jusqu'aux coudes. J'ai songé que Chenal m'affecterait le bureau de Georges. Personne n'a commenté, se contentant d'adresser un signe au bleu pas très à l'aise, qui tentait de faire bonne figure.

Le patron m'a regardé.

— On va avoir sacrément besoin de lui…

Je me suis demandé pourquoi il s'adressait à moi. Il s'est tourné vers Valentin.

— Des nouvelles de Marseille ?

— Selon nos collègues de l'Évêché[20], Muntoni n'a été vu nulle part. Le flic que j'ai eu au téléphone assure que c'est le dernier endroit où il se planquera, étant donné le nombre de voyous qui se feraient un plaisir de le découper en rondelles…

— Rien non plus à Lyon ni à Paris, a entériné Chenal. Nos collègues secouent leurs indics. Ce serait quand même dingue qu'il réussisse à s'évaporer avec la rançon…

Le témoignage du notable me torturait les méninges.

— Et concernant un second otage ?

Le boss a secoué la tête.

— Aucun signalement de disparition significatif dans le département. Encore moins de plaintes concernant une demande de rançon…

Georges a émis un avis.

— On devrait demander au juge une autorisation de perquisitionner chez Robert…

— Pour trouver quoi ? Tu penses qu'il est assez con pour abriter Ange et conserver l'oseille chez lui ? De toute façon, la juge ne nous donnerait jamais son accord.

Georges a ravalé sa salive, son regard manifestait la frustration d'un homme qui se savait hors jeu. De toute évidence, sa rancœur contre Robert perdurerait

20. *Hôtel de police de Marseille.*

après sa mise à la retraite, une fois libéré des garde-fous que sa fonction lui imposait.

— Le plus important, a rappelé Chenal, c'est que l'otage soit rentré chez lui. Dès qu'on chopera Muntoni, nous aurons de quoi le juger pour viol, meurtre et enlèvement. Ce taré prendra perpète, peu importe qu'on puisse ou non lui coller les braquages. Quant à Robert, il finira par commettre une erreur… J'ai réservé une soirée au Club Pernod pour arroser le départ de Georges, dans une semaine. On fêtera nos succès en même temps.

— Pour sabrer le champagne, on devrait au moins attendre d'avoir coincé Ange ! s'est indigné Pierrick.

Chenal voulait éviter toute discordance devant le nouveau, il a lancé, très paternel :

— Bien sûr, bien sûr… Mais avec le dispositif en place, je te fiche mon billet qu'il tombera dans nos filets avant une semaine.

Une part de moi l'espérait, une autre continuait à craindre qu'il nous échappe. Je me suis remémoré ma conversation avec Robert, après le hold-up raté de la paye des dockers, et j'ai commencé à envisager un autre dénouement.

Un étrange pressentiment a déclenché un frisson qui m'a parcouru le dos. Le patron a mis fin à la réunion, Pierrick a proposé au nouveau d'aller boire un verre au bar.

Nous nous apprêtions à sortir, mais Chenal m'a retenu :

— Greg, j'ai du nouveau.

*

11 octobre – 3 h 00

Les phares de la DS éclairaient le chemin de terre le long de la Loire. Après avoir parcouru deux kilomètres à faible allure, Ange Muntoni avait jeté un coup d'œil dans le rétro sur le garde du corps et sur le vieux docker.

Il s'est adressé à Robert, assis à côté de lui.

— C'est ici ?

— Avance par là et recule au plus près du bord.

Muntoni avait manœuvré et coupé le contact.

— J'aurais pu m'en occuper seul…

Robert avait souri.

— Son pote a tué deux de ses amis, Michel veut le voir mourir…

Le videur s'était retourné vers le vieux docker.

— Cette saloperie d'Arabe a étranglé Barbara, je vais me faire un plaisir de le supprimer. Tu veux qu'il souffre avant de crever ?

— Non, fais ça proprement.

Muntoni s'était senti mal à l'aise, le garde du corps n'avait pas dit un mot depuis qu'ils avaient chargé Rachid dans le coffre.

Il avait cherché un soutien auprès de Robert.

— Quand tu penses que les flics m'ont collé le meurtre de cette pauvre Barbara sur le dos, tout ça parce que cette poufiasse du Macumba prétend que je l'ai violée. Une belle salope, elle en redemandait quand je l'ai baisée dans la bagnole.

— On n'est pas dupe des manigances des condés, s'était agacé Robert. Ettore s'est porté garant pour toi, sa parole vaut de l'or…

La mention de son parrain corse avait rassuré le psychopathe.

— Il m'attend toujours à Rio ?

— Je lui ai parlé hier. Dès qu'on aura réglé ce dernier détail, tu pourras aller le rejoindre. Ses affaires marchent bien, il a besoin d'hommes de ta trempe, avait répondu Robert.

— Et mon pognon ?

— Il t'attendra sur place, je m'en charge personnellement. Assez causé, finissons-en…

Les quatre hommes étaient sortis de la DS. Ange avait ouvert le coffre arrière. Amaigri et apeuré, Rachid était recroquevillé sur le flanc, les poignets et les mollets entravés par du ruban adhésif, son tee-shirt était encrassé de sang. Le nez cassé, des caillots aux creux des narines, les lèvres tuméfiées, ses iris noirs exprimaient une terreur sans fond. Il avait émis une supplique à travers le chatterton collé sur sa bouche.

Muntoni l'avait attrapé par le col et l'arrière du pantalon.

— Écoutez-moi ça, des vrais piaffements de gonzesses…

Il l'avait extrait du coffre, porté jusqu'à la berge et jeté au milieu des hautes d'herbes. Le gamin s'était contorsionné pour tenter de s'éloigner. Ange avait saisi le Smith & Wesson à sa ceinture. À sa vue, Rachid avait tenté de pousser un cri, étouffé par le chatterton. Ses pupilles semblaient sortir des orbites. L'exécuteur lui avait caressé la tête avec la douceur qu'il aurait réservée à un chiot, puis avait posé le canon de l'arme sur le front du Maghrébin.

— *Avvèdeci…*

Le coup de feu s'était perdu dans la nuit. Le crâne de Rachid avait explosé sous l'impact de la balle tirée à bout touchant.

Sourire aux lèvres, Muntoni s'était retourné, fier de lui.

Il n'avait pas eu le temps d'esquiver le coup de pied-de-biche au visage. Il avait lâché l'arme et s'était écroulé. Michel l'avait de nouveau frappé, lui brisant le genou. Il s'était attaqué ensuite à l'autre jambe, le muscle de la cuisse avait explosé.

Le tueur le regardait en geignant, sans comprendre.

Le vieux docker avait pris le temps de lui expliquer.

— Le môme, je ne lui en voulais pas personnellement. Mais toi, espèce d'enculé, tu vas souffrir pour ce que tu as fait à Barbara.

Muntoni avait levé la main.

— Je te jure…

Il n'avait pas eu le loisir de finir, le pied-de-biche lui avait explosé la mâchoire.

— Tais-toi ! Je veux plus entendre ta sale gueule.

Deux autres coups lui avaient déchiré l'épaule et l'omoplate.

Après cinq minutes de ce traitement, le corps d'Ange n'était plus que plaies et fractures. Les trois hommes l'avaient regardé agoniser, convulsant dans une mare de sang.

Lorsque sa respiration s'était arrêtée, ils l'avaient replacé au volant, le flingue sur le siège passager. Ils avaient déposé la dépouille de Rachid dans le coffre, puis poussé la DS, qui s'était enfoncée dans l'eau, avant de disparaître, emportée par le courant.

Ils avaient marché dix minutes jusqu'à un pont, où les attendait une Mercedes. Michel avait jeté le pied-de-biche dans la Loire et questionné Robert :

— Le môme, il fallait vraiment qu'il meure ?

— Il faisait équipe avec Kaci sur le braquage de la paye des dockers et il savait pour Lopez. Si les flics l'avaient serré, il nous aurait balancés…

Il avait cherché un autre motif, puis plaisanté sans trop y croire.

— Des Arabes qui trafiquent du haschich à Nantes, si on laisse faire, cette vermine se répandra comme du chiendent.

Le garde du corps avait rigolé en s'installant au volant. Robert s'était assis à côté, pendant que Michel prenait place à l'arrière.

Après quelques kilomètres, le docker avait ressenti un besoin de confirmation.

— Santelli, tu lui as vraiment parlé à Rio ?

— Affirmatif, quand je l'ai prévenu qu'Ange avait tué une de mes filles, il m'a dit qu'on pouvait supprimer cette raclure. Les violeurs n'ont pas leur place chez nous !

Le docker avait eu besoin d'une dernière confirmation.

— Comment es-tu certain que ce n'était pas une carambouille des flics ? Après tout, ce Greg Brandt, il m'aurait bien accusé du meurtre de Barbara.

Robert s'était tourné vers le docker et lui avait adressé un regard sans équivoque.

— Je suis allé chercher la preuve au plus près…

*

16 octobre – 23 h 00

Une cinquantaine d'invités étaient réunis au Club Pernod. Après un apéritif arrosé, le repas avait été servi sur une longue table présidée par Georges, encadré d'un ancien ministre et d'un sénateur, venus de Paris. Entre deux rafales de vin, les militaires reconvertis dans la politique égrenaient leurs faits d'armes avec nostalgie. Rarement, l'expression « manger dans un verre » ne m'était apparue autant appropriée. Mais même les organismes aguerris possèdent leur limite, le brouhaha des conversations s'est lentement apaisé, les demandes de bouteilles se sont taries.

Estimant le moment venu, Chenal a tapé sur son verre avec son couteau pour obtenir l'attention. Il s'est lancé dans un panégyrique sur le passé de Résistant de Georges, son engagement dans différents conflits, puis sa carrière au sein de la sûreté urbaine.

Le fraîchement retraité écoutait d'une oreille distraite, si peu concerné qu'il donnait le sentiment de penser que le patron parlait d'un autre.

Lorsqu'il a eu fini, des collègues ont réclamé un discours au vieux policier en tapant sur la table. Il a avalé une gorgée de vin et s'est levé, dans un silence de plomb. Il a remercié le ministre et le député pour leur présence.

— Le temps passe vite. Notre unique mission est de protéger nos concitoyens… C'est un devoir envers notre pays. Pour moi, une vie à œuvrer en ce sens fut une chance. Aujourd'hui, je passe la main à la nouvelle génération avec le sentiment d'un devoir accompli. Ne décevez pas vos pères qui se sont battus pour la liberté de la France…

Tour à tour, il a cité une anecdote avec chacun des hommes avec lesquels il avait travaillé sur le terrain, ce qui dans son esprit excluait visiblement Chenal. Les souvenirs de virées nocturnes avec Pierrick ont été accueillis par des rires. Puis, Georges a eu un sourire indulgent pour moi.

— Greg, le seul flic que je connais infoutu de rattraper une BMW avec les guimbardes que nous fournit l'État…

La référence aux 4L a de nouveau fait marrer, mais il a aussitôt retrouvé son sérieux :

— Brandt est aussi le seul flic qui démasque un meurtrier en entendant quelques mots d'une plainte, depuis un couloir… Prenez-en de la graine, Messieurs, notre esprit doit toujours rester sur le qui-vive.

Il a terminé son tour de table sous les applaudissements, s'est rassis et a vidé son verre. Son visage reflétait un mélange de soulagement et de lassitude. Après les cafés, la table s'est vidée, le ministre et le député ont pris congé pour regagner la capitale, Chenal les a raccompagnés jusqu'à leur taxi.

Georges, Pierrick et moi, nous sommes installés au bar.

— Sacrée soirée, a soufflé Pierrick, ça fait longtemps que j'avais pas autant picolé.

J'ai confirmé sans honte :

— J'ai l'impression de tanguer sur un rafiot…

Georges a commenté, sourire en coin.

— On a pourtant encore quelque chose à arroser…

Nous l'avons regardé avec étonnement. Il a claqué la main sur le comptoir.

— Si on s'offrait une bouteille de champ' ?

Pierrick n'a pas compris.

— Je croyais qu'on attendrait l'arrestation d'Ange pour arroser l'enquête ?

— On risquerait d'attendre longtemps, lui a rétorqué le retraité.

— Tu penses qu'on ne le chopera pas ?

Il est resté évasif.

— Disons que j'ai eu un mauvais pressentiment…

Nous en étions arrivés à la même conclusion.

— Moi aussi. Robert n'aura pas laissé passer le meurtre de Barbara…

Mon équipier a réfléchi quelques secondes.

— Vous pensez qu'il l'a liquidé ? Dans ce cas, j'espère qu'on retrouvera le corps.

Il a continué à cogiter.

— Et les braquages, vous croyez qu'Ange en était ?

Je n'ai pas donné mon point de vue. Georges a ricané.

— Je vous fiche mon billet que dans moins d'une semaine, les photos disparaîtront du bureau de Chenal. La sûreté passera à autre chose… En espérant un jour coincer les coupables pour une autre affaire…

Son ton donnait l'impression qu'il en savait plus qu'il ne le disait. Pour couper court, il a passé la commande au barman en train de débarrasser la table.

— Sers-nous du champagne.

Le serveur a regardé sa montre, un brin moqueur.

— Désolé, il est tard.

Georges nous a désignés du pouce.

— Si les flics débarquent, je suis accompagné de deux inspecteurs de la sûreté urbaine. Dont l'un avec un brillant avenir…

— Vu sous cet angle, a rigolé le barman.

La blague de Georges m'était destinée, j'ai laissé le barman nous servir, avant de m'expliquer.

— L'autre jour, quand Chenal m'a demandé de rester, je croyais que c'était pour me refiler ton bureau. En fait, j'ai reçu une proposition de l'OCRB… Officiellement, c'est parce que j'ai réussi à démasquer Muntoni… Officieusement, le patron était un ami de mon père…

J'ai lu dans les yeux de Georges qu'il était au courant, Pierrick a levé sa coupe.

— Alors, c'est toi qui rinces ! Buvons à ton avenir, Greg !

— À ton avenir, Greg ! a trinqué Georges.

Leur sincérité m'a touché.

— Je n'ai pas encore pris ma décision. J'ai un peu de temps devant moi, Chenal leur a demandé trois mois, en raison de ton départ. D'ici là, sous la houlette de Pierrick, le blindage de l'estomac de Benoît sera opérationnel…

Il a apprécié.

— Si tu pars aussi, je vais finir par demander ma mutation dans le Finistère…

Le barman qui écoutait du coin de l'oreille a rétorqué :

— Nous perdrions notre meilleur adhérent !

Nous avons ri et vidé nos coupes. Un silence s'est imposé, la nostalgie d'une page en train de se tourner nous faisait basculer vers le spleen. Tandis que je plongeais dans des souvenirs de mon père et ma mère, Pierrick semblait retourner dans la Bretagne de son enfance. Le visage de Georges ne laissait rien transparaître. J'ai sorti un paquet de Gitanes et j'en ai tendu une à Pierrick puis à Georges.

— Qu'est-ce que tu vas faire maintenant que tu vas avoir du temps pour toi ?

— Je suis pas du genre à rester inactif. Le ministre et le sénateur m'ont proposé d'œuvrer pour le parti, j'avoue que l'aventure me tente…

L'ombre de l'époque où des braquages alimentaient les caisses des partis politiques a flotté un moment, Georges s'en est amusé.

— Vous inquiétez pas, vous risquez pas de me retrouver du côté de ceux que j'ai pourchassés. Ça m'ennuierait de vous donner l'occasion de me passer les bracelets. Il existe d'autres façons de remplir les caisses. Beaucoup d'entrepreneurs sont prêts à apporter leurs oboles pour contribuer à la bonne marche de la démocratie, je n'aurai qu'à m'occuper des comités d'affaires et de quelques valises à transporter…

Il était de notoriété publique que les mairies et les départements distribuaient les marchés de construction de routes, des ronds-points, des hôpitaux et autres infrastructures, en échange de financements qui servaient aux campagnes électorales. Le caractère délictueux de ces pratiques n'ébranlait visiblement pas Georges. Nous nous sommes gardés d'épiloguer et avons terminé la bouteille. Il l'a retournée dans le seau et nous a tapé sur l'épaule.

— Celle-là était pour Greg, la prochaine sera pour arroser mon mariage.

Sans véritable étonnement, j'ai demandé une confirmation que je subodorais.

— Magnifique nouvelle ! Et qui est l'heureuse élue ?

Pour la première fois, j'ai observé chez cet ancien militaire une timidité émue.

— Amina. Nous nous fréquentons depuis plusieurs mois, mais elle voulait que j'attende avant de demander l'autorisation à son père… À cause de notre différence d'âge.

— Et comment a-t-il réagi ? a voulu savoir Pierrick.

Youssef était plus jeune que Georges, l'incongruité paraissait le troubler.

— Il m'a donné son aval, avant de m'appeler fils…

— Effectivement…

J'ai coupé court à la gêne qui s'installait.

— L'amour n'a pas d'âge. Toutes mes félicitations.

— Exactement, a surenchéri Pierrick, tous mes vœux de bonheur !

Nous avons échangé une accolade.

Sur nombre de sujets, nous aurions trouvé de lourdes divergences entre nous, et pourtant, à ce moment précis, elles s'effaçaient dans la fraternité d'hommes partageant le même combat. J'ai eu l'impression de toucher du doigt ce que mon père avait tenté de me transmettre les rares fois où il m'avait parlé de son métier.

Pour libérer le nœud d'émotion dans sa gorge, Georges a toussé dans son poing.

— On la boit cette bouteille, ou merde !

— Merde ! a crié le barman, bouteille en main. Celle-là est pour Pernod !

— On n'est pas couchés, a accepté Georges, pas décidé à partir sans payer la sienne.

Pendant que le serveur sabrait la bouteille, j'ai laissé mon esprit s'échapper. Depuis que Georges avait partagé son avis sur la mort d'Ange, mon inquiétude s'était accrue.

Si Robert faisait le vide, comment espérer qu'il épargne Rachid ? J'ignorais si nous conservions une chance d'arrêter le truand, mais j'étais décidé à valider ma théorie sur toutes ces affaires, auprès de l'unique personne en mesure de la corroborer.

*

21 octobre – 10 h 00

J'avais vérifié sur le registre de la prison. Le frère de Livia n'était jamais venu la voir, mais Robert lui avait rendu visite, très récemment.

J'ai jeté un œil à travers l'œilleton du parloir. Elle était assise sur un tabouret. J'ai fait signe à la gardienne d'ouvrir.

— Vous restez ?

La gardienne avait deviné ma crainte.

— Ne vous en faites pas, je suis derrière la porte, je témoignerai si elle vous accuse de quoi que ce soit.

Le bruit de la serrure était lugubre. Je suis entré sans un mot, la pièce empestait la bouffe et le détergent. La Corse a relevé la tête, le regard opaque au point qu'on aurait cru qu'accueillir le diable ne lui aurait procuré aucune émotion. Pas maquillé et en carence de soleil, son visage s'était affadi, ses cheveux mal peignés avaient perdu leur éclat.

Je me suis installé.

— Tu sais pourquoi je suis là ?

Elle n'a pas hésité une seconde.

— Il est mort…

Elle s'était exprimée avec une placidité sidérante. Je voulais qu'elle précise.

— Qui ?

— Ange. Il a été tué ?

— Pour l'instant, il a disparu de nos radars.

Elle n'a pas réagi. J'ai laissé passer un peu de temps.

— Qu'est-ce qui te rend si certaine qu'il a été tué ?

Elle n'a manifesté aucune tristesse.

— C'est lui qui a assassiné Barbara.

— Tu le savais ?

Elle a haussé les épaules, j'ai continué.

— C'est pour cette raison que tu t'es battue avec cette fille, chez Youssef. Elle avait accusé ton frère.

Sa franchise était brutale et insolente.

— Pas seulement. Elle m'a traitée de *Pute à flic*, à cause de ce minable…

Je n'ai pas relevé l'insulte contre Pierrick.

— Robert est venu te voir. Qu'est-ce qu'il voulait ?

Ses pupilles se sont éclairées, elle a secoué la tête.

— Tu perds ton temps, je ne dénoncerai jamais Robert.

— Je pourrais glisser à la juge que tu m'as aidé…

— D'après mon avocat, je risque six mois… huit maxi. Je serai bientôt dehors.

Insister aurait été inutile.

— Une fois libre, qu'est-ce que tu vas faire ?

— Je verrai, le moment venu. Je rentrerai à Marseille ou en Corse…

— Tu n'envisages pas de rester à Nantes ?

— Non.

— Ça ne te dérange pas que l'assassinat de ton frère demeure impuni ?

Son regard s'est chargé de dégoût.

— Un jour ou l'autre, ça devait arriver.

L'expression de son visage suggérait qu'elle était soulagée.

— Il était fou à ce point ?

Elle a réfléchi.

— Jeune, il était turbulent, « réfractaire à l'autorité », comme disait mon père. Mais à sa sortie de tôle, ce n'était plus le même. Après, il n'a su faire que le mal.

J'ai poussé la porte entrouverte par cette confession.

— Écoute, je sais que tu ne déposeras pas contre Robert, je voudrais juste que tu m'accordes une faveur. J'ai besoin de connaître le fin mot de ces meurtres, même si cela ne débouche pas sur des condamnations. Alors, je voudrais te raconter une histoire. Je ne te demande pas de confirmer… C'est mon histoire. La seule chose que je te demande, c'est de m'arrêter si je me trompe. D'accord ?

Était-ce parce qu'elle se rappelait que je l'avais défendue à Waldeck, était-ce par égard pour la mémoire de Barbara, dont le souvenir planait dans la cellule, aussi prégnant qu'une présence, mais après quelques secondes, elle m'a balancé au visage :

— Je peux pas t'empêcher de raconter ce que tu imagines dans ta tête de flic. Mais ça ne voudra pas dire que je confirme…

J'ai estimé que ça signifiait qu'elle me donnait le feu vert.

— Il y a quelques mois, un homme… appelons-le… Richard, comme Richard Nixon. C'est ça, appelons-le Nixon, ça te va ?

Elle a semblé amusée par la référence au président américain démissionnaire. Son infime sourire suggérait une approbation que j'ai saisie.

— Richard… Enfin Nixon, donc, envisage de braquer la recette d'un supermarché pour rafler assez d'argent pour racheter les affaires d'un de ses concurrents. Il fait appel à un ami avec lequel il a déjà travaillé, dans le Sud. L'homme accepte et il lui présente même un débutant prometteur…

Seulement voilà, pendant le coup, le jeune pète un câble et déclenche une tuerie... Pour autant, les trois protagonistes prennent la fuite avec l'argent...

Elle n'avait pas bougé d'un iota.

J'avais marqué un point : Santelli avait bien présenté Ange à Robert pour le premier hold-up.

J'ai continué sur le même ton badin pour désamorcer la gravité des actes commis par son frère.

— Ce pétage de câble a désolé Nixon et son ami. Mais après tout, ils se sont dit qu'ils tenaient un blanchisseur[21] utile, ils l'ont envoyé effacer un témoin gênant. Un vieux chauffeur pas malin...

Son regard est demeuré froid, montrant que j'avais visé juste : Muntoni avait bien descendu le convoyeur corrompu.

Un instant, j'ai tenté de deviner si elle connaissait le policier qui aurait rancardé Robert à propos de mon soupçon sur ce chauffeur. J'ai réfléchi et conclu que dans tous les cas, elle n'en dirait rien. Si cet assureur[22] existait, il me faudrait attendre pour le démasquer.

J'ai poursuivi avec ce qui importait le plus pour clore l'enquête.

— Quelque temps après, Nixon veut remettre ça... C'est le genre d'homme attiré par l'appât du gain. Pour ce deuxième coup, il doit renouveler l'équipe. D'abord, son ami s'est envolé pour l'Amérique du Sud, et puis Nixon ne veut pas risquer un autre dérapage avec le barjot. Entouré d'autres recrues, le hold-up d'une deuxième banque se déroule parfaitement. Le plus drôle, c'est qu'en changeant de partenaires et d'armes, Nixon

21. *Tueur.*

22. *Policier ripou qui fournit des informations sur les enquêtes.*

détourne les soupçons de la police, qui patauge dans la semoule…

Imperceptiblement, elle était devenue attentive et s'est autorisé une raillerie.

— Sont vraiment cons, ces flics…

Son rire s'est éteint dans sa gorge, étranglé par sa crainte d'y aller franchement. J'ai continué.

— Pas très content d'avoir été écarté, le fêlé propose à Nixon une autre affaire, un enlèvement avec demande de rançon…

Elle a tiqué du coin de l'œil, j'ai reformulé ce qui m'a paru plus proche de la vérité.

— Disons plutôt que c'est Nixon qui lui a offert de participer à l'enlèvement d'un type bourré d'oseille. Entre-temps, Nixon l'avait chargé d'exécuter son dernier concurrent. Une nouvelle fois, le barjot avait parfaitement rempli sa fonction. Alors pour le récompenser, Nixon l'associe à cet enlèvement. Tout se passe comme prévu, le vieil homme est retenu plusieurs jours dans une cave… Nixon envoie le dingo récupérer la rançon, il laisse toujours les autres faire les basses besognes, c'est moins risqué pour lui…

Elle n'a pas paru émue par cette tentative de la dresser contre Robert, mais son silence valait assentiment.

Mon regard est devenu plus dur.

— Mais ce que Nixon ignorait, c'était la perversité de sa recrue… beaucoup plus atteint que ce qu'il n'aurait jamais imaginé…

Elle s'est légèrement crispée, je me suis penché vers elle.

— Ce psychopathe avait une sœur qui connaissait cette véritable nature. Elle s'était fâchée avec lui, mais elle le craignait au point de ne rien dévoiler. Plusieurs fois, il est venu la voir sur son lieu de travail, il a fait la connaissance d'un jeune Arabe vendeur de haschich, il lui en a acheté et s'est renseigné sur le trafic. Une nuit, il a agressé le copain de ce jeune… La fois suivante, lorsqu'il est revenu au bar où bossait sa sœur, certaines collègues l'ont soupçonné. Habituées à la perversité des hommes, les filles se sont méfiées… Mais elles n'ont rien osé dire, d'abord parce qu'il travaillait pour leur patron, le fameux Nixon, et puis parce qu'elles avaient peur de lui… L'une d'elles l'a quand même snobé, enfin c'est de cette façon qu'il l'a interprété. Peut-être l'a-t-elle rembarré… Parce qu'elle n'était pas du genre à se laisser emmerder.

J'ai marqué un temps pour qu'elle comprenne bien que je parlais de Barbara.

— Le sociopathe ne l'a pas supporté. Il l'a attendue à la sortie du bar, il l'a traînée jusqu'au local poubelle… Et là, il l'a violée et étranglée… abandonnant son corps, comme si elle n'était rien. Voilà ! Voilà ce que ce cinglé a fait ! Et ça, tu l'as toujours su, Livia. Parce que ce type, c'est ton frère !

Elle s'est levée d'un bond.

— Qu'est-ce que je pouvais y faire !

Je l'ai regardée dans les yeux.

— Si tu nous avais avertis après le viol du môme, nous aurions arrêté Ange. Il n'aurait pas tué Barbara. Voilà, ce que tu aurais pu faire, Livia !

Elle s'est transformée en statue de cire. Une larme a roulé sur sa joue.

— Si j'avais pu prévoir, c'est moi qui l'aurais tué… J'aurais dû le faire la première fois qu'il a…

Elle n'a pas terminé sa phrase, j'ai poursuivi à sa place :

— … commis un viol à Marseille. C'est pour cette raison que vous deviez quitter la ville… Ce que je ne comprends pas, c'est que dans ces conditions, Santelli l'ait pris sous son aile…

Elle a reniflé et m'a scruté.

— Il l'ignorait… à ce moment-là, il ne savait pas.

Dans son regard, il y avait la révélation qu'elle avait tout confirmé à Robert, aussi sûrement que si elle avait elle-même cloué les clous du cercueil de son frère.

La suite coulait de source. Robert avait informé Santelli, qui lui avait donné le feu vert pour éliminer le taré.

La jeune femme semblait désemparée. La mort d'Ange l'avait libérée de l'homme qu'elle devait redouter le plus au monde. Seulement, une fois qu'elle sortirait, Robert ne la reprendrait pas, elle n'aurait plus de protecteur et devrait se débrouiller dans un univers hostile.

Il ne me restait qu'un maigre espoir, que j'ai tenté sous forme d'un nom :

— Rachid…

Elle a plissé des lèvres et murmuré :

— Robert n'en a pas parlé…

Son visage exprimait le peu de doute qu'elle avait sur le fait qu'il l'ait épargné.

Rien de ce qu'elle m'avait confié ne me permettrait d'emmener Robert au tribunal. J'ai pourtant tenu à saluer l'effort qu'elle avait fourni, souhaitant qu'il soit salvateur à sa propre conscience.

— Merci pour ces éclaircissements…

Retrouvant son hostilité, elle m'a balancé sa réplique comme une aumône.

— Je t'ai rien dit. Et je ne témoignerai jamais.

J'ai hoché la tête.

— Je sais. J'ai compris.

Je me suis levé, elle a désigné ma poche de chemise du menton.

— Tu peux me laisser tes clopes ?

J'ai glissé mon paquet de Gauloises vers elle sur la table. Elle n'a pas fait mine de me remercier, estimant que je demeurais le plus redevable. J'ai avancé jusqu'à la porte. Avant de cogner pour informer la gardienne que l'entretien était achevé, je me suis retourné une dernière fois.

— Pierrick, tu veux que je lui passe un message ?

Ses pupilles se sont rétractées de colère.

— Dis-lui qu'il peut crever la gueule ouverte !

Lorsque j'ai regagné l'air humide de l'extérieur, je me suis senti libéré d'un poids, et en même temps indigné. Ange avait payé pour l'assassinat de Barbara, mais les instigateurs des braquages et des autres meurtres allaient s'en sortir.

Sans capacité à établir des preuves avec les relevés sur les lieux des hold-up et des homicides, la police était réduite à traquer des témoignages ou d'hypothétiques aveux.

Avec nos 4L et nos flingues de pacotille face aux armements des voyous, notre équipement était sous-dimensionné pour mener une lutte efficace contre le grand banditisme.

J'ai espéré que l'État prendrait conscience de nos besoins, et que la science nous apporterait de nouveaux moyens d'investigations.

Puis, j'ai pensé à la mère de Rachid, dans l'attente de nouvelles qu'elle ne recevrait jamais.

Novembre 1976

4 novembre – 9 h 00

Hier, en milieu de matinée, les pompiers ont été appelés par des pêcheurs du bord de Loire pour retirer une carcasse de voiture échouée dans la vase. Rapidement, les corps de deux personnes ont été extraits de la DS. Dépêchés sur place, les policiers de la sûreté urbaine ont ouvert une enquête. Selon Pierre Chenal, le patron de la sûreté, il s'agirait d'Ange Muntoni, recherché pour le meurtre d'une hôtesse d'un bar du quai de la Fosse. L'autre dépouille serait celle d'un inconnu. Le procureur de la République a ordonné une autopsie pour établir les circonstances des décès.

Chenal a replié le journal et a résumé le rapport du légiste :

— Muntoni a été frappé à mort par une barre de métal ou une batte de base-ball…

Il a jeté un œil au tableau où les photos avaient été remballées, comme l'avait prédit Georges. Le nom de Robert était dans toutes les têtes.

— C'est plus expéditif que les Assises, a sifflé Pierrick, sans la moindre émotion.

Je haïssais l'homme qui avait tué Barbara, mais cette barbarie ne correspondait pas à l'idéal de la justice que je me faisais. Le visage du patron restait impassible.

— Sauf à trouver des preuves dans la DS, on classera l'affaire dans quelque temps. Entre vous et moi, je ne suis pas désolé que ce démon soit définitivement hors d'état de nuire…

— Si on arrêtait quand même Robert, pour l'interroger ? a suggéré Pierrick.

— Arrête de débloquer, tu sais comme moi qu'il n'avouera rien. Quant à trouver un accusateur, autant chercher de l'eau au milieu du Sahara…

La messe était dite. Le silence a duré de longues secondes. J'étais sans illusion sur l'identité du deuxième cadavre.

— Comment Rachid est-il décédé ?

— Il n'a pas encore été formellement identifié, mais s'il s'agit bien du jeune auquel tu penses, il a reçu une balle en pleine tête. Selon le légiste, c'est du gros calibre.

— Smith & Wesson, a suggéré Valentin, en rappel aux autres affaires.

Chenal s'est adressé à moi :

— Je sais que t'avais un faible pour ce môme de Bellevue, Greg, mais il a fait trop de mauvais choix. Ce petit Arabe n'aurait jamais dû vouloir jouer dans la cour des grands.

Les yeux ronds, le nouveau découvrait le fonctionnement d'une police qui n'était pas celui enseigné à l'école. Il n'a pas osé piper.

— Benoît, a ordonné le patron, tu iras chercher les résultats des autopsies. Profites-en pour te présenter. Ensuite, avec Pierrick vous irez interroger les employés du refuge pour animaux de Rezé. On a reçu une main courante, des individus ont pénétré dans le local cette nuit et infligé de mauvais traitements aux animaux... Un chat a été retrouvé pendu.

Le soupir de Pierrick était éloquent sur son peu d'enthousiasme.

— Notre quotidien, lui a rappelé le boss, ce n'est pas que les affaires médiatiques, on te paye pour mettre les mains dans le sordide. Alors, au boulot !

— C'est tout pour aujourd'hui ? a-t-il rétorqué, bravache.

— Oui. Et si ça ne te plaît pas, tu n'as qu'à demander ta mutation pour Pétaouchnok...

Il a longuement inspiré pour se calmer.

— Bon, vous pouvez retourner bosser.

Il s'est tourné vers moi :

— Greg, au sujet du poste à Paris, tu as pris une décision.

— Pas encore...

— Ne tergiverse pas, la hiérarchie pourrait en prendre ombrage. Une offre pareille, tu n'en recevras pas d'autre avant des années... Peut-être même jamais.

— Vous aurez ma réponse sous quinze jours.

— Parfait.

Son ton montrait qu'il était vexé par mon manque de zèle, je me suis dirigé vers la porte.

— Où vas-tu ?

— Prévenir la famille de Rachid.

11h00

Les parents m'ont fait m'asseoir dans le salon. Je les ai informés du décès de leur fils, avec le plus de précautions possible. Par prudence, j'ai émis une dernière réserve.

— Le corps n'a pas encore été formellement identifié, mais nous sommes certains que c'est Rachid. J'ai préféré venir pour mettre fin à votre attente. J'espère que vous comprenez.

La mère se tenait en retrait derrière son mari. Je lui avais brisé le cœur, mais elle est demeurée stoïque. Le père me regardait comme s'il essayait d'évaluer l'homme derrière le policier. Il a hésité.

— Je vous ai déjà croisé, dans les escaliers…

J'ai vu le regard de sa femme se troubler. Je suis resté évasif.

— Il m'est déjà arrivé de venir dans cet immeuble.

Il a observé sa femme par-dessus son épaule. Elle n'a pas ouvert la bouche, le visage grave. Il m'a adressé un regard explicite.

— Le silence porte les fruits de la paix… Mon fils et moi n'étions pas toujours d'accord. Qu'Allah dans sa bonté lui pardonne ses péchés et l'accueille dans son royaume.

Ses yeux noirs ne portaient aucune demande d'explications supplémentaires, aucune rancœur ni recherche de boucs émissaires. Dans cette acceptation de la fatalité, il y avait la force d'une foi que j'avais constatée chez ma mère à la mort de mon père. Un stoïcisme dont je ne me sentais pas doté, j'ai hoché la tête en marque de respect.

Il s'est levé avec dignité.

— Merci d'être venu.

Je me suis levé à mon tour et nous nous sommes serré la main.

Il a laissé sa femme me raccompagner. Au bord des larmes, son regard m'exprimait sa gratitude d'avoir tenu ma langue à propos de ma précédente visite. Je suis resté sur le pas de la porte qu'elle gardait entrouverte. Après une hésitation, elle s'est forcée à lancer la question que j'aurais posée en premier dans les mêmes circonstances.

— Vous arrêterez les coupables ?

Une rage vengeresse mêlée de désespoir m'a noué l'estomac.

— Je ferai tout ce qui est en mon pouvoir.

Malgré moi, ma voix traduisait mon impuissance.

Elle m'a remercié d'un regard exsangue d'espérance.

— Notre porte vous sera toujours ouverte.

12 h 00

Je savais que c'était le pire moment pour faire ce que je m'apprêtais à faire, mais la douleur et la dignité des parents de Rachid avaient réveillé ma colère. J'ai engagé la 4L dans l'allée arborée, sous un soleil automnal. J'ai stationné et je suis descendu, le 7,65 dans son holster. Le berger allemand s'est précipité vers moi en aboyant. Je l'ai cueilli d'un revers de crosse. Il a valdingué en piaillant, j'ai tiré une balle entre ses pattes. Il a déguerpi à toute vitesse.

Furieux, Robert a surgi sur le perron, fusil en main.

— Bon Dieu ! Mais qu'est-ce que tu fous ici ?

L'épisode du clébard n'avait pas apaisé ma rage.

— Espèce d'arriéré, t'étais pas obligé de tuer ce gamin !

Il a désigné mon flingue du bout de son arme.

— Tu devrais te calmer, flic. Range ça, et on pourra causer.

J'ai remisé mon 7,65 dans son étui. Il a baissé le canon.

— Tu veux entrer boire un verre ?

— Inutile, j'en ai pas pour longtemps. Tu n'es qu'un sale meurtrier. Ce gamin, t'étais pas obligé de le tuer. Il te suffisait de lui coller la trouille. Jamais il n'aurait parlé. Tu l'as assassiné parce qu'il était arabe, pour te venger de l'Algérie.

Son regard est devenu dur, je pouvais presque entendre la haine inextinguible qui hurlait dans son crâne.

Il a sifflé entre ses dents.

— Tu ne sais pas de quoi tu parles…

Maisons brûlées, hommes et femmes torturés et assassinés, j'avais entendu parler de beaucoup d'horreurs, mais ce qu'il a décrit surpassait tout. Il a paru surmonter un dégoût si profondément ancré qu'il ne s'en débarrasserait jamais.

— Un matin, nous sommes entrés dans ce village. Les fellagas avaient tranché les bras et les jambes d'un homme. Sa femme enceinte avait été éviscérée. Parce que ça ne leur suffisait pas, ils avaient découpé son bébé en rondelles et ils avaient enfourné les morceaux dans son ventre. Alors, ne viens pas me parler de miséricorde pour cette race…

J'ai fermé les paupières pour éloigner l'ignominie de ses paroles. La majorité des soldats ayant vécu les exactions commises de part et d'autre ne parvenaient pas à en parler à leurs proches. J'aurais mis ma main au feu que Robert omettait ce que lui-même avait fait subir à des innocents. Et de toute façon, l'abomination qu'il venait de raconter n'excusait en rien le meurtre de Rachid.

J'ai craché ce que j'avais sur le cœur.

— Ce que tu as fait à ce gamin te poursuivra toute ta vie.

Il a balancé le fusil sur son épaule, main sur la crosse, presque nonchalamment.

— Je ne sais même pas de quoi tu parles.

Nous nous sommes défiés dans un silence glacial. Il s'est autorisé une grimace cannibale.

— Tu veux autre chose ?

J'ai avancé pour réduire l'espace entre nous.

— Livia, s'il lui arrive quoi que ce soit lorsqu'elle sortira de prison, si elle disparaît, si elle a un accident de voiture, je viendrai te chercher et je te ferai la peau…

Il a paru intéressé.

— Qu'est-ce qui te fait penser que j'aurais des motifs de m'en prendre à elle ?

J'ai hésité une seconde.

— En raison de ce qu'elle sait.

Il a ricané d'un rire méprisant.

— J'ignore à quoi tu fais allusion, mais je connais assez cette fille pour savoir qu'elle ne balancera jamais rien aux condés. Et puis, tu te trompes sur moi, je n'ai jamais levé la main sur une femme… Même si certaines l'auraient mérité.

Il a réfléchi, la paupière serrée.

— Dis-moi, pourquoi t'intéresses-tu à son sort ?

— Mon métier, c'est de protéger les faibles des salopards dans ton genre. Je fais juste mon métier.

Il a tiqué.

— D'une drôle de manière. Si ton chef apprend que t'es venu me menacer, tu peux dire adieu à ta brillante carrière.

Je l'ai provoqué.

— Porte plainte ! Pierrick se chargera de répandre la nouvelle… Robert courant comme un lapin vers la police pour qu'elle le protège d'un méchant flic ! Ça entretiendra les conversations des bars, j'entends déjà les moqueries…

Piqué au vif, il a masqué la vexation sous un sourire.

— À propos de parlottes, le bruit circule que tu dois bientôt quitter Nantes ?

Je n'ai pas fait mine d'être étonné qu'il le sache.

— Je ne sais pas encore…

Il a hoché la tête, souriant toujours.

— Eh bien, cette discussion était peut-être vaine. Nous n'aurons peut-être plus d'autres occasions de nous voir…

Sa nonchalance m'a remis hors de moi, j'ai senti l'adrénaline me monter au visage.

— Je n'ai pas décidé si je vais rejoindre Paris, mais il y a une chose que je peux te promettre, jamais je ne te lâcherai. Tu m'entends, jamais !

Décembre 1976

22 décembre – 20 h 00

Les cartons étaient terminés et les meubles démontés, parés pour le déménagement. Je détestais cet appartement où flottaient l'ombre de Barbara et le souvenir de la mort de ma mère. Je le haïssais, comme s'il était responsable des cauchemars qui me réveillaient encore, et j'étais soulagé de le quitter.

J'ai enfilé mon imper et mis mon chapeau.

Kim m'a accueilli, la mine un peu triste.

— C'est pour demain ?

— Oui, à huit heures.

— Tu veux que je t'aide ?

— C'est gentil, mais j'ai pris un déménageur.

Il a tiré une chaise pour moi.

— Maman a préparé tes plats préférés…

— Tu la remercieras de ma part…

— Elle va venir te voir. Je sers une bonne bouteille, on finit boire tout à l'heure.

— Faisons comme ça…

Seules quelques tables étaient occupées. Kim s'était constitué une clientèle du midi, mais hormis le week-end, le restaurant restait peu fréquenté en soirée. Je le regrettais d'autant plus qu'il se donnait du mal pour proposer des spécialités à un rapport qualité prix imbattable. Je me suis jeté sur les nems, puis j'ai englouti le poulet au caramel avec la même voracité.

J'ai terminé la bouteille de bordeaux, en songeant à l'avenir. Vers vingt-deux heures, un dernier couple a réglé son addition.

Kim s'est assis à ma table et a soufflé sa déception d'avoir eu si peu de clients. Sa mère nous a rejoints et lui a parlé en vietnamien.

— Maman dit, fière d'elle, tu as tout mangé.

Elle me regardait avec ce magnifique sourire, ses yeux pétillants et ses rides qui donnaient à son visage une bienveillance affectueuse. Je lui ai rendu son sourire.

— Remercie-la encore, dis-lui que je me suis régalé…

Elle lui a répondu en riant.

— Elle dit, si tu aimes cuisine asiatique, il te faut Vietnamienne à la maison, te prépare bons repas tous les jours.

J'ai rigolé.

— C'est une idée… Je vais y réfléchir.

Étonnamment, elle a hoché la tête avec sérieux, avant de s'éclipser.

Kim a désigné la bouteille vide.

— Je débouche une autre ou on boit alcool de riz ?

— Sers-nous deux petits verres, j'ai envie d'aller me promener dans Nantes…

Nous avons trinqué à notre amitié *indéfectible*, il a répété le mot que je lui avais enseigné, conférant une valeur sacrée à sa signification inaltérable et éternelle.

L'œil brillant d'émotion, il nous a resservis.

— Greg, tu es homme bon. Il faut quelqu'un s'occuper de toi dans ta nouvelle maison.

La connivence avec sa mère m'est apparue en même temps que la similitude avec ce que me répétait la mienne. Avec un pincement au cœur, j'ai songé à Marylène, certainement mariée. J'ai préféré le taquiner.

— L'amour ne se trouve pas en claquant des doigts, mon ami Kim…

— Tu as raison, a-t-il approuvé, il faut donner sa chance.

J'ai senti qu'il avait une idée derrière la tête. Il a laissé passer un silence.

— Début février, nous organisons la fête du Têt… Cette année, plus nombreux que jamais. Grande fête pour l'Année Serpent, éloigner mauvais esprits, porter chance et fortune, pour commencer une nouvelle vie… Je suis content si tu viens avec moi…

J'ai accepté, un peu sur la défensive.

— Si je dois y gagner tout ça…

Il a déposé une photo devant moi.

— Ce sont filles de l'association des Vietnamiens… Beaucoup célibataires.

Une trentaine de personnes dont une majorité de jeunes femmes posait devant un immeuble. Il a insisté.

— Peut-être tu trouves : chaussure à ton pied…

Il était fier de maîtriser l'expression.

À la fois gêné et un peu irrité, j'ai jeté un œil aux visages.

— Écoute, Kim, je te remercie, mais je ne crois pas qu'une photo puisse exprimer ce qui compte vraiment. Pour qu'un amour dure, il me semble qu'il faut une rencontre entre deux personnalités qui se complètent.

Il s'est autorisé une moquerie.

— Je ne savais pas toi grand spécialiste… depuis un an je te connais…

Je l'ai laissé rire, le regard soudain attiré par une jeune femme à l'écart, hésitant à s'intégrer au groupe, par manque de légitimité ou pour une autre raison que j'ai tenté d'imaginer.

Non seulement elle était très belle, mais il y avait quelque chose dans son expression qui m'aimantait, une espèce d'appel à l'aide silencieux ou un sentiment de perte irréparable.

Malgré moi, mon esprit s'est perdu dans cet espace de questions sur cette jeune femme, jusqu'à imaginer un *Je t'attends*.

Un peu amusé par l'idée, je l'ai désignée du doigt.

— Qui est-ce ?

Il a observé une seconde et secoué la tête.

— Elle, pas pour toi.

J'ai éclaté de rire.

— Ce n'est pas ce que je te demande, je veux juste connaître son prénom.

— C'est Nhan… Mais oublie elle, Greg, mon ami.

— Pourquoi, elle est déjà mariée ?

Il a froncé les sourcils.

— Pas marier. Pas fille pour trouver un mari.

L'espace d'une seconde, l'image de cette jeune femme inscrivant l'adresse de Rachid sur le bout de papier que Kim m'avait remis m'a traversé l'esprit.

Il a ramassé la photo, regrettant manifestement de me l'avoir montrée.

J'ai renoncé à le faire parler, vidé mon verre et plaisanté.

— Je ne sais pas ce qu'elle t'a fait, mais t'as pas l'air de la porter dans ton cœur.

Une émotion est passée dans ses pupilles.

— Mon cœur toujours appartenir à Thanh Lan…

Il a attrapé le flacon, j'ai posé un doigt sur mon verre.

— Ce sera le dernier pour moi…

— D'accord, Greg. Alors, buvons-le doucement, mon ami.

23 h 00

J'ai respiré l'air chargé de fraîcheur d'une nuit qui m'était devenue coutumière au point que je me sentais en décalage avec les gens normaux vivant à la lumière du jour. Un peu grisé par l'alcool, j'ai déambulé dans les rues. Mon départ de l'appartement était propice au bilan de cette année à Nantes. Une partie de moi était soulagée que l'assassin de Barbara ait été éliminé, mais une autre, plus profonde et vivace, s'indignait que nous n'ayons pas réussi à coincer Robert.

Je suis passé devant un salon de coiffure dont l'intérieur était éclairé par l'enseigne sortie de secours. Une bouteille de whisky vide avait été abandonnée devant l'entrée. J'ai traversé la rue Crébillon, puis je suis remonté en direction du palais de Justice. Après avoir dépassé le temple protestant, j'ai continué en direction de la place Viarmes. J'ai levé les yeux, un croissant de lune éclairait la flèche de la tour Bretagne, dont la livraison venait d'avoir lieu, faisant de ce gratte-ciel l'emblème de la modernisation de la ville.

Dans les rues désertes, j'ai traversé le cours des Cinquante Otages et choisi de passer devant l'appartement de Damien, près de l'église Sainte-Croix. Je me suis souvenu de son visage lorsque je lui avais annoncé la mort d'Ange Muntoni et de Rachid, mélange de soulagement et de tristesse. Ses longs remerciements m'avaient touché, je l'avais quitté avec un sentiment d'avoir accompli ma mission, mais aussi la certitude que, quels que soient les moyens dont la police disposerait à l'avenir, le monde continuerait à produire des monstres tels qu'Ange Muntoni.

Cette fatalité avait entériné mon choix de passer ma vie à les combattre, comme un homme s'acharne à arracher les mauvaises herbes de son jardin, alors même qu'elles repousseront, encore et toujours.

Très naturellement, je suis arrivé devant le restaurant de Youssef. Je me suis arrêté.

Georges n'était pas là, Amina non plus.

Je les ai imaginés chez eux, partageant une soirée de couple. Une part de moi leur a envié ce bonheur simple, je me suis réjoui de leur invitation à dîner. Le carillon de la cathédrale a annoncé minuit.

Une jeune femme en minijupe, un peu ivre et exubérante, m'a jeté une œillade. Amusé, je l'ai regardée s'éloigner, puis j'ai repris ma marche au milieu de cette ville paisible que j'avais refusé de quitter. J'y étais désormais attaché par un lien indéfectible, il m'était impensable de retourner un jour à Paris.

Une décision que Chenal n'avait pas comprise.

— T'es fou ! Jamais une telle opportunité de carrière ne se représentera.

— Sans doute… Mais ce n'est pas important, je ne crois pas être taillé pour les hautes sphères, je préfère lutter les mains dans le cambouis, dans une ville à ma mesure.

Il s'était incliné, un éclair méfiant dans l'œil.

Par similitude, j'ai songé à Marcel refusant de quitter Saint-Nazaire, au détriment de sa carrière de boxeur, et j'ai pris le chemin de son bar.

J'ai poussé la porte et n'ai pas résisté à l'envie de l'asticoter.

— Je cherche une table de poker. On m'a conseillé de venir ici.

Il a levé les yeux du roman qu'il était en train de lire.

— Greg Brandt, je pensais justement à toi.

— En quel honneur ?

— Pierrick m'a dit que tu restais à Nantes…

Je me suis installé sur un tabouret.

— T'es déçu ?

Il a rigolé.

— Un commerçant est toujours content de garder un client… Mais du coup, je me suis dit qu'il fallait que je te donne un surnom, comme promis…

— Et tu as trouvé…

Il a exhibé la couverture de son livre. Un homme en costume enlaçait une femme de dos en robe rouge. Il m'a donné le titre en même temps que je le lisais.

— *Brouillard au pont de Tolbiac*, tu connais Léo Malet ?

J'ai posé les coudes sur le zinc.

— Bien sûr, Nestor Burma, *Les Nouveaux Mystères de Paris.*

Il a apprécié d'un œil malicieux.

— Dans celui-ci, il enquête sur la mort d'un ami anarchiste, le Nantais…

Il m'a désigné du doigt.

— Le Nantais, je trouve que ça te colle à la peau.

Je me suis contenté d'un vague sourire, incertain.

Nous sommes restés silencieux, les yeux dans les yeux.

Le Nantais, ce surnom m'a tourné dans la tête, en train de s'y incruster.

J'ai pensé à ma mère et à Barbara, une voix m'a prévenu qu'on ne construit pas de bonheur sur la douleur de la perte et la culpabilité.

Marcel m'observait toujours, attentif. J'ai éloigné cette voix, et j'ai commandé un Jack Daniel's.

REMERCIEMENTS

Pour ce nouvel opus, je tiens à remercier Jean pour ses informations sur la Sûreté Urbaine. Merci à Miguel pour cette rencontre. Tes anecdotes ont largement contribué à la transcription de la vie plutôt pimentée des flics nantais dans les années 70.

Merci à Éric pour les articles de presse sur les braquages de Nantes et pour sa lecture éclairée. Merci à Jean-Claude de m'avoir donné l'idée de la scène au Santeuil, lieu emblématique de *Presse Océan*. Merci à Jean-Noël, photographe légendaire, d'avoir un jour emmené le gamin que j'étais au Stade Marcel Saupin, moi qui attendais la mi-temps pour espérer entrer gratuitement. Merci à Laurent, clin d'œil souvenir de notre belle jeunesse à Bellevue. Merci à Anthony pour ta relecture scrupuleuse de la trilogie. Merci à mes amis Michel et Béatrice, pour leurs infos sur la vie grouillante Quai de la Fosse.

Merci à Philippe Sebbagh, pour tes corrections, j'espère que tu trouveras bientôt l'éditeur que tu mérites, par la qualité de ton style et l'intelligence de tes dialogues.

Merci à Jean-Charles Lajouanie, pour sa confiance renouvelée.

Merci à Caroline Lainé pour cette formidable couverture.

Merci aux libraires, blogueurs et journalistes pour leurs soutiens essentiels.

Merci à mes fils, chaque jour vous voit devenir des hommes que j'admire.

Merci à ma femme, Delphine, ma première lectrice, intransigeante et bienveillante.

Merci à ma maman, cette guerrière du XXe siècle, qui aura élevé seules ses deux garçons, les ouvrant au monde, dont elle aura fait le tour, avant de s'éteindre. Flamme d'une bougie devenue invisible, qui demeurera allumée dans le cœur de ceux qu'elle aimait.

Enfin, merci à vous, lecteurs, de continuer à me suivre.

Carl

BIBLIOGRAPHIE

Parrains du siècle. Destins et déclins, Bruno Aubry, *L'Express*

Le nouveau Milieu, Franck Renaud, *Éditions Fayard*

Bandits à Marseille, Eugène Saccomano, *Éditions Séguier*

Inscrivez-vous gratuitement,
et sans aucun engagement de votre part,
à notre bulletin d'information
en nous retournant le coupon ci-contre.

Vous serez averti(e) des parutions en exclusivité,
pourrez bénéficier d'offres spéciales,
de cadeaux, etc.

Chaque nouvel inscrit recevra
une petite surprise…

Rejoignez-nous vite !

Et n'hésitez pas à proposer l'inscription
à vos parents et amis…

Je désire m'abonner gratuitement au bulletin
d'information des Éditions du Palémon :
je serai averti(e) des parutions de Carl Pineau
et autres ouvrages,
ainsi que de l'actualité et des offres Palémon.

Nom ....

Prénom ....

Adresse ....

....

Code Postal .... Ville ....

Pour encore plus d'offres et d'infos,
indiquez votre adresse e-mail :

E-mail .... @ ....

Bon à compléter ou à recopier
et à retourner par courrier à l'adresse suivante :

ÉDITIONS DU PALÉMON
ZI de Kernevez
11B rue Röntgen
29000 QUIMPER

Vos données sont collectées par les éditions du Palémon afin de vous inscrire à notre lettre d'information. Le recueil des données est facultatif et limité à ce qui est strictement nécessaire pour vous faire parvenir notre catalogue et/ou notre newsletter. Vous pouvez à tout moment accéder à vos données, les rectifier, demander leur suppression ou la limitation de leur traitement. En cas de question, vous pouvez nous contacter au 02 98 94 62 44 ou sur **contact@palemon.fr**.

❐ Je consens à l'utilisation de mes données

❐ Je souhaite m'inscrire à la newsletter

CP01

Retrouvez l'ouvrage de Carl Pineau
et tous les titres des Éditions du Palémon sur :

www.palemon.fr

ÉDITIONS DU PALÉMON
ZI de Kernevez - 11B rue Röntgen
29000 QUIMPER
02 98 94 62 44
Dépôt légal 1er trimestre 2024

ISBN : 978-2-385270-28-5

Achevé d'imprimer en décembre 2023
sur les presses de CPI Bussière
18200 Saint-Amand-Montrond
Numéro d'impression : 2075139
1er tirage

Imprimé en France